ROJO Y ORO

IRIA G. PARENTE
SELENE M. PASCUAL

ROJO Y ORO

Ilustraciones de

Mar del Valle

MOLINO

Papel certificado por el Forest Stewardship Council®

MIXTO
Papel | Apoyando la silvicultura responsable
FSC® C117695

Penguin Random House Grupo Editorial

Primera edición: noviembre de 2025

Diseño de la cubierta: Penguin Random House Grupo Editorial / Meritxell Mateu
Elementos de diseño del interior: iStockphoto

Printed in Spain – Impreso en España

ISBN: 978-84-272-5166-3
Depósito legal: B-17.311-2025

Compuesto en Compaginem Llibres, S. L.
Impreso en Rodesa
Villatuerta (Navarra)

MO51663

Advertencia de contenido

Aunque esta historia es fantasía y ninguno de los personajes existió de verdad (al menos, hasta donde nosotras sabemos), muchos de los temas que tratamos en ella son muy reales. Entre ellos encontrarás menciones al suicidio, al abuso sexual y al maltrato físico y psicológico, además de descripciones detalladas de violencia. Por ello, si en este momento no te sientes bien leyendo sobre este tipo de asuntos, quizá puedas dejar esta historia para otra ocasión.

Los libros son refugios: ve a aquellos que te hagan sentir a salvo.

Iria y Selene

A todas las personas que lucháis día a día por seguir adelante,
sin ayuda de dioses ni héroes: vuestro ímpetu
y vuestro esfuerzo merecen leyendas.

CANTO I
EL DIOS DE LA VIDA

Habladme, musas, de las antiguas historias de los dioses;
de sus rencillas y sus amores, y de los pecados nunca perdonados.
Habladme de Eris, que fue castigada por su ambición,
y de cómo el Caos se atrevió a crear vida de la propia Muerte...

La historia que voy a contaros ocurrió mucho después de que el Mundo Medio hubiera sido poblado por mortales y el Mundo Superior por inmortales; mucho después de que el Universo fuera dividido en tres por Zeus y sus hermanos, separando Cielo, Mar e Inframundo. Esta historia ocurrió cuando el poder de los divinos ya estaba repartido...

... y comienza con una mujer que deseaba mucho más.

Esa mujer fue Eris, diosa de la Discordia, capaz de provocar el caos entre inmortales y mortales por igual. Si habéis escuchado alguna de las historias que protagoniza, ya sabéis que nunca fue alguien a quien le gustara lo preestablecido, las normas, el orden o la paz; quizá por eso consideró que nadie debía decirle a cuánto podía aspirar y a cuánto tenía que renunciar.

Y eso precisamente fue lo que la condenó.

Deseosa de hacerse con un reino propio que poder sumir en un caos constante, la diosa observó los territorios que antaño se habían dividido entre los suyos y decidió que conquistaría al menos uno de ellos. Sin embargo, no fue aquello por lo que se la castigó, sino por la manera en la que casi lo consiguió.

El primer plan que puso en marcha fue uno para dominar los cielos. Eris conocía de sobra las debilidades de Zeus, así que sabía que este no podría resistirse a una mujer indómita como ella. No le costó seducirlo, meterse en su cama y susurrarle al oído, entre caricias, que ella sería mejor reina que su esposa, siempre celosa y vengativa, más preocupada de sus deslices que de su amor. «Yo te permitiría tener todas las amantes que quisieras», le dijo. «Yo gobernaría entre los dioses y entre los mortales para que tú nunca tuvieras que preocuparte de ellos».

Las palabras eran las correctas, pero aun así Zeus nunca pensó en concederle nada. Aunque la deseaba como solo se desea algo que sabes que nunca será del todo tuyo, jamás le dejó poner un solo dedo sobre su trono o el de su esposa. Para cuando Hera los descubrió, Eris ya sabía que intentar robar aquella corona a la fuerza sería inútil y aburrido, así que se contentó con haber hecho más grande la distancia que separaba a los dos reyes y decidió buscar en otro lugar.

Se fijó entonces en el reino de Poseidón, en sus océanos vastos y repletos de monstruos, pero aquel lugar no le agradaba: era frío y húmedo, y solo le habría permitido interferir en las vidas de los marineros que osasen adentrarse en su territorio. En los mares no podía plantar más que el caos de las tormentas y los naufragios, y aquello le pareció poco ambicioso.

Solo quedaba entonces una opción: el Inframundo era cálido y caótico en sí mismo; el sufrimiento y el terror que emanaban del Tártaro la atraían. El problema era entrar. Hades, siempre huraño y recluido, ajeno al resto de los dioses, sus conflictos y sus amores, no permitía que ningún otro dios se adentrase en su reino. Solo había una mujer que podía acceder a él en otoño o abandonarlo en primavera.

Perséfone.

La reina del Inframundo pasaba la mitad del año fuera de sus dominios, y Eris entendió pronto que ella era la única manera que tenía de adentrarse en aquellos terrenos de los que deseaba adueñarse. Así pues, cuando la puerta del Inframundo se abrió al final del verano para que Perséfone volviese a su palacio, la diosa de la Discordia trató de embaucarla. Le dijo que, de ese modo, si ansiaba pasar más tiempo con su madre, podría hacerlo; que si quería toda la libertad del mundo, la tendría. Incluso intentó convencerla de que Hades no la deseaba y le preguntó si de verdad podía llegar a amar a quien un día había sido su captor.

Pero Perséfone, si bien no tenía demasiado poder, era inteligente: sospechó de los trucos del Caos, se resistió a que las dudas echaran raíces en su pecho y se enfrentó a la diosa con una serenidad que asqueó a Eris. «Este es mi hogar», le dijo. «Quien vive tras estas puertas es mi esposo, no mi carcelero. Hades me está esperando, siempre me espera. Me esperaría incluso si el verano durase mil años, y yo siempre volveré a él».

Quizá fuera el amor que se coló en aquellas palabras o quizá la seguridad de que era imposible plantar la discordia en aquel corazón. En cualquier caso, Eris se sintió tan frustrada ante su calma que decidió que las cosas habrían de hacerse por las malas: planeaba gobernar sobre el Inframundo de todos modos, así que no hacía falta otra reina.

La sangre de Perséfone tiñó el suelo de dorado cuando Eris le cortó la cabeza.

Ningún dios se había atrevido jamás a matar a otro, ella fue la primera. Y le gustó la sensación. Le gustó cómo el poder de Perséfone entró en su cuerpo, el sentimiento cálido que se le instaló bajo la piel, como si el sol brillara un poco más fuerte sobre ella. Allá donde las flores se habían marchitado alrededor del cadáver de la reina del Inframundo, ella usó su nueva magia para cubrir las pruebas de su delito con rosales y zarzas a los que nadie quisiese acercarse. No le importó lo que sus acciones pudieran provocar en el mundo, aunque pararse a pensar en ello tampoco la habría disuadido. Al fin y al cabo, crear desastres estaba en su naturaleza. Impasible, sin culpa ni remordimientos, Eris adoptó la forma de la diosa a la que acababa de asesinar y traspasó la entrada de los Infiernos, dispuesta a conseguir la corona que tanto ansiaba.

Hades aguardaba a su esposa tan henchido de anhelo como cada año. Ajeno al engaño del que estaba siendo víctima, cuando

Eris se arrodilló ante él bajo la apariencia de Perséfone, el dios la tomó en sus brazos y encontró su boca con la pasión del primer encuentro. Aunque no vio el puñal que guardaba la Discordia tras la espalda, supo que algo iba mal cuando no reconoció la forma de besar de su amada. Los labios de Perséfone sabían a fruta madura, a flores y al final del frío que siempre rodea a la muerte, pero aquella boca solo sabía a cenizas.

Se separó justo antes de que el filo que había matado a su mujer cortase también su cuello. Solo un instante después, el dios de la Muerte y la diosa del Caos se enzarzaron en un enfrentamiento en el que Eris luchó por placer y Hades, por venganza. Dicen que el Inframundo se sacudió, que ambos sangraron hasta regar el lugar con su esencia y que todas las almas perdidas tuvieron miedo del poder que se arremolinó alrededor de los combatientes durante su enfrentamiento. El estallido de magia que provocaron se sintió en los tres Mundos como un eco. Lo sintieron los divinos como un estremecimiento desagradable en la nuca; lo notaron los mortales en el temblor que sacudió sus tierras por un instante; lo vieron con sus propios ojos los espíritus, pues el gris de su existencia se tiñó por un momento de dorado.

Fue Hades quien ganó aquella batalla, pero aun así se sintió morir cuando supo la suerte que había sufrido su amada. ¡Cómo lloraron los muertos ese día, cuando descubrieron a su hermosa reina profanada por las crueles garras de Eris! ¡Cómo sufrió Hades, pues los dioses, cuando mueren, jamás pasan por su reino, y él no podría volver a verla nunca más!

Pero la que más lloró fue Deméter, la madre de Perséfone, que había perdido a su hija para siempre. Y sin ella a su lado la vida no tenía sentido. Durante semanas, la diosa lloró por la soledad y las plantas se marchitaron por todo el Mundo Medio. Durante semanas, fue una muerta en vida, hasta que decidió que solo le quedaba una opción: vacía como estaba, al borde de la locura y el agotamiento, tuvo las fuerzas suficientes para cortarse el cuello y acabar de una vez por todas con su dolor.

Los dioses existen para dar orden al mundo, así que la muerte de un dios no puede sino traer graves consecuencias. Y si bien la mano de Eris se había hecho con el poder de Perséfone, no había nadie para recibir el don de Deméter, así que las estaciones empezaron a sucederse sin orden alguno, trayendo largas sequías y espantosas inundaciones. Las cosechas se cubrieron de heladas y olas de calor abrasador azotaron las ciudades. La primavera, el verano, el otoño y el invierno perdieron su sentido y nunca más volvieron a ser lo que un día habían sido.

Eris habría estado muy satisfecha de que su engaño hubiera sumido al mundo en la anarquía que tanto amaba si no hubiera sido porque para entonces los Doce ya la habían juzgado. Ya habían decidido que el pecado de matar a otra diosa era lo suficientemente grave para condenarla de por vida.

Fue Hera, consciente de todas las conspiraciones de Eris y todavía furiosa por la manera en la que había intentado quitarle su lugar de soberana, quien decidió que su castigo debía ser un encierro eterno. «Se la convertirá en estatua, pues su naturaleza es el cambio y solo la piedra se mantiene inmutable», proclamó la Reina de los Cielos. «Así, sin sentidos ni voz con la que embaucar, será incapaz de volver a atentar contra nuestro orden».

Sin embargo, Eris tenía hijos, dioses menores que podían sentir pena por ella, que procedían del Caos y que quizá quisieran volver a despertarlo, así que se decidió que ellos también debían ser vigilados. De este modo, por orden de los Doce, se construyó un laberinto cuyo centro fuese imposible de alcanzar. Allí dejaron a la diosa traidora, custodiada por sus propios vástagos, que debían guardar a su madre hasta el fin de los días o arriesgarse a sufrir la misma suerte que había sufrido ella.

Pero de todos los hijos de Eris, uno era demasiado pequeño para cumplir su labor de carcelero. Había recibido el nombre de Orión y no era más que un recién nacido cuando su madre fue juzgada. Con él nadie sabía qué hacer, pero al mismo tiempo no podían prever lo que pasaría si lo dejaban en libertad.

Tras largas discusiones entre los Doce, Hera se ofreció a hacerse cargo del niño, a educarlo y custodiarlo en su palacio.

Conscientes del odio que sentía su reina hacia Eris, ninguno de los presentes estuvo seguro de que aquella promesa guardara buenas intenciones, pero nadie se atrevió a protestar. Los dioses, al fin y al cabo, son criaturas egoístas que solo saben de bondad cuando esta les dispensa honor y gloria.

Lunas más tarde, el pequeño reveló los dones que había recibido como dios. Ocurrió de la manera más tierna, con un roce de sus labios infantiles sobre un muñeco de tela.

Cuando el objeto movió sus ojillos de botón y extendió su sonrisa cosida, Hera entendió que aquel niño tenía en su boca un poder mucho más peligroso e imprevisible del que en su día había tenido su madre.

El poder de la Vida.

ORIÓN

Mi mundo es dorado. El dorado del sol y del oro, de la opulencia y del derroche, de la sangre inmortal que corre por mis venas. Mi mundo también es blanco. El blanco del orden, de lo intocable, de los templos y palacios de mármol y de la falsa pureza, imposible de corromper porque ya está podrida.

Yo no tengo nada en este mundo, no he sido nunca parte de él, pero llevo toda una vida atrapado entre sus límites.

Cuando abro los ojos, hoy el blanco es el de las sábanas de la cama en la que yazco y el dorado es el de la tela de los cojines. Las sedas que cuelgan del techo dan a la estancia diáfana un aire de atardecer, pese a que quedan horas para que Helios y su carro lleguen al final de su recorrido diario por el Cielo. Las únicas pinceladas de otros colores se encuentran en el alto techo, desde el que un pavo real me devuelve la mirada con cien ojos azules ocultos entre el plumaje desplegado.

Soy el primero de los dos en apartar la vista.

A mi lado, la cama está vacía, porque ella nunca se queda en el lecho más de lo necesario. Creo que piensa que hacerlo sería humillarse, que dormir junto a un esclavo es un desliz imperdonable, si bien no tiene los mismos escrúpulos a la hora de buscar placer con mi cuerpo. Supongo que es mejor así. Odiaría despertarme con su mirada clavada en mí, recordándome todo el poder que tiene y cómo puede usarlo para controlarme.

No es hasta que me incorporo que la encuentro inclinada sobre la pila, en una imagen que ya es parte de mi rutina. Me da la espalda, pero puedo ver perfectamente la tensión en sus hombros. No sé por qué sigue intentándolo. No sé por qué cree que hoy obtendrá un resultado diferente al de ayer o al de hace una semana: espiar a Zeus en el agua solo le va a traer desencanto y celos, porque él siempre tendrá entre los brazos a alguna mortal nueva, mientras que a ella hace años que no la toca. Que no viene a verla siquiera. La diosa del Matrimonio no ve a su esposo desde hace décadas, pero los mortales aún le rezan con la esperanza de que consagre sus enlaces.

No sé si me parece triste o solo irónico.

El estruendo de la pila de oro al caer al suelo me toma por sorpresa. El agua se derrama en un gran charco y Hera gruñe, enfadada. Yo me encojo contra los almohadones y apenas me atrevo a respirar. El temor a que se vuelva hacia mí y pague su enfado conmigo me hace desear acallar incluso a mi corazón, que me late demasiado fuerte en los oídos. Sin embargo, ella ni siquiera parece recordar que estoy presente. Se queda mirando con furia silenciosa el estropicio a sus pies, el agua que le ha salpicado la piel y el peplo blanco. Probablemente solo desee bajar al Mundo Medio a buscar a su esposo, pero ya tiene que saber que no conseguirá atraparlo: el rey de los dioses es escurridizo, y por eso su esposa tiene que contentarse con castigar a sus amantes, incluso cuando sabe que ellas no tienen la culpa. ¿Quién se va a resistir a él? Es un dios y allá abajo todas las mujeres (porque por lo general los objetivos de Zeus siempre son mujeres) suelen sentirse atraídas por él o aterradas ante las represalias que podrían sufrir si lo rechazasen, aunque otras también temen las represalias a las que se enfrentarán si lo aceptan.

¿Qué es peor, ser fulminada por un rayo o ser convertida en un monstruo sin conciencia de tu verdadero ser?

A mí cualquiera de las opciones me parecería una bendición más que un castigo, porque me permitirían escapar de esta condena.

Con el estómago revuelto, me deslizo fuera de la cama. No me molesto en cubrirme, porque hace ya mucho tiempo que la reina de los dioses me enseñó que la vergüenza es un lujo que no me puedo permitir. Aun así, no puedo evitar dudar un instante. Por muy elegidas que tenga mis palabras y por mucho que conozca a Hera, soy incapaz de predecir su reacción, y eso me obliga a mantenerme alerta.

Arropado por ese silencio que ella me exige en muchas ocasiones, me acerco a mi señora y me arrodillo para recoger la palangana dorada. Escucho las quejas de Hera entre dientes, los murmullos contra su marido que tan bien conozco. Como si ella fuera mucho mejor que él. Al fin y al cabo, puede que la reina de los dioses no recorra el Mundo Medio en busca de un nuevo amante con cada luna, pero me tiene a mí aquí, a su disposición. No es más fiel que Zeus. No respeta más su unión, ni siquiera: lo que ocurre es que se siente humillada, que no entiende por qué el rey del Mundo Superior no la elige por encima de todas las humanas.

Alzo la pila, la dejo sobre su soporte, y es entonces cuando Hera se vuelve hacia mí. Yo ni siquiera me atrevo a devolverle la mirada, pero no necesito hacerlo para imaginarme el mohín en los labios, el rostro arrugado por la ira. Sus ojos dorados me estarán observando como si se hubiera encontrado un insecto, un recordatorio de que mi lugar es el suelo, siempre por debajo de ella.

—Si mi marido fuera como tú, Orión, el Mundo Superior sería un lugar mejor. —La voz de Hera es un susurro suave. Cuando se inclina, para tomarme el mentón con los dedos, soy incapaz de seguir apartando la vista de su cara. Mi mundo también es del color dorado de sus iris—. Si fuera tan servicial, si siempre estuviera tan dispuesto a hacer lo que yo ordeno… O si tan solo fuera consciente de lo que ocurre cuando no se me obedece…

No me atrevo a bajar la mirada. No sin su permiso.

—Vuestro esposo debe de ser consciente de lo que ocurre cuando os enfadáis, mi reina —susurro—. El problema es que no le importa porque son las mortales quienes sufren vuestros castigos, no él. Y para él ellas no significan nada.

No puedo evitar hacer una mueca de dolor cuando sus uñas se

me clavan en la piel. Sé que la herida que abre desaparecerá en unos segundos, pero eso no borra el escozor.

—¿Estás cuestionando mis acciones, Orión? Odiaría pensar que así es.

Respiro hondo. Contengo el aliento. Acepto la reprimenda. Como todos los días.

—¿Y cómo podría? No soy lo suficiente listo, mi señora.

Hera suele disfrutar humillándome. Le gusta que repita las palabras que le he escuchado decirme a lo largo de los años, los insultos, los constantes avisos de que no debo creerme a la altura de cualquier otro dios, por menor que este sea. Apenas me merezco vivir en el Mundo Superior y debería dar las gracias por ello. Debería arrastrarme y besarles los pies a los Doce, que me han demostrado una compasión que no merecía. Me han permitido que me criara en su mismo mundo, entre las calles doradas y los palacios blancos, escuchando las voces que los mortales solo pueden imaginar.

Hoy, sin embargo, mi actitud sumisa no consigue complacerla del todo. Chasquea la lengua y me suelta con un ligero empujón. Yo la sigo con la vista mientras se aleja unos pasos y se acomoda sobre los brazos el chal de plumas de mil colores. Ella misma parece un ave preciosa y elegante, una criatura capaz de distraerte con su belleza para que nunca sospeches que podría arrancarte los ojos con su pico afilado.

—Estás muy equivocado si piensas que disfruto castigando a esas mortales, Orión, pero mi marido no me deja más opción. Ellas son las únicas que pueden pagar lo que él no se atreve a enfrentar. Las cosas serían muy distintas si tuviera el valor de encararme, pero tu rey es un cobarde que huye de cama en cama, de apariencia en apariencia.

Sí, supongo que ese es el discurso con el que se ha convencido de que sus acciones están justificadas. Todos tenemos uno. Todos nos mentimos a nosotros mismos. A veces creamos nosotros las mentiras y otras sencillamente nos vestimos con las que los demás nos confeccionan a medida.

Yo me he creído durante muchos años todas las mentiras con las que Hera me ha obligado a cubrirme.

Pero ya estoy harto.

—Solo necesitáis a alguien que vaya detrás de él, mi reina —sugiero mientras me pongo en pie—. Podríais atraparlo y...

—Nadie caza lo invisible, Orión —me corta—. Un cisne, un toro, un águila, lluvia... Nunca sabes qué será lo siguiente en lo que se transformará.

—Entonces quizá lo primero que tendríais que pensar es en encontrar un cebo para atraerlo, tome la forma que tome. —Hera se gira para observarme como si fuera un animal que, de pronto, ha aprendido a hablar. Quizá le sorprenda que mi discurso sea coherente—. Si tuvierais un manjar, algo tan especial que llamase la atención del propio Rey de los Cielos...

No creo que Hera haya estado nunca más pendiente de algo que yo tuviera que decir. Me lleno el pecho de aire y valentía cuando enarca las cejas y hace un ademán para que continúe hablando.

—Artemisa me ha... hablado de una de sus protegidas. Una amazona. —Paladeo el apelativo con cuidado—. La campeona del emperador de Eladia es, según dicen, más fuerte que cualquier gladiador que haya pisado el anfiteatro. Más fuerte que un león. Todo un espectáculo.

Hera entrecierra los ojos, no muy convencida. Lo entiendo. Yo tampoco lo estaba al principio.

—¿Es hermosa?

—¿Es necesario que lo sea, mi reina? Conocéis a vuestro marido: le gustan las cosas... especiales. Aquello de lo que puede presumir. ¿No creéis que con eso es suficiente?

La Reina de los Cielos parece dudar y plantearse en serio mi ofrecimiento. Sopesar, al menos, lo que podría perder si lo intenta. La veo relamerse y sé que piensa en lo satisfactorio que sería ganar, utilizar las evidentes debilidades de su marido para atraparlo y hacerle pagar por todos sus insultos de una vez. Sé que ya está inventando mil formas de castigarlo, las maneras más eficaces de torturarlo.

Aun así, sea lo que sea lo que se esté fraguando en su mente, cuando llegue el momento no pienso estar aquí para presenciarlo.

—¿Crees que la deseará en algún momento?

—¿Quién no desea a una mujer poderosa?

Espero que la breve mirada que le lanzo a su cuerpo sea suficiente para que piense que me refiero a ella, que crea que a veces deseo sus caricias y que no es solo su poder lo que hace que mi cuerpo reaccione a ellas. Esa es otra de las mentiras que yo también he intentado contarme a veces.

Hera no me interrumpe. Sus párpados se entornan, sus pasos se reanudan. Aunque deja de mirarme, sé que sigue escuchándome cuando continúo:

—Zeus disfruta de lo inalcanzable, mi señora. Le gustan los retos porque conseguirlos le hace ganar fama entre los mortales y lo hace sentir orgulloso... y porque poseer a una mujer poderosa, aunque solo sea por un momento, quizá le haga creer que él también lo es y que puede olvidar a la más importante de todas.

Hera asiente, sopesando mis palabras. Yo me relajo un poco con cada paso que se aleja, porque me da aire, me hace sentir menos encerrado dentro de estas cuatro paredes. Al mismo tiempo, cada paso es un segundo más que me hace esperar por una respuesta. Y siento mi paciencia temblando.

—Puede que no sirvas solo para tenerte en una cama o como criado, después de todo —me dice, mientras se acerca a un arcón. Nuestros ojos se encuentran cuando me lanza una mirada por encima del hombro—. Vas a hacer un pequeño trabajo para mí.

No quiero confiarme, por eso no me muevo del sitio, pero el corazón se me acelera en el pecho, no sé si de emoción o de terror. Porque tengo miedo. Miedo de que todo salga mal, de acabar de nuevo en la celda que sé que la diosa tiene reservada para mí, para esos breves momentos en los que he mostrado signos de rebeldía o en los que no he estado a la altura de sus expectativas.

—¿De qué forma podría serviros? —pregunto. Agacho la cabeza, como a ella le gusta que haga—. Sabéis que soy vuestro fiel sirviente...

—Vas a buscar a esa muchacha —me explica mientras saca un puñal del baúl. Es todo dorado, tanto el filo como la empuñadura. Lo reconozco. El recuerdo frío de su tacto me provoca náuseas y me obliga a agachar la cabeza de nuevo. Siento un dolor fantasma, como si todas las heridas que me ha hecho con él se abrieran de nuevo—. Le dirás que, si Zeus la busca, sea mañana o dentro de un año, deberá apuñalarlo con esto. Creo que no hace falta que te explique cómo funciona.

No me salen las palabras, así que solo asiento. Sé demasiado bien que los puñales de Hefesto son torturas en sí mismas; sé cómo te debilitan; sé cuánto tardan en cerrarse las heridas que infligen. Soy consciente de por qué quiere apuñalar a Zeus con esa arma: cuando un cuchillo como ese está en contacto con la piel de un dios, nos volvemos tan inofensivos como los mortales.

Trago saliva. Podría hacerme mucho daño con ese puñal si perdiera los nervios o viese en mí alguna señal de traición. Si pudiera acceder a mi mente y ver mis planes de futuro...

Pero no puede. No sabe nada. Mi cabeza es el último refugio que tengo. El único lugar en todos los Mundos en el que puedo ser libre de verdad, hasta que consiga cambiar mi suerte.

Hera se acerca con el cuchillo en la mano, pero yo me obligo a no dar ni un solo paso atrás pese a que todo mi cuerpo me grita lo contrario. He vivido esto suficientes veces. He conocido su ira en demasiadas ocasiones. Por eso ni siquiera tengo que fingir estar asustado cuando alza la mano, una vez que está frente a mí y me amenaza con el filo. El corazón me late con fuerza contra el pecho cuando la diosa apoya el metal contra mi garganta, por encima de la nuez, en una clara advertencia.

—Si esa joven me decepciona, Orión, y tu idea resulta ser un fracaso, la amazona no será la única que sufra las consecuencias. ¿Estoy siendo lo suficientemente clara?

Asiento de inmediato. No puedo permitirme titubear ahora o quizá Hera considere que, después de todo, no soy la persona adecuada para esta misión. Podría pensarse mejor sus propias órdenes y decidir que tiene que ser otro quien se encargue del trabajo sucio, probablemente Hermes. Aunque ocupa un lugar entre los Doce desde que Deméter murió, sigue siendo el dios al que todo el mundo recurre cuando quiere transmitir algún mensaje, agradable o desagradable.

El puñal sobre mi piel me arranca unas gotas de sangre y yo, pese a la entereza que trato de mostrar, trago saliva. Tengo la reminiscencia de una celda en la que ya he aprendido a vivir. Por un momento, incluso siento las muñecas en carne viva, sujetas por grilletes, aunque ahora estén libres. Me parece notar un sinfín de heridas abrirse por todo mi cuerpo y escuchar la voz de la diosa que tengo ante mí susurrándome al oído que lo bueno de los dioses es que solo mueren cuando se les corta la cabeza.

Mis propios gritos parecen hacerse eco en mi cabeza hasta ser capaces de silenciar cualquier otro pensamiento, pero no. No. No estoy en una celda, no estoy encadenado. Puedo hacer algo. Voy a librarme de todo esto.

Aun así, tengo que hacer acopio de toda mi fuerza de voluntad para entreabrir los labios, bajar la vista y mentir:

—Yo jamás os decepcionaría.

Hera me pone la empuñadura del arma en la palma, satisfecha, y da un paso atrás.

—Desaparece.

No cuestiono su orden. Hago una reverencia, aunque sé que ella ya no me mira. Me ignora mientras me visto y abandono sus aposentos, de nuevo volcada en su pila de agua, en perseguir un reflejo que nunca consigue alcanzar.

Para cuando recuerde que existo, ya estaré muy lejos de aquí.

Más allá del palacio de Hera, el mundo también es dorado: las calles de la ciudad están pavimentadas con oro y áureas son también las verjas que limitan los palacios en los que moran los dioses. El gran portón abierto ante el que aparezco reluce bajo el sol, aunque yo apenas me fijo en él cuando lo cruzo. El camino de entrada pronto desaparece entre los árboles del jardín lleno de brotes verdes, y el sendero se pierde entre briznas de hierba que me hacen cosquillas en los tobillos.

Este es el lugar al que acudo cuando me siento asfixiado y Hera se olvida un rato de mí. Este es el refugio en el que, en los últimos tiempos, se ha fraguado mi rebelión. Entre el olor de los pastos y el canto de los pájaros que se ocultan en la foresta, he empezado a conocer la esperanza y a creer que quizá mi vida pueda mejorar, después de todo.

Un pequeño mochuelo descansa, vigilante, en una rama baja y cercana. Le acaricio la cabeza con un nudillo y él cierra los ojos para disfrutar del contacto, pero no me permito distraerme más. Necesito ver a su dueña.

La encuentro en el claro de siempre, de pie bajo la sombra de los árboles cargados de frutos y acompañada de mi otra colaboradora. Las consideraría amigas si no fuera tan consciente de que en el Mundo Superior la palabra no significa nada: las amistades y los amores cambian demasiado rápido y pueden convertirse en traiciones u odio con facilidad. Los dioses somos así, supongo. Cambiantes. Demasiado pasionales.

No estoy demasiado seguro de ello porque, más allá de la teoría, nunca se me ha permitido ser un dios como los demás.

Mis aliadas (creo que esa es una palabra acertada y segura) alzan la vista en cuanto me dejo ver y solo entonces me permito el principio de una sonrisa. Considerando lo volubles que son los dioses, supongo que tengo suerte de que ellas se estén manteniendo tanto tiempo de mi parte. Atenea responde a mi sonrisa con otra que asoma por debajo del yelmo de plata que siempre le cubre la mitad superior de la cara; Artemisa frunce el ceño, en tensión. Sus ropajes inmaculados destellan incluso cuando el sol no les da de lleno y yo me siento, como siempre, un poco indigno de estar ante ellas. Mi quitón, raído pero limpio, es del color de la tierra, más propio de un campesino del Mundo Medio que de un ser divino.

—Orión. —La diosa de la Sabiduría me observa con esos ojos

enmarcados por el metal que son capaces de ver mucho más allá de lo inmaterial—. ¿Ya está todo en marcha?

Yo asiento, aunque sé que es poco menos que una pregunta retórica. Nunca me ha explicado cómo funciona su poder, pero siempre lo sabe todo. A veces me hace sentir demasiado descubierto, incapaz de esconderme. Con Hera al menos mis pensamientos están a salvo, pero con Atenea...

—Todo está en marcha —confirmo. Y después, cuando llego a su altura—: ¿Los tenéis?

Las diosas intercambian una mirada antes de abrir las manos y convocar los objetos que nos ayudarán a llevar a cabo nuestro plan. Son tres brazaletes de oro: Atenea sostiene uno; Artemisa, otros dos. Yo tomo el que me tiende la primera y lo estudio con cuidado. Sé que han tenido que convencer a Hefesto de que los fabrique exclusivamente para nuestra misión, aunque no creo que haya debido de ser muy difícil persuadirlo de cometer un pequeño acto rebelde contra la mujer que lo lanzó del Mundo Superior cuando acababa de nacer.

—Os protegerán ante cualquier magia de rastreo mientras los llevéis puestos —me recuerda Atenea—. Pero recuerda que no os hacen invisibles, así que no os servirán de nada si alguien sospecha dónde estáis y va directamente a buscaros.

Y ese es el riesgo. Las joyas sirven para evitar los mil ojos que Hera tiene por todas partes, pero si consigue averiguar por sí sola qué estoy haciendo o qué pretendo, podría venir a buscarme o mandar a alguien a por mí y entonces nada ni nadie podrá librarme de su ira.

Pero tengo solo una oportunidad para escapar de esta vida. Si no la aprovecho, me arrepentiré durante el resto de la eternidad.

Sopeso la joya con cuidado antes de ponérmela. La presión alrededor del brazo resulta casi reconfortante.

—No te preocupes. Sé lo que hago.

Es solo una verdad a medias y quizá por eso Artemisa, que es la que mejor me conoce de las dos, aprieta los labios. Aun así, me tiende una pequeña bolsa de cuero para que guarde los brazaletes sobrantes.

—Recuerda que nos estamos jugando el cuello. No lo estropees.

Hago una mueca, desagradado por el borde afilado en sus palabras. Suena a que se está poniendo en peligro por mí, aunque no va a ser ella quien se meta en la boca del lobo y con toda seguridad no será ella quien sufra el peor castigo si nuestro plan sale mal.

Ni siquiera me ayudarían si no creyeran que ellas también pueden sacar algo de todo esto.

—En realidad, todos aquí sabemos que vuestros cuellos están a salvo. Sois demasiado importantes. Si castigan a alguien, será a mí.

—¿Y no te preocupa? Si tienes dudas, Orión, estamos a tiempo de volver a recalcular el plan y...

—Estoy muerto de miedo, Atenea —la interrumpo. Tomo aire para volver a llenarme los pulmones y obligarme a relajarme—. Pero no quiero volver a revisar la estrategia una vez más. Estoy preparado y, pase lo que pase, no creo que mi situación pueda empeorar mucho más. —Me pongo en pie, con la bolsita de cuero sujeta al cinturón—. El mayor riesgo que corro es el de perderme en el Mundo Medio y, dado que Hera no podría encontrarme allí, no estoy seguro de que sea un problema.

—El Mundo Medio no es un lugar tan sencillo ni tan apacible como tú crees, Orión —me advierte Artemisa.

Ella también se equivoca: el Mundo Medio es un paraíso, al menos para mí. Allí no hay dioses salvo en contadas ocasiones y los humanos no pueden ser peores que ellos. Su crueldad no afecta a los cuerpos de los inmortales. Su crueldad se sostiene sobre espadas y arcos y lanzas, y no poseen magia alguna. Ni siquiera me verán si yo no lo deseo.

—Solo son mortales.

—Por si acaso, mantente alerta —me alecciona Atenea, como si quisiera protegerme. No. Lo que quiere proteger es el éxito de la misión—. Y no tomes decisiones precipitadas. Piensa antes de actuar.

—Y no te fíes de nadie, Orión —apostilla Artemisa—. Los dioses somos egoístas, pero nunca tratamos de disimularlo. Los seres humanos, en cambio, lo son igual, pero fingen.

Me molesta un poco que me traten como si fuera un niño que no entiende cómo funciona el Universo. Yo también soy un dios, aunque a todo el mundo aquí se le olvide con demasiada frecuencia. Mis poderes, de hecho, me hacen estar más conectado con los mortales de lo que lo están muchas otras divinidades, menores o no. Además, he estado en el Mundo Medio antes, aunque solo fuera haciendo tareas para Hera.

Los humanos no van a ser el problema en esta misión.

—Y otra advertencia: no te impliques. —Atenea habla con esa voz tan seria que tiene a veces, la de la estratega—. Siendo el dios de la Vida, quizá te sientas tentado, quizá te atraiga algo de los mortales, pero recuerda que sus asuntos son solo suyos. No pierdas el rumbo: vas con una misión y cualquier cosa que se salga de tu camino no es de tu incumbencia.

Supongo que así es como lo ven la mayoría. Los mortales son instrumentos, algo a lo que está bien prestar atención en contadas ocasiones pero que no pueden significar nunca demasiado. Hay muchas historias sobre cómo eso siempre sale mal.

Pero no tienen por qué advertirme de todo esto. Por mucho que el Mundo Medio me parezca un paraíso, no hay nada en los humanos que me llame la atención. Su mundo puede estar lleno de vida, pero también está intrínsecamente unido a la muerte y no hay nada que me genere más rechazo.

—Buena suerte —concluye Artemisa.

Tomo aire y asiento. Está bien, todo va a ir bien, sé lo que tengo que hacer. Llevo lunas enteras planeando esto. Llevamos lunas enteras hablándolo y entre todos hemos hecho una lista infalible de los pasos que tengo que seguir.

No pienso fallar.

—La suerte es un pobre consuelo para aquellos que no tienen a los dioses de su parte.

Y así le digo adiós a la prisión que es para mí el Mundo Superior.

CANTO II
LA AMAZONA ROJA

Cantadme, ninfas, sobre vuestra añoranza
por las guardianas que perdisteis;
vosotras que campáis por los bosques, que emanáis del agua,
cantadme sobre aquellas que ya no están,
sobre las risas que ya no oís,
y sobre las batallas que se perdieron.
Cantadme sobre las amazonas, siempre libres…
Nunca liberadas.

De los héroes se tiende a olvidar sus orígenes cuando solo queda la proeza. Cuando solo queda la épica, lo imposible para otros, es eso lo que se aclama, y no a la persona que se encuentra tras el mito. Así, todos han hablado de los logros y del ingenio de Odiseo, pero lo que menos se recuerda es que solo era un hombre desesperado por volver con su familia; todos admiran a Orfeo, quien bajó al Inframundo en busca de Eurídice, pero nadie habla de lo vacía que sonó la melodía de su lira cuando ni siquiera tras llegar hasta su amada consiguió recuperarla.

Como la mayoría de los héroes, la muchacha de la que voy a hablaros nunca aspiró a convertirse en leyenda, sino que se convirtió en una a su pesar. De la que por mucho tiempo se consideró la mejor gladiadora de toda Eladia se recuerda que fue amazona porque siempre luchaba con el torso descubierto, mostrando con orgullo la cicatriz del pecho izquierdo, que le habían extirpado siguiendo la tradición de su pueblo. Las de su tribu no tenían parangón entre todos los luchadores que alguna vez pasaron por los anfiteatros, pero de todas ellas, la protagonista de nuestra historia fue siempre la más fiera y la más letal.

Lo que solo unos pocos llegaron a descubrir es que ella, como Odiseo, solo era alguien que luchaba por regresar al hogar.

Luchaba por su familia. Luchaba por la libertad.

El mito que surgió en el anfiteatro de Eladia nació en realidad muy lejos de allí, en un poblado apartado de la mano del imperio. Apartado de la mano de los hombres, que eran acribillados sin piedad si se atrevían a acercarse demasiado a aquellos territorios. Allí solo importaban las mujeres. Allí solo importaba la gran familia que las amazonas conformaban, donde todas eran hermanas sin importar en qué vientre se hubieran concebido.

En aquel poblado se le dio un nombre: Asteria.

Tiempo después, Eladia la conocería como la Amazona Roja.

Como en el caso de muchos otros héroes, su leyenda comenzó con una tragedia. Ocurrió una noche, sin previo aviso, cuando todavía era joven y desconocía lo frágil que puede ser la felicidad; cuando no había más cicatrices en su cuerpo que la de su pecho mutilado y las que la caza hubiera provocado en su piel. Cuando

aún reía con ganas, cuando sus ojos aún brillaban, cuando aún amaba bajo las estrellas y cabalgaba bajo el sol, cuando aún luchaba solo para entrenarse y ser una guerrera como todas las demás.

Ocurrió cuando Asteria era muy diferente a la Asteria que algunos conocieron y otros creyeron conocer.

Tropas de hombres asaltaron el poblado de las mujeres; una marea de sed de sangre y desprecio por todo lo que ellas habían construido sin ellos. Las amazonas, por supuesto, se defendieron. Lo hicieron con la fiereza de los animales con los que convivían; con el apoyo de todos los elementos que las protegían en su refugio en medio de los bosques: con la rabia del fuego, la dureza de la roca y la fluidez del agua. Lucharon como si el propio mundo luchase en ellas, y las que cayeron lo hicieron con el orgullo y la paz de haber presentado batalla hasta el final.

Cayeron creyendo en el honor de ser derrotadas en la lucha, de no someterse.

Asteria conoció por primera vez el horror de la muerte al perder a muchas de las suyas en aquel lugar que siempre la había hecho sentir segura y libre. Pese a que luchó con la misma pasión con la que lucharon todas las demás, deseó morir cuando le pusieron la espada en el cuello y a su alrededor no vio más que cadáveres y un hogar reducido a cenizas.

Pero los dioses no le concedieron la clemencia de terminar con su vida.

Las legiones no habían ido a conquistar sus bosques. No habían ido a asaltarlas ni a robarles. Ni siquiera habían ido a por sus cuerpos, que les resultaban extraños y deformes, marcados para siempre por las cicatrices que todas lucían encima del corazón. Habían ido a esclavizarlas, a convertirlas en un divertimento más para el pueblo de Eladia. Así, Asteria fue hecha prisionera junto con muchas otras jóvenes tan fuertes y vigorosas como ella.

Su destino era el anfiteatro: el emperador quería novedades para sus espectáculos de gladiadores, conocidos como los más cruentos de todo el imperio. En ellos siempre se condenaba a alguien, razón por la que el soberano buscaba cada día más carne fresca para sus combates. Quería mujeres que luchasen, y por todos era sabido que no había luchadoras más excepcionales a lo largo y ancho del mundo que las amazonas.

A estas alturas ya nadie lo recuerda, pero muchas de ellas murieron durante sus primeros enfrentamientos en la arena, y Asteria estuvo a punto de correr esa misma suerte en varias ocasiones. No quería luchar y participar en aquel juego cruel, pero al mismo tiempo se negaba a ser asesinada. Sabía que no había orgullo en dejarse matar. Sabía que una amazona debía presentar batalla hasta el final; que la pérdida del honor no era caer, sino rendirse.

Y, además, le prometieron la libertad.

«Aquella que consiga convertirse en la campeona del emperador será liberada», les prometieron a todas. A Asteria, sin embargo, aquello le pareció desalmado. Según aquella lógica, muchas debían morir o aceptar aquel cautiverio para que una sola pudiera conseguir volver a su hogar. ¿Y qué sentido tenía algo así? ¿Qué dicha podía haber en una libertad solitaria, pagada con la sangre de sus hermanas? Eso no era libertad. Era un pobre sueño que se parecía más a una pesadilla: volvería a un poblado abandonado y manchado por la desgracia, donde solo la acompañarían los recuerdos de tiempos más felices. No deseaba aquello. Lo que deseaba, por encima de cualquier otra cosa, era recuperar los días con su familia en aquellos bosques. Honrar a las caídas, rezarles y hacer resurgir lo que otros habían destruido.

No quería salvarse a sí misma si no podía salvarlas a todas.

Fue entonces cuando tuvo la idea. Surgió de la esperanza, como siempre ocurre con los planes más desesperados. Fue una idea más propia de un soñador que de alguien sensato.

Pero fue la esperanza la que la instó a convertirse en la mejor.

Y lo hizo.

Se entrenó con más fuerza, se volvió más cruel. Sus ojos antes vivos se transformaron en un reflejo de las muertes que se contaban bajo su espada. Su piel sumó cicatrices hasta que su cuerpo pareció una escultura maltrecha y mil veces reparada. Su sonrisa se perdió por los tirones de la pena y el dolor. Y con cada batalla, su alegría se hundía más, su ira ardía más intensa y su nombre se aclamaba más fuerte.

Así se abandonó a la persona y comenzó a surgir la leyenda.

Así se convirtió en la campeona del emperador.

Así, cuando todo el pueblo le concedió la gloria, se le tendió la espada de madera que la señalaba como persona libre. Le dijeron que podía marcharse. El emperador no parecía conforme con dejar escapar a su pieza más selecta, pero el pueblo reclamaba honores para la gladiadora que durante años había sobrevivido a lo indecible.

Pero Asteria se negó a aceptarlos.

Asteria, bañada en su propia sangre y en la de sus contrincantes, herida y al borde del desmayo, alzó la vista hacia el emperador, que la observaba desde su podio con ojos tan incrédulos como interesados.

Nadie nunca había rechazado la libertad.

«Seguiré siendo vuestra campeona», dijo. «Seguiré luchando para vos y para vuestro imperio. Pero, a cambio, por cada combate que gane, se liberará a una de las mías».

El emperador, deseoso de mantenerla en su anfiteatro y de mostrarse benévolo ante su pueblo, accedió.

Y así nació la Amazona Roja.

ASTERIA

Hace mucho tiempo mi mundo era verde y azul. El verde de los bosques que gobernábamos, el azul de los cielos despejados con los que soñábamos y que siempre se reflejaba en las aguas cristalinas en las que nadábamos.

Ahora, mi mundo es rojo. El rojo de la sangre con la que me baño cada día, el rojo del sol al que me enfrento cada atardecer sin saber si será la última vez que lo vea, el rojo del dolor que ya no siento y del dolor que provoco en otros. Roja es también la ira que me alimenta, roja es la venganza que anhelo.

Rojo es el color de la muerte a la que me he consagrado.

Mi mundo también está lleno de ruido. El ruido de los alaridos de sufrimiento, de las aclamaciones, de los gritos de quienes asisten al espectáculo y disfrutan del horror. El ruido de los aplausos, de los vítores, que me repugnan. El ruido de las risas cuando alguien cae, el del miedo que sienten por mí cuando me hieren, pese a que no me conocen. Es una compasión falsa, hecha de papiro, igual de fácil de quemar. No les importa mi vida. Si algún día dejo de darles lo que quieren ver, se olvidarán de mí y buscarán a otra muñeca a la que fingir que adoran.

Ahora vuelven a gritar, casi como para darle voz al alarido de dolor que yo me trago cuando el filo me corta el muslo. El hombre al que me enfrento hoy no me da tregua: levanta su espada y se lanza contra mí. Yo lo esquivo al lanzarme al suelo y el pueblo de Eladia jalea, emocionado, cuando el arma está a punto de cortarme una vez más antes de que yo ruede por el suelo para evitar otro golpe. Siseo cuando la arena se me mete en las heridas abiertas. Ahí, en la pierna, pero también en el costado, que siento arder por culpa de un tajo mucho más profundo de lo que me gustaría. Pese a todo, estoy segura de que el corte no ha alcanzado ningún órgano, así que puedo seguir.

Tengo que seguir.

Aun así, siento el desasosiego corriendo por mis venas junto a la rabia y la adrenalina. Nunca desaparece. Da lo mismo que lleve años encerrada en este lugar, da lo mismo que se me venere como una campeona: no soy inmortal. Cada día que pasa escucho con más claridad el repicar de las monedas que tomará el Barquero para llevarme a la orilla que me dará paz y me permitirá reencontrarme con algunas de mis hermanas, las que cruzaron la Estigia demasiado pronto.

A veces pienso que sería una liberación.

Sería casi como volver a casa.

Pero sé que todavía hay cosas que puedo hacer antes de marcharme para siempre. Hay personas a las que puedo salvar. Eso es lo que siempre consigue que sobreviva un día más. Lo que me hace gritar por mí, por ellas. Lo que me hace levantarme siempre que me caigo y atacar.

Atacar.

Atacar. Atacar. Atacar.

Mi espada se encuentra con la de mi rival, también herido. Su cuerpo está tan rojo como mi mundo, pero sigue en pie, dispuesto a cubrirse de la gloria que quiere arrebatarme, o quizá, como yo, anhelando la libertad. Es fuerte y, pese a que está malherido, presenta batalla con la misma fiereza con la que yo me enfrento a él. Morir bajo su mano no sería ninguna deshonra, pero no puedo permitírmelo. Cuando lanza un golpe con rabia, yo caigo de nuevo, pero esta vez no trato de levantarme. Me quedo esperando, con la espada entre los dedos, la cara girada hacia el suelo. Hasta cierro los ojos. El sabor a óxido de la sangre me llena la boca y escupo.

A mi alrededor, el público contiene la respiración, quizá preguntándose si será este el día en que la Amazona Roja sea derrotada.

Yo aguardo.

Siento los pasos del hombre acercándose a mí, pesados pero seguros. Con los ojos entreabiertos, veo que alza la espada y que el sol lanza un destello sobre el metal. Me da por acabada.

Y ese es precisamente su error.

Aprieto la empuñadura de mi arma al tiempo que me incorporo, con una rodilla hincada todavía en el suelo. Me irgo lo justo para lanzarle un tajo certero a la pierna. El filo se clava desde la corva y raja. El grito de dolor del gladiador, que cae al suelo en medio de una riada de sangre, se mezcla con los gritos de jolgorio del público. Con la alegría. Con la excitación.

Bestias.

Me pongo en pie. Siento el cuerpo entumecido por las heridas, pero sigo adelante. Acomodo las manos en torno a la empuñadura de la espada. Piso el arma de mi contrincante, que trata de alzarla en un último acto desesperado. Cuando nos miramos a los ojos, él parece suplicar que acabe pronto. He visto esa mirada ya demasiadas veces, así que sé qué está viendo ahora mismo en mí: a la Muerte disfrazada de mujer.

—Que la tierra de la que naciste vuelva a guardarte.

Mi voz es solo un susurro, pero él lo escucha, porque cierra los ojos y acepta así la despedida.

Le concedo descanso cuando le atravieso el corazón.

Las gentes de Eladia celebran la llegada de un alma más al Inframundo, pero de todas las personas presentes, de todas las que jalean y vitorean, solo importa una. Precisamente quien calla. Quien, desde el podio, vestido de púrpura y con la corona dorada sobre los cabellos, se levanta. Yo no agacho la cabeza ante él, aunque lo observo, esperando el veredicto como tras cada lucha. Según parece, en otro tiempo quienes vencían en un combate como este nunca corrían peligro de morir, pero el emperador de Eladia consideró que podía reinventar las reglas a su antojo en cuanto le pusieron la corona de laurel sobre la cabeza. Sus espectáculos son los más brutales de la historia del imperio y en ellos nunca nadie debe dar por sentado su destino. A estas alturas, sin embargo, yo sé que jamás se atreverá a señalar con su pulgar hacia arriba para condenarme. No lo haría ni aunque la pelea no hubiera sido de su agrado, porque su pueblo me aclama y grita:

—¡Viva! ¡Viva, viva, viva!

Una y mil veces, piden que sobreviva otra noche, solo para que pueda arriesgar la vida un día más en la siguiente batalla.

—Asteria. —La voz del emperador es firme. Fuerte, incluso entre toda la algarabía, entre toda la locura que se va calmando ante la voz de su soberano. Sus ojos oscuros me atraviesan. Él no me celebra ni me aplaude. Sé que disfruta al verme herida—. Nos has dado un buen espectáculo hoy. Les has ofrecido a los dioses un tributo de sangre y carne para que dispensen sus dones por toda Eladia.

Las diosas no miran hacia el Mundo Medio desde hace mucho, pero sus habitantes seguirán pensando lo contrario solo porque es lo que desean creer. O quizá el discurso del emperador sea una forma de justificar su crueldad.

Pese a sus palabras, nadie da por hecho mi salvación. No es la primera vez que felicita a una combatiente y luego la manda ajusticiar solo por el placer de verla muerta. Por eso Eladia entera contiene la respiración cuando el monarca alza la mano, cerrada en un puño, con el pulgar extendido... que finalmente señala hacia abajo, hacia la arena, a la tierra en la que permite quedarme. Hace años que ese gesto no significa nada para mi propia vida, pero sí lo significa todo para mis hermanas. Con ese gesto, me absuelve un día más y permite que una amazona vuelva a conocer la libertad esta misma noche.

El pueblo, por su parte, grita de emoción.

Yo me inclino solo entonces, aunque no dejo de mirar al emperador. Nunca lo hago y él, por su parte, tampoco aparta la vista. Es todo el acto de insubordinación que puedo permitirme, pero nunca me quito el gusto de hacerlo. Es la única manera en la que puedo decirle que yo no olvido. Que no hay día en que no recuerde que su egoísmo y él acabaron con mi poblado, que fue él quien derramó la sangre de mi familia. Mi mirada tras cada combate es la mirada de la memoria y la advertencia: seguiré jugando a este juego mientras él siga cumpliendo con su palabra.

Si alguna vez deja de hacerlo, será un placer irme de este mundo, siempre y cuando lo arrastre a él conmigo.

Quizá las diosas me permitan seguir viva para eso.

Si así fuera, estaría encantada de cumplir sus deseos.

Los únicos vítores y felicitaciones que no me disgusta escuchar son los de mis hermanas cuando vuelvo al ludus a tiempo para la cena. El maestro Arcleo siempre me lleva en primer lugar ante mis compañeras y el resto de las gladiadoras para que vean mi sangre y mis heridas, mi rostro golpeado, y les sirva de lección. Lo hace para que aprendan cómo deben vencer: incluso en las peores circunstancias. Arcleo se siente orgulloso de mí, pero solo porque sabe que soy una pieza que le hace muy muy rico. En cualquier caso, que me exhiba es lo que menos me molesta, porque es entonces cuando veo a las mías, que se levantan, jalean mi nombre y me señalan como su hermana con orgullo.

Como cada noche después de un combate, vienen a abrazarme y a alzarme, y aunque mi cuerpo está dolorido, aunque todo me pesa y me siento mareada, es el único instante en el que puedo sentirme un poco feliz, incluso si es entre las paredes de esta cárcel. Aunque el momento de alivio dura poco: Arcleo, como siempre, se apresura a poner orden y todas deben volver a sus asientos.

Hoy, sin embargo, antes de obedecerlo, Lysandra toma mi rostro entre las manos y me besa. Es más corto de lo que a mí me gustaría, pero deja un cosquilleo agradable en mis labios y una sonrisa divertida en los suyos. Cuando se sienta al fin junto a las demás, Cleta le da un codazo por atrevida. Algunos de los hombres que hay en las otras mesas, en su estupidez, se ríen y piden ver otro o unirse a nosotras.

Arcleo exige orden y esta vez nadie se atreve a protestar.

—Ainia —llama entonces.

El maestro también me hace quedarme para esto: para que pueda despedirme de aquella a la que he liberado combatiendo. No tengo derecho a elegir quién será la que se marche, es el hombre que está a mi lado quien decide, y nunca es halagador que lo haga. Si tu nombre es mencionado significa que eres la menos rentable para él.

La más débil.

Ainia se levanta del asiento y veo en su expresión la misma contradicción que muestran todas cuando las llaman: el anhelo de libertad y la ofensa de ser considerada la peor de nosotras. Al final, sin embargo, ni siquiera el orgullo de una amazona es tan grande como para rechazar romper las cadenas que nos atan aquí. Ainia, además, es de las más jóvenes: debería sentirse más que satisfecha por haber sobrevivido tanto tiempo. Hace ya tres años que vivimos en una lucha continua y ha habido muchas que no han llegado tan lejos. Yo tenía diecinueve cuando nos trajeron aquí, la misma edad con la que ella se marchará.

La muchacha se acerca a mí e hinca una rodilla en el suelo. Se lleva la mano al pecho, a la altura del corazón, allá donde todas guardamos la cicatriz que se nos hace durante ceremonia de adultez y que nos une.

—Vuelvo a la tierra que nos arrebataron gracias a ti, Asteria.

Le tiendo una mano para que se ponga en pie y ella lo hace agarrándome el brazo. Yo estrecho el suyo mientras nos miramos a los ojos. Los tiene verdes, como los de Lysandra, como los prados que pronto podrá volver a ver y con los que yo todavía sueño cada noche.

—Corre por nuestros bosques por todas aquellas que cayeron en ellos. Limpia tu cuerpo en nuestro manantial como si la sangre nunca lo hubiera manchado. Reúnete con las demás y reconstruye nuestro hogar.

Ainia asiente, con el rostro serio. Su mano me aprieta más el antebrazo. Hay un juramento en su mirada.

—Honor y sangre, hermana —me dice.

—Honor y sangre.

—¡¡¡Honor y sangre!!! —claman las demás amazonas desde sus asientos.

Arcleo exige silencio, pero siempre ocurre lo mismo cuando alguna se va. Además, sabe que no puede impedirles que se despidan así de quien deja el ludus.

Ainia me abraza y yo la envuelvo con los brazos a pesar de las pocas fuerzas que me quedan tras la batalla. Es solo un instante antes de que Arcleo la separe de mí y un par de guardias se la lleven.

Mi hermana me mira una última vez, con una sonrisa agradecida, antes de volver a casa.

ASTERIA

El agua de la pila que ponen en mi celda se tiñe de rojo. Como después de cada batalla, me reviso el cuerpo a conciencia mientras me limpio: en el anfiteatro cosieron las heridas más graves, las que dejarán nuevas cicatrices en una piel en la que apenas queda espacio sin marcar. Cuando me toco la sutura del costado, gruño de dolor. Lo mismo pasa con la herida en el muslo. Suspiro, me echo hacia atrás en el pilón y apoyo el cuello en el borde. Intento concentrarme en el agua caliente, en la manera en la que relaja mi cuerpo agarrotado, y me permito descansar. Solo unos minutos de paz… Así es fácil pensar que estoy al margen de todo. Imaginar, incluso, que me encuentro en el manantial de nuestro poblado, con la cabeza apoyada en las piedras, y que a mi alrededor no se cierra este silencio opresor, sino que puedo oír el canto de los pájaros, las voces de mis hermanas e incluso las risas de las ninfas que se escondían en la gruta, tras la cascada, y que a veces salían a jugar.

Por desgracia, soy demasiado consciente de que, cuando abra los ojos, solo encontraré una celda en la que apenas hay más luz que la que deja pasar un diminuto ventanuco en la pared. Un lugar oscuro, con su puerta de hierro y su incómodo lecho de paja en el suelo. Puede que Arcleo se haga de oro con los combates, pero eso no hace que nuestras estancias sean mejores.

No me apetece abrir los ojos y volver a la realidad de mi encierro, pero lo hago cuando escucho el ruido.

Es apenas un siseo, una perturbación en el aire, pero resulta suficiente para que me tense y me gire con rapidez hacia el fondo del pequeño cuarto.

Allí, amparado entre las sombras, hay un hombre.

O más bien... un muchacho.

Tiene la piel olivácea, desnuda excepto por el quitón desvaído que lleva atado sobre el hombro izquierdo y le cae hasta las rodillas. Sus brazos están cruzados sobre el pecho, uno de ellos decorado con un brazalete dorado que contrasta con la prenda desgastada con la que se cubre. Está apoyado contra la pared y me mira con ojos oscuros, castaños. Sus facciones parecen jóvenes, pero la expresión seria, con la nariz arrugada como si algo le asquease, suma años a su rostro.

¿Cómo ha entrado aquí? Incluso si hubiera podido esquivar a los guardias que custodian el ludus, yo no le he dado la espalda a la puerta en ningún momento.

Miro alrededor, en busca de un arma con la que defenderme en caso de que intente algo, pero no hay nada. Lo único que tengo es el agua de la tina, aunque supongo que eso y mis propias manos podrían ser suficiente: si se acerca a mí, le meteré la cabeza en la pila y lo ahogaré.

—Asteria —me llama. Cuando nuestros ojos se cruzan me parece percibir un fulgor dorado que desaparece al instante siguiente. Podría haber sido un truco de la pequeña llama que danza en la vela casi consumida que hay en una esquina del cuarto—. La Amazona Roja. Hay quien dice que te bañas en la sangre de tus contrincantes, pero yo diría que los rumores exageran tu fuerza. Al menos la mitad de esa sangre es tuya.

Entorno los ojos y lo sigo con la vista cuando el intruso echa a andar por la celda, midiéndolo. No se acerca a mí, sino al catre. Frunce el ceño un poco más, como si considerase tomar asiento pero las mantas raídas lo disuadiesen. Al final, tan solo se vuelve hacia mí y me mira como si estuviera esperando que yo diga algo.

Decido no decepcionarlo:

—Parece que me conoces muy bien —replico—. Lamentablemente, no puedo decir lo mismo. ¿Quién eres y qué quieres?

Me parece que sonríe, pero es solo un segundo antes de que se desvanezca en el aire. El truco hace que se me tensen todos los músculos y no puedo evitar levantarme de la tina, alerta.

Eso explica cómo ha entrado sin ser detectado.

—Me llaman Orión. —De pronto está junto a la puerta. Su mirada me recorre de arriba abajo mientras el agua enrojecida se me desliza por la piel, pero yo no hago ademán de cubrirme—. ¿Te dice algo mi nombre?

Oh, sí. Me dice algo. En nuestra tribu, como parte de las historias que se narraban sobre nuestra diosa protectora, Artemisa, se hablaba de un Orión que existió muchos años antes de que yo naciera. Se decía que la diosa llegó a amarlo y Apolo, celoso del cariño que le profesaba, la engañó para que le disparase una de sus flechas, lo cual lo mató en el acto. Años después de que aquello sucediera, un nuevo dios nació en el Mundo Superior, y Artemisa debió de considerar que darle a aquel recién nacido el nombre de la persona a la que tanto había querido era una buena forma de redimirse.

Es irónico, porque el recién nacido fue el dios de la Vida, justo lo que se le negó a ese supuesto amor suyo.

Si es ese dios el que está ante mí, no sé qué hace visitando a alguien que solo sabe de muerte.

Trato de no mostrarme turbada por su presencia. Aprieto los puños, alzo la barbilla y respondo con frialdad:

—Me dice que debes de haberte equivocado de destino. El dios de la Vida y yo estamos condenadas a no entendernos.

Aunque mi entrenamiento me dice que no lo haga, le doy la espalda y salgo de la tina para secarme, dejando huellas rojas sobre el suelo de piedra a mi paso. No quiero tener nada que ver con las diosas. El Mundo Superior nos ignoró cuando más necesitábamos una intervención divina, así que yo ya no le rindo culto a ninguna, ni siquiera a Artemisa. Pese a que se supone que era nuestra protectora, no miró hacia abajo cuando les rebanaron el pescuezo a mis hermanas o nos encadenaron para traernos hasta el centro del imperio.

—No estaría aquí si no fuera por una muy buena razón —replica el dios—. Vengo a ofrecerte un trato del que podrías beneficiarte.

Cuando me giro de nuevo hacia él, descubro que me está mostrando dos objetos: en la mano izquierda sujeta un puñal hecho de oro que brilla de forma casi sobrenatural y, en la derecha, un brazalete como el que él mismo lleva puesto. No le pregunto por ellos ni por qué parece ofrecérmelos.

Sea lo que sea que venga a decirme, llega demasiado tarde.

—La respuesta es «no».

Él frunce el ceño, contrariado. Quizá esperaba, como deben de esperarlo todas las divinidades, que nadie se atreviera a negarse a la palabra de un ente superior. Yo aprovecho su momento de confusión para vestirme.

—Ni siquiera has escuchado lo que vengo a ofrecerte...

—Ni pretendo hacerlo.

No vuelvo a mirarlo, sino que me concentro en arreglarme la ropa y peinarme los cabellos cortos con los dedos. Detrás de mí, escucho los pasos inquietos de Orión acercándose. Algunas mortales podemos ser impacientes, pero está claro que nuestra impaciencia no es nada al lado de la divina. Es absurdo, porque en el Mundo Superior tienen todo el tiempo que deseen, mientras que el nuestro es limitado.

—¿Acaso no quieres salir de aquí? —reclama con una tensión nueva en la voz—. ¿No quieres... ser libre? Volver a tu tierra. Yo podría ayudarte a conseguirlo. Podrías regresar con tus hermanas, con todas ellas. Nunca tendríais que volver a servir al emperador.

Me pregunto si piensa que está siendo magnánimo, que está haciéndome un gran favor con este ofrecimiento. Supongo que espera que me arrodille ante él, deslumbrada por su presencia, y le rinda pleitesía. Que prometa consagrarme como sacerdotisa en uno de sus templos y pasar el resto de mi existencia besando los pies de su estatua.

Si es así, ha venido a buscar a la mujer equivocada.

—Quiero salir de aquí —le confirmo. Él parece suspirar, aliviado, aunque frunce el ceño cuando ve que me acerco, que empiezo a caminar a su alrededor. Su postura cambia un poco en ese momento y, por primera vez desde que ha entrado en el cuarto, lo noto alerta—. Quiero ser libre. Y quiero volver a mi tierra. Y por supuesto que tú puedes lograrlo... Igual que podría haberlo hecho cualquiera de las diosas a las que hemos rogado cientos de veces. Miles. ¿Sabes cuál ha sido la respuesta a esas súplicas? Silencio. Un silencio que dura ya más de tres años. Un silencio absoluto, al que solo ahora os dignáis a contestar con tratos que llegan demasiado tarde, porque ya hemos aprendido la lección: nuestros problemas son solo nuestros. Hace mucho que mis hermanas y yo dejamos de rezaros, así que no voy a aceptar nada que provenga del Mundo Superior. —Me planto frente a él—. Márchate por donde has venido: mi respuesta sigue siendo no.

El dios traga saliva. Me observa, incrédulo y turbado, y por un momento creo que se irá. Que desaparecerá, molesto por el golpe que le he dado a su orgullo. Pero no lo hace. De pronto, parece reaccionar, tomar consciencia incluso de dónde está, y me mira con renovada seguridad.

—¿Ni siquiera sabiendo que tus hermanas no son liberadas? —Doy un respingo—. Asteria, ¿eres tan inocente como para pensar que la palabra de un emperador a una... esclava vale algo? No las envía de vuelta a casa.

«No las envía de vuelta a casa». Eso es imposible. Yo misma las veo marcharse. Nos despedimos de ellas según la costumbre de nuestro pueblo y vuelven a nuestra tierra. Llevan haciéndolo lunas enteras.

De pronto, la ira que siempre se mantiene escondida en mi estómago, preparada para ser usada en la batalla, despierta. Ni siquiera pienso en mis movimientos. A mi cuerpo lo impulsa un sentimiento visceral, el mismo al que me agarro en cada batalla. Me lanzo sobre él, preparada para un forcejeo, pero el dios apenas me ve venir. No me cuesta nada robarle el arma que lleva en la mano. El peso de la empuñadura dorada contra mi palma me resulta tan familiar como el escozor de las heridas y el ruido ensordecedor del público del anfiteatro.

Antes de que la Vida pueda parpadear, yo presiono el filo contra su garganta.

—¿Qué estás diciendo? —escupo.

Él coge aire con precipitación, sus ojos fijos en mí llenos de sorpresa e inquietud. También miran el cuchillo, quizá valorando las posibilidades de que le hiera. Yo aprieto lo justo para que el filo cree un hilo de sangre dorada que corre por su piel. No me va a temblar el pulso si se atreve a jugar con algo tan importante para mí.

Para mi sorpresa, el dios emite un gemido bajo. La herida no se cierra. Miro de reojo el arma, interesada. Tiene que ser algo más que un cuchillo ceremonial, si puede hacerle daño a un dios. Me permito solo ese instante de distracción antes de clavar los ojos de nuevo en mi rival y apretar el filo una vez más contra la piel.

—Habla.

—El emperador te engaña —dice con voz ahogada, y yo tiemblo de rabia ante la simple idea—. ¿Creías que de verdad iba a soltar a esas chicas? Para él todo es un juego. A veces las tortura y las usa como espectáculo personal hasta que se cansa. Otras veces las manda a otros lugares, a engrosar las tropas o a luchar en otros anfiteatros, a provincias lejanas del imperio, pero se asegura de que siempre se las condene para que su nombre nunca llegue a aclamarse. Las que tienen más suerte mueren al instante ante él y…

—¡¡¡Eso es mentira!!! —estallo, al tiempo que aferro con más fuerza el cuchillo y lo aprieto contra su piel. El dios de la Vida cierra los párpados, pero a mí no me da ninguna pena—. ¿Es uno de vuestros engaños? ¿Una de las historias que utilizáis para que quienes habitamos el Mundo Medio hagamos lo que queréis?

—Comprendo que no te fíes de nosotros —murmura con la respiración truncada—. Que pienses que tengo razones para mentirte, pero te aseguro que todo lo que digo es cierto. Ahora, aparta el cuchillo.

No lo hago.

—Quiero pruebas —le exijo, apretando los dientes. El hilo de sangre que se desliza por su cuello empieza a mancharle la ropa cuando aprieto el filo con más firmeza. Él emite un gemido que satisface mi odio—. Dame pruebas de lo que dices y haré lo que me pidáis en vuestro nombre, me da igual lo que sea. Pero a cambio, si es cierto, me dejaréis matar al emperador y nadie me juzgará por ello. Nos dejaréis ser libres, a mí y a las mías.

El dios me mira, no sé si con miedo o con duda. Sea cual sea, acaba asintiendo al cabo de un momento.

—Hay trato. Suelta el cuchillo.

Lo hago, aunque lo tiro lejos en lugar de devolvérselo, solo por si acaso se le ocurre utilizarlo contra mí. Ambos escuchamos el ruido sordo que hace al chocar contra el suelo.

El muchacho se pasa la mano por el cuello. La herida sigue sin cerrarse, aunque ya no sangra tanto.

—¿Estás segura de que quieres verlo? —pregunta.

—No te creeré hasta que lo haga.

—No será fácil.

—No será verdad.

Sin embargo, algo me dice que esos ojos oscuros no me mienten. Que casi se compadecen de mí, lo cual enciende todavía más mi enfado. Nadie ha hecho nada por nosotras. Su pena, si la siente, es hipócrita.

La herida en su cuello comienza a sanar entonces, muy despacio. Desearía que no lo hiciera. Desearía que siguiera abriéndose, igual que yo siento abrirse todas las cicatrices que visto, pero especialmente la que tengo sobre el pecho, sobre el corazón.

El dios que ha venido a visitarme me tiende la mano.

Cuando la tomo, con desconfianza, el mundo se fragmenta y yo me siento caer.

La realidad vuelve con náuseas y sabor a bilis sobre la lengua. Todo da vueltas, pero algo (alguien) me sujeta del hombro y me mantiene firme. Cuando abro los ojos, tengo que parpadear repetidas veces hasta que consigo enfocar y ver lo que nos rodea.

Estamos en una sala amplia, alargada y llena de antorchas que iluminan los tapices de todos los colores que penden desde la baranda de un balcón interior. El suelo está salpicado de teselas que forman un elaborado mapa del Mundo Medio y hay al menos una docena de guardias del imperio caminando entre las columnas que se distribuyen a intervalos regulares por la estancia. Aunque mi primer instinto es adoptar una posición defensiva, ninguno de los hombres parece darse cuenta de nuestra presencia, a pesar de que un par caminan a tan solo unos pasos de nosotras.

Y al final…

Siento que el suelo se me abre bajo los pies descalzos en cuanto la veo. Ainia está arrodillada ante el emperador, que la observa recostado entre cojines, con una copa de oro rebosante de vino entre las manos. Tras mi hermana, dos guardias se aseguran de que no se mueva. Me adelanto, en un intento de alcanzarla, pero el dios que me sostiene tira de mí y me mantiene contra su pecho.

—Quieta —sisea.

Me revuelvo, apretando los dientes, y alzo la mano, pero mis dedos están vacíos: el puñal se ha quedado en el suelo de la celda. Él, de todas formas, está atento esta vez y me captura la muñeca antes de que pueda hacer nada.

—Suéltame —le advierto—. Tengo que…

—Ahora mismo solo eres invisible para ellos gracias a mí, amazona —me susurra al oído. Parece nervioso, pero aun así me agarra con seguridad cuando vuelvo a intentar sacudirme—. Escúchame: si te separas de mí, te verán y te matarán. Y muerta no podrás hacer nada, ni por ella ni por nadie.

No, se equivoca: si me ven, lucharé. Es para lo que estoy aquí, al fin y al cabo. Le daré al emperador el espectáculo que siempre pide: mataré a sus guardias y después me encargaré de él.

Si no lo hago en este mismo instante es solo porque una voz que reconozco reverbera entre las columnas:

—Nadie me dijo que la libertad significase seguir viviendo de rodillas.

Toda mi atención cae sobre Ainia, que se mantiene digna incluso cuando la están obligando a postrarse. Cojo aire, porque siento que me falta. El pecho se me oprime con una angustia que hacía mucho tiempo que no sentía. «Cállate, Ainia», quiero decirle. «No tientes a tu suerte». Me siento una traidora a mis creencias, a mi pueblo, porque una amazona nunca agacha la cabeza, y menos ante monstruos como el emperador. A las bestias las enfrentamos. Las cazamos y después las devoramos. Ese hombre no se merece más que eso.

Pero ahora temo demasiado por mi compañera como para honrar a la tradición.

—Incluso los ciudadanos libres deben servir a su emperador —dice el animal con corona—. Ainia, ¿no es así? Me han dicho que eres una guerrera fuerte. Mis legiones necesitan hombres y mujeres que alimenten sus filas. Por supuesto, ahora eres libre, así que se te pagará. Es un buen trabajo. Un servicio digno para el imperio.

Ella entrecierra los ojos.

—Las amazonas no servimos a vuestro imperio —declara, sin darse ni un solo momento para dudar—. Deseo volver a nuestro hogar. Asteria lucha para que lo hagamos; así se pactó y así ha de cumplirse.

—Asteria lucha por vuestra libertad y yo, como vuestro emperador, decido qué hacer con esta, aunque ninguna de vosotras parecéis entenderlo. ¿Creéis que os dejaré vivir en la anarquía dentro de mis territorios? —Su sonrisa hace que se me revuelva el estómago—. Os ofrezco ser ciudadanas de nuestro gran imperio, ser protegidas por nuestras leyes, formar parte de nuestro orden. Pero no viviréis al margen de nuestras normas. O tomáis el hogar que os ofrezco o no tendréis hogar.

Un chasqueo de sus dedos es suficiente para que uno de los guardias que espera tras mi hermana desenvaine. Ainia coge aire y yo jadeo. No. No pueden matarla. No puede ser que esto sea lo que han estado haciendo con todas.

Intento adelantarme de nuevo, pero el dios que me ha traído hasta aquí no me lo permite.

—¡¡¡Suéltame!!!

Aunque grito, nadie en la estancia parece escucharme, más allá del ser divino que trata de mantenerme quieta. Odio que lo consiga. Odio sentirme tan débil bajo unos brazos que ni siquiera parecen demasiado fuertes. Miro al dios, cuya atención se divide entre la escena y yo. Parece inquieto, inseguro de qué hacer. Probablemente se arrepienta de haberme traído hasta aquí, pero yo puedo hacer que lo sienta todavía más si no me deja intervenir.

—Tengo que ayudarla —le digo, pero su expresión no cambia—. ¡¡¡Tengo que ayudarla!!!

—Mi hogar no lo decide ningún hombre. —La voz de Ainia llega de nuevo hasta mí y yo me giro hacia ella. El corazón me palpita fuerte en el pecho, en las muñecas, en el cuello, en todos lados. La cabeza me da vueltas. «No lo desafíes»—. Mi hogar está con mis hermanas.

—Volverás con ellas, entonces. ¿Qué eliges? ¿Morir en un nuevo anfiteatro con el tiempo o caer de inmediato en este mismo suelo? ¿Cuánto quieres sufrir, Ainia?

—¿Me ayudarás? —me susurra el dios de la Vida. Tiene los dientes apretados y parece desesperado—. Dime que me ayudarás en lo que sea, dame tu palabra, y podrás socorrerla.

—¡Te ayudaré, te ayudaré, pero...!

Todo pasa demasiado rápido. El guardia coloca la espada en el cuello de Ainia para presionarla, pero ella decide que no se irá sin presentar batalla. No se irá sin honor y tampoco se dejará manipular. Por eso alza las manos y agarra el filo con ellas, tira, se inclina hacia delante. No le importa herirse, porque consigue lo que quiere: desarma a su contrincante, que tropieza y cae. Mi hermana se levanta de un salto, dispuesta a enfrentarse al siguiente...

... pero no es lo suficientemente rápida.

El hierro del otro guardia la atraviesa.

Los labios de mi hermana se manchan de rojo cuando abre la boca en un gesto de sorpresa.

—¡¡¡NO!!!

Mi grito no lo oye nadie más que yo. Ni siquiera estoy convencida de que llegue a pronunciarlo. Ni siquiera sé si algo de esto es real. A lo mejor el dios de la Vida es también el dios del Engaño, porque esto tiene que ser una ilusión. Me he quedado dormida mientras estaba en la tina y estoy soñando. O quizá he muerto hoy en la arena. Quizá morí hace años, en el asalto al poblado, y todo lo que he vivido desde entonces es una tortura del Tártaro.

No puede ser que Ainia, a quien he salvado hace solo unas horas, muera ante mí. Que caiga, arrodillada, y que el emperador se levante para mirarla. Me quedo quieta, paralizada. Sin fuerzas. El dios que me sostiene tampoco parece capaz de reaccionar. Se tambalea, pero no me suelta. Le entra una arcada, aunque no es nada en comparación con lo mareada que me siento yo.

Esto no está ocurriendo. Esto no está pasando de verdad. Yo la liberé. Yo las he liberado a todas. Yo he luchado por ellas. El emperador las libera. No están muertas.

Ainia no está muriendo. Nadie más ha muerto. Mi lucha tiene sentido.

Mi lucha tiene sentido, mi lucha tiene sentido, mi lucha tiene...

Pero de pronto no lo tiene.

El mundo se vuelve todavía más rojo.

—Córtale la cabeza —ordena el emperador con indiferencia—. Las traidoras no merecen boca donde llevar las monedas para pagar al Barquero.

Ainia lo mira por última vez. Le escupe, con sangre, con los ojos perdidos.

—Cobarde...

El filo corta el aire.

La cabeza de mi hermana besa los pies del emperador.

Cuando volvemos a desaparecer, esta vez no se rompe el mundo, sino yo.

IMPERIUM

ORIÓN

Dejo ir la mano de Asteria en cuanto aparecemos en su celda. Las piernas me fallan en ese mismo momento y caigo de rodillas. Trato de encogerme todo lo que me deja el cuerpo, apoyando la frente en el frío suelo de piedra. Me siento mareado, a punto de vomitar, y estoy seguro de que lo haré si no consigo que las imágenes que acabo de presenciar se vayan de mi mente. Todavía puedo ver la cabeza de esa chica en el suelo, todavía siento su pérdida. Trato de coger aire en un intento de olvidar también el olor, pero es inútil: esta habitación apesta a la sangre que se ha mezclado con el agua de la bañera y a la muchacha que está en algún lugar de la estancia. Ella es lo peor de todo. Aunque esté viva, huele a cadáver. Cuando llegué solo me resultó repulsivo, pero ahora, tras ver el asesinato de esa amazona, me resulta insoportable. Me estremezco y un sudor frío se apodera de mí. El asco me aprieta el corazón y los pulmones. Trato de contener las arcadas.

Tengo que salir de aquí.

El pensamiento solo acaba de formarse cuando una mano me coge por el pelo y me obliga a enderezar la espalda. Durante un momento, creo que la cara a la que estoy mirando es la de Hera, que esta es otra más de sus torturas, que se ha disfrazado de la Amazona Roja para darme otra lección que no olvidaré jamás.

Pero es Asteria la que sigue ante mí. Solo una humana, en principio inofensiva. ¿No es eso lo que me han enseñado toda la vida? Que los mortales no pueden hacernos daño, que no pueden compararse con nosotros en ningún aspecto. Y, sin embargo, a esta muchacha los ojos le brillan como si, más que una simple mortal, fuera una de las Furias, venida desde el Inframundo para torturarme. Vuelve a sujetar el cuchillo dorado y yo soy demasiado consciente de todo el daño que podría hacerme con él.

—La has dejado morir —gruñe, más fiera que humana—. Eres el dios de la Vida, pero la has dejado morir...

Es cierto, soy el dios de la Vida..., pero jamás he salvado a nadie. Nunca he escuchado ni una de las plegarias que resuenan en mi cabeza a todas horas.

¿Por qué voy a hacerlo, si nunca nadie se ha preocupado de salvarme a mí?

—Ni siquiera yo puedo volver a unir una cabeza a su cuerpo.

Un nuevo tirón, más fuerte, me expone por completo el cuello. Siento la punta de la daga arañando la delicada piel alrededor de mi nuez. Intento no tener miedo, porque un dios no debería sentirse atemorizado por una simple muchacha, pero sé demasiado bien lo que puede hacerme ese cuchillo, y esta mortal no es como yo había esperado que fuera. Creí que bastarían las palabras para convencerla, creí que no sería difícil conseguir que colaborara. Creí que me reverenciaría por el mero hecho de ser un dios, como hacen todos.

Pero me equivoqué.

¿Por qué Atenea no me avisó de que esto podía pasar?

—Si me hubieras soltado cuando te lo pedí, Ainia seguiría viva —sisea—. Si me hubieras dejado ayudarla...

—¡No soy tu enemigo!

—¡¡¡Eso lo decido yo!!! —Su cara está tan cerca que me veo reflejado en sus pupilas. Parezco aterrado, y ella, fuera de control—. No eres mejor que el emperador. Eres cómplice de todas las muertes que puedes evitar y permites.

Abro la boca para hablar, pero entonces ella baja el puñal. Durante un glorioso segundo, creo que me dejará ir, que no sucumbirá a la furia. Pero entonces me apoya la punta justo encima de la clavícula y empuja. El dolor me atraviesa, intenso, insoportable, a medida que el filo rasga piel y músculo. El dorado le salpica la túnica, pero no es nada en comparación a cómo fluye sobre mi pecho y va a parar al suelo, desperdiciada.

La vista se me nubla y la amazona suelta mis cabellos para permitir que caiga hacia delante, sobre el charco de mi propio icor.

Me digo que tengo que levantarme, pero el cuerpo no me responde, paralizado por el dolor. Mis ojos, abiertos con horror, miran el suelo y sus pies mientras jadeo. Ella retrocede hasta que desaparece de mi campo de visión. Me tiembla la mano descontroladamente cuando trato de arrancarme el cuchillo. Duele. Duele demasiado como para expresarlo en palabras. Y, aun así, no es lo peor que he sufrido en la vida. Solo es una herida, al fin y al cabo. Una puñalada. Estoy demasiado habituado a ellas.

Pese a ello, necesito de todas mis fuerzas para liberarme del cuchillo, que cae al suelo con un tintineo cuando abro la mano. Sangre. Sangre por todas partes. Intento dejar de respirar, arrastrarme lejos del charco dorado, pero la celda es demasiado pequeña y no puedo abandonar mi cuerpo, por mucho que me repugne en este momento. No deseo nada más que salir de aquí, pero tengo una misión que no puedo dejar a medias.

Nada de esto entraba dentro del plan, pero estoy seguro de que hay alguna forma de controlar esa ira que emana de la amazona. Tengo que conseguir redirigirla hacia mi objetivo para que ambos consigamos lo que queremos.

La mortal se ha alejado hasta la otra punta de la estancia y se apoya contra la pared, intentando acompasar su respiración acelerada. Tiene los puños apretados, pero no me espero el momento en el que de pronto grita, con rabia, y golpea la pared con ellos. Una, dos, tres veces. Si mi presencia no hubiera puesto un velo sobre la estancia, quizá su rabia alertaría a alguien, pero ahora solo yo soy testigo de su dolor. En el silencio que sigue al estallido, no se escuchan más que los jadeos de la amazona y los golpes en la piedra.

Y entonces todo acaba. Apoya los dedos y la frente contra el muro y se queda inmóvil.

La quietud llena la habitación hasta que mi herida se cura del todo y yo me siento con las fuerzas suficientes como para levantarme. Trato por todos los medios de no mirar la sangre a nuestro alrededor.

—Siento lo que ha pasado —le digo entonces, casi sin aire. Ni siquiera es mentira. No esperaba que el emperador fuese a matar a esa chica tan rápido. Pensé que tendríamos un poco más de tiempo—. Pero yo no soy el culpable, el emperador lo es. Y tú quieres venganza, ¿verdad? No solo por ella, sino por todas las demás, por todos los años de engaño. —La mortal ni siquiera se gira para mirarme, así que no sé si me está escuchando, pero continúo—: Sí, claro que la quieres. Deseas que pague, ¿no es cierto, Asteria? Aunque Hera te matará si lo intentas, porque, como representante de los dioses en la tierra, ese hombre tiene la protección de los reyes del Mundo Superior. Y quizá para ti no suponga un problema, pero las tuyas, las que quedan, no volverán a ver la luz del día. En ese caso yo podría ayudarte. Podría ocultarte. Podría distraer a Hera para que se despreocupase de los asuntos de los mortales.

Nuestras miradas se encuentran cuando ella, con lentitud, se gira y apoya la espalda contra la pared. Sus ojos azules, que hasta hace un instante parecían quemar como solo puede quemar el hielo, están ahora muy vacíos. Su dolor es una fuerza palpable en la habitación, y una parte de mí casi se siente miserable por aprovecharse de su desesperación.

Pero necesito su ayuda. Ella no es la única que está sufriendo. Ella no es la única que desea ser libre.

—¿Qué queréis de mí?

Su susurro suena lejano, pero es algo.

—Necesito que me escoltes hasta el centro de un laberinto. Tienes que conseguir que llegue sano y salvo y protegerme de cualquier peligro que pueda haber en el camino.

Asteria, incluso con lo perdida que parece, trata de comprenderme:

—¿Por qué un dios necesitaría la protección de una mortal?

—Porque soy el dios de la Vida y mi naturaleza me impide dañar a nadie ni a nada. Apenas soporto el olor que hay en este cuarto.

No sé si entiende que me refiero a la sangre. Ni siquiera sé si le importa, aunque al menos parece sopesar mi oferta.

—Es imposible —murmura tras un rato en silencio. Se pasa una mano por la cara, despacio, como si intentara desperezarse o despertar de un mal sueño—. No puedo dejar este lugar. Si lo hago, se me considerará una traidora y mis hermanas sufrirán el castigo.

—No es mi intención alejarte de aquí días enteros. Si aceptas, vendré a buscarte mañana al anochecer y nos llevaré al instante hasta la entrada del laberinto. Tendremos que darnos prisa, pero confío en que al amanecer hayamos acabado.

Asteria aprieta los labios y diría que el embotamiento de sus sentidos se disipa un poco. Comienza a reaccionar. Y lo que es peor: piensa.

—¿Qué hay en ese laberinto y por qué no puedes aparecer en el centro sin más?

Preferiría que no hiciera preguntas y que se mantuviese al margen. A lo mejor incluso me gustaría engañarla, porque no sé si accederá a hacer todo lo que requiero de ella si se entera de cuáles son mis verdaderas intenciones.

Aunque, por otro lado, ¿por qué no iba a hacerlo? Odia a los dioses, eso me ha quedado claro. Quizá podría tomarse nuestra misión como una pequeña venganza contra ellos.

Aun así, prefiero darle los datos justos y estrictamente necesarios:

—Dentro hay alguien encerrado. Alguien importante para mí... que está custodiado. —De la bolsa de cuero que todavía me cuelga del cinto saco uno de los brazaletes que me dio Artemisa—. Esta joya hará que ninguna divinidad pueda rastrearte por medios mágicos; no te hace invisible si saben de tu paradero, pero sí evita que alguien pueda encontrarte si no sabe dónde estás. Si vienes conmigo, vas a necesitarla. Y no puedo ofrecerte más armas que el puñal dorado, pero eso te será suficiente: puede hacerle mucho daño a un dios, como ya has podido comprobar.

A Asteria no puede importarle menos el leve rencor que se me cuela en la voz.

—¿Significa eso que en el laberinto hay diosas? —suelta.

Asiento, por inercia. Me cuesta más de lo que me gustaría acostumbrarme a que esa sea su manera de referirse a todo nuestro panteón, pero Artemisa ya me advirtió de que las amazonas hablaban así. En su sociedad sin varones, no conciben un lenguaje que no se construya alrededor de lo femenino.

—Hay dioses menores, sí. Guardan el lugar para que, una vez entremos, ya no podamos salir.

Asteria se aparta de la pared y se acerca a mí en dos pasos. Yo le tiendo el brazalete y ella lo sopesa. Mira alrededor, supongo que pensando dónde lo va a ocultar. Por muy campeona del emperador que sea, a efectos prácticos sigue siendo una esclava y, como tal, nada tiene y nada le corresponde. Debe de encontrar lo que está buscando rápido, o quizá tan solo decida pensarlo después con más calma, porque se vuelve hacia mí con desconfianza. No parece la misma chica que al principio de la noche: donde antes había frialdad y decisión, ahora solo hay una desolación absoluta.

A lo mejor una parte de ella ha muerto con esa chica.

A lo mejor lleva muriendo años enteros.

La lástima no es un sentimiento con el que esté muy familiarizado, nunca la he sentido hacia nadie más que hacia mí mismo, pero creo que es eso lo que me pesa en el pecho.

—Si acepto, cuando salgamos de ese lugar, ¿me llevarás ante el emperador para que lo mate? Y te encargarás de que no haya represalias...

No dudo en responder porque eso, después de todo, también forma parte del plan:

—Por supuesto.

Ella me mide, quizá sopesando hasta qué punto puede fiarse de mí. Si tan solo supiera hasta qué punto es una pieza clave en el plan o cómo va a ayudar a cambiar las cosas a mejor, en el Mundo Superior y en el Mundo Medio…

Tras un momento de pausa, la amazona asiente.

—Está bien. Tenemos un trato.

Aspiro el aire frío y limpio de la noche a grandes bocanadas, tratando de purificarme por dentro ya que no puedo hacerlo por fuera. Desearía deshacerme de la ropa sucia que llevo, darme un baño de agua caliente y rascarme la suciedad y el olor a muerte que se me ha pegado en el cuerpo, pero todavía no puedo.

Antes de pensar en descansar, aunque la luna ya ha recorrido buena parte de su camino nocturno, tengo que buscar a mi última aliada.

Está exactamente donde Atenea me dijo que la encontraría, sola, sentada en un banco a unos pasos del portón entreabierto de la casona señorial. Las antorchas que arden cerca de ella parecen un faro en medio de la oscuridad y yo me siento atraído hacia su calor. En comparación, el fuego que alumbraba el palacio del emperador de Eladia me resulta frío e indeseable, porque ahora me recuerda a la sangre que se ha derramado sobre los suelos del gran salón.

—Así que tú eres Orión.

Sus palabras llegan a mí antes de que termine de acercarme. Viste de azul claro, con delicados bordados de flores en la ropa. Tiene el pelo negro recogido y los ojos castaños, que hace un momento estaban fijos en el cielo, pero ahora se centran solo en mí. Me acerco a ella, un poco tambaleante. Es tal y como me la imaginaba, y no me cuesta distinguir rasgos de su madre en ella. Quizá es la forma en la que habla, tan clara como una oradora. O tal vez es algo en su aspecto, en el perfil de la nariz o la manera en la que alza la barbilla. No. Creo que es cómo mira, como si pudiera ver a través de mí, más allá de la carne y de las mentiras que puedan salir de mis labios.

—Y tú debes de ser Ligeia. Tu madre me ha hablado mucho de ti.

El apunte no le agrada. Frunce los labios y vuelve a recorrerme con la mirada, aprovechando que ahora estoy más cerca.

—Nunca pensé que el dios de la Vida se presentaría en mi casa cubierto de sangre. Esperaba una aparición más… limpia.

Creo que lo dice para molestarme, igual que arruga la nariz en un gesto de desagrado.

—Te aseguro que la sangre me molesta más a mí que a ti —replico.

—Seguramente. Debe de ser insoportable para ti pasearte por el Mundo Medio, ¿verdad?

No del todo. La mayor parte del tiempo estar en este plano me provoca una sensación contradictoria, porque sentir la vida a mi alrededor me resulta agradable, pero…

—Sería más fácil si no olierais tanto a muerte. Todos los humanos lo hacéis.

—¿Y qué esperabas? Olemos a muerte porque somos mortales. La vida, para nosotros, es solo tiempo prestado. Cada paso que damos nos conduce más cerca de conocer al Barquero.

—¿Y cómo lo soportáis?

—La mayoría de la gente prefiere no recordarlo. Es una especie de secreto que guardamos, incluso de nosotros mismos. Hasta que es demasiado tarde y ya no tenemos tiempo de prepararnos. —Una sombra le cruza el rostro, pero al final suspira y se levanta—. ¿Quieres entrar a lavarte?

Sus pasos ligeros se encaminan hacia el portón de entrada y yo me encuentro siguiéndola casi sin pensar.

—No deberías invitar a los dioses a tu casa. Parece una amabilidad peligrosa.

Ella ya está empujando la puerta para entonces. Ante mí aparece un amplio patio interior, bien iluminado, alrededor del cual se han construido las diferentes estancias de una casa amplia y probablemente lujosa para los estándares humanos. Ligeia espera a que cruce un umbral que hace que me cosquillee la piel y que creo que no está solo para defender la casa de otros mortales. Después, desliza una tabla de madera para asegurar la puerta.

—No suelo hacerlo, pero no veo qué daño puede hacerme el dios de la Vida. Él no mata ni hiere, ¿verdad? —Hace una pausa—. Además, sé que querías hablar. Y si mi madre está tan desesperada como para comunicarse conmigo y advertírmelo, supongo que debe de ser importante. ¿Me equivoco?

No. Como cabría esperar, tiene unas habilidades de deducción impecables, pero supongo que son solo eso. Atenea puede ver dentro de mí, pero esta muchacha, por mucho que tenga algo de la diosa de la Sabiduría en sus venas, no puede hacerlo. Al final es... poco más que humana. Los semidioses son mayormente mortales, pese a que pueda haber algo de divino en ellos.

La contemplo en silencio un rato más, aunque ella ni siquiera me mira. Me da la espalda y me guía por su casa como si no hubiera otras cosas peores que un dios pudiera traerle, aparte de la muerte. Hay dioses que han raptado a mujeres, que las han violado. ¿Cree que está a salvo por tener a Atenea de su lado? ¿No es eso demasiado confiado? Por primera vez, siento que dudo de esta parte del plan. Me pregunto si estará a la altura de lo que se ha planeado para ella.

—Vamos a matar al emperador.

Las palabras me salen a borbotones, como si las hubiera estado conteniendo. La joven, a solo un par de pasos por delante de mí, se detiene. En sus ojos hay sorpresa y algo que parece... ¿miedo? Es difícil decirlo. Aprieta los labios, desconfiada, y luego lanza un vistazo alrededor, precavida. Como si las sombras pudieran convertirse en personas, en oídos y bocas que pudieran delatarnos, se acerca a mí y murmura:

—¿Quién está incluido en ese «vamos»? ¿Tú y quién más?

—¿Crees que es difícil encontrar a alguien que tenga motivos para querer venganza? A ti se te deben ocurrir unos cuantos.

Ella me sostiene la mirada. De pronto parece enfadada.

—No vais a arrastrarme a un asesinato. Si esto es lo que venías a decirme...

—Nadie espera que lo hagas tú. Aunque fue él quien te encerró aquí, ¿no?

Hago un gesto alrededor.

—No soy una prisionera.

Quizá he pasado el tiempo suficiente junto a Atenea, porque puedo ver a través de su mentira con facilidad.

—¿No fue él quien construyó una biblioteca en honor a tu madre y decidió por su cuenta que tú te encargarías de ella? Tengo entendido que te mantiene allí de sol a sol, vigilada, para que no puedas ni pensar en acercarte al trono. ¿También tiene espías en esta casa? ¿Por eso has bajado la voz? —Ladeo la cabeza, estudiando la forma en la que su rostro palidece bajo la luz de las antorchas—. No. Si temieras que te traicionasen en tu propio hogar nunca me habrías permitido entrar. Pero eso no significa que te sientas del todo a salvo.

Ligeia aprieta los puños. Allí donde las manos de la gladiadora estaban despellejadas y llenas de heridas y callos por el uso de las armas, ella tiene los dedos de una noble, sin marcas. Allá donde Asteria era todo cicatrices, Ligeia tiene el cuerpo de alguien que no ha conocido el dolor físico, aunque dudo que eso signifique que no haya sufrido de otras maneras.

—Prefiero la biblioteca a una prisión. Yo nunca he querido el trono, pero si mi hermanastro se siente más seguro teniéndome controlada, que así sea. No hace daño a nadie.

—Tú serías mucho mejor gobernante. Y eso es lo que pretendemos: ponerte la corona a ti, una vez él haya muerto.

No esperaba que se alegrase, pero tampoco que me lanzase la mirada de desprecio que recibo.

—No. Esto no funciona así, Orión. Díselo a mi madre y a quien sea que esté contigo en esto allá arriba: los mortales no somos vuestras marionetas. No podéis decidir por mí. ¿No os dais cuenta de que eso es precisamente lo que hizo él? ¿Qué os hace mejores?

Hago una mueca. Es la segunda vez esta noche que me echan en cara mis intenciones, que se enfadan conmigo por algo que otros dioses han hecho o han dejado de hacer. Que ponen en duda que esté haciendo las cosas bien.

—Que intentamos cambiar el mundo para mejor.

La muchacha resopla y se abraza a sí misma bajo el chal. Los labios le tironean hacia arriba, pero no termina de parecer una sonrisa.

—¿Y lo harás tú, Orión, o engañarás a otros para que lo hagan en tu nombre? ¿Serás tú quien pague las consecuencias si algo sale mal? ¿Empuñarás tú el filo que mate al emperador?

—No, pero hay una amazona...

—¿He de suponer que es ella la que te ha herido, o es que has matado a Hera antes de bajar? Porque sabes de sobra que ella no va a permitir que nada le suceda a su predilecto.

—Le daré algo con lo que mantenerse ocupada, por eso también necesito a la amazona. Artemisa cree que ella es mi mejor oportunidad de salir vivo del centro del laberinto.

Sus respuestas hasta ahora han sido rápidas como flechas lanzadas por Artemisa, pero de pronto calla y deja que el silencio se extienda entre nosotros. Aunque no ha alzado la voz en ningún momento, sus palabras parecen resonar todavía en el aire y eso hace que la quietud sea incluso más profunda. La tensión es obvia en su cuerpo y creo que, por un instante, hasta deja de respirar. Me mira como si hubiera perdido el juicio, pero en eso se equivoca. Estoy cuerdo y completamente seguro de lo que voy (de lo que vamos) a hacer.

—Vais a liberar a Eris —jadea.

Cuando se lleva la mano a la boca, es como si quisiera volver a tragarse la afirmación. El nombre de mi madre le sale ahogado, como si tuviera miedo de que su sola mención fuese a despertar al caos que duerme en todas las cosas.

—Y, después, llevaré a la amazona ante el emperador y dejaré que tenga su venganza.

Ligeia está negando con la cabeza antes incluso de que haya terminado de hablar.

—No podéis liberar a Eris. No podéis dejar suelta a la diosa que mató a Perséfone. —Mueve el brazo, en un intento de abarcar todo lo que hay a nuestro alrededor y, de alguna manera, yo sé que intenta señalar al cielo despejado, a la calidez que nos envuelve, propia de lo que supongo que tiempo atrás fueron las noches estivales—. Ella fue también la culpable de que Deméter muriese, aunque fuera de manera indirecta. ¿Es ese el tipo de cambio que estáis buscando? ¿De verdad creéis que estaremos mejor con ella por aquí? ¿Nos va a ayudar Eris cuando las lluvias torrenciales duren lunas enteras? ¿O cuando el calor sea tan insoportable que no podamos ni dormir? ¿Va a hacer el Caos lo que no habéis hecho ninguno de vosotros? —Sacude la cabeza—. No lo creo, Orión. Y si ese es el mundo que buscáis, no contéis conmigo. No sé cómo habéis convencido a la amazona para que os haga el trabajo sucio, pero yo no voy a participar en vuestro plan.

Aunque se da la vuelta, yo no dejo que se vaya. La agarro de la muñeca y la obligo a mirarme. Ella frunce el ceño, desagradada por el contacto.

—Tu madre... —comienzo, intentando mantener la calma. No podemos entregarle el trono si ella no lo quiere, pero la hija pequeña del antiguo emperador es la siguiente en la línea de sucesión. ¿De verdad rechazaría la oportunidad si mañana llamasen a su puerta y le ofreciesen la corona de olivo?

—Mi madre no me conoce. Mi madre pensó que sería una bonita leyenda que yo naciera de las palabras de adoración que mi padre le dedicó, pero no ha vuelto a pensar en mí ni un solo momento hasta ahora.

—Tu madre te protege desde el Mundo Superior. Nunca ha dejado de mirar hacia ti.

Esta casa es una prueba de ello. Atenea me explicó que no podría aparecer dentro de sus muros sin el permiso de su dueña, igual que no podría marcharme con tanta facilidad como del ludus. De igual modo, ningún dios puede mirar dentro de estas paredes, ni siquiera la diosa de la Sabiduría. Es el refugio perfecto. El único lugar en el que una mortal como Ligeia podría mantenerse ajena a las miradas indiscretas del panteón.

—¿Y ella, como tú, también cree que soy una prisionera? Porque en ese caso, quedarse al margen de lo que se me ha hecho la convierte en cómplice de mi carcelero.

Ligeia da un tirón fuerte para soltarse de mi agarre y se frota la muñeca en cuanto se ve libre de mis dedos. No creo que sea porque le haya hecho daño, sino más bien para borrar la sensación de mi tacto. Quizá le asquee. Quizá los mortales nos guardan mucho menos respeto del que creía. Es un pobre consuelo ver que, aunque Asteria no haya demostrado temerme en ningún momento, al menos la muchacha que tengo delante da un paso hacia atrás en cuanto se le presenta la oportunidad.

—Quizá haya tardado en intervenir, pero ahora quiere sacarte de tu prisión. —Sacudo la cabeza, consciente de que estoy luchando una batalla perdida al intentar mediar en la relación con su madre. Quizá este es el tipo de asunto en el que no tengo que inmiscuirme—. Escucha: vamos a matar a ese hombre, y puedes aceptar lo que te ofrecemos o no, pero, si no lo haces, te arrepentirás. Porque sabes que al menos tú intentarás ser justa y sabia, pero quizá otro no lo será. Y teniendo a Atenea de tu parte, el Mundo Superior y el Mundo Medio colaborarán por... por primera vez desde el inicio de los tiempos. Dioses y mortales interactuarán. ¿No te gustaría eso? Podemos cambiar las cosas.

Ligeia hace una mueca que responde a mi pregunta.

—Cuando un dios y un mortal interactúan, suele significar o un castigo horrible o un encuentro pasional. No hay muchas excepciones, Orión, y no creo que las cosas vayan a cambiar de la noche a la mañana.

Decido cambiar de táctica. Ya que no puedo apelar a su corazón para crear un mundo mejor, puede que tenga más suerte si llamo a su sentido común. Y a su propio bienestar.

—Ni un solo día más encerrada en esa biblioteca, Ligeia.

—Me gusta mi biblioteca.

Ambos sabemos que esa es una verdad a medias. Puede que le gusten los papiros y todo el conocimiento almacenado entre esos muros, pero nunca disfrutará de algo que hace por obligación. No cuando se siente atrapada y vigilada. Y precisamente porque sabe que es una mentira, aparta la vista.

—Ni una sola humillación más. Ni un solo instante preocupada por si el emperador estará de buen humor cuando vaya a verte o no. —Las palabras me resuenan dentro de un modo que no esperaba. Me duelen a mí, así que supongo que a ella también—. Ni un solo día más deseando ser invisible. ¿No suena bien?

Ella alza la vista lo justo para observar mi rostro. No necesito que hable para saber que ambos estamos pensando lo mismo: que sí, suena bien. De hecho, suena demasiado bien para creerlo. Ambos hemos estado, como todos los presos, reprimiendo deseos de libertad precisamente para no sufrir el desengaño o el castigo por ser demasiado atrevidos.

Pero ahora no estamos soñando. Sé que lo conseguiremos.

—No estoy convencida —murmura. Suena triste y preocupada.

—¿Es protección lo que quieres? Sabes que…

—No, lo que quiero son seguridades. Creo que estáis construyendo templos en el aire y no quiero estar debajo cuando se derrumben.

—Solo dime que lo tendrás en cuenta. Me estoy jugando el cuello, Ligeia. Tú no vas a perder nada, pero tienes mucho que ganar.

Ella se cruza de brazos. No sé si intenta escudarse de mí o de mis palabras.

—Me lo pensaré. Es lo único que puedo decirte ahora.

La próxima emperatriz de Eladia me da la espalda y se aleja.

ASTERIA

El emperador ha estado engañándome. Ha estado engañándonos a todas. Nos ha estado mintiendo, nos ha estado matando, nos ha estado torturando.

El emperador merece morir.

Y yo voy a encargarme de que así sea. Pronto.

Una y otra vez, los mismos pensamientos en mi cabeza. Una y otra vez, las palabras del dios que vino a verme. Una y otra vez, lo que mis propios ojos vieron y, mucho peor aún, lo que mi mente imagina y mis recuerdos traen a la memoria. El día en que nos aprisionaron a todas. La primera vez que nos lanzaron al anfiteatro. Las primeras muertes. Las primeras semanas en este lugar fueron una tortura: moríamos en cada batalla. Apenas conseguíamos dar unos pasos sobre la arena antes de que una espada nos atravesase o saltase sobre nosotras algún animal. Estábamos confundidas y tristes por la pérdida del hogar, dolidas por las muertes de las nuestras, que nos veíamos obligadas a presenciar. Ni siquiera teníamos tiempo para llorar.

Cuando me convertí en campeona, lo hice convencida de que estaba salvando poco a poco a las mías de aquel horror, pero ahora sé que en realidad solo las estaba condenando de otra manera. Una a una, durante años. Todas las veces que he ganado, una de mis hermanas ha muerto, porque sé que su orgullo no les habrá permitido aceptar ningún tipo de trato del tirano que las esclavizó.

Siento que he sido yo quien las ha matado.

Caigo al suelo con la misma dureza con la que cayó anoche el cuerpo de Ainia.

—¿Se puede saber qué te pasa, Asteria?

Alzo la vista, confusa. El mundo vuelve a hacerse nítido a mi alrededor, con la mano de Lysandra tendida hacia mí y el dolor en mi espalda tras habérmela raspado con la gravilla al caer. Todavía tengo los dedos apretados en torno a la empuñadura de la espada de madera que sostengo, pero no me siento capaz de mover el brazo. Apenas me siento capaz de mover ni un músculo. Mi compañera me observa, con los ojos verdes entornados, llenos de duda. Cuando miro más allá de ella, veo que no es la única: el resto de nuestras hermanas, así como las demás gladiadoras, también tienen su atención fija en mí. Sé que murmuran sobre lo torpe que estoy siendo en el entrenamiento de hoy. Ya es la cuarta vez que Lysandra puede conmigo y, aunque ella es una de las mejores de las nuestras, nunca había conseguido someterme tantas veces seguidas.

Aparto la vista, turbada. Me levanto sola, escapando de su ofrecimiento, y me sacudo las ropas antes de volver a ponerme en posición. Lysandra me observa. Ella me conoce mejor que nadie, así que soy consciente de que, por mucho que yo disimule, es capaz de ver que me sucede algo.

—¿Estás bien? —pregunta.

Mi mejor amiga hace ademán de acercarse a mí, pero entonces le lanzo una estocada. Aunque se sobresalta, la detiene justo a tiempo.

—Tenía la cabeza en otra parte —respondo para restarle importancia—. Aprovecharte de ello no ha sido muy honorable, ¿no crees?

Ella entrecierra los ojos, pero accede a seguirme el juego. Solo necesita un golpe firme para apartar mi espada con la suya. Ambas empezamos a caminar en círculos, midiéndonos, en una danza que conocemos de sobra.

—¿Qué puedo decir, Asteria? —susurra con una voz inocente

que no tiene nada que ver con ella—. Me pongo celosa si no soy yo la que te distrae.

Mis labios se curvan en lo más parecido a una sonrisa.

—Vas demasiado vestida para distraerme.

Lysandra sí que sonríe. Lo hace con ese descaro que muestra a veces, el que hace que le brillen los ojos, el que siempre consigue provocarme. Me lanza una mirada insinuante por todo el cuerpo, aunque no dejamos de acecharnos como las combatientes que somos.

—Lo solucionamos cuando quieras.

—No te distraigas: te recuerdo que estamos entrenando.

—Contigo siempre me ha gustado más la lucha cuerpo a cuerpo.

Dejo escapar un resoplido que es a medias exasperación y a medias diversión. No contesto, sin embargo. Ella tampoco dice nada más. Las dos saltamos a por la otra al mismo tiempo, espadas en alto, y nos enfrentamos con renovadas energías. Me concentro en eso. Me concentro en los golpes, en los movimientos en el sonido de la madera al chocar, en nuestro baile de estocadas, en esquivar golpes y en intentar acertar. Me centro en la rabia que siempre me alimenta a la hora de luchar, incluso en los entrenamientos. La rabia siempre ha sido mi aliada. Lo que me ha mantenido viva hasta ahora.

Pero solo me mantenía viva a mí, después de todo. No a todas las que creía liberar…

Todo por culpa del emperador.

Dejo escapar un gruñido y ataco con más fuerza. Le dedico a Lysandra los golpes que desearía que fueran para él, me revisto con el odio que tengo reservado para el momento en que le corte la cabeza como se la cortó anoche a Ainia. ¿Cuántas más habrá cortado? ¿Las coleccionará? Ni siquiera las deja descansar. Ni siquiera les da la paz de poder pagarle al Barquero. Ni siquiera…

Lysandra cae al suelo con una exclamación de dolor y eso es lo que me arranca del estado en el que estaba sumida. Aunque me detengo en seco, siento el cuerpo caliente y empapado en sudor, la mandíbula tensa de tanto apretar los dientes y los dedos entumecidos por la fuerza con la que sostengo la espada. Mi compañera está desarmada y tiene la mano en el costado, donde le he acertado. Ella también tiene la respiración alterada y me mira con sorpresa, aunque sabe perfectamente cómo lucho y nunca tiene problemas en enfrentarse a mí. He debido de hacerle daño.

Doy un paso hacia atrás, turbada. Supongo que eso es lo que ha pasado hasta ahora. Me he centrado tanto en mi odio por el emperador que he terminado haciéndoles daño a mis hermanas. Me he creído más fuerte que nadie, más lista que nadie, y así es como las he mandado a todas directamente al Inframundo…

De pronto me siento muy cansada, como si todas las batallas que he enfrentado en mi vida cayeran de golpe sobre mí y su peso fuera demasiado insoportable como para volver a ponerme en pie. También me siento llena de rabia, pero por primera vez es hacia mí misma. Por haber estado tan ciega, por haber creído en algo tan estúpido como la justicia o el honor de quienes no son como nosotras. Por confiar en la lealtad de un hombre que, por muy emperador que se proclame, no deja de ser un bastardo que esclaviza y mata a gente solo por diversión.

Yo confié en él. Yo creí en su palabra.

Yo soy culpable.

Tengo que salir de aquí. No puedo ver a Lysandra ni a ninguna de mis hermanas. No quiero que me miren. Deberían matarme entre todas, en venganza por aquellas a las que he condenado. Por eso escapo. Por eso, aunque escucho la voz de mi compañera gritando mi nombre, salgo del patio en el que entrenamos para ir a resguardarme en mi celda, buscando algo de aire o soledad, no tengo claro el qué. Recorro los largos pasillos de piedra sintiendo que me ahogo. Llevo sintiéndolo desde anoche. Quizá no respiro desde que Ainia dejó de hacerlo.

—¡Asteria!

Lysandra me sigue, pero yo no quiero verla. No puedo verla. No soy capaz de pensar. Siento que empiezo a balancearme al borde del precipicio de la locura y que pronto saltaré a lo más profundo.

Me apresuro a entrar en mi pequeña celda, pero, antes de que pueda cerrar la puerta, Lysandra apoya las manos contra el metal y hace fuerza para impedírmelo. Aprieto los dientes cuando nuestros ojos se encuentran por el hueco que queda, contra el que las dos peleamos: ella por abrirlo, yo por cerrarlo. Mi amiga no me aparta la vista, con el rostro tan serio como el mío. Me conoce tan bien… Demasiado bien. «Está ocurriendo algo y lo sé», parece gritar su mirada. «Asteria, habla». Puedo escuchar su voz exigente con total claridad en mi cabeza, incluso si no abre la boca. Solo necesita esa mirada y una parte de mí tiene ganas de rendirse ante ella. Lysandra es lo poco que me queda de una vida que hace demasiado tiempo que me arrebataron. Llegamos aquí juntas, pero nos conocemos desde niñas. Hemos compartido demasiadas cosas durante años (confesiones, batallas y caricias) como para que pueda ver en mí sin necesidad de palabras. Sé que, si le digo todo lo que ahora sé, me consolará. Sé que me permitirá romperme y me estrechará con fuerza para que mis pedazos no se desperdiguen por el cuarto.

Pero no puedo romperme. Todavía no.

Lysandra gana nuestro forcejeo, pero solo porque yo me aparto de la entrada y le sujeto la muñeca para tirar de ella hacia dentro. Mi compañera deja escapar una exclamación que queda ahogada por el golpe de la puerta al cerrarse.

—Asteria, ¿qué…?

No llega a terminar la pregunta. Su espalda choca contra el metal y yo la arrincono para besarla con urgencia, con anhelo, con desesperación. No quiero hablar. No puedo. Lysandra podría haber muerto ayer mientras yo creía salvarla, como he creído salvar a todas las demás, y lo que yo necesito ahora es sentir que está viva. Quizá necesito sentir que yo misma lo estoy. Y, por encima de todo, necesito olvidar. Necesito dejar de pensar en el sonido que hizo la cabeza de Ainia al ser cortada, en las vidas que he arrebatado para nada o en las palabras de un dios confirmándome el destino que han sufrido el resto de mis hermanas. Que seguirán sufriendo si no acabo con ese hombre...

Lysandra apoya las manos sobre mi pecho para apartarme. Yo la miro, con los labios apretados, pero, aunque acepto su rechazo, no accedo a separarme más de lo necesario: mis manos se quedan a ambos lados de su cabeza, apoyadas contra la puerta.

—¿Qué está pasando? —exige saber, casi sin aire—. ¿Qué *te* está pasando?

—No importa. Bésame.

—Asteria...

—No. No quiero hablar. No necesito hablar. Te necesito a ti, Lysandra. Ahora. Por favor.

Ella abre la boca, pero su protesta se pierde cuando la vuelvo a besar, apasionada, de esa manera que sé que le resulta especialmente irresistible, igual que me lo resultan a mí sus acercamientos más insinuantes. Esta vez, accede, no sé si porque mi beso es suficientemente convincente o por la consternación que nota en mi voz. Sea como sea, Lysandra abre la boca y me devora, enfrentándome en una pelea distinta, una a la que ambas estamos acostumbradas y en la que nadie puede perder nada más que la razón. Eso es. Eso es lo que necesito. El olvido que me otorgan sus manos. Necesito al menos unos minutos en los que no pensar en nada más que placer y caricias, en luchas que no sangran y que son rojas solo por la pasión.

Cuando Lysandra me obliga a apoyarme contra la puerta, yo cierro los ojos, echo la cabeza hacia atrás y dejo que me hunda los dientes en el cuello y los dedos entre las piernas.

En esta batalla al menos ganamos las dos.

Todavía nos cuesta respirar cuando Lysandra se separa de mí y apoya su frente en mi hombro. Hace ya un rato que caímos sobre el catre, durante nuestra lucha por hacer claudicar a la otra. Yo no me molesto en abrir los ojos, porque estoy demasiado cómoda en el vacío que hay ahora mismo a mi alrededor. Solo siento el cuerpo de mi compañera pegado al mío, sus cicatrices bajo las yemas de mis dedos. El sonido de su aliento tratando de acompasarse es lo único que necesito escuchar.

Ella, sin embargo, no opina lo mismo cuando habla, cerca de mi cuello:

—Dime qué ha ocurrido, Asteria.

No es una petición, porque las amazonas no tenemos la costumbre de pedir lo que queremos: las amazonas exigimos y tomamos. Eso es lo que pretende hacer Lysandra conmigo ahora.

—No puedo.

Y es cierto. No puedo decírselo. No sé cómo decírselo. «Todas las que creíamos que se habían salvado están muertas. El emperador nunca ha cumplido lo que me prometió en su momento. Lo sé, jamás debí ofrecerle aquel trato. Lo sé, quizá luchando en la arena como yo habrían tenido alguna oportunidad».

—Asteria, te conozco. Sé que ha ocurrido algo y no puedes pretender que me quede tranquila sin saber qué es.

Su cuerpo se aparta del mío. Alcanza su ropa, que en algún momento le he arrebatado entre tirones, y se la pone, pero ni siquiera entonces deja de fijarse en mí. Sé que está molesta porque tiene el ceño fruncido y un filo de advertencia en la voz.

Aparto la vista hacia la pared de piedra.

—Mañana mataré al emperador.

—¿Qué?

Su voz es una mezcla de preocupación e incredulidad, miedo y sorpresa. Se apresura a sentarse de nuevo junto a mí y, cuando ve que no añado nada más, me coge la barbilla para obligarme a mirarla. No sé qué espera ver en mis ojos, pero busca con ganas, como si en el fondo hubiera un rompecabezas que debe resolver.

Pero este rompecabezas es muy sencillo:

—Si me encargo de él, seremos libres sin condiciones —le explico—. Me he cansado de luchar.

Cuando me incorporo, le cojo la mano y le beso el interior de la muñeca en un intento de relajarla, pero las arrugas que hay entre sus cejas rubias se pronuncian un poco más.

—¿Te has vuelto loca? No puedes llegar hasta él. No es tan fácil atacar a...

—Tengo el apoyo de las diosas —la corto, adelantándome a todas sus protestas.

Lysandra deja escapar un jadeo sorprendido que me recuerda a un amago de risa. Su expresión es incrédula solo un segundo antes de dejar paso al enfado.

—¡Las diosas! Por supuesto. Solo ellas podrían sugerir un plan tan absurdo. ¿Qué ocurre? ¿Han bajado a iluminarte para que te lances a tu propia muerte?

—Sí —digo, pese a lo irreal que suena todavía. Ella arruga la nariz—. Un dios vino a visitarme anoche y he hecho un pacto con él para conseguir la cabeza del emperador. Después, todas seremos libres y volveremos a casa.

Lysandra tarda un par de segundos más en reaccionar, pero cuando lo hace se aleja de mi mano como si de pronto mi tacto le resultara desagradable. Se aleja incluso más de mí cuando se pone en pie, nerviosa.

—Asteria, lo que estás diciendo no tiene ningún sentido. No me importa si esta es una idea mortal o divina, no puedes...

—Puedo —protesto. Yo también me pongo en pie, solo para obligarla a parar al tomar su rostro entre las manos. Sus ojos verdes, propios de los bosques que tanto echo de menos y que un día dejamos atrás, están muy abiertos y detrás de ellos se esconden un sinfín de miedos—. Escúchame: si mañana no estoy aquí y por la tarde vosotras no sois libres, quiero que digáis que os he traicionado. Si vienen a buscaros, quiero que digáis que he huido, que estaba agotada de luchar vuestras batallas y os he abandonado.

La angustia de Lysandra es evidente.

—¿Por qué me dices eso?

—Tú solo di que lo harás.

—No, claro que no voy a hacerlo. No es cierto. Tú nunca nos traicionarías.

—Eso es precisamente lo que nadie tiene que saber. Si algo me pasa, no quiero que os responsabilicen a vosotras. No quiero que os castiguen por mi culpa.

«No más. No sabes todas las que han muerto por mí».

—Asteria, no entiendo...

—Lysandra. —Mi compañera calla, pero se ha puesto pálida y yo le acaricio las mejillas con los pulgares intentando que su rostro recupere algo de color—. Cuando seamos libres te lo explicaré todo. Ahora solo dime que harás justo lo que te pido. Por tu honor. Júralo.

Lysandra traga saliva, pero al final, obstinada, aprieta los dientes, pone sus manos sobre las mías y niega con la cabeza.

—No sé qué vas a hacer, pero si pretendes matar al emperador, iré contigo. Esta lucha no es solo tuya, Asteria. Llevas demasiado tiempo librándola por tu cuenta, pero nunca has estado sola.

—El trato del dios es conmigo.

—¡Tú ni siquiera crees ya en las diosas!

Las dos sabemos que eso es cierto, pero yo no digo nada al respecto. No tengo ganas de pelear. No con ella. No ahora. Me inclino hasta apoyar mi frente contra la suya, de tal manera que no pueda huir ni de mí ni de mi mirada.

—No puedes acompañarme. No en esto. Júralo, Lysandra. Si desaparezco, le dirás a todas, y al propio emperador, al imperio al completo si es necesario, que soy una traidora y una cobarde. Si no lo haces por ti misma, hazlo por las demás, por todas a las que les evitarás una condena que no merecen.

Lysandra se estremece y sé que eso es en realidad lo único que necesitaba para acceder. Hay un silencio lleno de palabras en la mirada que compartimos. Es un silencio que también está lleno de miedos. Me gustaría poder decir que ella es la única que los tiene.

—Lo juro —susurra al fin, muy bajito—. Pero no desaparecerás. No te ocurrirá nada.

—No —respondo, y después dejo un beso en su frente—. No me ocurrirá nada.

Pero no se lo prometo.

Una amazona nunca hace promesas que no sabe si puede cumplir.

ORIÓN

Después de que se esconda el último rayo de sol, me presento de nuevo ante la Amazona Roja. Esta vez me está esperando sentada en un rincón y no deja ver ni el más mínimo asomo de sorpresa cuando me muestro. Solo intercambiamos una mirada antes de que yo me gire hacia el jergón y deje caer en él todos los objetos que Ligeia me ha dado. No sé ni para qué sirven la mitad, aparte de la espada y la coraza, pero confío en que Asteria sí sabrá qué hacer con ellos. Para entonces, la amazona se ha puesto en pie para acercarse a mí y yo la miro de reojo.

—He pensado que necesitarías algo más que un puñal de oro para entrar en el laberinto.

Me separo un par de pasos para que pueda ver bien todo el material. Primero coge la coraza y la examina. Después, cierra los dedos alrededor de la espada y corta el aire. Lanza tajos como si tuviera delante a un enemigo invisible. No entiendo lo que hace, ni qué espera ver u oír, pero, al final, asiente. Sopesa el arma un instante más y luego la deja de nuevo sobre el lecho. Cuando se gira hacia mí, la mirada que me lanza es inquisitiva.

—¿Y qué hay de ti?

—Yo no voy a luchar: ni sé hacerlo ni tengo la intención de intentarlo. Si no fuera así, no necesitaría tu ayuda. La que tiene que ir protegida y armada, por tanto, eres tú. Serás mi... guardiana, si quieres llamarlo así.

Ella alza las cejas, pero coge la coraza de nuevo y empieza a ponérsela por encima de las finas ropas.

—Prefiero no llamarlo de ninguna manera —responde, seca—. Y, de todos modos, creo que tienes demasiada fe en mis capacidades. Soy solo una mortal, al contrario que tú. —La amazona se gira de nuevo hacia los objetos para coger una protección que comienza a colocarse en el brazo. Me observa de soslayo—. ¿Qué harás si me ocurre algo? ¿Cómo saldrás de allí?

Titubeo. No me he permitido pensar en que algo pueda ir mal dentro del laberinto, porque el plan no lo contempla. La única opción es salir de allí con Eris… o no salir. Solo tengo una oportunidad de llevar esto a cabo: si fallo, si fallamos, será el final de mi intento de rebelión. Hera me capturará y, en ese momento, más me valdrá estar muerto.

—Artemisa me dijo que tú eras la mejor opción, así que simplemente acepté su consejo —le confieso—. En el caso de que sufras algún daño…, supongo que algo podré hacer.

Asteria no parece muy contenta cuando menciono a Artemisa. Pese a que siempre ha sido la protectora de las amazonas, imagino que no estarán muy felices con ella. No después de que las tropas del emperador les arrebatasen su hogar y las condenaran al anfiteatro. Pensarán que las ha abandonado, aunque la realidad es que no había mucho que ella pudiera hacer. Al fin y al cabo, no hay ninguna relación oficial entre la diosa y la tribu de mujeres, ningún juramento que las ate. En cambio, el emperador es un símbolo de la unidad del Mundo Superior y el Mundo Medio, y por tanto el máximo protegido de los reyes. O de la reina, más bien, porque dudo que a estas alturas a Zeus le importen las tradiciones del Mundo Superior.

En cualquier caso, que Artemisa intentase hacer algo contra el emperador sería desafiar a sus propios soberanos.

—Así que ha sido ella quien me ha metido en esto.

Queda claro lo mucho que le disgusta la idea con el tirón fuerte que le da a la correa de la protección del brazo derecho. Me humedezco los labios. Quizá este es otro de esos temas en los que no debería involucrarme, pero…

—Artemisa quiere ayudarte, y por eso precisamente ha señalado tu valía. Te admira y odia al emperador por lo que os ha hecho. Ella no pudo actuar en su momento, pero ahora…

—¿No pudo? —La voz de Asteria se llena de acidez y sus ojos, cuando vuelven a fijarse en mí, resultan helados—. El tiempo me ha enseñado que el poder hacer algo solo depende de cuánto estás dispuesta a arriesgar por conseguirlo. No digas que no pudo: si de verdad hubiera querido ayudarnos, lo habría hecho. Como mínimo, lo habría intentado.

—Para ella también ha sido una ofensa lo que ha hecho el emperador con vosotras, quiere vengarse tanto como tú. —La amazona me mira como si lo dudase y, pese a todo, la entiendo. Artemisa, al fin y al cabo, no ha tenido que sufrir nada en sus propias carnes—. Tu papel en esta misión hará posible esa venganza, ¿acaso no es eso lo que importa? De hecho, esta misión hará posibles muchas cosas que de otra forma serían inimaginables en el Mundo Medio.

La amazona se asegura el cinto y prueba a desenvainar la espada para asegurarse de que sale de la funda de manera limpia. Cuando vuelve a meter el filo en su lugar, lo hace con más fuerza de la necesaria.

—Deja de hablar como si me hicierais un gran favor con vuestras intrigas —gruñe—. Solo acudís a mí porque os viene bien, de lo contrario no me ofreceríais venganza alguna. ¿O vas a decirme que dejarnos aquí encerradas ha sido parte de vuestro plan divino durante años? No, no quisisteis hacer nada por nosotras, así de simple. —Se deja caer sentada en el jergón y se aprieta las protecciones de las piernas con tanta fuerza que temo que se haga daño. Cuando alza la mirada de nuevo, me da la sensación de que en sus ojos se contiene una ventisca. Su color azul me recuerda a un inmenso lago helado—. Y, de todos modos, aunque no me incumbe, déjame decirte que no estoy segura de que liberar a la diosa de la Discordia sea una manera de ayudar a nadie. Porque eso es lo que vamos a hacer, ¿verdad? Liberar a Eris. A tu madre. Ayer no estaba lo suficientemente tranquila para atar cabos, pero he tenido tiempo para pensar y ahora me parece evidente: un laberinto, tú, diosas menores… Conozco las historias.

Titubeo. Todo el mundo sabe lo que ocurrió con mi madre, aunque las versiones se han multiplicado con el paso del tiempo y muchas difieren bastante de la realidad. Es lo que sucede con todas nuestras leyendas: siempre tienen una base cierta, pero la verdad termina diluyéndose cada vez que se cuentan.

—Eris es la única que alguna vez ha desafiado el orden del Mundo Superior. Es la única que se ha cuestionado el poder de los dioses y ha sido lo bastante valiente como para hacer algo al respecto. Es lo suficientemente poderosa y rebelde como para desafiar a Hera. Como para atreverse a ser un problema. Y los problemas en el Mundo Superior siempre han significado cambios, y eso es justo lo que queremos algunos. Y los cambios allí son cambios aquí también. Podréis derrocar al emperador si nuestra reina no está mirando hacia abajo.

Asteria entorna los párpados.

—Así que se trata de eso —murmura—. Queréis comenzar una rebelión.

Me alegra que lo entienda. Quizá hasta pueda empatizar con nosotros y nuestros deseos, pese a que somos criaturas tan diferentes. O puede que no tanto. Al fin y al cabo, ambos hemos vivido bajo el yugo de otros, obligados a moldearnos a los deseos de alguien con más poder.

—Eso es justo lo que necesitamos, sí —digo, entusiasmado, quizá simplemente porque no estamos discutiendo. Desde que he bajado al Mundo Medio, esta es la primera vez que veo algo más allá de duda y reproches en una conversación—. Muchos creemos que es hora de que el mundo cambie. Llevamos mucho tiempo entre tiranos: Hera, tu emperador…

—No es mi emperador —masculla ella de inmediato—. Es mi carcelero.

Hago un mohín, consciente de que el momento de comprensión mutua se ha roto, pero antes de que pueda decir nada más, ella se levanta. Tiene la joya que le di alrededor del brazo izquierdo y saca el puñal dorado de Hera de debajo del colchón. Parece sopesar el arma, como si no estuviera segura de qué se siente al empuñarlo.

Después, vuelve a fijarse en mí.

—Creo que vuestro plan es absurdo. Y que una guerra entre diosas solo puede acabar en desastre, sobre todo si la Discordia vuelve a campar a sus anchas por nuestros mundos. —Abro la boca para protestar, pero ella no me lo permite—. Pero si este es el único modo en el que las amazonas volveremos a ser libres...

Su manera de encogerse de hombros me deja claro que destruiría este y mil mundos más si es por poner a su familia a salvo. Supongo que es lo máximo que puedo conseguir, pero de momento tendré que contentarme. No necesito que crea en mí o en mi visión siempre y cuando siga colaborando conmigo.

—¿Estás lista entonces? ¿Nos vamos? Cuanto antes lleguemos...

—No tan rápido. —Asteria enarca las cejas e ignora la mano que extiendo hacia ella—. Si Eris fue encerrada y yo voy a ayudarte a liberarla, muchas diosas se enfadarán. ¿Y quién me promete que no vendrán a por mí entonces? ¿Cómo sé que no solo cumplirás tu palabra de ayudarme en mi venganza, sino que no me fulminará un rayo salido de la mano del mismísimo Zeus cuando mate al emperador?

Quiero responderle que dudo que Zeus saliese de su escondite incluso si liberásemos a los titanes del Tártaro, pero me contengo.

—Te prometo que te protegeremos, a ti y a las tuyas, y...

—Una promesa así no me sirve de nada.

Frunzo el ceño. Asteria se acerca a mí con el puñal en la mano y yo no puedo evitar echar un vistazo a la manera en la que pasa el pulgar por el filo.

—¿Y qué es lo que quieres de mí entonces?

—Un juramento. Uno de verdad.

Asteria me tiende el arma y yo me tenso. Nunca he hecho un juramento divino, aunque sé bien cómo funcionan. Sé que son vínculos hechos con sangre y que no pueden romperse bajo ninguna circunstancia, que el precio por quebrantarlos implica la pérdida de la inmortalidad para un dios. No muchos están dispuestos a hacer tratos tan arriesgados.

—Jura que me protegerás, a mí y a mis intereses. Con tu sangre, Orión.

La amazona me acerca un poco más el puñal, presionándome para que lo tome, pero yo no estoy demasiado contento con la idea. Ni siquiera es por el precio a pagar, porque no pretendo darle la espalda, pero me gustaría que mantuviese esa arma lo más lejos posible. Una parte de mí teme que vaya a abalanzarse sobre mí y apuñalarme a traición.

Otra vez.

—La verdad es que preferiría no hacerlo. No sé si entiendes lo que significa mi naturaleza, pero no me gusta mucho la sangre. Ni la mía ni la de otras personas.

La Amazona Roja entrecierra un poco los ojos.

—Y yo preferiría no tener que ayudar a un hombre, que parece más un chiquillo indefenso que un dios, a liberar a una diosa como Eris, pero aquí estamos. Jura o no cuentes conmigo.

Yo frunzo el ceño, casi tan inquieto como molesto. Me siento insultado por sus palabras, que no son más que otra forma de demostrar que no me toma en serio. Cuando cuadro los hombros y hago una mueca, trato de parecer peligroso, tal y como dicen las leyendas que debemos ser.

—¿Cómo te atreves…?

Asteria enarca las cejas, poco impresionada.

—Si eso es lo más aterrador que puedes parecer, necesitas mi ayuda más de lo que crees. —Una vez más, la amazona insiste para que agarre el puñal—. No voy a volver a insistir, dios de la Vida. O juras o tendrás que pedirle a Artemisa que te busque a otra guardiana.

Resoplo, pero sé que no me conviene retrasar más esto. Me recuerdo todo lo que está en juego, empezando por mi plan.

Si un poco de sangre me va a librar de volver a estar bajo el yugo de Hera, bienvenida sea.

Aunque no tomo el puñal, extiendo la mano derecha con la palma bien abierta. Si esto es inevitable, prefiero que sea ella quien haga los cortes. Cierro los ojos con firmeza y aparto el rostro, consciente de que en cuanto huela el dorado vendrán las arcadas. Para mi sorpresa, sin embargo, Asteria no se ensaña conmigo. La incisión del cuchillo es casi una caricia, aunque empiece a escocer inmediatamente después.

Huelo su sangre solo un par de segundos más tarde. Es un aroma inconfundible que ayer tardé mucho en olvidar, pero trato de no pensar en ella, en la mortalidad que rezuma. Pronto siento la mano de la amazona sobre la mía, piel contra piel, herida contra herida. Nuestras sangres se mezclan y no sé si el vuelco que noto en el estómago es de repugnancia o de fascinación. Siento su corazón palpitar con cada gota que pierde. Siento su vida dentro de su cuerpo y, a la vez, cómo se escapa de él. Hay algo hermoso y horrible en que esos dos hechos se produzcan a la vez.

Trago saliva, pero me obligo a respirar hondo, a volver a abrir los ojos y a clavar mi mirada en la suya. Asteria tiene el rostro sereno, como si estuviera tan acostumbrada al dolor que ni siquiera pudiera sentir la herida que se ha abierto.

—Yo, Orión, dios de la Vida —me escucho decir con voz áspera—, juro por mi inmortalidad y mis templos, por todas las plegarias y sacrificios en mi nombre, que te tomo a ti, Asteria, la Amazona Roja, como protegida. De este momento en adelante, guardaré tu vida y defenderé tus intereses, siempre y cuando tú me lleves sano y salvo al centro del laberinto en el cual se halla Eris. Así lo juro, y así será, por el resto de nuestros días.

A mis palabras le sigue una quietud tensa. Todo se mantiene igual, como si los pactos fueran solo una leyenda sin fundamento, una más de las muchas historias desvirtuadas. Cuento dos latidos de su corazón, esperando...

Y entonces llega el tirón. Aunque no nos mueve del sitio, lo siento como algo físico. Una luz aparece entre nuestras manos, allá donde nuestra sangre se mezcla, se solidifica y se convierte en una lazada roja y dorada antes de desaparecer. Me tambaleo y tengo que dar un paso hacia delante para no caer. Ella parece tan sorprendida y sin aliento como yo, aunque no sé si es porque también puede sentir ese peso en el pecho, como si algo nuevo se hubiera asentado entre las costillas. No es exactamente una preocupación ni un miedo, es más como... un remordimiento. Algo a lo que debería prestarle atención.

Un segundo después, cuando la celda se queda a oscuras, apartamos las manos y nos las miramos; están sanadas, sin rastro del corte. Como resultado de la unión solo queda un cosquilleo en la piel y el olor a sangre e icor en el aire, que languidece como un perfume del pasado.

Asteria es la primera en reaccionar. Abre y cierra el puño con incomodidad, pero después se guarda la daga en el cinto y apoya la mano en el pomo de su espada nueva.

—Bien. Vámonos. Tenemos una sola noche para liberar al Caos.

Yo trago saliva y asiento, aunque todavía me siento mareado, con la cabeza ligera. Aun así, trato de no pensar en lo que acabo de prometerle y cierro mis dedos alrededor de los suyos.

Es hora de que ambos consigamos nuestra libertad.

ASTERIA

Cuando el mundo reaparece a nuestro alrededor, a mí me cuesta toda mi fuerza de voluntad no vomitar sobre la tierra que pisamos y mantener el equilibrio sobre mis temblorosas piernas. Tardo unos segundos todavía en sentir que todo es consistente de nuevo y que el suelo y el cielo siguen en su lugar. Al alzar la vista, descubro que estamos ante la entrada de una construcción que no es ni de piedra ni de barro: altas paredes de árboles y enredaderas nos saludan, solo que no parecen plantas normales. A la luz de la luna, las hojas brillan con un dorado intenso, gritando su procedencia divina. Parece que Helios las haya bañado con la luz del sol, o acaso que las diosas hubieran lanzado una advertencia a cualquiera que se atreva a acercarse de que este no es terreno para mortales. Conmigo funciona, porque frunzo el ceño, disgustada. Además, sé bien la leyenda: aquí están encerradas todas las hijas de Eris, guardando a su madre convertida en estatua.

A excepción del último que tuvo, por supuesto.

Orión todavía no me ha soltado, así que soy yo quien acaba con nuestra unión cuando aparto mi mano de la suya. Se fija en mí cuando lo hago, como si se hubiera olvidado de que lo acompaño, y luego vuelve la vista hacia el principio del laberinto. Del arco que corona la entrada cuelgan huesos, en una advertencia tan macabra como evidente: «Esto es lo que ocurre cuando desafiáis nuestros designios». Pero a mí no me dan miedo las diosas. Por lo que a mí respecta, el Mundo Medio me ha hecho mucho más daño, aunque odie al Superior por su pasividad. Y, por otro lado, el dios de la Vida está junto a mí, así que lo que menos me asusta es morir. En cambio, me aterra que se nos haga tarde, por eso lanzo un vistazo rápido a la luna. No está demasiado alta, así que todavía tenemos unas largas y preciadas horas por delante.

—¿Sabes cómo llegar al centro?

Orión me observa, titubeando, y yo me hago una idea de la respuesta antes de que niegue con la cabeza. Frunzo el ceño y vuelvo a mirar a la noche y luego a él.

—¿No sabes cómo llegar al centro, pero esperas que podamos alcanzarlo antes del amanecer, a pesar de que va a haber diosas saliendo a nuestro encuentro? —replico.

—Confío en sentir a mi madre: está viva, aunque convertida en piedra, así que debería poder percibirla si nos acercamos lo suficiente. Y quizá mis hermanos no sean tan fieros con nosotros como con otros visitantes. Si los convencemos de que la liberación de nuestra madre será también la suya...

No se atreve a decirlo muy alto, quizá porque no está del todo convencido. Yo tampoco, aunque las diosas ni siquiera son la mayor de mis preocupaciones: me inquieta más la idea de perdernos. Por eso desenvaino la espada y echo a andar, adentrándome en los corredores delimitados por altos y frondosos arbustos. Es evidente que al dios que me acompaña le sorprende mi determinación, pero se apresura a seguirme mientras yo apoyo la punta del arma en la tierra seca y comienzo a arrastrarla a medida que andamos. Un surco se forma detrás de mí, como la estela que dejan tras de sí las estrellas fugaces.

—¿Qué haces?

—Marco el camino. Lo haré así e iré señalando árboles cada poco tiempo, para que sepamos por qué sitios hemos cruzado y por cuáles no. De este modo, si tenemos que volver atrás, siempre sabremos qué camino tomar, aunque sea por descarte. —Lo miro de soslayo y, con la mano libre, desenfundo el puñal dorado. Se lo tiendo—. Tú también puedes hacerlo, a no ser que tu naturaleza te prohíba dañar cualquier tipo de vida.

Trato de que suene como una burla, aunque me lo pregunto de verdad. Me sorprende ver que no parece muy cómodo cuando coge el puñal y mira a la vegetación que nos rodea con inseguridad.

—Al menos la savia no apesta tanto como la sangre —susurra.

Enarco las cejas, incrédula.

—Siempre me he preguntado por qué no te metieron a ti en el laberinto también, aunque fueras un recién nacido por entonces. Ahora ya lo sé: como mucho, habrías servido para cuidar las plantas.

Orión frunce el ceño, pero yo echo a andar antes de que pueda replicar. Trato de avanzar a buen paso, todo lo rápido que puedo, sin dejar de arrastrar la espada.

—Dime una cosa —prosigo—. ¿Hace cuánto tiempo que tu madre está encerrada aquí? Tuvo que ser antes de que yo naciese. Era muy pequeña cuando escuché las historias por primera vez y, para entonces, en mi poblado las estaciones ya habían dejado de tener sentido. Mis madres solían decir que cuando ellas eran pequeñas no era así.

El dios que me acompaña tarda un poco en responder.

—Treinta y seis años. Los mismos que tengo yo.

Asiento. Para ser un dios, es joven. En términos divinos no debe de considerársele más que un muchacho. Lo observo de soslayo mientras giramos a la izquierda en una bifurcación y él se detiene para marcar una rama con mucho cuidado, casi como si le pidiera disculpas por hacerlo. Todo esto me lleva a las preguntas que realmente quiero hacer:

—¿Y qué ha pasado contigo durante todo este tiempo? Hay muchas historias al respecto. ¿Cuál es la cierta? ¿Por qué quieres liberar ahora a tu madre?

Los músculos de la espalda de Orión se tensan. Cuando me mira por encima del hombro, su rostro parece un poco más ensombrecido.

—¿Qué has escuchado?

—Muchas cosas. —Me encojo de hombros mientras tomamos un camino a la derecha. Esta vez soy yo quien se encarga de marcarlo con la espada—. Que te dejaron suelto por el Mundo Medio y que provocaste una inesperada ola de nacimientos.

—No.

—Que tres diosas que querían ser madres se dividieron las lunas para cuidarte. Dependiendo de la versión, cambian las diosas.

—No.

—Que le hacías compañía al Barquero y que en ocasiones intercedías para devolver a algunos muertos a la vida.

—No.

—Que Hera se quedó contigo.

Silencio. Tengo que mirar al dios de reojo para asegurarme de que me ha escuchado y de que no ha decidido ignorarme. Él me sigue solo un par de pasos por detrás, con los ojos fijos en el suelo y los tirabuzones morenos escondiendo parte de su rostro. No sé si se está fijando en el camino o simplemente no quiere encararme. La mano en la que sostiene el puñal se crispa y yo reconozco demasiado bien la rabia en su gesto. La ira y yo llevamos conviviendo demasiados años como para no saber cuándo domina a alguien.

—Entonces esa es la verdad —adivino—. Has acompañado a Hera todos estos años. Y no ha sido agradable, supongo. Antes te referiste a ella como una tirana.

Orión no responde. Yo vuelvo la vista al frente. Cuando ya estoy segura de que no dirá nada, su voz vuelve, suave y baja:

—Los Doce estuvieron de acuerdo en que sería peligroso si demostraba ser como mi madre, así que Hera se ha pasado toda mi vida intentando asegurarse de que yo nunca creyese que podría ser algo más que un sirviente. Un... esclavo. Jamás he sido otra cosa: no he conocido otra existencia que la de vivir a sus pies o atenerme a las consecuencias. —El dios lanza un vistazo nervioso al puñal que guarda en la mano y luego levanta la vista para volver a encontrar mi rostro. La angustia en el fondo de sus ojos castaños consigue ponerme en tensión y hacer que me detenga—. Puede que yo no esté encerrado en un laberinto, pero no soy libre.

Eso es todo lo que dice antes de acelerar el paso y adelantarme, como si quisiera huir, aunque no sé si de sus pensamientos o de mis preguntas. O de las dos cosas. Trato de no perder el ritmo, pero me quedo unos pasos por detrás de él, con la vista fija en su espalda.

—Por eso quieres liberar a tu madre, ¿verdad? —Ahora todo tiene mucho más sentido. Aunque es un dios, a mí solo me parece alguien desesperado tomando una vía desesperada—. Esperas que Eris se enfrente a Hera y te brinde así la libertad que hasta ahora se te ha negado.

No contesta, pero no hace falta. Lo entiendo mucho más de lo que me gustaría, porque yo también sé lo que es ansiar una vida diferente y estar dispuesta a todo por conseguirla. Las dos estamos atadas a las órdenes de otra persona, sufriendo condenas que no merecemos. Puedo entender que él quiera de vuelta una libertad que nunca le han permitido tener y que considere que despertar al Caos es un precio pequeño que pagar para conseguirla. Ya que he aceptado su trato, supongo que incluso estoy de acuerdo con él.

Tomamos otra bifurcación, de nuevo hacia la derecha. Dejamos más marcas en los árboles, que se alzan más amenazantes a cada paso que damos. Las hojas parecen moverse como si nos prestasen atención al pasar, como insectos atraídos por la luz de una antorcha.

Tengo la incómoda sensación de que nos están observando, pero trato de ignorarla. Me vuelvo a fijar en mi acompañante.

—¿Esta es la única manera de ser libre que se te ha ocurrido? ¿Y por qué has tardado tanto? ¿Qué pasa con las otras diosas? ¿Nadie te ha ayudado en todo este tiempo?

Orión suelta una risa un poco hueca.

—En el Mundo Superior nada es tan brillante como os hacen creer, Asteria. —El dios gira la cabeza para mirarme y me sorprende lo triste que parece la sonrisa que muestra—. Puede que aquí conozcáis el horror, el odio, el dolor. Pero también conocéis la felicidad sincera, la capacidad de soñar sin límites, la amistad inquebrantable, la *lealtad*. —Hace un ademán hacia mí—. Eres la prueba de ello, capaz de arriesgarte a todo por tus hermanas. Allí, en cambio, solo importa uno mismo y lo que puedas hacer para beneficiarte de otros. Los aliados van y vienen dependiendo de las causas que se luchan y los intereses que implican. Así que sí, he tenido que esperar muchos años hasta que algunas personas han considerado que ayudarme podía reportarles algo positivo a ellas también. Allí las cosas no funcionan como aquí. Aquí al menos no estáis solos.

No añade nada más y yo no le digo que odiaría vivir en un mundo como el que menciona. En mi poblado siempre se nos enseñaba que protegernos las unas a las otras era lo más importante. Un mundo en el que la familia no signifique nada, un mundo en el que se ha de vivir solo y calculando de dónde podrá venir la siguiente traición, es el mundo más inhumano que puedo imaginar.

Recorremos el laberinto durante un tiempo indeterminado en el que tenemos que deshacer nuestros pasos en varias ocasiones para probar otros caminos. Mientras, yo no dejo de mirar el transcurso de la luna, a cada rato un poco más tensa. No puedo permitirme no estar de vuelta para cuando amanezca. Quiero que esto acabe rápido y que la sangre del emperador se derrame con los primeros rayos de sol.

—Asqueroso…

Alzo la vista, sobresaltada. Por un momento creo que el dios ha podido sentir mis ansias por acabar con la vida de ese hombre y eso es lo que provoca su reacción. Un segundo después, sin embargo, me doy cuenta de que todo lo que ocurre dentro de mi cabeza está a salvo de él: la palabra y esa mueca que tiene en el rostro vienen de algo tan simple como que ha pisado un charco de barro que mira con desagrado.

Resoplo y me adelanto a él, sin importarme pisar el lodo.

—Esto también es vida, novato —me burlo.

Orión me mira con el ceño fruncido y preparado para contestar, probablemente herido en su orgullo divino una vez más.

—¿A quién llamas...?

Lo acallo cuando levanto una mano y me detengo en seco. Nos encontramos en una nueva bifurcación de caminos completamente embarrada, pero ya no estamos solos. En el centro de esta, justo en medio de las dos posibles rutas, hay una figura sentada en el fango, de largos cabellos que parecen surgir de la misma tierra o unirse a ella. Se rodea las piernas y llora. Sus sollozos llenan el ambiente, sumiéndonos a mi acompañante y a mí en un completo silencio. No sé cómo no la hemos escuchado antes, porque de pronto me parece que ese sonido es lo único que queda en el mundo y acalla incluso mis pensamientos. Sus lágrimas caen al suelo, una tras otra, empapándolo todo. Retrocedo por instinto. ¿El barro lo provocan sus lágrimas? Nadie puede llorar tanto. Nadie puede llorar así...

Es una mujer. O parece una mujer. Lleva un largo peplo que en algún momento fue blanco y tiene los pies descalzos hundidos en la tierra. Retrocedo un paso más. Mi cuerpo choca contra otro cuerpo y alzo la vista, sorprendida. Un muchacho de ojos castaños y cabellos morenos me mira. Tiene un puñal dorado en la mano y creo que lo conozco de algo, pero no sé de qué. Miro alrededor y la angustia se extiende dentro de mi pecho por momentos.

¿Dónde estoy? ¿Qué estoy haciendo aquí?

¿Quién soy?

—No recuerdo nada...

Vuelvo la mirada al frente, porque no he sido yo quien lo ha dicho, sino la persona que llora. Cuando levanta la cara, su rostro lleno de arrugas revela a una anciana de expresión afable y familiar, aunque también tremendamente triste. Parece que se vaya a disolver en agua en cualquier momento. Todo su cuerpo da esa impresión. Nos mira con ojos anegados, a mí y al muchacho que está a mi lado, y yo me estremezco. Cuando se pone en pie, aprieto la espada que tengo entre los dedos. No sé cómo ha llegado esa arma a mis manos, pero lo más importante es que ni siquiera tengo claro que sepa usarla. Sí, sí sé. Creo. Quizá... O quizá no. Quizá no necesito una espada, quizá nada de esto sea real. ¿Estoy soñando? Tengo que estar soñando.

No, no estoy soñando. Estoy... ¿Dónde estoy? Estoy... No lo recuerdo, pero hay algo que tengo que hacer. Algo que teníamos que hacer. Miro a mi acompañante, que parece igual de confuso. Él se lleva una mano a la cabeza y duda, inquieto. Necesito recordar. Necesito recordar algo. Un nombre. Mi nombre. A... As...

Asteria. Me llamo Asteria. Soy Asteria.

Y no sé por qué lo estoy olvidando, pero tengo que salir de aquí.

—Tenemos... que avanzar —dice el joven.

¿Tenemos? Quizá podamos retroceder. ¿Por qué avanzar? Pero algo me dice que es cierto. Que hay que seguir adelante. Esto es una trampa. ¿Una trampa de qué? No lo sé. ¿Quién es el chico? ¿Importa?

Asteria. Eres Asteria. Recuerda tu nombre. Asteria.

Doy un paso hacia delante.

De pronto, la anciana está frente a mí, en pie. Sus cabellos empapados le caen lacios a ambos lados de la cara, tan largos que se funden con la propia tierra, como raíces que la atasen a este lugar. Sus ojos... Sus ojos son completamente blancos, sin iris ni pupila, y yo siento que me ahogo en el agua de sus lágrimas al mirarlos.

Todo comienza a deshacerse dentro de mi cabeza.

Asteria. Recuerda tu nombre. Asteria. Más nombres... Nombres... Estoy segura de que la razón de que esté aquí tiene que ver con más nombres que el mío. Asteria... Busca otro nombre. Busca razones. Asteria...

Estás aquí para hacer algo, Asteria.

—¿Por qué lloras…?

El chico a mi lado ladea la cabeza, parece que con tristeza por la anciana. Esta se fija en él con sus ojos vacíos, sin dejar de sollozar. No debemos preguntarle. No debemos escucharla. Pero ¿por qué no? Parece que sufre. Llora tanto… ¿Tan mal está que nos apiademos de ella?

—No recuerdo mi nombre… No recuerdo quién soy. ¿Tenéis un nombre para mí…? Si me dais un nombre, recordaré.

Asteria. Asteria es un nombre. Pero es *mi* nombre, no el suyo.

—Yo puedo darte un nombre —dice el muchacho—. Sé cientos de nombres.

Sin embargo, cuando está a punto de pronunciarlos, calla. Abre y cierra la boca y después frunce el ceño, confundido. No se acuerda. Está claro que él tampoco puede pensar, lo noto. No puede recordar. ¿Sabrá acaso su propio nombre? Yo no lo sé, no tengo ni la menor idea de quién es, qué hace aquí o si nos conocemos. ¿Lo he visto antes? Sí, creo que sí. No, creo que no.

No lo sé.

Mi nombre.

¿Cuál era mi nombre?

—Dadme un nombre —suplica de nuevo la figura. Extiende las manos hacia mí, me toma el rostro, y yo noto cómo se me empapan las mejillas. ¿Estoy llorando? No, no soy yo. Son sus manos, que parecen agua—. Necesito un nombre…

Un nombre…

Pero no recuerdo ninguno. No dejo de olvidar… Olvidar… Olvido.

Olvido puede ser un bonito nombre.

—Olvido —susurro mirándola—. Te llamas… Te llamas Olvido.

Sé que no es cierto. O creo que no lo es. Pero parece que a ella no le importa, porque sonríe. Sus caricias se deslizan hasta mi pelo y yo quiero escapar, pero creo que también se me está olvidando cómo moverme. Necesito recordar. Hay algo preciado, importante, que me pide que recuerde. No puedo olvidar lo único que importa. ¿Qué es lo único que importa?

Ayudar. Tengo que ayudar a alguien. Alguien necesita mi ayuda... ¿Una persona necesita mi ayuda? Alguien que conozco, sí. Alguien que conozco está en peligro y depende de mí. Quizá sea la misma Olvido, que me sonríe.

—Ahora dame recuerdos. Me has dado un nombre, así que déjame recordar qué hay tras él.

Trago saliva, pero no sé qué decir. No puedo darle recuerdos si incluso yo he perdido los míos. O quizá sí. Le he dado un nombre pese a que ya no recuerdo el mío y parece satisfecha con él, así que quizá pueda darle también una misión. Quizá es ella quien puede ayudarme a mí y a ese chico que nos observa con la mirada vacía y perdida.

—Eres alguien que está aquí para... para guiar a las viajeras perdidas —susurro—. Debes... Debes hacerles recordar su destino. Debes decirles adónde ir, si acaso lo olvidan.

La mujer sonríe, feliz, como si esa fuera exactamente su misión y acabase de recordarla de golpe. Alza una mano y señala tras nosotras, al camino que se encuentra a nuestra espalda. ¿Debemos retroceder?

—Debéis volver a la entrada. Debéis huir de aquí. El centro está lejos, y sangraréis y os querréis arrancar el corazón antes de llegar allí...

La entrada. El centro. El centro...

Algo no termina de encajar. El centro. Sí, me suena el centro. ¿El centro de qué? De algo importante. Hay algo en el centro. Algo que debemos alcanzar.

¿O no?

—Lete —dice de pronto el chico que está a mi lado. Las dos nos volvemos hacia él, que abre mucho los ojos castaños, de pronto llenos de vida. Me sorprende que su mano me apriete el brazo, porque no sé en qué momento lo ha agarrado—. Te llamas Lete.

¿La conoce? Yo no la conozco. ¿Lo conozco a él? No, tampoco...

La mujer de lágrimas infinitas, de rostro de agua, deja de llorar solo entonces. Sus arrugas, tan plagadas de agua que parecen las olas de un vasto océano, se subrayan un poco más. La sonrisa que hay en su boca anciana es un gesto real, dulce, mucho más sincero que el que ha hecho ante el nombre que le he dado yo.

Entonces ¿es ese su nombre real? Lete.

—Si continúas, hermano, te perderás —le dice. Doy un respingo. Hermano. Conozco esa palabra. No, no esa, sino otra parecida—. Si continúas, nunca volverás a ser el mismo. Quédate conmigo. Quédate a olvidar las humillaciones de Hera y el Mundo Superior. Aquí podrás ser quien quieras, con o sin nombre. Quédate... Quedaos los dos. —Me mira y su sonrisa se torna afable, invitadora—. Quédate a olvidar. Aquí nunca más tendrás que luchar. Aquí ninguna hermana morirá.

«Hermana».

La palabra me arrebata la respiración. Eso. Eso es lo importante, lo único importante. Me llamo Asteria y estoy aquí para ayudar a mis hermanas.

Tomo al chico del brazo y tiro de él. No podemos quedarnos. No podemos olvidar. Tenemos que llegar al centro, justo donde ella dice que nunca llegaremos. Sí, eso es. Tengo que alcanzar el centro del laberinto para poder salvar a mis hermanas.

—Nos vamos.

La anciana intenta echarse encima de nosotras, pero yo la evito y arrastro a mi acompañante sin contemplaciones, aunque él ahoga una exclamación sorprendida y se permite mirar hacia atrás. Creo que me pide que me detenga, pero yo no lo escucho. Echo a correr como si lo que me persiguiese fuesen mis recuerdos y no la posibilidad de perderlos todos.

Mientras el llanto de Lete vuelve a estallar, dejamos el olvido atrás.

ORIÓN

Corremos hasta que siento que me quedo sin aire. Hasta que me suelto de Asteria y tropiezo y caigo al suelo, todavía temblando. Los recuerdos me golpean la mente, uno detrás de otro, y no puedo acallarlos. Son memorias de días dorados, de riqueza y oro y crueldad. Aprieto los párpados y bajo la vista, conteniendo unas ganas de llorar que no sé de dónde salen ni si son por mí o por mi hermana, que se ha quedado atrás, encerrada en este laberinto por algo de lo que no tiene la culpa. Me paso una mano por los ojos. Creo que tenía buenas intenciones. Creo que estaba intentando ayudarnos. Creo que era sincera cuando decía que la mejor opción era que diésemos la vuelta y volviésemos a la entrada.

Pero yo no quiero volver. No puedo hacerlo, porque si lo hago, todo habrá sido inútil. Además, ahora le he pedido ayuda a Asteria. Le he hecho un juramento…

Me incorporo sobre manos y rodillas. Todavía aferro el puñal dorado como si me fuera la vida en ello. Los pies de la amazona se vuelven hacia mí y, de pronto, me agarra el brazo y tira de mí con firmeza para obligarme a ponerme en pie.

—¿Estás bien? —Asiento, más por inercia que por convicción—. Vamos. No podemos pararnos.

Su voz suena cansada, pero me insta a continuar. Al mirar hacia atrás veo que se ha olvidado de seguir marcando el camino. No recuerdo qué giros hemos elegido mientras corríamos y creo que no soy el único: hemos huido sin pensar en lo que estábamos haciendo o hacia dónde nos dirigíamos. Ella aprieta los labios cuando sigue la dirección de mis ojos, pero no dice nada y baja la punta de la espada de nuevo. No sé qué pasará si volvemos a encontrarnos con la encrucijada de antes. No sé si quiero saberlo.

Continuamos en silencio durante un buen rato. En algún punto, cuando cree que me muevo con un poco más de seguridad, mi compañera me suelta para que camine solo. La veo mirar hacia arriba, en un gesto nervioso que ya le he visto en varios momentos de la noche. La luna parece pesada y complacida mientras nos acompaña en nuestro camino. Quiero decirle a Asteria que no se preocupe, que llegaremos al centro antes de que Helios releve a su hermana, pero ya no estoy tan seguro como me gustaría. Quiero creer que estamos avanzando y que al menos no estamos dando vueltas, pero desconozco cómo de traicionero puede ser el laberinto. Solo estoy seguro de lo que puedo comprobar: que los pasillos son relativamente estrechos y que las plantas parecen inclinarse hacia nosotros. Una rama me roza el brazo y yo doy un respingo y me aparto de su camino. Puedo percibir cómo cada hoja respira, robándonos el aire. Cómo laten y tratan de alcanzarnos. Su energía zumba a mi alrededor, febril, violenta. Me detengo a hacer una marca en el tronco de un árbol cuando tomamos un desvío hacia la derecha. Intento que sea superficial, un simple rasguño en el tronco, pero siento que algo cambia en cuanto el filo traspasa la corteza. El descontento del laberinto es algo que siento en mis propios huesos.

Aunque al principio soy optimista, al cabo de un rato y tras varias malas decisiones que nos llevan a callejones sin salida, empiezo a dudar. Asteria también parece andar con más premura y lanza varios improperios cuando tenemos que retroceder sobre nuestros pasos de nuevo. Yo no pierdo nada si no conseguimos encontrar el centro esta noche, pero ella no tiene toda la vida. Debemos asegurarnos de cumplir con nuestro objetivo antes del alba.

Debemos seguir avanzando. Rápido. Más rápido.

A medida que el tiempo pasa, da la impresión de que las hojas van perdiendo su brillo. Su vitalidad también decrece a cada paso que damos, como si nos fuéramos internando en la noche e incluso el laberinto, vivo, se fuese aletargando. Llega un punto en el que pienso que cualquier sombra podría ser un enemigo. No sé si me preocupa más no saber cuántas horas llevamos aquí dentro o que no hayamos vuelto a encontrarnos con ningún otro de mis hermanos. ¿No es eso una mala señal? ¿No deberían estar cerca de mi madre, custodiándola? Quizá el encuentro con Lete nos ha distraído más de lo esperado y hemos acabado caminando en dirección contraria a nuestro objetivo. Quizá...

¿Derecha o izquierda? No, mejor seguimos de frente. Trato de orientarme por las estrellas, pero no sabemos hacia dónde se supone que tenemos que ir. ¿Al norte? ¿Al sur? ¿Se ha movido esa rama? No, te estás preocupando demasiado. ¿Y ese susurro? Solo tu imaginación. Pero mi instinto dice que hay algo que quiere alcanzarnos. Algo quiere abrirnos como frutas y tragarse nuestro corazón. Quizá algún animal, solo que aquí no hay animales. Cierro los ojos un segundo, pero no percibo nada. En el aire flota un olor extraño, como a lluvia recién caída, aunque no ha llovido en todo este rato. También huele a tierra revuelta. Y hay algo más. Algo que intento asociar con un pensamiento sin mucho éxito.

—¿Qué haces?

Abro los ojos, sorprendido. Asteria está unos pasos por delante de mí y me observa. No me doy cuenta de que me he detenido hasta que vuelvo a la realidad. Ante nosotros vuelve a haber una encrucijada. ¿Al frente o a la izquierda? Al frente. Siempre al frente. Hago una marca y continúo antes de que mi compañera pueda decirme nada. Aun así, siento su mirada fija en mi espalda. Es una sensación molesta que hace que me pique la nuca.

—Hay algo extraño en el aire.

—¿Algo extraño? —repite ella—. Eso no es muy concreto, ¿no crees?

—Todavía no sé qué es. Ni de dónde proviene. No... —Sacudo la cabeza—. No importa, sigamos.

Pero estoy intranquilo. Miro las paredes que nos rodean, de las cuales casi no podemos discernir el final. Me parece que se han ido haciendo más altas a medida que avanzábamos, si es que eso es posible. También más espesas. Las ramas de las enredaderas se entrecruzan y parecen crear nudos impenetrables. ¿Se supone que es una buena señal? Yo me siento rodeado, encerrado, temeroso de que la estructura se derrumbe sobre nosotros y nos deje enterrados. Algunas hojas han caído al suelo, lo que no parece muy natural. Al acercarme, noto la savia bajo las manos, pegajosa y espesa. ¿Alguien ha hecho esto? ¿Uno de los hijos de Eris? No me detengo. No se lo digo a Asteria, aunque nuestras miradas se encuentran y ella debe de ver la nota de cautela en mi expresión. Me huelo la punta de los dedos, pero no es la misma fragancia que preña el aire. La que nos rodea tiene un punto de dulzor.

No es muerte, pero la siento en el estómago como algo parecido.

—¿Derecha o izquierda?

Nos detenemos. Las paredes son ahora tan altas que la luna ha escapado de nuestra vista. Ya no está sobre nuestras cabezas, y eso quiere decir que ha empezado a bajar. Si no fuera un dios, probablemente me dolerían los pies de caminar tanto rato. Me pregunto si a Asteria le duelen, pero ella no se ha quejado en ningún momento.

Sopeso nuestras dos opciones.

—Vayamos a la derecha.

Me gustaría añadir que tengo un buen presentimiento, pero no es cierto. Hasta mi acompañante debe de entrever mi indecisión, porque cuando voy a dar un paso al frente, me pone la mano sobre el hombro y se adelanta. Es un ademán protector que me sorprende, aunque supongo que para eso está aquí, ¿no? Ha prometido ser mi guardiana.

Esta vez es ella la que marca el camino al cortar una rama que cae al suelo con un golpe sordo. Dejo escapar una exclamación de protesta y ella se da la vuelta con la espada aún en la mano.

—Solo son plantas, Orión. Las mismas que mantienen prisioneras a tu madre y tus hermanas.

Abro la boca para decirle que una planta no puede ser culpable de un crimen cuando oigo el siseo. Son las hojas, como si algo se deslizase entre ellas… No. Es el sonido de las propias enredaderas, que se arrastran por el suelo. Paralizado, me doy cuenta de que las hojas del camino de la derecha titilan y se apagan, como estrellas muriendo. Asteria lanza una maldición cuando un tallo le rodea el tobillo.

Trata de alejarse. Cae. Tiran de ella.

—¡Asteria!

Me echo hacia delante sin pensar, lanzándome hacia su cuerpo. Trato de agarrarla de la mano, estoy seguro de que llego a sentir el calor de su piel, que huelo la sangre y la muerte que lleva pegada a los dedos con los que ha luchado durante años, pero no consigo alcanzarla.

Nuestras miradas se encuentran un segundo antes de que sea arrastrada fuera de mi alcance y desaparezca tras un muro impenetrable.

—¡Asteria!

Dejo escapar un jadeo ansioso mientras observo cómo las plantas del camino crecen a mi alrededor. Se enredan, se atan, se entrecruzan, forman una pared en apenas unos segundos. Trato de golpearla, traspasarla, alcanzar el otro lado, pero no sirve de nada. El terror me cierra las costillas y me impide respirar. Siento que algo crece y crece dentro de mí y pierdo por completo la calma. Corto y apuñalo tallos, intento abrirme paso en vano. Le pido a la vida que contienen las plantas que me obedezca, que las enredaderas se aparten y me dejen pasar, pero aquí mi poder no sirve de nada. Algunas hojas caen al suelo. Algunas ramas se doblegan y adquieren formas extrañas. Eso es todo.

No soy capaz de hacer nada. No sirvo para nada. No sé cómo he sido tan estúpido de jurarle protección a una mortal cuando nunca he podido protegerme ni siquiera a mí mismo.

No. No puedo rendirme. No tan pronto. No cuando esta es mi única oportunidad…

«Piensa», me digo.

Apoyo la mejilla en el muro y trato de escuchar lo que ocurre al otro lado. Cierro los ojos con fuerza. No hay más que un silencio opresor en el que hasta mis jadeos suenan ahogados. Golpeo la muralla de vegetación.

«¡Piensa!».

Una rama se me enreda entonces en la muñeca. Aunque mi primera reacción es dar un paso atrás, una parte de mí tiene la esperanza de que las enredaderas me lancen al mismo sitio al que se han llevado a Asteria.

Es en vano, porque tiran de mi brazo hacia arriba y lo único que consiguen es que suelte el cuchillo. Algo me rodea el cuello y siento un estremecimiento que me recorre el cuerpo de arriba abajo. Me paraliza. Me llena de ese desasosiego que reconozco, que me da ganas de gritar.

—A lo largo de los años —dice una voz cálida detrás de mí—, mucha gente ha intentado llegar al centro del laberinto.

Me giro. No; me hacen girar. Como si fueran manos, dedos fuertes y capaces, los tallos me sujetan y me alzan. Mis pies abandonan el suelo pese a que me resisto. Me inmovilizan los tobillos, me los pegan. Me levantan los dos brazos y me sostienen por la garganta. Me crucifican sin necesidad alguna de maderas, como sé que hacen con algunos criminales en algunas zonas del Mundo Medio. En algún punto he cerrado los ojos, pero cuando vuelvo a abrirlos encuentro a un muchacho ante mí. No, no es un muchacho. Es un dios. Todo mi cuerpo parece reconocerlo, aunque nunca lo haya visto antes. Aun así, no parece una deidad. Siento un escalofrío cuando me observa con su único ojo abierto, rojo. El otro está cerrado, incapaz de abrirse a causa de la profunda cicatriz que va desde su ceja hasta su mejilla.

El sentido común me recuerda que es imposible que un dios pueda tener una cicatriz. Siempre nos curamos, sin importar lo grande o terrible que sea la herida. Si nos cortan una mano, vuelve a su sitio. Si nos destripan, nos regeneramos y nos cerramos. Lo único irremediable para nosotros es que nos corten la cabeza; por lo demás, nuestros cuerpos no son más que vasijas a las órdenes de nuestro espíritu.

Pero aquí está el primer dios que desafía a lo que la lógica me dice. El primer dios no con una, sino con decenas de cicatrices por todo el cuerpo, que rezuman pus e icor y que la túnica que lleva deja al descubierto. La cabeza me da vueltas. Sus cabellos son blancos, pero entre ellos hay sangre seca y roja, como si hubiera llovido sobre él.

Tomo una bocanada de aire, pero entonces me doy cuenta del olor que nos rodea. Un olor atrayente y que al mismo tiempo me produce arcadas. Se me pega a la piel, se me mete dentro, me quema y me relaja; me hace sentir vivo y a la vez trae consigo un terror que me provoca un sudor frío.

—De todos cuantos han venido, sin embargo, ninguno era el último de los hijos de Eris. —Se agacha, tras dedicarme una sonrisa de dientes rotos y desiguales. Toma el puñal dorado entre sus dedos y lo sopesa—. Es un verdadero placer conocerte, Orión.

No digo nada. Todas las palabras se me han ido de la mente, como si me hubiera bebido de las lágrimas de Lete. Se me encoge el corazón. Intento recordar cuál de mis hermanos podría ser. Intento pensar en cómo deshacerme de las cadenas verdes.

—¿Sabes? Por aquí todos queríamos conocerte: el hermano que escapó de la cárcel. —No, no escapé—. El hermano al que no condenaron. —No. Estás muy equivocado—. Incluso si nosotros no teníamos nada que ver con los crímenes de madre, nos trataron a todos como si hubiéramos sido sus cómplices. Excepto a ti... Porque tú eres la Vida, claro. Tú eres la paz que solo llega tras el caos más absoluto...

—Vengo a liberar a Eris. Vengo a liberaros a todos. —Me tropiezo con mis propias palabras—. Yo también he sido un prisionero, pero en otro lugar. Yo también he anhelado libertad, y por eso nos la daré a todos. Suéltame y...

El muchacho ríe con un sonido seco, un chasquido, como si un hueso se rompiese. Su cuerpo, delgado, casi esquelético, se convulsiona con cada carcajada en un baile arrítmico.

—Nadie va a despertar a madre, Orión. Para eso nos han

puesto aquí. Para que impidamos que gente como tú la moleste mientras sueña.

Intento hablar, pero la rama que me rodea el cuello se aprieta y yo inclino la cabeza hacia atrás, estirándome e intentando liberarme en vano. A mis pies, el muchacho mira el cuchillo de Hera. Se acerca el filo hasta su propio brazo y, sin dudar, se corta la piel, desde la muñeca hasta el interior del codo. Se me revuelve el estómago. Aunque sisea de dolor y las gotas de icor se deslizan por su piel, sonríe. Me revuelvo cuando lo veo meterse un dedo en la herida, hurgando e impidiendo que se cierre. El vómito me sube hasta la garganta, que arde. La boca me sabe a bilis.

—¡Hermano, este es un cuchillo maravilloso! —Se chupa los dedos con deleite, y yo cierro los ojos con fuerza, aunque sigo oyendo el gemido que se le escapa de los labios y el olor se me cuela dentro del pecho—. ¿Lo has traído para mí? Aquí no tenemos de estas cosas. Una vez un hombre vino con una espada, pero la hoja acabó mellada cuando quise ver cuántos huesos podía serrarle con ella. —Casi suena decepcionado—. Pero ahora podré probar cosas nuevas. ¡Y contigo aquí, ni más ni menos, que no puedes morir! Podré saber si por nuestras venas corre la misma sangre... ¿Sabe como la mía? ¿Se cerrarán las heridas del cuerpo de la Vida más rápido que las del resto de nosotros?

Lo miro, completamente falto de aliento. Ha apoyado la punta del puñal en mi rodilla y, muy despacio, la sube por la pierna. Me revuelvo. Me quejo. Aunque no hace la fuerza suficiente como para cortarme, sé que no tardará en ocurrir.

El asco. El miedo. El dolor.

Dolor...

—Algos —lo llamo.

Él alza la vista a mi rostro y sonríe como si hubiera cometido una travesura. El dios del Dolor, del Sufrimiento. Con el reconocimiento, el laberinto entero parece empezar a palpitar. Las hojas, cuya luz dorada me parecía agradable, de pronto me recuerdan demasiado a los adornos de los palacios del Mundo Superior. Las ramas se mueven, como si una brisa invisible las acariciase. Sé que hay cadáveres bajo el laberinto. Sé que hay muertos, los cuerpos de todos los que alguna vez han pasado por aquí, pero he intentado mantener la especulación a raya. Ahora, sin embargo, la idea vuelve a mí. Y pienso en este dios, en lo que pudo hacer con los vivos antes de que murieran...

—Déjame libre —le ruego—. ¿Es que no quieres volver al Mundo Superior? Este laberinto no es lugar para nadie.

Él vuelve a reír.

—¿Por qué querría volver allá arriba, donde nos odian? Donde nos tratan como seres inferiores... No, Orión. Aquí tenemos poder. El Mundo Medio está lleno de sufrimiento. Lleno de malos sentimientos, de guerra y enfermedades y crueldad. ¿Por qué habría de abandonarlo cuando puedo sentir perfectamente sus gritos, sus heridas abiertas, la muerte rondando a cada uno de sus habitantes?

No veo venir el cuchillo hasta que es demasiado tarde. Lo siento solo cuando me lo clava bien hondo en la pierna, casi hasta la empuñadura. El grito que me sale de los labios me desgarra la garganta y me deja ronco y se mezcla con la carcajada febril de mi hermano. Siento la sangre cálida deslizarse por mi pantorrilla y me retuerzo.

No, otra vez no.

—Vamos a quedarnos aquí, Orión —me dice Algos—. Nosotros, madre y tú, nuestro hermanito pequeño, tan inocente, tan hermoso, tan incorrupto.

Cuando me arranca el puñal lo hace solo para sustituirlo con su lengua, con la que limpia la sangre de la herida como si en ella encontrase un manjar. Cierro los ojos con todas mis fuerzas, asqueado. Aprieto los labios, ansioso. Quiero suplicar, pero sé que no servirá de nada.

—Te enseñaré lo bien que podemos pasárnoslo, lo maravilloso que puede ser el dolor —continúa mi hermano—. Aún no lo entiendes, y por eso quieres irte. Cuando sepas lo bien que puedes sentirte, lo vivo que puedes sentirte, ya nunca querrás abandonarme. Nunca más volveremos a estar solos...

Siento el filo contra la rodilla antes de que se separe, pero cuando vuelve a mí, es la empuñadura lo que me golpea carne y hueso. Grito, y creo que me voy a caer, pero las enredaderas que me rodean el cuello me mantienen erguido y noto que me asfixio.

Eso ni siquiera es lo peor, sino sentir que ya he estado aquí, aunque de una manera distinta. Las plantas se convierten en cadenas de metal dentro de mi cabeza. Cadenas hechas por el mismo Hefesto, para quitarme la fuerza y el poder. Hera está ante mí, con ese mismo puñal. Me escucho suplicar, mover los labios en un ruego: «No lo volveré a hacer. No volveré a desafiaros, mi señora. No volveré a hacer nada que os contraríe. Soy vuestro siervo. Soy vuestro esclavo».

Me estremezco. Las lágrimas comienzan a caer.

—Apártalo de mí. Suéltame...

—No voy a hacerlo. Pero puedes suplicar. Será divertido oírte.

Grito. Grito hasta ahogarme la siguiente vez que clava el cuchillo, en mi vientre, y me abre como si quisiera ver lo que hay en mi interior. Grito cuando me tira de la carne con los dedos. Cuando ríe, enloquecido, y me apuñala hasta que pierdo la cuenta de las veces. Hasta que siento el cuerpo sucio y cansado y la mente al borde del delirio.

«Eres demasiado ruidoso, Orión», suele decir Hera cuando me encierra en la celda. Ella también me clava el cuchillo una y otra vez, aunque con más suavidad. Prefiere las heridas pequeñas, las que me mantienen con los ojos abiertos y consciente, pero me manchan el cuerpo de todos modos. Y como a ella no le gusta que haga ruido, como quiere verme manso y callado, yo siempre me muerdo los labios y la lengua hasta que me sangra la boca. Hasta que siento asco de todo mi cuerpo.

Esta vez, sin embargo, no me callo. Esta vez grito, cada vez con más fuerza. Esta vez lloro y suplico como he querido hacer en tantas ocasiones antes. Esta vez, mientras Algos me destroza, se me rompe la voz por todas las veces en las que he tenido que contenerla.

No es la primera vez que deseo morir, pero sí es la primera que les rezo a los dioses para que me lo permitan.

ASTERIA

La oscuridad me arrastra y me devora. Antes de que consiga cortar las ramas que me agarran los tobillos, veo la pared de plantas que crece y me separa de Orión, que grita mi nombre. La espesura se cierne sobre mí: ya no hay hojas doradas, ni siquiera luna o luz de estrellas. No hay nada excepto una negrura absoluta y la voz del dios al otro lado, que me hace alzar la cabeza hacia donde él debe de encontrarse. Quiero decirle que estoy bien, que siga adelante, que lo encontraré.

Pero entonces llega el desasosiego.

Es una presión que me nace en el estómago y sube hasta mi cabeza y me mantiene más anclada al suelo que la rama que aún siento alrededor de la pierna. No me puedo mover porque yo misma deseo quedarme quieta. No, no lo deseo, pero no soy capaz de evitarlo. Es la sensación de querer avanzar, pero saber que hay algo que te lo impide. Querer hablar, pero tener una mordaza en la boca. Incluso respirar, de pronto, se convierte en algo complicado cuando tomo una bocanada que no consigue llenarme.

Angustia. La siento trepándome por la espalda como una araña. O quizá realmente haya arañas a mi alrededor. Quizá estoy rodeada de insectos que caminan por mi cuerpo y se meten por cada uno de mis recovecos, entre los dedos, en el oído. Las lágrimas me suben hasta los ojos como si anidasen en ellos. No sé lo que está pasando, pero algo me aprieta y me retuerce, desde dentro hacia fuera. Tengo la tentación de cerrar los párpados con fuerza, de encogerme sobre mí misma y no moverme hasta que la sensación desaparezca. Pero no puedo hacerlo. Tengo que levantarme. No sé qué me mantiene tan helada, de todos modos. Estoy segura de que ni siquiera hay insectos, que es solo una sensación incómoda y desagradable. Todo está en mi cabeza. No hay nada aquí, estoy sola, tan sola con este silencio...

No, no es cierto. Hay alguien más aquí.

—Pobre, pobre Orión...

Me estremezco y alzo la vista, pese a que sigo sin poder ver nada. La voz suena en todas partes y en ninguna y la presión que noto en el pecho se afianza. La necesidad de liberarme de las ramas que me aprisionan el tobillo se convierte de pronto en algo urgente y agobiante, pero estoy paralizada por completo.

Es entonces cuando comienzan los gritos. Al otro lado de la oscuridad, la voz de Orión se rompe en una súplica, un alarido agónico que me hiela la sangre como si las alimañas que todavía siento a mi alrededor me clavasen mil aguijones al mismo tiempo. Tomo aire, aunque me cuesta. Noto demasiado mis propias costillas, siento que los bichos se meterán en mi boca y me ahogarán si trato de aspirar un poco más. Orión vuelve a gritar. ¿Qué está pasando? ¿Qué provoca esos chillidos? Tengo que saberlo. Tengo que... Tengo que ayudarlo. He venido aquí para eso. Y lo necesito para poder matar al emperador. Tengo que conseguir salir de aquí. Todavía tenemos que llegar al centro del laberinto y el tiempo corre.

Noto la respiración de la persona que me acompaña muy cerca de mí, un sonido renqueante, inquieto, como un intento constante de calmarse que nunca llega a hacerse realidad. Preciso de toda mi fuerza de voluntad para incorporarme, porque mi cuerpo me pide seguir tumbado. Me pide dormir, aunque la presión en el pecho sea demasiado intensa como para conciliar el sueño. Me tanteo la pierna e intento atrapar las ramas que me mantienen presa.

—Va a torturarlo…

La voz es lastimera. Un gimoteo anticipado o la voz ronca que se te queda después de llorar durante horas. Es grave y suave al mismo tiempo y parece apenada, muy triste. Intento averiguar de dónde viene, pero otro grito de Orión me distrae y me acelera el corazón.

—Va a hacerlo sangrar hasta que no le quede nada dentro… —se lamenta la voz. Porque parece un lamento. Parece que lo siente—. Pobre hermano nuestro…

Así que es eso. Esta sensación proviene de otra de las descendientes de la Discordia. Y supongo que Orión está con otra de sus hermanas, con alguien a quien no le apena tanto su suerte.

Agarro al fin las ramas que me sujetan con una mano y la espada con la otra. Con dificultad y a tientas, corto.

—Tienes que ayudarlo. No sé quién eres, pero es tu hermano, ¿verdad? He venido con él, así que puedes soltarme y ayudarnos a los dos —le pido mientras me levanto a duras penas.

Incluso en pie, sigo sintiendo ese cosquilleo por todo el cuerpo, pero decido no centrarme en la sensación. Soy consciente de que mi intento de apelar a la compasión de las diosas que están aquí encerradas probablemente sea inútil, pero al menos tengo que intentarlo.

—No puedo… Oh, querría, pero no puedo… —La voz suena casi en mi oído, pero se aleja hacia mi izquierda cuando me giro hacia ella. En la oscuridad, sigo persiguiéndola—. Nuestro hermano quiere llegar a mamá y no podemos dejar que eso ocurra. Mamá duerme. Mamá no sufre convertida en piedra. A mamá la guardamos porque en el Mundo Superior la odian y solo le harían daño. ¿No te da pena, Asteria? ¿Que solo así pueda descansar?

¿Pena? ¿Por qué habría de dármela? Conozco algunas historias sobre Eris, y en ninguna de ellas es una víctima. Sé que la confinaron aquí porque mató a Perséfone por avaricia, así que no puedo sentir empatía. En cambio, su hijo…

Orión grita de nuevo y yo decido ignorar la voz de esa diosa desconocida para dejarme guiar por la del muchacho. Me choco con una pared de plantas. Alzo la espada, dispuesta a abrirme paso, pero en ese momento el cosquilleo que noto en los brazos se hace más real. Sí, son arañas. O quizá sean ciempiés. O quizá no sea ninguna de esas cosas, pero la sensación es la misma que me provocarían un sinfín de patas diminutas recorriéndome la piel. Dejo escapar un jadeo, sobre todo cuando el tacto cambia para convertirse en algo mucho más uniforme: un par de brazos que se aferran a mi cuerpo y lo mantienen en el sitio. No es un gesto violento, pero siento que el pulso se me acelera, que mi corazón crece o que quizá el pecho se me constriñe tanto que no consigue darle cabida. El ser que se apoya contra mi espalda tiene una textura pegajosa y desagradable, pero sobre todo está tan frío como los días de lluvia y granizo y yo empiezo a temblar.

Me cuesta respirar. Necesito respirar. No puedo respirar.

Mis brazos caen sin fuerzas a mis costados y me tambaleo.

—Pobre, pobre Asteria... —susurra de nuevo la voz. Es indeterminada, ni hombre ni mujer, solo tristeza infinita—. Tú también has sufrido, ¿verdad? Has sufrido mucho... Sigues sufriendo... Nunca dejarás de sufrir. Incluso cuando pienses que todo ha acabado, no va a haber descanso para ti, porque tienes demasiados recuerdos tristes... Tienes demasiada culpa...

Me encojo sobre mí misma, sin dejar de tiritar. No dice ninguna mentira, quizá por eso las lágrimas me trepan hasta los ojos. Quizá por eso reconozco este sentimiento al fin: la tristeza. La pena más profunda, la que encoge el alma y te hace creer que nunca podrás recuperarte. La que se te mete dentro como un parásito para alimentarse de ti. La que te ancla a la realidad y a la oscuridad al mismo tiempo, una cadena invisible capaz de cortar tu capacidad para volar tan lejos como quieras. Es la tristeza de la desesperanza, del futuro arrebatado, de la seguridad de que solo queda pesar.

Es la tristeza que llevo tanto tiempo evitando y que finalmente me ha dado caza.

Caigo de rodillas al suelo, incapaz de seguir manteniéndome en pie. Aunque trato de luchar contra la emoción, la cabeza se me llena de todas las cosas en las que llevo mucho tiempo sin querer pensar. Recuerdo mi poblado, arrasado. Recuerdo los gritos de aquella noche. Recuerdo a mis madres, protegiéndome y luchando a mi lado antes de que las asesinaran. Recuerdo el fuego, el que devastó nuestras casas y el que ardía en nuestras miradas y en nuestros gritos. No lloré entonces, porque no quería darles a aquellos hombres la satisfacción de verme rota. No lloré anoche, cuando vi la cabeza cortada de Ainia besando el suelo. No lloré cuando me di cuenta de que todos mis esfuerzos por salvarlas habían sido inútiles.

Pero ahora quiero hacerlo. Quiero llorar. Solo quiero llorar. Por las que se fueron hace años y por las que han seguido cayendo durante todo este tiempo. Por mí, por el hogar que me han quitado, por las esperanzas que han pisoteado. Quiero llorar por el futuro que no voy a tener. Porque sé que esa voz tiene razón: nunca va a haber paz para mí. Nunca voy a olvidar. Nunca voy a perdonar.

Nunca voy a *perdonarme*.

—Pobre Asteria... —repite. Parece un sollozo, como si llorase conmigo—. Llevas mucho tiempo acallándome, pero yo también vivo dentro de ti, pequeña... Llora, Amazona Roja, llora. Eres una experta en ignorarme, pero no podías hacerlo durante mucho más tiempo. No puedes huir de mí; no puedes seguir usando la rabia para evadirme. ¿Qué pasará cuando cumplas tu venganza, al fin y al cabo? Entonces solo quedaré yo. Tu única compañía de verdad, aunque nunca hasta ahora hayas querido verme...

Dejo escapar un gemido. Al otro lado, los gritos de Orión me taladran los oídos y la única vía de escape que encuentro es centrarme en su dolor más que en el mío. Tengo que ayudarlo. Tengo que ayudarnos a todas. Orión es solo alguien tan desesperado como yo, un dios que de dios solo tiene el nombre y la inmortalidad, porque en realidad es otro esclavo que se aferra a la única oportunidad de cambiar su vida que ha encontrado. Necesito salir de aquí para volver con las mías y librarnos de nuestra condena, esta vez de verdad. Necesito seguir adelante. Necesito quitarme este peso de encima. Necesito dejar de llorar...

Pero no puedo.

—Pobre, pobre Asteria...

El lamento de la voz no es igual que el de Lete. No creo que se compadezca de mí de verdad. Quizá esté disfrutando. Quizá se alimente de mis lágrimas, quizá beba de ellas.

—¿Quién eres? —Toso, ahogándome con mi propio llanto. Me duelen los ojos y siento la garganta tan desgarrada como si estuviera tragando cuchillos afilados—. ¿Qué quieres de mí?

—Quiero que me aceptes, Asteria. Llevas tanto tiempo dándome la espalda, centrada solo en seguir adelante...

—Tengo que seguir adelante. Tengo que...

—Que ayudar a tus hermanas, ¿verdad? Todo depende de ti, siempre de ti. Pero ¿quién te cuida a ti? ¿Quién evita que te pierdas, que te hundas para siempre...? Mira en lo que te has convertido... Lo que fuiste y lo que ahora eres. ¿No recuerdas aquellos días en tu tierra? ¿En el bosque? La caza, la alegría de cabalgar libre, el amor de tus hermanas, la seguridad de estar con ellas...

Desesperada, suelto mi espada para taparme los oídos con las dos manos. No quiero escuchar. Creo que le suplico que se calle, porque siempre quiero mantener los recuerdos felices a raya. Cuando solo recuerdo todo lo que nos han hecho desde aquella noche hay pesar, sí, pero sobre todo hay rabia. Sobre todo hay odio y el odio me salva.

Volver a recuerdos felices significa ser consciente de todo lo que ya no tenemos. Todo lo que no podemos recuperar.

Se me rompe el pecho en dos cuando pienso en mis madres, en los días en los que ambas me enseñaban a luchar y a cazar. En las carreras por el bosque con Lysandra, cuando éramos pequeñas, y en cómo competíamos para ver quién era más rápida trepando a los árboles. Pienso en mis amigas más cercanas, en las cacerías que compartíamos y en las historias y los bailes alrededor del fuego. Pienso en nuestra ceremonia de adultez, cuando nos ganamos la cicatriz en el pecho, cogidas todas de las manos.

Son recuerdos tan buenos, tan felices, que me hacen sentir miserable. Hasta ahora he luchado para que mis hermanas pudieran volver poco a poco a esa vida y reconstruir todo ese telar de memorias que otras personas desgarraron, pero me resulta insoportable saber que todo ha sido inútil. De pronto, las paredes de hiedra que me rodean ya no me parecen tan opresivas, sino un refugio en el que esconderme. Quiero apoyarme contra ellas y dejar que me traguen. Quiero que los brazos que me rodean me acunen y llorar todo lo que no he llorado en años.

Me siento agotada, como si el llanto me hubiera quitado todas las fuerzas que nunca me quita la batalla. Quiero descansar. Necesito descansar…

—Eso es, Amazona Roja. Cierra los ojos. Cierra los ojos y deja de luchar… Si todo es inútil, si todo es tan triste, ¿para qué continuar?

Sí, ¿para qué?

Orión vuelve a gritar. Su agonía detiene mi llanto solo por un instante y me arrastra de vuelta a mi cuerpo, al presente. Creo que la figura que me sostiene gruñe, descontenta.

—Ignóralo. No puedes ayudarlo, Asteria. No puedes ayudar a nadie, ¿no te has dado cuenta ya? Descansa. Cierra los ojos y descansa.

Siento la tentación de obedecer. Siento la tentación de acobijarme contra el cuerpo que me abraza y cerrarme a todo, incluso a mis pensamientos. Pero en alguna parte, el dios al que he jurado proteger sigue gritando. Sigue sufriendo, como sufrirán las mías si no vuelvo.

Si me quedo aquí, si tan solo dejo que la pena me arrastre, todo por lo que he estado luchando habrá sido para nada.

No. No, no puedo descansar. Todavía no. Tengo que reaccionar. Tengo… Tengo que salir de aquí, sea como sea. Solo podré volver a casa si consigo salir de este laberinto. Solo así puedo llegar a ser libre. Puede que nunca sea feliz, puede que nunca deje de sentir la tristeza ni la culpa, puede que la vida nunca vuelva a ser como un día fue…

Pero todavía puedo ser libre.

Todas podemos ser libres.

—No —susurro, con la voz ajada. Las caricias que me mesan los cabellos se detienen y mi cuerpo se aleja de las zarzas que intentan acogerme. A tientas, busco la espada y la aprieto entre los dedos—. No… No sabes nada de mí.

—Lo sé todo, Asteria. Conozco tus miedos, tus pesadillas y todos los esfuerzos que haces para no pensar.

Dejo escapar una risa. Es seca y está empañada por las lágrimas, pero el ser que todavía se abraza a mí sisea con desagrado al escucharme.

—Yo no soy solo eso. No soy solo… pesar. Eso es lo que eres tú, ¿verdad? La Tristeza. Y quieres que me quede solo contigo. Quieres que solo piense en ti, pero no voy a hacerlo.

No permito que la diosa responda, sé que sus palabras se me meterán bajo la piel como los insectos que todavía siento recorriéndome el cuerpo, mordiéndome, picándome. En su lugar, me sacudo y lanzo un tajo al aire. Aunque no le acierto a nada, el movimiento es suficiente como para que los brazos que me sostenían se alejen de mí y la sensación opresiva desaparezca un poco. La diosa que me mantenía atrapada me deja libre por unos segundos, pero vuelvo a escuchar su voz en mi oído solo un instante después:

—No seas estúpida, Asteria. No hay nada bueno para ti más allá de este laberinto: solo pena y pesar para el resto de tus días.

—Te equivocas —replico, tras tomar una brusca bocanada de aire. Vuelvo a toser, pero me giro una vez más. Incluso a oscuras, aprieto la espada entre las manos. Orión vuelve a chillar y yo me agarro a sus gritos para encontrar una razón para salir de aquí—. Quizá algún día solo quede eso. Quizá en algún momento la tristeza pueda conmigo y ya no encuentre ningún motivo para seguir adelante, porque todo dolerá demasiado y nada tendrá sentido. Y entonces te saludaré, y te diré que tenías razón, y te permitiré que me arrastres adonde quieras y quizá ya nadie pueda salvarme. Pero ahora todavía me queda una cosa.

—¿Qué...?

—Todavía me queda esperanza.

Y eso es lo que realmente me ha mantenido a flote. No ha sido ni el odio ni la rabia, aunque me haya escondido en ellos, sino la esperanza.

Es lo único a lo que de verdad puedo agarrarme si no quiero perderme.

Es a lo que me aferro ahora, cuando me giro rápido hacia la respiración errática de la diosa y ataco. Sé que mi filo encuentra un cuerpo porque escucho el gemido sorprendido. Empujo hasta que siento que la atravieso.

Y entonces vuelve la luz.

Las paredes de plantas que me mantenían atrapada se repliegan y me permiten ver a mi contrincante, pero yo me desestabilizo un poco al descubrir su rostro. Soy yo. Esa es mi cara, constreñida en una mueca de desolación, con los ojos rojos de llorar y el rostro empapado por las lágrimas. ¿Es así como me veo ahora? ¿Es esa la apariencia que tendré cuando caiga por completo en la desesperación?

Mi doble me sonríe con tristeza y alza los dedos para tocarme la mejilla. Su contacto es tan cálido como un abrazo y yo trago saliva cuando noto la caricia.

—Pobre, pobre Asteria...

Pero cierra los ojos... y desaparece.

Apenas tengo tiempo de recuperarme o de comprender lo que acaba de ocurrir, porque entonces llega otro tipo de dolor, uno que retumba por todo mi cuerpo, no solo por dentro. Me atraviesa con un latigazo y me hace abrir mucho los ojos.

—Así que te ha dejado escapar —ríe una voz nueva—. O quizá tan solo ha decidido dejarte en mis manos.

Me giro despacio, sintiendo todo el cuerpo agarrotado y un fuego que me quema bajo la piel. Primero veo a Orión y todas las ramas que le sostienen de brazos, piernas y cuello. Y sangra. No deja de sangrar oro. Un sinfín de heridas le marcan el cuerpo, como si alguien hubiera usado su piel para bordar una obra macabra. Aunque hasta hace un momento gritaba, ahora calla, sin fuerzas, con la barbilla caída sobre su pecho. Sus ojos me observan sin verme y creo que murmura mi nombre, pero no llego a escucharlo.

Ante él hay otro hombre cuya apariencia me arranca un estremecimiento. Tiene los cabellos blancos empapados de sangre humana y ostenta una sonrisa de placer mientras lame el cuchillo manchado de dorado. Su ojo izquierdo, rojo, se fija en mí. El derecho está cerrado por una cicatriz que le cruza la cara.

—Acordamos que ella se quedaría contigo y yo con nuestro hermano, porque tú me aburrirías. Tú ya tienes cicatrices y eres mortal, así que podría matarte… Pero, ya que te ha dejado escapar, tendré que aplicarme.

Intento volver a respirar con normalidad. Todavía siento las mejillas frías por las lágrimas, pese a que el resto del cuerpo me empieza a arder y ni siquiera sé por qué. Es un calor angustiante, que me abrasa la piel y me obliga a asegurarme de que no hay ningún incendio a mi alrededor.

Pero está bien. Al dolor que este dios quiere infringirme ya estoy acostumbrada.

—Tú también puedes morir, por más dios que seas.

Él muestra una sonrisa de dientes rotos al reírse a carcajadas. Al menos mi presencia hace que pierda el interés en Orión, que echa la cabeza hacia atrás, no sé si con cansancio o con alivio.

—Oh, sí, los dioses podemos morir. ¿Por qué? ¿Vas a matarme, chiquilla? ¿Sabes acaso lo que te sucedería si lo hicieras?

No hay manera de que pueda saberlo. No hay historias al respecto, quizá porque nunca ha existido ninguna mortal capaz de acabar con una divinidad.

Pero no importa. Si tengo que matar a un dios para conseguir llegar al final de esta tortura, lo haré. Mataré a cientos si eso me asegura estar de vuelta con las mías por la mañana.

—Estoy dispuesta a descubrirlo si no nos dejas continuar con nuestro camino. Suelta a Orión y aquí acabará todo.

Otra risa estridente inunda el laberinto. A mí me parece el peor sonido del mundo, como si mil cuchillas arañasen la piedra. Pese a que trato de mantenerme fría, siento el terror que me sube desde los pies y se me asienta en el corazón. No dejo que gane. No dejo que lo vea.

—Si un mortal matase a un dios, su cuerpo se convertiría en el recipiente de su poder, Asteria —susurra mi contrincante con voz sibilina—. ¿Quieres llevar el peso de todo el dolor del mundo sobre tus hombros? ¿Quieres conocer el sufrimiento más profundo? ¿El tormento de todos los Mundos? ¿De todas las personas? De los heridos, de los moribundos o de los desconsolados. El dolor de la pérdida, del olvido, de los sueños rotos, del desamor, del hambre, del desengaño... El dolor de la vida, porque ¿qué es la vida sino dolor? El dolor de tanta gente es demasiado para una mortal. Desearás estar fuera de tu cuerpo, de tu propia mente, pero no podrás escapar, porque nadie puede escapar del sufrimiento...

Trago saliva y doy un paso atrás cuando él comienza a acercarse a mí. Reculo por instinto, aunque va contra todo lo que me han enseñado. Siempre me han dicho que las amazonas no retrocedemos, pero no puedo evitarlo. El fuego debajo de mi piel arde con más intensidad, hasta que siento que la carne se me va a derretir en los huesos, aunque no es nada en comparación a lo que siento cuando el dios ante mí entrecierra su único ojo... y mi cuerpo empieza a sangrar.

Dejo escapar un alarido cuando una herida profunda se me abre en el brazo y otra, en la pierna. No necesita tocarme con el puñal que guarda entre los dedos: ese es su poder. Me tambaleo por el sufrimiento y la sorpresa, pero aprieto los dientes. Me obligo a reaccionar, a tomar la espada y no escucharlo. Yo ya he probado más dolor del que pensé que una persona podría soportar. Yo ya he deseado morir y acabar con todo y, al mismo tiempo, me he prohibido rendirme.

Así que lo hago un día más.

Con un grito de rabia, me lanzo hacia él.

El dios del Dolor se ríe. Nunca deja de reír, con esa carcajada chirriante, demente. Permite que me acerque a él solo para hacer que me encoja cuando estoy a punto de alcanzarlo. Una nueva herida se abre en mi vientre. Es superficial, porque no quiere matarme, pero duele lo suficiente como para desconcentrarme por un segundo. Si muero, será desangrada. Será una muerte lenta que le permita torturarme antes. Si me asesina, será por accidente, porque eso significaría acabar con su diversión.

Si quisiera matarme, ya habría terminado conmigo.

No puedo evitar caer, tosiendo sangre. Mis rodillas encuentran el suelo y soy repentinamente consciente de mi debilidad, de mi mortalidad. Uno por uno, los cortes aparecen en mi cuerpo y amenazan con volverme loca de dolor. Las heridas me surgen en los muslos, en las mejillas, en el pecho.

Cuando todas las cicatrices que he coleccionado hasta ahora comienzan a abrirse, incluso mi voz se quiebra.

—No puedo prestarte atención, niña —dice entonces el dios—. Te morirás pronto si sigo jugando contigo. Y mi hermano…, mi hermano sanará si me distraes.

Por eso se gira. Yo no le intereso, porque para él soy un juguete demasiado frágil, demasiado fácil de romper. En cambio, Orión es inmortal. Orión padecerá hasta lo indecible, pero no morirá mientras no le corten la cabeza. Orión puede darle todo el entretenimiento que quiere.

Veo que sus pies descalzos se alejan de mí y vuelven a acercarse a mi acompañante, que coge aire con precipitación.

—No…

Pero su hermano no le hace caso. El puñal dorado se vuelve a clavar en su piel. Ante mis ojos, mientras mi vida se vuelve aún más roja, el cuerpo de Orión salpica dorado por todos lados.

El filo encuentra la carne una vez.

Otra.

Otra más.

Y los gritos de Orión lo llenan todo.

Yo me encojo sobre mí misma como si así pudiera aislarme del sufrimiento, del suyo y del mío. Quiero protegerme de esa risa que no se detiene, de los gritos enajenados que claman por más y más sangre.

—¡Grita, hermano, grita! ¡Grita hasta que nuestra propia madre pueda oírte, incluso bajo la piedra!

Aprieto los párpados. No importa en cuántas batallas haya estado, no importa cuánto haya naturalizado el sonido de la piel al ser cortada o el de los huesos al romperse. Esto es mucho más atroz que nada que haya visto en mi vida, más sádico. Una parte de mí me exige que huya, que dé la espalda a ese muchacho al que están destrozando y me salve mientras pueda. Pero, igual que no podía dejarme ir con la Tristeza, no puedo permitir que esto sea todo. No puedo dejar que rompan a Orión y no puedo permitirme morir aquí. Sangro, pero todavía no lo suficiente. Puedo soportar estas heridas. Las he soportado peores, estoy segura. Mi mundo, después de todo, es rojo. Mi mundo es sangre. Mi mundo es muerte.

Quizá este sea el dios del Dolor, pero yo llevo tantos años sufriendo que el dolor y yo ya somos viejos amigos.

Por eso me levanto, tambaleante. Estoy a punto de caer, mareada, sin fuerzas, pero me mantengo erguida. Toso, mientras él ríe. No se da cuenta de que me muevo, de que me acerco, y sé que es la única oportunidad que tengo de sorprenderlo con la guardia baja. Por eso aprovecho su locura y me apresuro. Corro durante el corto espacio que nos separa y preparo mi espada.

Rápido, Asteria.

Rápido, antes de que se dé cuenta.

Rápido, antes de que te desangres.

El filo encuentra su cuello. La sangre dorada me empapa cuando lo rajo.

La cabeza de un dios cae a mis pies.

Hay un segundo de silencio justo después. Un segundo de paz en el que yo caigo el suelo de rodillas y tan solo soy capaz de observar, agotada, su sonrisa desquiciada todavía presente, como si siguiera disfrutando del horror. Unos pasos más allá, Orión también cae y los dos nos miramos. Estoy a punto de preguntarle si está bien. Estoy a punto de decirle que ya se ha acabado.

Y entonces el dolor de todos los Mundos se refugia en mi cuerpo.

ALGOS
LETE

ORIÓN

Las enredaderas sueltan mi cuerpo y lo dejan caer a la tierra, donde aterrizo sobre mis manos y rodillas, falto de aliento. En ese mismo momento, la cabeza de mi hermano rueda cerca, y yo no puedo contener más las náuseas. Me inclino hacia delante, me encojo sobre mi maltrecho cuerpo, y vomito. Casi todo es sangre y el dorado mancha la hierba. En realidad, el dorado lo mancha todo: mis ropas, mi piel, el puñal y la espada de Asteria... Asteria. El grito que rompe la noche es suyo y yo trato de enfocarla. La encuentro de rodillas, a solo unos pasos de mí, encogida y temblando. Se abraza a sí misma y se mece hacia delante y hacia atrás, desconsolada. Creo que está llorando. Me limpio la boca con el dorso de la mano y me levanto. Noto las piernas inestables, pero aun así avanzo hacia ella conteniendo el aliento para no oler todo lo que la rodea. Estoy mareado. Mareado por la escena, por mi propio dolor, por el escozor de las heridas, por lo que significa que una mortal haya matado a un dios.

—¿Asteria...?

Mi voz es pastosa y baja, pero en el silencio del laberinto se hace fuerte y parece llenarlo todo. La amazona no levanta la vista. Apoyo mi mano en su hombro y noto el leve temblor de su cuerpo. La oigo sollozar nerviosamente, con gemidos intermitentes que le rompen la voz.

Algo dentro de mi pecho se retuerce y tira de mí hacia ella, incluso si mi instinto, mi naturaleza, me grita que no me acerque.

—Asteria... —repito con duda—. ¿Estás...?

No termino la frase porque sé la respuesta sin que ella me la diga: no, no está bien. Tiene dentro el poder del dios al que acaba de asesinar. Tiene dentro algo que no está hecho para mortales. Que la matará. Quizá no en este mismo momento, pero a largo plazo su cuerpo sencillamente no podrá soportarlo.

Asteria es fuerte, pero sigue siendo solo humana.

Y los humanos son demasiado frágiles.

Sé todo eso incluso antes de que alce la cabeza y nuestros ojos se encuentren. Los suyos están inyectados en sangre, y nada tiene que ver con sus lágrimas. Llora, jadeante, y en silencio me suplica ayuda. Ni siquiera es capaz de gritar ya. Aunque entreabre los labios, de su boca solo sale un gemido.

Me agacho a su lado. Quiero ayudarla, pero no sé cómo. La observo, ante mí, sangrante y doliente, agonizante. Su cuerpo está tan rojo como el mío dorado, pero sus heridas no se cierran como las mías, que empiezan a escocerme de esa manera familiar que indican que se están curando. Aunque siento repulsión, aunque no deseo más que alejarme de ella, alzo mi mano y trato de secarle las lágrimas, pero allá por donde paso los dedos, un nuevo llanto llega para reemplazar el que yo he intentado limpiar. Cuando se inclina hacia delante, hasta que su cabeza casi toca el suelo, yo no puedo más que mirarla con angustia. Quiero ayudarla. Ella me ha salvado de Algos y se lo debo.

Pero no sé qué hacer.

Una vez más, después de toda una vida quieto, no sé qué hacer.

Delante de mí, Asteria se retuerce, jadeante, y trata de alejarse. No entiendo dónde va o qué pretende. Su mano y su mirada están buscando algo con desesperación y tardo más de lo que me gustaría en darme cuenta de qué es. El cuchillo de Hera ha caído cerca y Asteria encuentra su empuñadura.

Cuando soy consciente de lo que quiere hacer, me lanzo a

sujetarle la muñeca. La amazona se debate, ansiosa por clavarse el filo y acabar con todo. No imagino cómo de intenso tiene que ser el dolor que esté sintiendo si esa es la única solución que se le ocurre.

—¡Asteria, no! —Ella intenta luchar, sollozando, pero yo la tomo del rostro. La mirada de la guerrera se nubla y no sé si estaría mal o bien que se desmayara: quizá sería un alivio para ella, pero no estoy muy seguro de que fuese a despertar después—. Escúchame. Si mueres ahora, todo el poder que hay en tu interior quedará libre por el mundo. ¿Sabes lo que eso significaría? —Ella no dice nada. Sus ojos azules están puestos en mí, pero ni siquiera creo que me estén enfocando de verdad. Quizá ni siquiera pueda escucharme—. Significaría que todo el Mundo Medio sufriría en sus propias carnes un pedazo de lo que tú sientes ahora. Cada muerte del Mundo Superior tiene una consecuencia catastrófica en tu mundo.

A menos, claro, que otro dios le corte la cabeza a un inmortal para robarle los poderes, aunque eso no se lo digo. El único dios que está aquí soy yo y, por mucho que desee ayudarla, no voy a matarla. Ya no es solo que mi naturaleza me lo impida, es que he jurado protegerla. Aprieto los dedos contra su piel, desesperado, pero de pronto soy consciente de que hay algo que sí puedo hacer por ella, aunque sea solo una solución temporal. Ni siquiera estoy seguro de que vaya a funcionar, porque nunca antes lo he probado. Para lo único para lo que he usado mis poderes en toda mi existencia ha sido para insuflar vida a objetos inanimados, a los autómatas que Hera usa como guardia personal. Nunca los he utilizado para sanar, pero tengo que poder hacerlo, ¿verdad? Tengo que poder ayudarla, al menos con esto…

Asteria no pone resistencia cuando le acuno el rostro entre las manos.

—No puedo… —gime. Pero nunca llega a acabar la frase, porque una nueva oleada de dolor hace que se estremezca.

Con una plegaria a un dios que ni siquiera conozco, cierro los ojos con fuerza y sello sus labios con los míos.

No es un gesto romántico ni apasionado, solo desesperado. Para mí los besos nunca han significado lo mismo que para otras personas. Mis besos están cargados de magia divina, y los que no lo están solo sirven para obedecer a los caprichos de la Reina de los Cielos. Visto así, este es el primero que doy por propia voluntad, sin una orden detrás, aunque solo sea porque no veo otra solución. Es un beso cargado de dolor, del suyo y del mío, y sabe a sangre, a las monedas de cobre que se le ofrecen al Barquero para conseguir paz. Me encoge el estómago. Siento con tanta claridad la angustia de la amazona que me gustaría poder extirpársela y ofrecerle algo de consuelo a cambio. Pero no puedo. No sé hacer nada parecido, así que tan solo trato de aliviar un poco el dolor. Trato de cubrirlo, de ocultarlo, y le ofrezco lo único que tengo: vida.

La magia se desliza desde mi boca hasta la suya y nos cubre como el fuego cálido de un hogar. A través de los párpados cerrados, percibo el brillo dorado de mi poder bañándola. Es un instante, solo un momento, antes de que el calor regrese a sus frías mejillas y sus latidos se vuelvan más fuertes y regulares en mis oídos. Cuando me echo hacia atrás, cuando dejo ir sus labios y la piel de su rostro, es como si una parte muy pequeña de mí mismo se quedara con ella. Su respiración vuelve a ser un vaivén familiar y el largo suspiro que deja escapar suena a alivio y a algo de incomprensión. Allí donde su piel estaba abierta, las heridas se han cerrado sin dejar la más mínima cicatriz, aunque sigue manchada de sangre. Sigue oliendo a la Muerte, que sé que la acecha desde la siguiente esquina que volvamos en el laberinto.

Asteria abre sus ojos claros y nos miramos en un silencio que no resulta tan incómodo como reverencial. Ambos inspiramos. Soy el primero en apartar la vista. Ella, por su parte, presta atención a sus dedos, que siguen sujetando el puñal. Parece desorientada, como si ni siquiera recordase qué pretendía hacer con él.

—¿Asteria…? —llamo tentativamente.

El cuerpo se le ha destensado un poco. Solo una pizca, porque no creo que ni siquiera mi poder pueda librarla de todo el sufrimiento del Universo.

—Estoy… mejor. —Su susurro suena apenas más alto que su respiración.

Sé que no estaba pensando en nada de esto cuando atacó a Algos. Sé que las posibles consecuencias ni siquiera se le pasaron por la cabeza, porque usar la espada y matar a sus contrincantes es todo lo que ha hecho en el anfiteatro desde que la sacaron de su hogar. Sé que no esperaba que el poder entrara en su cuerpo. Que una parte de mi hermano se quedase con ella.

Me pregunto si se está arrepintiendo o ni siquiera puede pensar en eso.

—¿Por qué lo has hecho?

Asteria alza la vista. Todavía parece un poco desubicada y quizá por eso me observa sin comprender, como si hubiera hablado en un idioma desconocido para ella.

—Podrías haberte marchado. Podrías haberme… dejado allí —le explico—. No creo que Algos hubiese ido detrás de ti.

Espero que me diga que no lo hizo por mí. Que me recuerde que solo soy un medio para llegar hasta el emperador y cumplir su venganza. Soy su manera de proteger sus intereses y los de sus hermanas.

Pero no lo hace. En su lugar, frunce un poco el ceño, como si hubiera dicho algo que no tiene ningún tipo de sentido.

—No podía dejarte ahí. Hicimos un juramento, ¿no?

—Sí, pero ese juramento no te ata a ti de la misma manera que a mí —le recuerdo—. A ti no te pasará nada si lo incumples.

Asteria entrecierra los ojos. Todavía está pálida y demacrada, es evidente que cada respiración le cuesta, pero aun así consigue parecer sorprendentemente firme cuando cuadra los hombros y alza la barbilla. Sus dedos se aprietan un poco más alrededor del puñal que todavía guarda en la mano.

—No, supongo que no, pero las amazonas no hacemos promesas que no podemos cumplir.

Algo se sacude dentro de mí ante la fiereza que hay en sus ojos, ante la calma que consigue colarse en medio del dolor que todavía debe de sentir. Creo que la envidio. O que la admiro, no lo sé. En cualquier caso, la sensación me resulta lo suficientemente incómoda como para apartar la vista y obligarme a ponerme en marcha.

Entumecido, con la piel todavía tirante y sensible por todas las heridas que se me han cerrado en los últimos minutos, me pongo en pie. Le tiendo la mano, aunque no espero que la acepte.

—Tenemos que movernos rápido. La luna no tardará mucho en marcharse.

Y los efectos de mi beso no durarán para siempre. La Vida no es rival contra el Dolor. Nunca puede eliminarlo del todo. Estoy seguro de que volverá, y puede que incluso con más fuerza que antes.

Me pregunto si conseguiremos llegar juntos al centro del laberinto. Me pregunto cuánto falta para alcanzarlo y si nos saldrán más obstáculos al paso. Si es así, no creo que vayamos a conseguirlo.

Asteria cierra los dedos alrededor de mi antebrazo, para mi sorpresa, y yo la ayudo a levantarse. Es un gesto torpe por ambas partes, como si en realidad ninguno de los dos estuviera acostumbrado a prestar ayuda o recibirla. Cuando la suelto, ella se tambalea un poco, pero consigue mantenerse en pie sin más apoyo que sus propias piernas. Al ver que todavía parece perdida, me agacho para recoger su espada. No se la doy. En su lugar, la arrastro tras de mí por el suelo. Mi acompañante ni siquiera protesta.

Deambulamos por el laberinto por lo que se me antojan horas. Las paredes de hojas parecen más bajas según avanzamos, como si la muerte de Algos las hubiera hecho encogerse sobre sí mismas. Gracias a eso volvemos a ver el cielo y compruebo que el carro de la luna se mueve despacio, indicándome que todavía tenemos un poco de tiempo. Quiero pensar que avanzamos hacia el centro, que seguimos la dirección correcta, pero hace mucho que no estoy seguro de nada. A nuestro alrededor, las hojas de las enredaderas siguen brillando, pero el pálpito de energía que desprenden ya no es tan potente. Un silencio pesado, roto solo por nuestros pasos y el sonido de la espada barriendo la tierra, se instala sobre el lugar. Quizá este extraño laberinto, que parece un poco más vivo de lo que debería, ya no nos considera víctimas a las que intimidar, sino una amenaza a la que prefiere no enfrentarse.

Por mi parte, no creo que quede mucho de amenaza en nosotros. Asteria camina a mi lado, en un silencio sepulcral. Aunque no se queja, sé en qué momento empieza de nuevo el dolor porque tiene la frente perlada de sudor y aprieta los dientes hasta que le rechinan. Trato de ofrecerle ayuda cuando me doy cuenta, pero ella se aparta y se adelanta, decidida, para elegir el camino a seguir en la siguiente bifurcación. Parece ausente, tanto que en un par de ocasiones me pregunto si es consciente de lo que ocurre a su alrededor. De dónde está o con quién. De qué está buscando.

Al fin, al girar tras un gran pasillo recto, llegamos a un patio abierto rodeado de columnas blancas. La tierra deja paso a teselas que forman rombos dorados y blancos sobre el suelo. Me quedo sin respiración. Asteria se detiene. Yo hago lo mismo, un par de pasos más adelante, cuando la veo.

La estatua que un día fue Eris.

Parece hecha de mármol y, si hubiera estado en otro lugar, todo el mundo habría halagado la creación como si la hubieran esculpido los mismos dioses. Dentro de su templo, la habrían vestido con ropas lujosas y la habrían engalanado como si fuera una gran dama para que sus fieles le rindiesen pleitesía. Aquí, sin embargo, la piedra permanece desnuda, sin pintar, y aun así es la escultura más hermosa que he visto jamás. Cada onda de su pelo largo parece tallada con detalle, igual que cada línea sobre su piel, cada pliegue en su vestido. Tiene una mano abierta, con la palma hacia fuera, levantada como para escudarse de un viento o una luz demasiado fuerte. Su cara, girada hacia un lado, casi parece estar mirándome, aunque sus ojos son piedra vacía.

Pero no por mucho tiempo más.

Suelto la espada que todavía guardaba entre mis dedos y el golpe seco resuena por todo el laberinto. Me da igual. Que me escuchen. Que sepan que he llegado hasta aquí. Que todo el Mundo Medio y el Mundo Superior sea consciente de que se acerca un cambio que muchos estaban aguardando.

La figura está sobre un pedestal, en el centro de una fuente que en algún momento estuvo limpia y quizá funcionaba, pero que ahora se halla estancada. La superficie es verduzca y está cubierta de hojas de enredadera, vivas y secas por igual, pero me es indiferente cuando salto dentro y dejo que el agua templada me cubra hasta las rodillas. No puedo apartar la vista de ella. No puedo pensar en nada que no sea ella. Me agarro a su cintura, que queda a la altura de mi rostro, y trato de auparme hasta el pedestal, que está cubierto de polvo y musgo. Necesito varios intentos torpes para subir, pero finalmente logro guardar el equilibrio en el estrecho saliente. Me aferro a sus hombros. Mis pies tocan los suyos.

Por fin estoy cara a cara con el recuerdo de esa madre que no me permitieron conocer.

Aunque no tengo demasiado espacio para moverme, tampoco me hace falta. Me pongo de puntillas. Eris es más alta que yo, más imponente. Estudio su rostro en un intento de encontrar algo familiar en él, algo que me recuerde a mí mismo, que me confirme que nací de ella. No sé si lo veo, pero tal vez haya algo de mí en la forma de los ojos, de las cejas, en el arco que se le forma en el labio superior...

¿Cuánto tiempo llevo deseando conocerla? ¿Cuánto queriendo liberarla? ¿Cuánto intentando liberarme a mí mismo? Y ahora, por fin, mis deseos se harán realidad. Ahora, por fin, una diosa escuchará mis plegarias.

Mis labios encuentran la piedra fría, inerte. Este sí que es un poder que conozco bien. Insuflo vida en este objeto como si fuera un soldado más de la reina de los dioses, aunque lo que deseo es despertar la carne que hay debajo del mármol. Solo es un momento, tan corto que podría parecer soñado.

Tan corto que quizá no ha funcionado.

Eso lo pienso mientras espero, después de saltar de nuevo al fondo de la fuente. Cuento mis respiraciones agitadas en silencio, aguardando a que algo pase.

El tiempo se dilata y se extiende hasta perder cualquier asomo de sentido.

Y entonces aparece la grieta. Es tan fina como un cabello y tan pequeña que pensaría que me la estoy imaginando si no la viese ramificarse desde los labios hasta las mejillas de piedra. Se extiende por el cuello hacia el pecho y luego por el cuerpo entero. Después, las nuevas fisuras siguen un camino inesperado hacia el pedestal y recorren toda la fuente. De pronto están avanzando por el suelo y hacen saltar las teselas por los aires. La tierra misma parece crujir, quejarse, despertar.

Es el sonido del Caos.

Por un segundo, me planteo qué estoy poniendo en marcha. Cuando sigo con la vista lo que ocurre a nuestro alrededor, casi siento miedo. Asteria se protege como puede mientras las columnas se quiebran y las plantas que hay tras ella se retuercen. Las enredaderas que formaban las paredes empiezan a crecer sin control y amenazan con sepultar todo el laberinto en luz y hojas doradas, aunque a nosotros, por suerte, no se acercan. Los árboles y arbustos crujen y se estiran, se desperezan del letargo que los ha mantenido contenidos. Veo un par de troncos que ceden y se inclinan bajo el peso de las ramas, como ancianos de columna retorcida. La vida late a nuestro alrededor, la superficie del agua de la fuente se agita en torno a mis piernas. Escucho gritos lejanos y estoy seguro de que los que chillan son los hermanos que no nos hemos encontrado, pero no sé si lo hacen con horror o con la satisfacción de saber que pronto podrán huir de la cárcel que comienza a romperse, porque la diosa a la que tenía que mantener prisionera ha despertado.

La Discordia ha vuelto al mundo.

Un trozo de mármol cae justo a mi lado. Es eso lo que me hace retroceder hasta el borde de la fuente, al tiempo que vuelvo a centrarme en la diosa que emerge de su sueño de piedra. Allí donde antes solo había roca, ahora se descubre piel; los dedos se mueven, más mármol se resquebraja. Sus cabellos, que se muestran con un movimiento de su cabeza, son cobrizos. Un párpado se abre y un ojo castaño se fija en mí.

El pecho que estaba bajo la piedra se expande al inspirar hondo por primera vez desde hace décadas.

Eris, grandiosa y más viva que nunca, todavía sobre el pedestal, se mueve y deja caer los últimos vestigios del castigo que los dioses le impusieron. Una sonrisa se extiende por sus labios cuando estira el cuello y se desentumece. Cuando me observa, con fijeza, yo entreabro los labios, pero no sé qué decir. La cabeza aún me da vueltas, casi negándose a aceptar el milagro que acaba de obrarse ante mis ojos.

Es real. Es real y la he salvado.

—¿Quién me ha liberado...?

Mi madre no sabe quién soy, pero ¿cómo iba a hacerlo? La última vez que me vio yo era un recién nacido...

Me quedo muy quieto, paralizado, mientras desciende del inútil pedestal. No parece importarle que el peplo negro que lleva puesto se le moje con el agua de la fuente. Toda su atención está puesta sobre mí mientras se acerca.

—Soy... soy Orión... —Pero sé que ese nombre no debe de decirle nada, porque ni siquiera me lo puso ella—. Soy tu...

—Mi hijo —completa ella. La cadencia de su voz es suave, casi hipnótica, y me resulta familiar pese a que no recuerdo haberla escuchado jamás—. Mi último hijo.

Trago saliva, pero asiento. Supongo que lo siente. Supongo que puede reconocerme, aunque solo sea porque todos los dioses nos reconocemos entre nosotros. Quiero decirle muchas cosas, pero ella me hace callar de la manera más sencilla. Solo tiene que cogerme la cara entre los dedos. Me acaricia la barbilla, me obliga a mirarla a los ojos y ladea la cabeza.

Incluso en la noche, brilla como una estrella.

—¿Por qué estás aquí? ¿Por qué me has liberado?

Supongo que le sorprende, o quizá solo quiera saber mi objetivo, porque nadie espera que los dioses se ayuden entre sí si no van a conseguir algo a cambio. Nadie espera que nos fijemos en una cosa tan frágil como los lazos de sangre para elegir a nuestros aliados. Y tiene razón: no estoy aquí solo porque sea mi madre, pese a que me alegra conocerla. Pese a que, ahora que la veo, pienso que estoy un poco menos solo en este mundo.

—Hera... Hera me esclavizó después de que te condenasen. Estoy... Estoy cansado.

—Hera... —repite Eris, con una advertencia en su tono que hace que me estremezca. Paladea el nombre y después dibuja una sonrisa que me insta a retroceder. Es solo un instante que me obliga a preguntarme si he hecho lo correcto—. Así que esa mujer eligió mi condena... y después la tuya. La tuya, mi pobre inocente... Debe pagar. —El brillo que le ilumina los ojos me habla de peligro, pero sé que no está dirigido hacia mí, así que no me atrevo a replicar, pese a que de pronto no dejo de pensar en lo enfadada que debe de estar con el Mundo Superior. En la venganza que desea—. Vámonos de aquí.

Doy un paso hacia atrás, solo para enseñarle el brazalete que he guardado hasta ahora en la bolsita de cuero. El tercero y último.

Ella lo toma mientras le explico su función.

—¿Hefesto está de tu parte? —pregunta mientras se lo ajusta alrededor de la piel.

—Tengo varios aliados. No estamos solos en esta lucha.

Eris entorna los ojos, como si no supiera qué hacer con esa información.

—Primero, salgamos de aquí —insiste.

—En realidad, yo tengo que...

El golpe fuerte que oigo a mi espalda me obliga a apartar la atención de mi madre. Cuando me giro, veo que Asteria ha caído al suelo, encogida sobre sí misma, completamente pálida. Antes de que me dé cuenta de lo que estoy haciendo, corro hacia ella. Mis pies resbalan sobre el mosaico del suelo, pero aun así sigo adelante hasta que consigo agacharme a su lado. La expresión de la amazona está completamente contraída por el sufrimiento y puedo ver lo mucho que le cuesta respirar.

Pese a ello, pese a que está a punto de deshacerse por todas esas costuras que lleva tatuadas en la piel, sigue siendo fiera y decidida cuando me ordena:

—Llévame ante el emperador. —Asteria toma aire con dificultad, pero no aparta la vista de mí. Le tiembla el cuerpo, pero ella lo ignora—. Tengo que... Tengo que liberarlas...

Me ahorro decirle que no está en condiciones de liberar a nadie. Sus cicatrices, cada una de ellas, están volviendo a abrirse. Si no la mata el dolor, morirá desangrada o acabará volviéndose loca y apuñalándose a sí misma. Pese al asco que siento, hago que se apoye contra mí. He visto tanta sangre hoy, tengo tanta en la ropa y en la piel, mía y de ella, que ya no importa un poco más.

Ahora, de hecho, solo me importa ayudarla, así que busco sus labios una vez más. Me impregno de ella de nuevo, igual que Asteria lo hace de mí, de mi poder. Esta vez, sin embargo, creo que ya no funciona igual de bien: es como si su vida, en esta ocasión, se me escapara un poco entre los dedos, como si no pudiera alcanzarla como hice antes. Sí, sus cicatrices se vuelven a cerrar y consigo mantenerla consciente, pero noto que el dolor tira más fuerte de ella.

El nudo que noto en mi pecho me recuerda un juramento que de pronto ni siquiera estoy seguro de poder cumplir.

Cuando la ayudo a ponerse en pie, tengo que cargar con la mayor parte de su peso y sé que no va a aguantar mucho en este estado.

Debo tomar la única decisión que puede salvarla, por ella y por mí.

—Te llevaremos con nosotros —le digo. Si la conduzco ahora ante el emperador de Eladia, no sobrevivirá.

Miro al este, a ese punto donde el cielo empieza a palidecer. La luna ya se ha marchado. El sol no tardará en llegar.

Cuando vuelvo la vista hacia la fuente, veo que Eris ha salido del agua y nos observa, sin expresión. Es imposible saber qué se le pasa por la cabeza.

—Atenea es otra de nuestras aliadas —le explico—. Ella sabrá qué hacer. Los poderes de Algos son demasiado para ella. Su don...

—¿Algos?

La voz de mi madre suena indiferente cuando me interrumpe y yo soy súbitamente consciente de que estoy hablando de la muerte de uno de sus hijos. Trato de no trabarme con las palabras.

—Asteria me ha salvado. Todos tus hijos han estado guardándote estos años, impidiendo que nadie te liberase. Órdenes de los Doce.

Creo que a Eris no le importa la explicación que le doy. Sus ojos están fijos en Asteria, que apoya la cabeza en mi hombro, al borde de la inconsciencia, y murmura:

—No... No, me prometiste que...

No puedo permitir que insista.

—Te prometo que vas a estar bien —le respondo. Creo que también estoy tratando de convencerme a mí mismo—. Pero tu cuerpo no puede más. Hay un máximo de dolor que un mortal puede soportar antes de romperse.

Creo que va a responder a mi explicación, pero entonces grita y se inclina sobre sí misma. No es capaz de añadir nada más. Lo único que hace entonces es jadear y suplicar:

—Ayúdame. Haz... Haz que pare. Como sea, pero haz que pare... Tengo que... Tengo...

No consigue terminar la frase, pero no hace falta para que yo sepa que solo piensa en su venganza, en su misión para con sus hermanas. Asteria aprieta los párpados y se permite apoyar todo su peso en mí. Me tambaleo un poco por la sorpresa, pero Eris está a mi lado de pronto y me ayuda a mantenerme en pie. Cuando la miro, ella asiente para animarme a continuar.

Sé qué es lo único que podemos hacer ahora mismo para salvar a Asteria.

Lo que no sé es cuánto me odiará después.

CANTO III
LA IRA DE HERA

Habladme, astros, de cómo temblasteis ante el grito de Hera,
de cómo las estrellas se escondieron presurosas,
de cómo la Luna suplicó desaparecer antes de tiempo
y cómo el Sol temió salir.
Habladme de la ira de la reina de reinas,
cuando la estatua de Eris en pedazos de libertad se quebró
y dejó a la vista la traición de su esclavo.

Hera abrió los ojos al mismo tiempo que lo hizo Eris. Todos los dioses, en realidad, sintieron el momento exacto en el que el castigo decidido años atrás por los Doce terminó. Estuvieran donde estuvieran, dormidos o despiertos, todos supieron en qué instante la diosa de la Discordia respiró su primera bocanada de aire, la piedra se desprendió de su piel y el Caos volvió a los Mundos.

La reina no quiso creerlo de inmediato. Había notado la desaparición de su esclavo y sabía que había encontrado la manera de evadir sus ojos, que todo lo alcanzaban. Al contrario de lo que cabría esperar, sin embargo, no le había preocupado: sabía que volvería tarde o temprano. La temía demasiado como para alejarse durante mucho tiempo. Le dejaría pensar que podía ser libre durante un rato y, después, lo castigaría por su atrevimiento.

Había estado convencida de que el muchacho nunca se atrevería a desafiarla. Más aún, de que no podía hacer nada contra ella.

Pero se equivocaba.

Cuando sintió que Eris volvía a existir, supo que había sido a causa del dios. Se apresuró a acudir junto a la pila de agua, que siempre estaba preparada en sus aposentos, y buscó en ella a Orión, pero no consiguió encontrarlo. Después, buscó a Eris, pero el agua tampoco respondió a aquel nombre. Finalmente, buscó a aquella amazona de la que le había hablado el muchacho, solo para encontrarse de nuevo con el reflejo de su propio rostro furibundo devolviéndole la mirada desde el fondo de la vasija. Únicamente cuando quiso ver el centro del laberinto, cuando pidió ver el lugar y no a nadie en concreto, aparecieron los tres traidores ante ella: juntos... y desvaneciéndose en ese momento a otro lugar que ella no podía siquiera adivinar. Huyendo, así, de su control.

Hera gritó. Gritó de rabia y enfado, gritó con la fuerza de todos los Mundos contenida en la voz. Se sentía ultrajada, engañada, y aquel dios menor tenía la culpa. Se había burlado de ella y había escapado de su lado para liberar a quien nunca debió ser liberada. Le había hecho creer que estaba de su parte hablando de un posible castigo para Zeus, señalando a aquella chica como cebo..., para luego ir a buscarla para sus propios intereses. A aquella mortal, recomendada por Artemisa.

Artemisa.

En cuanto recordó que Orión había pronunciado el nombre de la diosa, no tuvo duda alguna de que ella tenía que saber algo. También lo sabrían otros dioses, pues el muchacho no podía haber trazado un plan así solo. No era lo suficientemente listo, pero quizá sí era lo suficientemente influenciable. Fácil de manipular, de dejarse tentar por susurros que hablasen de rebeldía.

Así, Hera clamó por sus guardias, estatuas de bronce y oro fabricadas por Hefesto y traídas a la vida por el propio Orión bajo sus órdenes. En un arrebato, dio el mandato de entrar en cada una de las casas de los divinos.

Si alguien se negaba, la traición sería evidente.

Y cualquier traición, sobre todo hacia su reina, debía ser castigada.

ORIÓN

Aparecemos en la calle empedrada en oro, justo delante del palacio de Atenea. Las estrellas han empezado a dejar el cielo y el amanecer es más obvio aquí, donde brilla pálido. Miro alrededor, preocupado, pero no hay nadie, así que afianzo mi agarre en torno a la cintura de Asteria y le hago un gesto a Eris para que nos acompañe. El mochuelo de Atenea dormita en una rama al lado del camino, como la última vez que estuve aquí, aunque se despierta cuando pasamos por su lado. En esta ocasión, tomamos el camino que nos conducirá hacia la mansión.

Nunca me había alegrado tanto de ver una de las enormes casas de los Doce, tan parecidas a los templos que los mortales construyen para ellos en el Mundo Medio. Nunca antes me había sentido reconfortado al ver las altas columnas que me hacen sentir insignificante o las enormes puertas que permanecen abiertas, como si alguien supiera que necesitamos asilo. Eris nos ayuda a subir los peldaños que nos separan de la entrada y juntos nos adentramos en el palacio, que permanece iluminado pese a la penumbra de primera hora de la mañana. Una vez en su interior, las puertas se cierran con un sonido que suena definitivo y, casi en el mismo instante, claudico y suelto mi carga en el suelo con el mayor de los cuidados. A Asteria le ceden las piernas al momento, pero yo la sostengo, arrodillado junto a ella. Tiene los ojos cerrados, pero todavía está viva, aunque creo que a duras penas. De vez en cuando, un gemido escapa de sus labios, uno por cada cicatriz que recuerda que un día fue una herida abierta. Al menos respira, aunque de manera irregular y pesada.

Dos pares de pasos resuenan en el diáfano vestíbulo, acercándose con prisa. Atenea y Artemisa, que parecen guardar luz en los pliegues de sus ropajes blancos, se apresuran hacia nosotros. La diosa de la Sabiduría me mira con la preocupación brillando en esos ojos que se adivinan bajo su casco, solo un instante antes de que tanto ella como Artemisa se agachen junto a mí. No me pasa desapercibida la mirada precavida que le lanzan hacia Eris.

—Tenéis que ayudarla.

Odio que mi voz parezca una súplica, pero el peso del juramento está ahí, entre las costillas. Me aprieta más y más fuerte, me recuerda mis promesas y mi castigo si permito que le suceda algo.

Asteria, como si pudiera percibir que estoy hablando de ella, se revuelve débilmente. O quizá lo haga porque Artemisa la aparta un poco de mí. La acoge entre sus brazos y le acomoda la cabeza sobre el regazo, pese a que el inmaculado blanco que siempre viste se empieza a teñir de rojo. La mano de la cazadora, pálida como la luna, pues tiene ese mismo destello puro en la piel, se posa sobre la frente de la amazona.

—Se muere —susurra buscando los ojos de Atenea.

Ambas intercambian una mirada grave.

—¿Qué ha pasado, Orión?

La pregunta abre algo dentro de mí. Los recuerdos acuden a mi mente con la fuerza de un río desbordado y todo lo sucedido durante la noche adquiere la consistencia de un sueño. Parece imposible que hayamos vivido tanto en el transcurso de unas horas.

Soy repentinamente consciente de que podríamos haber muerto (los dos, mortal e inmortal por igual) entre las paredes del laberinto. Podríamos haber pasado a formar parte de la colección de huesos del arco de entrada.

—Mató a Algos para salvarme —digo con voz ronca—. Le cortó la cabeza.

No es necesario que explique nada más. Artemisa aprieta los labios y acaricia el rostro de Asteria como si tratase de consolarla.

O como si sintiera remordimientos, como si de pronto se arrepintiese de haberla mencionado para participar en nuestro plan. O quizá yo quiero pensar que se siente así, cuando lo más probable es que tan solo esté decepcionada por la insensatez de su elegida.

Atenea, por su parte, respira hondo y empieza a trazar una estrategia, porque eso es a lo que acostumbra. Por eso he venido hasta aquí: porque siempre tiene una idea; si hay alguien capaz de cambiar de rumbo lo inevitable es ella. Así que callo y aguardo, con un nudo en la garganta. Me abrazo el estómago y, como el cobarde que soy, dejo que el miedo me paralice.

—Alguien tiene que matarla. —La voz de Eris suena tan segura que yo alzo la cabeza, sorprendido. Ella se da cuenta y se fija en mí con un desinteresado encogimiento de hombros—. Antes de que muera por causas naturales y el Dolor quede suelto por el mundo. Ni siquiera yo querría desatar ese caos, Orión.

Mi madre hace una mueca de lástima, pero sé que no siente pena alguna por Asteria. Si acaso siente rechazo ante la idea de desatar el poder de Algos, porque sabe que ni siquiera los dioses podremos librarnos de él. Era su madre y es perfectamente consciente de lo que ella misma creó.

—¡No podemos matarla! —protesto—. ¡Ni podemos dejar que muera! —Sacudo la cabeza con fuerza y observo a las tres diosas—. Le he hecho un juramento. Le dije que la protegería. No puedo fallarle.

Es la primera persona que se ha arriesgado por mí. Porque la realidad es que podría haber intentado huir. Algos no le estaba prestando atención. Podría haber probado suerte, seguir las marcas para volver a la entrada.

Pero no lo hizo: se quedó y me ayudó. Me salvó. Se sacrificó.

—Orión tiene razón, con juramento o sin él —media Artemisa. Ignora la sugerencia de Eris y, en cambio, mira hacia su compañera—. Nosotros la metimos en esto, así que nuestra es la responsabilidad. Y todavía la necesitamos. ¿Quién matará si no al emperador? ¿Cómo piensas hacer emperatriz a tu hija o liberar a mis amazonas si no es con su venganza?

Sus palabras me hacen sentir incómodo, y esta vez no tiene nada que ver con el peso del juramento. Miro a la muchacha, que en cualquier momento podría desaparecer para siempre. Si muere, habrá sido por nuestra culpa. Porque la hemos usado. Incluso ahora, las diosas frente a mí solo consideran dejarla viva porque todavía puede ser útil para el plan que hemos trazado.

He sido… cruel.

He sido exactamente igual que el resto de los dioses.

Le hablé de un mundo mejor, de cambios, pero nada de eso tiene sentido si ella no se queda aquí para verlo todo. Ligeia tenía razón: he engañado a alguien para que me haga el trabajo sucio. Y ni siquiera soy yo quien está pagando las consecuencias del plan.

Atenea suspira con pesadez, como si estuviera muy cansada. Por un instante, pienso que ha visto dentro de mi mente y está de acuerdo conmigo. Pero no es eso. Está accediendo a la petición de Artemisa.

—Solo hay una solución.

Sé lo que va a ocurrir antes de que pase. Nadie dice las palabras en voz alta, nadie pide una explicación, pero todos nos entendemos en el silencio que sigue a esa sentencia.

Tenemos que convertirla en la nueva diosa del Dolor.

Esa es la única manera de conseguir que sobreviva.

Un cáliz dorado aparece en la mano de Atenea con un único movimiento. Aunque yo solo he probado ese líquido en un par de ocasiones, sé de sobra lo que contiene, pues hasta mí llega el olor afrutado, dulce y espeso.

Ambrosía, la bebida de los dioses.

—Dale a beber tanta como puedas.

Artemisa, para entonces ya manchada por completo de la sangre de la mortal, toma el recipiente en una mano mientras aprieta la otra contra el rostro de la amazona. Le obliga a abrir un poco los labios, de los que sale un gemido bajo, y me pregunto si de verdad puede hacer que beba en ese estado de delirio en el que parece estar. La respuesta me llega cuando la diosa le apoya el borde dorado sobre los labios, que se fruncen un poco. El líquido, tan parecido a simple vista a la miel de los mortales, le cae en la boca y la amazona sorbe con avidez, incapaz de resistirse al dulzor, a la calidez que se le estará deslizando por el cuerpo y a la energía que estará volviendo poco a poco a sus extremidades. Dudo que sepa qué está haciendo, pero quizá crea que se trata de una medicina. Quizá tan solo tenga mucha sed. O quizá no sea nada más que el instinto de supervivencia que se supone que mueve a los humanos. Sea como sea, Asteria no abre los ojos. Aunque parte del contenido del cáliz se le escurre por la barbilla, debe de haberse bebido más de la mitad del brebaje.

Poco a poco, se calma.

Para cuando Artemisa aparta la copa en la que no quedan más que unas gotas, la amazona parece dormir plácidamente, con el rostro relajado, sin las arrugas del sufrimiento contorsionándole la expresión. No hay luces ni cambios aparentes en su cuerpo, aparte de las heridas que se empiezan a cerrar con lentitud. Mis sentidos, en cambio, me dicen que algo sí se ha alterado en ella: una energía cálida, dorada, brillante como el propio sol. De alguna manera, sin

necesitar haber muerto, Asteria vuelve a la vida. El ritmo errático de su respiración se calma, las mejillas recuperan su color.

—Ahora, necesita descansar —susurra Atenea—. Necesitará un par de días para recuperar la consciencia.

Doy un respingo.

—¿Un par de días? ¡No tenemos un par de días! Tiene que volver al Mundo Medio. Si alguien se da cuenta de su ausencia, el emperador no tendrá piedad con las otras amazonas. Si ya las mata cuando cumple sus órdenes...

Los golpes en las puertas me interrumpen de repente. Todos alzamos la vista. Todos aguantamos la respiración. Tememos el momento en el que el silencio que ha seguido a la llamada se convierta en el precedente de una voz:

—¡¡¡Por orden de la reina, dejen paso a la guardia!!!

Hera. Hera está aquí. Viene a por nosotros.

O al menos ha mandado a sus soldados tras nosotros.

—Marchaos. —Artemisa me obliga a sujetar a Asteria y yo la aprieto contra mí por instinto. La cabeza me da vueltas—. Hera ya tiene que haber descubierto lo que has hecho y os buscará hasta en el fin del mundo, así que tened cuidado.

—Pero yo...

—¡Rápido!

—¡Si os encuentran aquí, estamos todos perdidos! —me urge Atenea. Al ver que no reacciono, buscan a Eris con la mirada—. No hagas que nos arrepintamos de esto.

Mi madre me agarra del hombro y yo solo puedo abrazar a Asteria, inconsciente, con más fuerza.

Hay más golpes en la puerta y un aviso de que van a entrar por la fuerza.

Cuando los soldados traspasan la entrada, nosotros ya no estamos allí.

ASTERIA

Me despierto con los gritos.

Abro los ojos y me incorporo rápidamente, inspirando una bocanada de aire que mis pulmones reclaman con urgencia. Estoy sola, no sé dónde, pero alguien en alguna parte pide ayuda. No, no es solo una persona. Son muchas. Todas a la vez. Un millar de alaridos. Un millar de súplicas. Un millar de voces.

Y están en mi cabeza.

Mi voz se une a las suyas cuando chillo y me llevo las manos a los oídos como si así pudiera dejar de escucharlas. No funciona. Las voces son un sonido estridente en el fondo de mi mente. Suplican. Aúllan. Gruñen. Están llenas de dolor y yo lo siento. Puedo notar el sufrimiento de todas esas personas clavándome los dientes por toda la piel. Aprieto los párpados, como si así fuera a ser más fácil aislarme, pero tampoco funciona. No sé por qué. No tengo ni idea de qué está pasando, pero quiero que se callen. No lo hacen. Las escucho. Las entiendo. *Mátalo. Sufre. Quema. Duele.* Basta. *Por favor, que se acabe. Muérete. Quiero morir. No quiero morir.* Basta. *Duele demasiado.* Basta.

MUÉRETE.

SUFRE.

Basta.

NO QUIERO SUFRIR MÁS. HAZ QUE SE ACABE.

¡¡¡Basta!!!

—¡Asteria!

Un par de manos me atrapan las muñecas y me obligan a abrir los ojos. Orión está ante mí, con la expresión recubierta de una preocupación que está fuera de lugar en un dios. Aun así, no puedo prestarle atención, porque las voces siguen ahí, tan claras, pidiéndome muerte y salvación al mismo tiempo. Cada vez suenan más alto, más seguras.

Córtalo en pedazos. Hazlo sufrir. Que conozca la desesperación.

Por favor, que se acabe. No puedo soportar tanto dolor. No quiero vivir así.

Dejo escapar un gemido y me encojo sobre mí misma de nuevo. La angustia me arranca un jadeo y noto que me ahogo. Me ahogo en sus palabras, en sus súplicas, en todas esas voces que no conozco y que forman parte de un único murmullo, un coro de alguna función en la que no quiero participar. No quiero escucharlas. No sé por qué las escucho. No debería escucharlas.

¿Me estoy volviendo loca?

¿Es esto lo que ha conseguido todo el dolor de las últimas horas?

—Asteria, tranquila. Asteria, mírame. —Orión me toma el rostro y yo ni siquiera soy capaz de rehuir su contacto. No sé qué está pasando, pero lo observo como me pide, tratando de respirar pero sin poder hacerlo—. Concéntrate en mi voz. Concéntrate en lo que te rodea. Escuchas voces, ¿verdad? Trata de cerrarte a ellas, de prohibirles el paso. Puedes hacerlo.

No, no puedo, porque están por todas partes. Aun así, le aprieto las manos y cierro de nuevo los ojos, en un intento de que se detengan. No soy capaz. No puedo concentrarme en nada más que en esas voces que me acosan, que piden ayuda, que piden sufrimiento. Noto que los ojos me arden, al borde de las lágrimas. Ni siquiera soy capaz de escuchar mis propios pensamientos, porque todo lo que existe es esa invasión en mi cabeza...

Haz que acabe.

No sé si esa es una súplica propia o ajena. Yo también quiero que se acabe. Por favor, que se acabe. No lo soporto. No lo soporto no lo soporto no lo soporto.

—Asteria. —La voz de Orión trata de llegar a mí por encima de las demás. Yo solo soy capaz de responder con un quejido—. Tú tienes el control. —No, no lo tengo—. Tienes poder sobre ellas. Eres más poderosa que ellas. Ya lo has hecho antes. Estás... En la arena estás rodeada de ruido todo el tiempo, ¿verdad? Y aun así, te concentras en la lucha como si no existiera nada más. Esto es lo mismo. Piensa en cómo lo haces entonces, en cómo ahogas los gritos, en cómo te aíslas de todo para centrarte solo en la batalla...

No es igual. Las voces en el anfiteatro me rodean, sí, y puede que incluso se parezcan a las que asolan mi cabeza, porque ellas también quieren ver sangre y muerte, también quieren ver dolor. Pero en esos casos son solo un eco de fondo que no puede tocarme. Esto, sin embargo, está dentro de mí. Me martillea de manera constante, una y otra vez...

Pero lo intento. Lo intento solo porque Orión no me deja escapar. Me mantiene cerca, obligándome a ver en sus ojos castaños, que parecen motearse de dorado en los bordes, como si la luz jugase con ellos. Como si incluso los colores estuvieran vivos en él... Me estremezco y trato de pensar. Cuando quiero calmarme, recuerdo los bosques que antes poblábamos. Me imagino el sonido de las risas al mezclarse con el arrullo del agua, los crujidos de las ramas secas cuando los animales corretean sobre la hierba, huyendo o acercándose. Trato de evocar los cantos de las ninfas cuando se decidían a aparecer, el sonido del viento susurrándonos, e incluso el repiqueteo de la lluvia sobre las hojas. Me concentro en ese último recuerdo. Me gusta la lluvia. Me gusta cuando es furiosa y parece sonar como un ejército desfilando en sincronía, pero también me gusta cómo suenan las últimas gotas que se desprenden de los árboles cuando ya ha parado de llover, cuando la tormenta amaina y deja tras de sí la calma que solo viene tras la más profunda tempestad.

Qué tranquilo es ese sonido...

Las voces se apartan poco a poco, a medida que las súplicas y los gritos dejan de acaparar toda mi atención. No desaparecen por completo, porque siguen ahí, en algún lugar, pero ahora son solo un murmullo, molesto e incesante pero soportable. Es como si antes me estuvieran chillando al oído y ahora hubiera conseguido aislarlas en otra habitación, una con las paredes lo suficientemente gruesas como para dejar de comprender sus palabras.

Confusa, alzo la vista hacia Orión, que suspira y se aparta de mí. Sus manos se alejan finalmente de mi rostro.

—¿Qué me está pasando?

Mi voz sale como un susurro débil que casi no reconozco, pero Orión la escucha, porque abre la boca y la cierra, con duda. La manera en la que aparta la vista me confirma que, sea lo que sea, no es nada bueno, así que me aparto un poco más de él. Necesito centrarme. ¿Qué es lo último que recuerdo? La estatua. Llegamos a alcanzar la estatua y entonces... Entonces, otra vez el dolor. Otra vez mis heridas abriéndose.

Estudio mi cuerpo. Ya no me duele nada y todas mis cicatrices vuelven a estar cerradas. Entonces ¿qué ocurre?

—Las voces son... parte del poder que tienes ahora. Escuchas a la gente que sufre y que te pide que la ayudes, pero también a la gente que desea infligir dolor a otras personas. Todos escuchamos las plegarias dirigidas a nosotros, pero por lo general ya estamos acostumbrados. Nacemos con ese don. Tú, en cambio...

Deja la frase sin terminar, pero eso es suficiente para que yo vuelva a perder el aire que estaba empezando a atesorar. Soy consciente de lo que quiere decirme, pero simplemente no puede ser. Yo no tengo dones, no tengo magia, no escucho plegarias. Soy solo una amazona, una humana cuya única habilidad es la lucha y solo por haber entrenado durante años.

Yo no soy como él.

Soy mortal.

Pero maté a un dios. Le corté la cabeza.

Un escalofrío me recorre la columna y me obliga a mirar alrededor, donde no hay más que escombros. Estamos en algún lugar derruido, algo que se asemeja a un templo por la disposición de la sala, por las columnas rotas y el altar convertido en ruinas. Pero yo no estoy buscando eso. Lo que quiero es un arma. Necesito un arma, de inmediato, pero no la encuentro. No veo ninguna a mi alrededor y cada latido de mi corazón empieza a hacerse más insoportable, así que hago lo único que se me ocurre: me clavo las uñas en la piel y empiezo a arañar, con fuerza. Con desesperación. Necesito ver sangre. Mi sangre. Tiene que ser roja. Tiene que ser...

—¡Asteria, para!

Orión reacciona rápido al aferrarme de la muñeca, pero para entonces ya es demasiado tarde.

La piel que empezaba a levantarse se cura sin más.

Alzo la vista al dios que está ante mí. Él traga saliva y baja la mirada a mi brazo, que todavía sostiene. Aunque quiero que me suelte, aunque quiero que se aleje de mí y la piel me pica por el rechazo, no me veo con fuerzas para separarlo. Estoy paralizada. Las voces en mi cabeza parecen haber desaparecido, pero es solo porque hay una única idea ocupando mi mente.

—Era esto... o la muerte, ¿comprendes? —murmura—. Y yo juré que te protegería. Tampoco podíamos dejarte morir. Si tu cuerpo hubiese cedido al dolor, si hubieras seguido así unos minutos más, el Mundo Medio habría sufrido las consecuencias.

Apenas soy capaz de comprender de qué me está hablando, como si de pronto hubiese olvidado el significado de todas las palabras que pronuncia. O quizá sea que nada de lo que dice tiene sentido. Yo... Yo soy... Soy mortal, soy... soy una amazona, solo una amazona, solo...

Bajo la vista, perdida. Cerca hay un pequeño charco de agua, producto de alguna de las lluvias intermitentes que siempre asolan el Mundo Medio. Por un momento, me concentro solo en ese charco, en la manera en la que brilla al reflejar el sol.

El sol.

Es de día.

Esa idea acalla todo lo demás.

—¿Dónde estamos? ¿Cuánto tiempo ha pasado? —Me levanto rápido. Demasiado. Mis piernas ceden y Orión se apresura a sostenerme, pero yo solo me agarro a sus hombros para mirarlo—. ¡¿Cuánto tiempo ha pasado?!

La culpa que veo en el rostro del dios me pone en tensión.

—Has... Has estado inconsciente dos días. Hemos intentado despertarte, pero supongo que tu cuerpo tenía que adaptarse a su... nueva condición.

Dos días. Me he ausentado durante dos días, aunque debería haber estado de vuelta en el ludus para cuando amaneciera. El miedo me atraviesa como un filo candente, recién forjado, diseñado específicamente para torturarme.

Mis manos se aprietan con tanta fuerza alrededor de los brazos del dios de la Vida que le clavo las uñas, pero él ni siquiera protesta, aunque hace un mohín. Me mira con lástima y eso lo hace todo mucho peor. No, lástima es lo último que quiero. Lo que quiero son explicaciones. Quiero regresar.

—Mis hermanas. ¿Están bien? ¿Has ido a verlas? Tengo que volver. Tengo que regresar de inmediato. ¡Llévame ante el emperador! ¡Ya!

—Tus hermanas siguen en el ludus, nadie les ha hecho nada... Eris las vigila. —El dios coge aire y no deja de mirarme con esa preocupación que estoy empezando a odiar—. Estás muy débil, Asteria. Apenas puedes mantenerte en pie sin ayuda. No puedes...

—¡¡¡He dicho que lo hagas!!! —estallo.

—Así que ha despertado.

Ambas levantamos la vista hacia la mujer que traspasa la entrada casi derruida del edificio. Es hermosa, aunque no es su belleza (el tipo de belleza que vuelve locas a las personas, peligrosa y prohibida) lo que consigue silenciarme, sino la manera en la que el ambiente parece cambiar en su presencia. Algunas plantas despiertan y florecen a su paso, pese a estar marchitas solo un segundo antes. Al mismo tiempo, la tierra bajo nuestros pies tiembla y yo temo que este lugar vaya a derrumbarse por completo, pero nada sucede.

La diosa de la Discordia avanza hacia nosotras con calma, aunque yo me pongo en tensión. Mi primer pensamiento es que esa mujer debería odiarme, porque he matado a un hijo suyo y me he quedado con su poder. El segundo, que no lo hace. No hay rabia, no hay enfado. En uno de sus brazos carga una cesta repleta de manzanas frescas y en la manera en la que toma una y la muerde mientras me mira solo hay... indiferencia.

—¿Hay noticias? —pregunta Orión.

—De arriba, no. —Eris aparta la vista de mí para fijarse en su hijo—. Parece que Hera sospecha de Atenea y Artemisa, pero a la hora de la verdad no tiene manera alguna de probar que están de nuestra parte. Pero del Mundo Medio..., sí, sí hay novedades. —Me estremezco cuando sus ojos caen de nuevo sobre mi rostro. No la temo a ella, sino a las noticias que pueda traer—. El emperador sabe que has desaparecido. Ha hecho un llamamiento para que aparezcas en el anfiteatro hoy antes de mediodía. Te está esperando.

Tomo aire y me separo de Orión. Aunque todavía siento todo el cuerpo agarrotado, esta vez las piernas no me fallan.

—Mis armas —exijo.

—Asteria. Por favor, razona.

Pero yo ni siquiera me vuelvo hacia el dios de la Vida. No quiero ni su lástima ni sus intentos de detenerme. Ni siquiera sé qué siento respecto a lo que han hecho conmigo, pero ahora no tengo tiempo para pararme a pensarlo. He perdido días enteros. Se suponía que me llevaría con el emperador cuando tuviera oportunidad y ambos sabemos que tiene que ser ahora. No puedo arriesgarme a que las mías paguen las consecuencias de mi desaparición, si es que no lo han hecho ya.

—Dijiste que cubrirías mis intereses.

Por el rabillo del ojo, veo cómo Orión hace un mohín de disgusto, consciente de que es cierto. No puede negarse a mi petición si esto es lo que de verdad quiero.

—Es obvio que es una trampa —advierte Eris.

—¡Por supuesto que es una trampa! —confirma su hijo—. Y velar por tus intereses es velar por que sigas viva. Estará esperándote con decenas de soldados y…

—Y amazonas.

Me vuelvo hacia la diosa de la Discordia como movida por un resorte, pero ella solo se encoge de hombros.

—¿Qué?

—Tiene a las amazonas —explica—. Las hará luchar entre ellas si no estás allí antes del mediodía. Si no apareces, ha prometido ofrecer un espectáculo como nunca antes se ha visto.

Lo que quiere decir que, si no aparezco, las matará. A todas. Ese es mi castigo. He estado dos días fuera y quiere dejarnos claro, a mí, a mis hermanas y a todo el pueblo de Eladia que la insubordinación tiene un precio. Quiere que todo el mundo se entere de que no se puede desafiar al líder de un imperio.

A menos que vuelva, en cuyo caso la castigada seré yo.

O lo sería, si no fuera porque ahora puedo hacerle frente. No voy a volver a ser un entretenimiento para él ni para su gente.

—Tengo que ir —digo con decisión—. Hacedme desaparecer. O enseñadme cómo hacerlo. Lo que sea, pero tengo que ir.

Encuentro mi espada y el puñal dorado apoyados contra la pared, junto con mi coraza y el resto de las protecciones, que ni siquiera me molesto en ponerme. En el anfiteatro se lucha con el pecho descubierto, porque el público quiere verte sangrar.

—Voy contigo.

Me giro hacia Orión, incrédula, justo antes de envainar la espada.

—¿De qué estás hablando?

—Voy contigo —repite, con los ojos fijos en los míos y una seriedad que lo hace parecer más resuelto de lo que lo vi la noche en la que nos conocimos—. Te hice una promesa: te dije que te protegería y eso voy a hacer.

—Orión… —advierte Eris.

—No, madre. —El dios mira a la mujer, que enarca las cejas por la interrupción—. Lo que le pase a Asteria es responsabilidad mía: yo la he metido en esto. Y he hecho un juramento. —El muchacho se gira de nuevo hacia mí y yo frunzo el ceño, confusa—. En este momento, por muy inmortal que seas, eres vulnerable. Y si daña a alguna de tus hermanas, quizá yo podría ayudar.

Entrecierro los ojos, pero supongo que la ayuda del dios de la Vida no es una que me convenga rechazar en estas circunstancias, así que asiento.

En el fondo de mi mente, entre los gritos y las llamadas de venganza de toda esa gente sin rostro que le reza al Dolor, empieza a formarse una idea. Una que zanjará este asunto mucho más rápido. Me verá todo el mundo, sí, pero es preferible a arrastrarme ante el emperador una vez más, sin saber qué será lo siguiente que haga o qué palabra incumplirá.

—Aparezcamos ante él —le pido al dios—. Puedes hacer eso, ¿verdad? Llévame hasta su palco, lo mataré allí mismo. Estoy segura de que no se lo espera, igual que no sabe que tengo tu apoyo o el de otras diosas. Ni siquiera sabe que... —Me cuesta decirlo, pero tomo aire—. Que ahora yo misma soy parte del panteón.

Estoy preparada para que Orión proteste, pero, para mi sorpresa, no lo hace: tan solo asiente y me tiende la mano. Su mirada, sin embargo, va hacia su madre, que sigue observándonos mientras le da otro mordisco a la manzana. No me gusta la calma que hay en su expresión. No consigo leerla.

—Eris, tú deberías quedarte aquí.

—Eso lo decidiré yo —señala la susodicha enarcando una ceja—. Eres mi hijo, no al revés.

Él no le hace caso.

—Nada de caos, Eris. Hemos hablado de ello.

La diosa chasquea la lengua con disgusto, pero su única respuesta es darle un último mordisco a la fruta y dejar caer el corazón al suelo.

Por alguna razón, me parece un mal augurio.

—¿Estás preparada?

Orión me obliga a centrarme en él y en la mano que me tiende. Supongo que lo mueve la culpa o el juramento que me ha hecho, pero si es así, pienso aprovecharme de ello.

Me agarro a él.

Llevo años preparada para matar al emperador.

ASTERIA

Casi no recuerdo nada de la primera vez que me lanzaron a la arena. En nuestro pueblo vivíamos ajenas al imperio, sin tener constancia de sus pesares, sus guerras o sus juegos, así que ignorábamos lo que harían con nosotras. Recuerdo los murmullos y la tensión, la manera en la que aferré con fuerza la espada que me dieron, el terror y la rabia peleando por hacerse con el control de mi cuerpo. Debió de ganar la rabia, porque lo siguiente que sé es que estaba de pie en medio de la arena, rodeada de los cadáveres de muchas de las mías y un par de bestias (más tarde descubrí que se llamaban «leones») muertas a mis pies. Lysandra estaba cerca, tan cubierta de sangre como yo. Creo que solo cuando nos miramos entendimos que aquella iba a ser nuestra vida de aquel momento en adelante.

Lo siguiente que recuerdo son los aplausos.

Me parecieron el peor sonido del mundo.

Ahora vuelvo a escucharlos. Surgen casi en cuanto aparecemos, tras algunas exclamaciones sorprendidas y algunos gritos que podrían ser de terror o de placer.

Todo mi cuerpo se pone en alerta.

No estamos en el palco del emperador. Estamos en la arena, justo en el centro. Solo necesito echar un vistazo para reconocerla, inmensa y despejada. En las gradas, el público de Eladia se pone en pie y aúlla con esos alaridos extasiados a los que ya me he acostumbrado, pero que me siguen repugnando tanto como el primer día.

Esto no tenía que ser así.

—Orión —llamo a mi acompañante, sin voz—. Esto no es lo que...

Él se estremece. Lo siento en la mano que sigo aferrando, antes incluso de que pueda ver su rostro desencajado, lleno de confusión.

—No funciona. No soy capaz de...

Su frase se queda a medias cuando desaparece.

El público del anfiteatro vuelve a gritar, pero yo apenas lo escucho. Como aquel primer día en la arena, por un momento siento que salgo de mi propio cuerpo, que la realidad se retuerce y se ablanda y yo paso por ella de puntillas.

Solo una voz que conozco demasiado bien consigue traerme de vuelta:

—¡Mi campeona!

Los músculos se me tensan por inercia. Los detalles de la empuñadura de la espada se me clavan en la mano por la fuerza con la que la aprieto mientras me giro con lentitud hacia el podio del anfiteatro.

El emperador sonríe desde su palco, con los brazos extendidos hacia mí como si me diera la bienvenida. Es el gesto con el que me ha recibido durante cada una de mis batallas, uno que deja tan al descubierto su pecho recubierto de seda y joyas que hace que lo único que desee sea atravesarlo. Aprieto la mandíbula y, como aquel día, me agarro a la ira y me trago el terror. Todo está bien. Si lo que quiere es que luche una vez más, lo haré. Estoy acostumbrada. He regado esta arena tantas veces con mi sangre que ya soy parte de ella.

Y, de todos modos, no importa lo que haya preparado para mí, para castigarme por mi pequeña escapada. Nada de lo que haya planeado puede ser peor que llevar en tu cuerpo todo el dolor del mundo.

—Has venido —comienza. A su alrededor, el gentío calla,

aunque sigue sonando un murmullo incesante, como las voces de mi cabeza. Intento no pensar en ellas—. Y antes de la hora acordada... No lo esperaba.

Miente. Siempre ha sabido que aparecería ante él, aunque no fuera de esta forma, porque es demasiado consciente de cuál es mi única debilidad. Me encantaría conocer la suya. Desearía poder utilizar algo en su contra y hacerle suplicar piedad antes de matarlo, pero ahora tengo que ir con cuidado.

Yo puedo haberme convertido en inmortal, pero las mías no lo son. Todavía puede usarlas en mi contra.

Así que aprieto los dientes, respiro hondo y, junto con el terror, también me trago el orgullo.

—Soy vuestra fiel servidora, mi señor —clamo.

—Por supuesto. Aunque necesitas incentivos para venir, ¿no es cierto? Dinos, Asteria, ¿dónde has estado durante los dos últimos días? Al parecer, has desaparecido del ludus... Allá donde acordamos que siempre debías quedarte para que nuestro trato siguiera en pie, ¿recuerdas?

No respondo. Él tampoco espera que lo haga. Miro alrededor, a los rostros de las gentes del imperio, que me observan intrigadas. El murmullo se mueve como una brisa, de boca en boca. Hablan de mí. Sopesan si de verdad su campeona ha podido atreverse a huir de una manera tan poco honrosa, a escondidas, abandonando su promesa de liberar a las suyas.

Nunca lo haría. Es insultante que lo piensen y, al mismo tiempo, es mejor que crean eso a que averigüen la verdad.

—Estaba preocupado, así que pregunté a las tuyas y... todas me dijeron que las habías traicionado. Que habías huido por tu cuenta, harta ya de luchas.

No digo nada. Soy consciente de lo mucho que tiene que haberle costado a Lysandra convencer a todas las demás de esa mentira, pero me alegro de que me haya hecho caso.

—Pero eso no podía ser. ¿Os imagináis? —No se dirige a mí, sino a su pueblo—. ¡Nuestra leal Asteria, una traidora! Imposible... ¡Nuestra amazona más preciada, poniéndose por delante de su pueblo! Y, ¡ah!, efectivamente, no era cierto. Al fin y al cabo, aquí está.

—¿Qué queréis de mí? ¿Otro espectáculo? —le espeto, alzando la voz todo lo que puedo. Con un movimiento fluido, desenvaino mi espada—. Aquí me tenéis. ¿Por qué no bajáis vos mismo a luchar conmigo?

Por supuesto, sé que no lo hará. Es un cobarde y lo más probable es que también sea un inútil con las armas, siempre escondido detrás de una pared de guardias. Es emperador solo porque es hijo de quien lo fue antes que él, pero estoy segura de que no sabe de batallas más que lo que ha visto de lejos, mientras otros luchaban en su nombre.

—Oh, no, querida Asteria; como emperador, es imposible que yo forme parte del espectáculo. Pero, tranquila, no te haré luchar sola hoy…

Entonces las compuertas del foso se abren. Espero bestias, un ejército, incluso una hidra. Me espero cualquier cosa… excepto a las mías, que son instadas a avanzar. Todas ellas. La veintena que quedamos. Palidezco, incrédula. Mis hermanas miran alrededor con desconfianza, con los pechos al descubierto y una única espada en la mano. Mis ojos se encuentran con los de Lysandra, que parecen aliviados de verme, solo un segundo antes de que yo me gire hacia el emperador.

—¡¡¡He venido!!! ¡Has pedido que apareciese y aquí estoy! ¡Ellas deben irse! ¡Soy la única amazona que necesitas para tus espectáculos! ¡Soy tu única campeona!

—Pero Asteria, mi Amazona Roja, nuestra leyenda…, he prometido un espectáculo nunca visto. Y te adoramos, pero incluso tus combates empiezan a resultar predecibles. En cambio, echo de menos veros luchar a todas. Me gustaría hacer que os enfrentarais entre vosotras, pero sé que de nada servirá: nunca mataríais a una de las vuestras, ¿verdad, Asteria?

Tomo aire. Algo en sus palabras me recuerda que eso es precisamente lo que he estado haciendo hasta ahora: matarlas. Aunque la mano ejecutora siempre fuera él, yo las dejaba marchar pensando que eran libres. Yo se las servía en bandeja de oro, para que él solo tuviera que afilar el cuchillo y devorarlas si así lo deseaba.

No pienso permitir que nada así vuelva a ocurrir.

Oigo los pasos de mis hermanas acercándose. Se detienen cerca de mí, desplegadas a mi espalda, arropándome y apoyándome como siempre han hecho.

—¡El trato por seguir luchando como tu campeona era que yo sería la única que combatiese a muerte en la arena! ¡Lo juraste ante tu pueblo!

—Y tú juraste que vivirías bajo mis órdenes, como una gladiadora más.

—¡Y bajo tus órdenes y como una gladiadora más aquí me presento!

—¿Y dónde has estado estos días? —El hombre de la corona de olivo hace una pausa pero, como sabe que no tengo intención alguna de responder, no pierde el tiempo y se vuelve hacia sus gentes—: ¡Hablad, pueblo de Eladia! ¡¿Queréis espectáculo?!

El jaleo entonces es ensordecedor. Los gritos se alzan desde las gradas en una cacofonía que exige lucha y muerte, que exige sangre. Cuando retrocedo un paso, una mano me toca la espalda. Alzo la vista. Los ojos verdes de Lysandra permanecen serios y serenos mientras me aprieta el costado con suavidad. Yo siento ganas de apoyarme contra ella y decirle que salga huyendo, hacia donde sea. Pero sé, incluso antes de mirar alrededor, que no hay posibilidades de que escapemos: las puertas están cerradas y las gradas, demasiado altas como para alcanzarlas. Si al menos supiera desaparecer, si al menos supiera usar los poderes que me han dado…

Pero no sé. Puede que ahora sea una diosa, pero no tengo ningún control sobre lo que puedo hacer.

Orión tenía razón. Por muy inmortal que sea, soy vulnerable.

—Estas amazonas siguen siendo mis esclavas —clama el emperador. Me giro hacia él de nuevo, con la ira mordiéndome el pecho. No somos esclavas de nadie. No vivimos bajo las órdenes de nadie—. Pues bien. Que luchen por su libertad. ¡Esa es mi generosidad! Os ofrezco la libertad a todas... si vencéis a lo que os enfrente. Las grandes amazonas, todopoderosas, capaces de prevalecer sobre cualquier armada de hombres, luchando todas a una, como la gran familia que decís ser. ¿Os atrevéis a exhibir vuestro poder? ¿Vuestra fuerza? Mostrádselo a todo el imperio y os daré la libertad.

No. Es mentira. Nunca ha liberado a ninguna amazona, así que no lo hará ahora. Sin embargo, ya lo ha dicho, así que mis hermanas se miran entre sí con precaución y un asomo de decisión. El de intentarlo, al menos. El de luchar una última vez para acabar por fin con el encierro y con mi propio sacrificio. A mi lado, Lysandra entorna los ojos y aprieta su espada.

—Está mintiendo —les advierto, furibunda—. No lo creáis. No nos concederá la libertad. Nunca lo ha hecho.

—¿Qué?

Decir esta verdad es lo más duro que he hecho en mi vida. Más que todas las peleas. Más que ver mil cadáveres amontonados bajo mi espada.

—Las mata. Las ha matado a todas. —Frente a mí, mis hermanas se tensan. Algunas se toman de las manos en un intento de darse apoyo, otras se aferran más a sus armas—. No nos concederá la libertad. Ni siquiera sabemos qué puede salir de ahí.

Sus voces estallan todas a la vez:

—¿Nos ha estado engañando?

—No tenemos otra opción.

—Debemos luchar.

—¿Ese cabrón ha estado jugando con nosotras?

—¿Era eso lo que ocurría? —Lysandra se fija en mí, con la comprensión brillando en sus ojos entrecerrados—. Por eso querías matarlo. Lo descubriste.

Sí, pero es obvio que nada de lo que he hecho ha servido de nada. Ni en los últimos días ni en todos estos años. Y ahora aquí están todas, enredadas en un juego del que quizá no puedan escapar. Cleta gruñe, Deyanira tiembla, Febe aprieta su espada, Evandra parece a punto de echarse a llorar.

Pese a ello, ninguna me culpa por lo sucedido, aunque yo espero sus reproches.

—Lo lamento —comienzo a decir—. Nunca supe...

—¡¡¡Amazonas!!! —reclama la voz del emperador. Todas nos giramos hacia él. La ira bulle dentro de mí junto a la culpabilidad y el rencor. Ojalá supiera usar el poder de Algos. Ojalá pudiera cortar y abrir cicatrices en la distancia, como hizo el difunto dios conmigo—. ¿Qué tenéis que pensaros, ante el trato beneficioso que os ofrezco? ¿Sois acaso unas cobardes?

La palabra resuena entre las mías como la peor ofensa que se nos podría haber hecho, y eso mismo es. Escucho la voz grave de Oritía repetir su pregunta como si le diese arcadas; Ágave se echa hacia delante con rabia, aunque Mirina la sostiene como si sus brazos fuesen una red capaz de salvarla de la locura.

Lysandra se gira hacia mí, mientras mi angustia crece. Sé que todas van a aceptar el reto incluso antes de que tire de mi brazo hacia ella.

—Podemos luchar —me dice con el rostro serio. Una caricia tierna baja hasta mi muñeca—. Si vencemos, ni siquiera el emperador se atreverá a negar sus propias palabras ante su pueblo.

—No puedes estar segura. Y, aunque fuera cierto, ¿cuántas crees que van a sobrevivir? No sabes...

—Sé que somos amazonas, Asteria —me corta. Sus ojos siempre me recuerdan a los árboles que escalábamos cuando éramos niñas. Me dio mi primer beso cuando estábamos subidas a uno, como si fuera un juego más—. Sé que no somos cobardes. Sé que no estamos hechas para escondernos. Y sé que no hay ningún honor en arrodillarse ante un tirano. Nuestro futuro nos pertenece y, si ese futuro ha de ser la muerte, sea, pero primero lucharemos. Ya has peleado suficiente por nosotras. Este es nuestro momento y no agacharemos la cabeza.

No, ella no lo entiende. No puedo arriesgarme. Son lo único que tengo.

—No, escuchadme, no es...

Pero ella no quiere escucharme. Su mano se alza hasta mi rostro y lo enmarca.

—Honor y sangre, Asteria.

—¡¡¡Honor y sangre!!!

Desde la más veterana a la más joven, todas gritan nuestro lema, y yo sé que no hay nada que pueda hacer para convencerlas de que es una locura.

El emperador también las ha escuchado.

—Asteria —me llama. Con el cuerpo entumecido, levanto la vista hacia él—. Parece que tus hermanas han decidido. ¿Lo has hecho tú o dejarás que sean ellas quienes te protejan esta vez?

Lysandra da un paso hacia delante, como si estuviera dispuesta a hacer eso mismo, pero yo la sujeto del brazo para detenerla. Compartimos solo una mirada. Un único instante que es más que suficiente.

Cuando me giro de nuevo hacia el emperador, su sonrisa me deja claro que sabe mi respuesta incluso antes de que la dé:

—Lucharé.

Los vítores entonces se vuelven ensordecedores; mucho más que las voces que me atormentan, mucho más que en cualquier otro combate en el que haya participado. Emocionada, Eladia se levanta y aplaude. Cuando su soberano da la orden de dar paso a nuestros contrincantes, nosotras nos preparamos.

Una horda de hombres aparece por las distintas puertas del anfiteatro. Tienen que ser parte del ejército, porque llevan los cuerpos bien resguardados con protecciones de cobre, coraza y casco. Tienen escudos y armas mucho mejores de los que les han dado a las mías, que deben conformarse con una espada cada una.

Nos doblan en número.

Aprieto los dientes. Está bien. Podemos luchar. Podemos vencer.

Somos amazonas; ellos solo son hombres.

Nos disponemos en círculo, dándonos la espalda las unas a las otras, vigilando a los que saltarán a por nosotras en cuanto suene el cuerno que da comienzo al combate. Algunos llevan lanzas, pero la mayoría desenvainan espadas. Puedo ver los cuchillos que cuelgan de sus cinturones y le lanzo un vistazo al puñal dorado que todavía tengo guardado. Si puede hacerle tanto daño a los dioses, me pregunto qué podrá hacer con los mortales.

El público grita. El emperador se sienta en su trono.

Quieren que muramos aquí. Pero no les daremos el gusto.

El cuerno suena. La batalla empieza.

Con gritos que exigen libertad, las amazonas atacamos primero.

ORIÓN

Una trampa.

Era todo una trampa, pero no solamente para Asteria: también para mí.

Me doy cuenta en cuanto aparecemos en la arena, pero lo confirmo cuando me materializo de rodillas sobre un suelo impoluto de mármol blanco. Un suelo contra el que destaca tanto mi piel como mi andrajosa túnica. Ni siquiera me atrevo a levantar la vista, consciente de lo que me espera cuando lo haga. Porque reconocería este lugar incluso con los ojos cerrados. Porque sus pies se acercan, descalzos, mostrándose por debajo del borde de sus inmaculados ropajes.

Aunque sopla una cálida brisa que me trae el olor a verano que tan bien conozco, yo empiezo a sudar frío. Ni siquiera soy capaz de respirar ya con facilidad. Cierro los ojos y espero, aunque no sé si aguardo el golpe, las palabras o el peso condenatorio de las cadenas.

El silencio que se instala en la habitación anticipa el castigo que se avecina.

El silencio que se instala en la habitación está cargado de terror, por mí… y por Asteria. Porque prometí que la protegería. Ella lo hizo conmigo. Lo que le pase será mi culpa, porque la usé. La usé como me han usado a mí toda mi vida y ahora… Ahora puede perderlo todo. Sé que no supongo una diferencia en su lucha, pero la he dejado sola y me siento... culpable. Es un sentimiento nuevo y desagradable, pesado, igual que pesada es la carga de mi juramento.

Trago saliva y me digo que ahora es una diosa. Si hay un sitio en el que pueda suplicar, pedir piedad para ella, ese sitio es este.

—Ha sido tan fácil, Orión, que casi me siento decepcionada.

La voz de Hera lo llena todo. Es el único hechizo que necesita para conseguir que contenga la respiración y acallar incluso los latidos de mi corazón. Me hundo en el miedo, en el horror.

He atravesado el laberinto y he liberado a Eris, y todo para nada.

Vuelvo a estar a su merced.

«Humíllate», dice una voz dentro de mi mente. «Humíllate todo lo que puedas. Rebájate y bésale los pies. Implora, Orión, porque lo próximo que sabrás, si no hablas ahora, es que querrás estar muerto».

Abro la boca, pero nada sale de mis labios. Una excusa. Cualquier excusa estará bien. Al menos, minimizaría el daño. Al menos, quizá no todo el mundo sufra por mi causa.

—Mi reina... —murmuro sin atreverme a moverme ni un ápice.

«Engañé a la mortal, ella no tiene culpa alguna. Los de su especie son tan maleables... Fue útil, tan fuerte como Artemisa me dijo. Una pena que tuviera que convertirla en diosa. Ahora no me sirve de nada».

No. Ella no se lo creería.

«Estoy arrepentido».

Quizá eso todavía sea más difícil de fingir.

—No gastes saliva, Orión —me aconseja ella con tono frío, adelantándose a mis torpes intentos de pedir misericordia. Alza el pie y me insta a levantar la cabeza al apoyarlo sobre mi pecho. Yo lo hago, solo para encontrarme con sus ojos dorados. Una sonrisa que me advierte de lo que está a punto de suceder comienza a extenderse por su rostro—. Los dos sabemos que estás perdido.

Es cierto. Lo supe desde el primer momento en que me puse como objetivo liberar a Eris. Me arriesgué cuando lo imaginé y volví a hacerlo más tarde, al convertir la traición en una realidad. Si te portas bien, en el cautiverio no hay castigo; así que sabía a lo que me atenía cuando me decidí a elegir la libertad.

Y quizá esa decisión sea lo poco que queda en pie dentro de mí.

Escapo de su contacto al echarme hacia atrás. Puede que esté perdido, pero al menos lo estoy porque me he movido. Porque me he decidido a actuar después de tanto tiempo y he conseguido hacer algo contra ella. No voy a dejar que me quite esa satisfacción. No me levanto porque no me veo con fuerzas, pero la miro a los ojos con un valor renovado que no sé de dónde sale. No necesito más que eso y palabras para desafiarla. O para seguir cavando mi propia tumba.

—Los dos sabemos, también, que he ganado —susurro—. Te he ganado, mi reina. —Me gustaría poder sonreír, pero mi atrevimiento no llega a tanto—. ¿Cómo sienta saber que tu propio esclavo ha sido más listo que tú?

Hera se inclina hacia mí y me coge la cara con los dedos con tanta brusquedad que me hace daño en la mandíbula. Estoy seguro de que podría rompérmela si tan solo apretase un poco más.

—No peor de lo que vas a sentirte tú, Orión, por el resto de los siglos. ¿Crees que lo de tu madre era un castigo? No es nada en comparación con lo que te espera, muchacho. —Su voz acerada se vuelve melosa de pronto, dulce incluso—. Pero podemos llegar a un acuerdo. Dime dónde está Eris y quizá sea un poco más... benevolente.

Ambos sabemos que alguien dispuesto a hacer un trato es alguien que no va ganando, pero no lo digo.

—No la he soltado para que vuelvas a encerrarla. Castígame si quieres, pero no vas a sonsacarme su paradero.

Una mentira a medias. No sé hasta dónde puedo llegar bajo presión. No sé de lo que seré capaz. Si podré callarme o si le diré sin más lo que quiera saber.

Esta vez, desafiarla no queda sin castigo. Lo siguiente que sé es que me abofetea con tanta fuerza que me gira la cara del golpe. Me arde el rostro como si sus dedos siguieran en mi mejilla. Las lágrimas me suben a los ojos. Cuando trato de enderezar la cabeza, otro revés me pilla por sorpresa, todavía más fuerte que el anterior. Ni siquiera consigo reaccionar. La quemazón solo dura unos instantes antes de que se cure, pero es suficiente para dejarme desorientado.

—No dirás lo mismo cuando supliques morir, Orión —me espeta—. O cuando la escuches a ella sufrir. Porque voy a enseñarte una cosa, chico. Voy a mostrarte lo que ha provocado tu egoísmo.

Hera toma la pila llena de agua y me la muestra. Quiero apartarla de un golpe, pero me doy cuenta de que estoy petrificado. No puedo moverme. Mi pecho intenta expandirse para tomar aire, pero ni eso consigo hacer. Me quedo donde estoy, sin aliento, con los ojos clavados en lo que tengo delante, sin ni siquiera la oportunidad de apartar la vista.

Y la veo. A Asteria entre las amazonas, en la arena. Luchando. A su alrededor, mujeres y hombres caen por igual.

ASTERIA

La fuerza de las amazonas reside en que nos tenemos las unas a las otras.

Eso es lo que se nos enseña desde que nacemos hasta que morimos, la única ley que no debemos romper. Luchamos por las demás, podemos llegar a dar la vida por las demás. Lo importante es la comunidad, lo importante es preservar nuestro pueblo, nuestras creencias, lo que somos. Lo importante es que, siendo muchas, seamos una sola.

En la batalla, cuando combatimos en grupo, es exactamente lo mismo: atacamos entre todas, nos defendemos entre todas. Si una ve en apuros a otra, corre a defenderla; si alguien mata a una de las nuestras, ese será el próximo objetivo que abatir. Así que nos lanzamos sobre los hombres clamando venganza, por el encierro al que nos han sometido durante tantos años, por las batallas libradas y las que nunca libraremos. Luchamos por la libertad que queremos conseguir, pero también por las hermanas que debieron verla y nunca la consiguieron. Luchamos por el engaño y por la justicia. Luchamos por las vivas y por los espíritus de las caídas, que casi escuchamos gritar con nosotras en la batalla.

Con desesperación, nos enfrentamos a la Muerte.

Con suspiros de libertad, algunas caen al Inframundo.

Las veo morir. Las veo ser atravesadas, mutiladas, cortadas.

A Deyanira la matan de un tajo certero en el cuello. A Oritía la ahogan. Mirina se atraganta con su sangre al suplicarle a Cleta que le conceda morir rápido para que sus últimos minutos no sean una tortura. Las oigo gritar, las oigo llorar…

Pero lo peor de todo es que *las siento*. Mi cuerpo reacciona a cada gemido, la cabeza se me llena de su sufrimiento. Lo noto por todas partes, como una carga pesada y, al mismo tiempo, como un alimento que me cae directamente en el estómago y me da fuerzas. Cada herida de esta arena me llena de una energía que me asquea pero también me permite luchar con una fortaleza que nunca había tenido.

Así, mientras mis hermanas son asesinadas, mi mundo se convierte en dolor. Con cada cuerpo caído, todo por lo que he luchado este tiempo pierde su sentido. Con cada cuerpo, el hogar que siempre soñé con recuperar se aleja.

Entonces lo veo. Uno de los soldados salta hacia Lysandra, mientras ella se enfrenta a otro. El primero la embiste por la espalda, como un ruin cobarde.

—¡¡¡Lys!!!

Pero sé que mi grito no será suficiente para salvarla.

Ni siquiera me lo pienso cuando me interpongo entre el filo y ella.

Cuando la espada me atraviesa, me quedo sin respiración. La herida que me abre en el pecho me lanza un latigazo de angustia en el que me doy cuenta de que me da miedo morir, me da miedo que esto sea todo, me da miedo dejar a mis compañeras luchando solas. Al mismo tiempo, una parte de mí siente alivio. Me iré con todas las demás. Me iré y quizá en el Inframundo pueda ayudar al resto a encontrar la paz.

Tardo más de lo que debería en darme cuenta de que eso no va a pasar.

Las diosas solo mueren cuando se les corta la cabeza.

El anfiteatro contiene el aliento. Escucho mi nombre, murmurado como un eco entre las gradas llenas de excitación. Pero, sobre todo, veo la sorpresa en el rostro del hombre que me atraviesa. Veo que baja la vista a mi cuerpo… y a la sangre dorada que empieza a empaparlo.

El dolor se convierte entonces en otra cosa. Una sensación que no debería ser tan placentera nace desde el lugar en el que la espada todavía me atraviesa y me recorre todo el cuerpo. De pronto no hay miedo ni cansancio, como en otros combates. No aparece la sensación de querer desfallecer y no volver a levantarme; no pienso en que no podré aguantar un golpe más así. Al contrario, el filo contra mi piel, cálido y frío a la vez, es reconfortante.

Es horrible.

Es magnífico.

Por un segundo, bajo la cabeza y cierro los ojos.

Mientras la palabra «diosa» comienza a extenderse por todo el anfiteatro, casi siento ganas de echarme a reír.

Cuando vuelvo a levantar la mirada, la expresión de mi atacante se convierte en una de horror, así como de horror es el grito que se le escapa. Suelta la espada y trastabilla, cae al suelo. Muchos de nuestros enemigos se detienen. Algunos, temerosos de insultar a las diosas, dejan caer las armas. La espada sigue clavada en mi estómago, atravesándome, y yo recuerdo a Algos. Es una suerte que decidiera ir directamente a por su cabeza, porque ahora sé qué habría sentido si le hubiera atacado de otra manera. Cosquillas. Menos incluso. Los labios se me contorsionan en una sonrisa antes de que pueda ser consciente. Río, bajito. Río, porque estoy llena de muerte. Estoy llena de dolor. Estoy llena de los cadáveres de mis hermanas.

Y mis enemigos creen que pueden matarme.

Mis manos sueltan mi espada para poder tomar la que me atraviesa y arrancármela. Escucho el siseo que hace al acariciarme las entrañas y arañarme por dentro. No me molesta. Noto la sangre dorada subiéndome por la garganta e inundándome la boca, pero no sabe a óxido, sino dulce. Río un poco más. Escucho el golpe sordo cuando el arma encuentra el suelo, tal es el silencio que de pronto se extiende por ese mundo ruidoso al que estaba acostumbrada. Tal es el miedo que lo llena todo cuando alzo la cabeza.

La herida sigue sangrando…

… y de pronto se cierra sin dejar rastro alguno.

—¿Qué…?

Escucho la voz de Lysandra detrás de mí. Cuando me giro, me observa incrédula, casi con miedo. Como si no me reconociese. Con el temor que solo otorga lo desconocido.

Me paso la lengua por los labios, por la sonrisa. La sangre de alguien me ha salpicado la cara y yo descubro que ese sabor metálico, mezclado con el de mi propio icor, es el mejor manjar que he probado nunca.

—Tus ojos… —susurra Lysandra, sin voz. No sé a qué se refiere, pero se estremece.

—¡Luchad! ¡¿Por qué os detenéis?! ¡¡¡Luchad!!!

Alzo la vista. El emperador se ha levantado y se ha acercado al borde del palco para mirarnos. Incluso él debe tener miedo ahora, pero el orgullo es más grande y por eso les exige a sus soldados que reanuden la batalla.

Yo entorno los ojos.

—Acabemos con ellos —susurro—. Hagamos que sufran.

Se lo digo a Lysandra. A Cleta. A Febe. A todas las que me miran como si no fuera la de siempre. Quizá no lo sea. Quizá nunca vuelva a ser la misma.

En cualquier caso, no dudan. No van a desaprovechar la oportunidad que la confusión les brinda. Mis hermanas se lanzan a por los soldados con fuerzas renovadas, gritando, y algunos ni siquiera tienen tiempo de reaccionar. Otros se rinden. Otros suplican una clemencia que no les damos, igual que en su momento no se la ofrecieron a las nuestras. Y yo salto, de cadáver en cadáver, de cuerpo en cuerpo, disfrutando de la sangre que brota de ellos. Creo música con cada quejido que les arrebato y, al mismo tiempo, me siento miserable con cada herida de las mías que me hace más fuerte. Que hace que me mueva más ágil. Que hace que no deje de matar. Que hace que no deje de sonreír.

El dolor de todos los Mundos puede volverte completamente loca.

Y si ese dolor pertenece a las tuyas, puede que nunca recuperes la cordura.

Cuando el último de los cuerpos de los soldados cae al suelo, el anfiteatro ya no clama ni mi nombre ni el de nadie. Ya no aplaude. Ya no celebra.

El silencio respetuoso de la muerte, el silencio que siempre debió resonar entre estos muros, se adueña del lugar.

A mi alrededor, mis hermanas se acercan para flanquearme y yo siento su sufrimiento como un abrazo. Deseo arrebatárselo, pero no sé cómo ni si puedo hacerlo. Algos solo provocaba dolor, así que quizá esté condenada a él. Quizá lo he estado siempre. Quizá estaba destinada a matarlo porque, después de tanto tiempo luchando, yo me merecía su poder mucho más que él.

Me gustaría saber cómo funciona. Me gustaría entender cómo me hizo sufrir tanto sin ni siquiera rozarme para poder hacer lo mismo con el emperador, que nos observa desde arriba. Su expresión se mueve entre el terror absoluto y la incredulidad. Porque quizá pueda someter a una mujer de un pueblo lejano, una simple mortal, pero otra cosa es arriesgarse a enemistarse con un ser divino. ¿Se arrastrará ahora que conoce mi verdadera naturaleza? Espero que sí. Espero que tiemble y suplique por su vida.

Espero que, cuando lo torture, me ruegue por una muerte rápida, solo por el placer de negársela.

—¡Hemos vencido! —grito—. Libéranos, emperador.

La gente en las gradas se mantiene en silencio. Veo personas que se marchan, tal vez creyendo que insultan a alguna diosa permaneciendo en este lugar. Quizá ni siquiera crean ya que soy Asteria. Quizá crean que otra ha tomado mi forma y ha venido a combatir en mi lugar. Quizá mis hermanas piensen igual.

Sin embargo, el emperador no se mueve. Aunque creo que se arrodillará y pedirá clemencia, no lo hace.

—Pueblo de Eladia —empieza a decir con voz clara. Aunque

se dirige a su gente, solo me mira a mí—. Ante vosotros hay una traidora. He recibido la visita de la reina de los dioses y ella me ha susurrado al oído secretos horribles. Tiempo atrás, los Doce encerraron a la más ambiciosa de las diosas para proteger el orden de nuestro mundo, ¡y esta mujer la ha liberado! ¡Eris camina otra vez entre nosotros!

El público ahoga exclamaciones de inquietud y yo aprieto un poco más las empuñaduras de mis armas: la espada en la izquierda, el puñal de oro en la derecha. Incluso entre las mías hay miradas de incomprensión y una tensión que crece. Lysandra apoya su mano sobre mi brazo con una pregunta en los ojos, pero yo no digo nada.

Así que ha sido Hera. Ella es quien está detrás de todo esto. Ella le ha susurrado lo que debía hacer conmigo. Con nosotras.

Ha tenido que ser ella también quien ha hecho desaparecer a Orión.

—¡El Caos pronto caerá sobre el imperio y ha sido esta mujer quien lo ha provocado! —continúa el emperador. Yo entorno los ojos—. ¡Miradla, aquí, con los dones divinos que ha robado! ¡La Amazona Roja, a la que bañábamos en halagos y gloria, ha desafiado el orden natural del Mundo Medio y del Mundo Superior! ¡¡¡Es una traidora!!! ¡Y en el imperio la traición se paga con muerte!

A mi alrededor, mis hermanas protestan:

—¡Cobarde!

—¡Mentiroso!

—¡Tú eres el traidor!

Las mías no son las únicas que gritan. Las gentes de Eladia parecen revueltas, inseguras y temerosas, y tantas son las que piden muerte como las que piden piedad. Ambas suplican motivadas por lo mismo: el terror por sus destinos.

Hacen bien en temer. Hacen bien en *temerme*.

Si les dan miedo las diosas, yo les daré una aterradora.

—¡Hablas de designios divinos, emperador! —clamo—. Hablas de «dioses», como si acaso tuviéramos pruebas de que los conoces. Pero, ah, ¿quién ha recibido realmente su visita y sus dones?

Suelto mi espada. Cuando alzo la mano libre, lo hago para mostrar la palma descubierta solo un segundo antes de cortarme la piel con el puñal de oro. La sensación arde al principio, pero disfruto del escalofrío que queda después.

—¡Pueblo de Eladia! —grito yo por primera vez. Nunca me he dirigido a ese público que aborrezco, nunca he querido darles la satisfacción de que escuchen una sola palabra mía. Ahora, en cambio, me giro para que me observen tanto como han hecho estos años—. ¡Yo soy la diosa del Dolor! ¡Bajo mi espada ha caído Algos y bajo mi espada caerá también vuestro emperador! ¡Ese es el designio que a mí se me ha otorgado! Pero, si permitís que algo les pase a las amazonas, el dolor no alcanzará solo a vuestro señor. Juro que nunca tendréis descanso. Juro que sacrificaré mi vida para que mi poder quede libre y os proporcione todo el dolor que merecéis.

En la lejanía se escucha un trueno, como si el espíritu de Deméter (o el propio Zeus) quisiera recordarles lo que pasó la última vez que una deidad se suicidó. El tibio calor que hacía hasta el momento es sustituido por un viento frío que arrastra las primeras gotas de lluvia. Las nubes se arremolinan en el cielo y nos arrebatan la luz del sol. Así son todos los días desde que la diosa que regulaba las estaciones desapareció. El Mundo Medio puede convivir con eso, incluso si la tierra ha dejado de ser tan fértil, incluso si hay etapas de sequía y nunca se sabe cuándo llegará un incendio que arrasará los campos o una riada que destruirá las casas.

Si soy yo la que desaparece, entonces también tendrán que convivir con más sufrimiento del que puedan imaginar.

Eso mismo deben de pensar las presentes, porque, por primera vez desde que pisé el anfiteatro, el pueblo entero suplica piedad. El pueblo suplica salvación, la de las amazonas y la suya propia. Siento la mano de Lysandra en torno a la mía y yo entrelazo nuestros dedos. Echo un vistazo hacia atrás, hacia los rostros de cada una de mis hermanas, que se mantienen juntas. Hay incomprensión en algunas caras y orgullo en otras, pero fe en todas. Recorro con los ojos todas las salidas, que siguen cerradas. Eso significa que no entrarán más soldados, que la lucha ha cesado, pero también que seguimos sin tener escapatoria.

Aunque eso da igual, porque el emperador no se atreverá a ir contra su gente. Cuando vuelvo la vista hacia él, lo descubro mirando alrededor, asustado ante la reacción de su pueblo. Por primera vez no aplauden su decisión de muerte y tortura y piden otra cosa. Ante toda Eladia, aparece el desgraciado que en realidad es, el tirano temeroso de una ciudadanía que no hace lo que él desea y al que no puede dominar.

Alza el puño cerrado. Me mira. Creo que le tiembla la mano.

Espero que nos absuelva. Espero que esto termine aquí.

—La traición debe ser extirpada del cuerpo que es nuestra nación, porque una sola persona puede corromper a todas las demás —clama, sin embargo—. Los males deben ser erradicados de raíz. Así me ha hablado Hera. Así lo ordeno yo. Tomad vuestra libertad... La libertad de la Muerte.

Su pulgar señala hacia arriba. Y nos condena.

Las flechas surgen desde las gradas, de todas partes. Los arqueros aparecen entre la gente de improviso y, antes de que podamos darnos cuenta, las saetas caen sobre nosotras como una lluvia que anuncia nuestra perdición. Una lluvia que se mezcla con el agua que cae del cielo, que salpica rojo y cuyo repiquetear son gemidos. Una lluvia que no se parece en nada a la pacífica que golpeaba nuestros árboles y a nosotras cuando danzábamos bajo ella. Esta lluvia va a dejarnos a todas con los rostros empapados, pero solo de lágrimas.

Lysandra y yo caemos al mismo tiempo, de la mano, y su grito me acuchilla los oídos. Su voz, siempre cálida, se corta como lo hace el fino hilo que la mantiene atada a este mundo. Me lanzo sobre ella en un intento de que ninguna flecha más la alcance, pero ya es tarde. Veo las saetas que la atraviesan, una demasiado cerca de la garganta. Ella, entre mis brazos, como tantas veces ha estado, me mira con sus ojos de bosque muy abiertos, una floración a punto de marchitarse.

—Lysandra —la llamo. Tomo su rostro, lo acuno entre mis manos. Otra flecha se me clava en la espalda, pero no me importa. No la siento. Ya no puedo sentir nada—. Lysandra, no. Escúchame. Quédate. Quédate conmigo. Tenemos que salir de aquí. Lysandra, por favor.

Mi compañera entrecierra los párpados. Su mano se alza. Sus dedos acarician mi mejilla, suaves, tiernos, más tiernos que nunca. Siento que las lágrimas me impiden verla, pero parpadeo con furia. No, no pueden privarme de su rostro. No pueden privarme de verla, de salvarla. De salvarlas a todas.

Por favor. Por favor, nada tiene sentido si no puedo salvar al menos a una.

Alzo la vista para mirar a mi alrededor. Ya no escucho la voz de Cleta y la de Febe es solo un sollozo que resuena en los límites de mi mente, a punto de extinguirse. Evandra se revuelve una última vez antes de que una nueva saeta le atraviese un ojo.

Por favor, por favor, por favor, no...

—Asteria. —La voz de Lysandra me hace volver a mirarla con desesperación. Tiene los labios manchados de rojo, como si por primera vez en su vida hubiera querido probar el carmín. Se le cierran los ojos y yo siento que todo mi pasado desaparece tras sus párpados. No. No—. No ha sido tu culpa. No... No dejes de luchar por nosotras...

—No, no. Lysandra, por favor...

Mis labios encuentran los suyos. Deseo tener el poder de Orión, salvarla, curarla, cerrar todas sus heridas. Pero yo solo soy la diosa del Dolor y eso es a lo que en realidad he estado condenada siempre. Al dolor. A no dejar de sentirlo. A no dejar de provocarlo, incluso en las personas que quiero...

Cuando me separo, Lysandra ya no está. Sigue en mis brazos y su sangre en mi boca, pero ella se ha ido, igual que se han ido las demás. A mi alrededor y en mi cabeza solo queda silencio, así que yo grito.

Grito con el sufrimiento de todos los Mundos contenido en el pecho. Grito con más dolor del que cualquiera debe probar en su vida. Grito con la fuerza de la desesperanza y el horror y el miedo y la soledad. Grito por todo lo que ha ocurrido, pero especialmente por todo lo que nunca ocurrirá.

Acuno el cuerpo de Lysandra entre mis brazos. Las lágrimas me queman en los ojos, los sollozos me desgarran la garganta, pero aun así vuelvo a agarrarme a la ira, porque la ira es lo único que me queda, y levanto la vista para buscar al emperador.

En su palco, sin embargo, ya no hay nadie. Allí solo queda la sombra de un cobarde.

—Os vengaré. —Escondo mi rostro en el cuerpo de la mujer con la que he compartido demasiado de mi vida, la primera a la que llamé amiga, la única capaz de hacerme sentir libre incluso en medio del cautiverio—. Os vengaré a todas. Os vengaré y luego me reuniré con vosotras.

No me corto la piel, pero sigue siendo un juramento de sangre.

Incluso cuando ya no queda nadie para escucharme.

ORIÓN

—¡¡¡No!!!

A mi grito le sigue el estrépito que provoca la pila de Hera al caer al suelo. Asteria desaparece de mi vista. Me arde la garganta. Sé lo importantes que son, que *eran*, para ella. Sé que no existe nada más que su familia.

Y ahora lo ha perdido todo.

Sé que en parte es mi culpa. Yo le dije que la llevaría ante el emperador. Yo le prometí protección y acepté que la convirtieran en una diosa para que pudiera vivir. Pero he roto mi promesa.

Espero que pase algo, que se derrumben los templos en mi honor o dejen de creer en mí. Que se apaguen las voces en ese rincón de mi mente a las que las relego o sentirme más debilitado en cuanto mi inmortalidad desaparezca.

Pero nada sucede, porque sigue viva. Porque ella quería ir al anfiteatro y yo cumplí sus deseos…

—Asteria no ha hecho nada —gimo. Mi voz es débil, apenas una súplica—. Yo… la utilicé. —Parpadeo para mantener las lágrimas a raya y me atrevo a mirar a Hera a los ojos—. ¿Era necesario hacerle ese daño? ¿O acaso te sientes mejor cuando humillas a quienes no pueden defenderse de ti? Primero las amantes de Zeus, y ahora Asteria…

Hera está sorprendentemente tranquila.

—Ella me da igual —me aclara—. Merecía su castigo por ayudarte, pero este ha sido diseñado por el emperador. Lo que sí me interesa es torturarte a ti. Y tu error ha sido creer que necesito tocarte para hacerlo. En realidad —sonríe—, solo necesito recordarte que todas esas muertes son culpa tuya. ¿No crees que es irónico? —Se acuclilla ante mí, hasta que nuestros rostros están a la misma altura—. Que la Vida provoque tanta muerte, tanta sangre... Tanto horror. Dime, ¿podrás vivir con ello? Con haber sido el causante de que lo que quedaba del pueblo de las amazonas se haya extinguido para siempre. Ah, y con la tristeza de esa chica por la pérdida... Porque si nunca la hubieras buscado para traicionarme, Orión, si ella nunca te hubiera ayudado, nada de esto habría ocurrido.

Quiero cerrarme a sus palabras como me cierro a los ruegos y oraciones que llevan mi nombre. Quiero olvidarme de todo lo que ha dicho, pero una parte de mí sabe que no son mentiras. No, lo peor de todo es saber que tiene razón. No he hecho más que estropearlo todo. No he hecho más que caer y he arrastrado conmigo a Asteria. A una mortal que ya había sufrido suficiente, igual que el resto de su pueblo. Pienso en ellas, en las amazonas. En las que han muerto en la arena y en la que murió ante nuestros ojos, cuando la decapitaron por orden del emperador. Pienso en Lete, que me aseguró que nunca volvería a ser el mismo. Pienso en Algos, en el puñal clavándose en mi cuerpo, en su asesinato a manos de Asteria.

Dejo caer la cabeza hacia delante, sin fuerzas. Ni siquiera su cuchillo tuvo jamás el poder de romperme de tantas formas diferentes.

—¿Qué quieres de mí? ¿Qué vas a hacerme? —sollozo.

No sé si lloro por mí, por Asteria o por todas las muertes de las que me siento ejecutor.

—Oh, eso depende de ti. —Hera toma mi rostro de nuevo y me limpia las lágrimas con una dulzura hecha de cerámica, igual de frágil—. Dime dónde está Eris. Si tú no lo haces, se lo preguntaré a la amazona. ¿Crees que ella se mostrará más colaborativa?

Podría torturarla delante de ti. Puedo desangrarla como te he desangrado a ti otras veces. Ahora que la has convertido en diosa, podría hacerla sufrir hasta el final de los tiempos. ¿Crees que le gustaría eso? Si todavía no se ha vuelto loca como Algos, quizá podría darle un empujón. O puedo matarla sin más. Le cortaré la cabeza y me quedaré con su poder. Sería... una nueva forma de divertirme contigo. Una nueva forma de ganarme tu respeto y convertirte en el sirviente obediente que pensé que eras.

Cierro los ojos con fuerza, estremecido. Me rindo. Se acabó. Supongo que he apuntado demasiado alto. Estoy en una encrucijada. Si no le digo dónde está Eris, irá a por Asteria. El juramento se romperá entonces de manera definitiva, porque estoy seguro de que la matará. Y si le digo el paradero de mi madre... Bueno, ella quizá tendría una oportunidad. Al fin y al cabo, no está indefensa. Podría huir. No creo que sea tan fácil atrapar a la Discordia una segunda vez. Es demasiado lista y conoce a Hera.

Esa esperanza es lo único que me da la energía necesaria para asentir.

Por favor, Eris, no dejes que te atrape. Por favor, sé más lista que yo. Crea caos, arrasa, da problemas. Divide a los dioses. No dejes que la reina gane. Y, sobre todo, no te rompas, como lo he hecho yo.

—¿Y bien, Orión?

Un gran peso se me asienta en el estómago. Soy un cobarde. Siempre lo he sido, incapaz de presentar batalla. Incapaz de salvar a nadie que no sea a mí mismo y, aun así... No. Ni siquiera puedo hacer eso, porque siempre pierdo en los juegos en los que participo.

Me echo hacia delante y dejo que los cabellos oculten mi expresión de derrota.

—En el antiguo templo de Deméter. La última vez que la vi, le pedí que no se moviera de allí.

No necesito verla para imaginarme la expresión victoriosa de Hera. Escucho sus pasos, ligeros, alejarse de mí. Quizá precisamente por eso casi dejo escapar una exclamación cuando noto un par de manos sobre los hombros. Un escalofrío me trepa por la columna. Un frío intenso me llena por dentro.

Reconocería ese olor en cualquier parte.

—Es todo tuyo, como te prometí —comenta Hera despreocupada—. Yo me encargaré de Eris.

Jadeo. Apenas soy capaz de girar la cabeza para descubrir quién se esconde detrás de mí. Todo el cuerpo se me tensa, hasta que cada músculo empieza a dolerme. Una mano siniestra me aprieta el corazón y empieza a costarme respirar cuando el olor a Muerte trata de quemarme por dentro, la nariz y el fondo de la boca y la garganta.

—Atrápala y hazla sufrir cuanto quieras, pero después es mía.

Su voz es un susurro. Habla con la misma cadencia con la que anuncian su paso por las casas y los templos. La misma cadencia con la que los mortales lloran la pérdida. Es un matiz con sabor a cenizas y cobre sobre la lengua. Su rostro, blanco como la cal, como si jamás hubiese visto la luz del sol, me recuerda al de un esqueleto. Viste de negro, como negros son sus ojos, profundos y huecos como un universo carente de estrellas.

Un puño me aferra los cabellos, tirando con la fuerza suficiente como para arrancarme un grito de angustia y sorpresa.

De pie detrás de mí, Hades esboza una sonrisa retorcida.

—De momento, me contentaré con su hijo.

CANTO IV
LA REINA Y EL CAOS

Contadme, espíritus,
de la reunión entre dos enemigas declaradas,
allá donde tiempo atrás vivieron la Tierra y las Cosechas,
la que daba vida a las estaciones,
la que murió por culpa del egoísmo de quien
allí ahora se escondía...

Cuando la reina de los dioses llegó al olvidado templo de Deméter, el Caos no se sorprendió. La esperaba sentada entre los escombros, con el pelo rojo ardiendo como el ocaso que moría a sus espaldas y tan serena y orgullosa como las reinas de las que hablan los mitos, pese a su largo cautiverio.

Allí donde nadie podía verlas, Eris y Hera cruzaron sus miradas por primera vez en décadas.

Allí donde nadie podía oírlas, la diosa más poderosa del Mundo Superior le dirigió a la traidora, con obvio deleite, unas palabras impregnadas de veneno:

—Parece que tu propio hijo te ha delatado.

Si Eris se hubiera puesto nerviosa, o si hubiera apartado sus ojos de ella, Hera se habría sentido decepcionada. Pero lo único que hizo la mujer fue alisarse la túnica, tan roja como sus cabellos, tan roja como la sangre de los humanos, y ponerse en pie para encararla.

—Siempre les he dicho a mis hijos que velen por sus propios intereses. Si no lo hacen ellos, ¿quién lo hará? Yo también los traicionaría si me viese obligada a hacerlo. —Sus dedos se crisparon en el aire y una fuerza invisible empezó a palpitar a su alrededor. Si era con la intención de defenderse o atacar, la reina no podía saberlo—. ¿Dónde está?

¿Cómo no deleitarse con el odio en su voz? ¿Cómo no sentirse victoriosa al atraparla una segunda vez? El desprecio que Hera sentía por Eris no tenía ni siquiera demasiado que ver con los celos, como todo el mundo parecía suponer, sino con el hecho de que aquella mujer había ambicionado en el pasado lo único que siempre había sido suyo y solo suyo: su lugar como Reina de los Cielos. Por eso la había castigado una vez y ahora haría que lamentase haber escapado de su primera prisión. La haría suplicar por su osadía y pronto la tendría bajo sus pies, con su voluntad rota en mil pedazos. Disfrutaría de ella todo lo que pudiese, como había disfrutado de tener a Orión entre sus garras, y luego se la daría a Hades para que hiciese con ella lo que se le antojase. Que la lanzase al Tártaro como venganza por su esposa muerta o que la mantuviese cautiva en su propio palacio, le daba igual. La única condición era no matarla.

Ningún dios pondría objeción mientras siguiese viva para sufrir su justa condena.

Y algunos dioses, estaba claro, necesitaban ser testigos de lo que les ocurría a los traidores bajo su mandato.

—Hades se ha ofrecido a cuidar de él. Quizá seamos benevolentes y te permitamos verlo. Quizá, si te entregas ahora y no me obligas a humillarte, considere mostrártelo mientras él sufre por tu causa.

—Cada uno sufre por su propia causa, Hera. Igual que tú sufres por las tuyas. ¿O Zeus ha subido ya a verte? —Al ver los ojos entornados de su enemiga, Eris supo que aquella herida todavía estaba abierta y había conseguido hacerle daño o, por lo menos, molestarla—. Hay cosas que no cambian, ¿verdad? Y tu marido rehuyéndote es una de ellas. Quizá debería intentar ir a buscarlo. A mí sí me hacía caso.

Hera apretó los dientes y alzó la mano, dispuesta a usar su poder para acabar con ella y volver a convertirla en piedra, como nunca debió dejar de ser. Pero el Caos, esquivo, estaba preparado para la ofensiva y se desvaneció ante sus ojos, solo para volver a materializarse al momento tras su contrincante. La reina sintió unas manos finas y peligrosas acariciándole el cuello, apretándolo con suavidad y clavándole las uñas. Hera palideció por la sorpresa. Sentía el poder de Eris alrededor, sorprendentemente fuerte, sorprendentemente embriagador, ralentizando sus movimientos con cada palabra que le susurraba al oído:

—No te voy a matar —le aseguró la Discordia, mientras la sujetaba con más fuerza de la que esperaba—. No vas a tener esa suerte. Tengo otras cosas pensadas para ti y para toda tu corte de alimañas. Voy a humillarte de tal manera que suplicarás ser mi esclava. Y entonces quizá deje que Orión piense en un buen castigo para ti, antes de apiadarme y cortarte la cabeza para quedarme con tu poder.

Nunca la reina había sentido más odio por una mujer, mortal o inmortal. Nunca sus mejillas se habían vuelto doradas con esa intensidad, de pura rabia. Dorado fue también el aire que tembló a su alrededor, lleno de la magia más primigenia. Pero para cuando quiso usarla, para cuando consiguió deshacerse de las cuerdas que eran las palabras de la otra diosa, ya era demasiado tarde. A Eris solo le hizo falta un segundo para desaparecer del triste y abandonado templo de Deméter.

El Caos andaba suelto por el mundo.

ASTERIA

Nunca quise ser la única que se salvase. De todas las pesadillas que he soñado alguna vez, esa era una de las que más se repetían, quizá porque intuía lo terrible que podía ser la soledad, lo profunda que podía ser la desesperación. La fuerza de las amazonas reside en que nos tenemos las unas a las otras, así que ¿qué sentido tiene ser la única amazona viva? ¿Qué sentido tiene que yo siga aquí cuando ya no queda nadie más? Me lo pregunto durante las horas que pasan después de que el anfiteatro se vacíe y yo me quede a solas con mis hermanas, velando sus restos bajo la lluvia torrencial. Ni siquiera la tormenta es suficiente para limpiar nuestros cuerpos, ni los suyos ni el mío. Todas estamos manchadas para siempre. En el suelo, junto a mí, junto a sus cadáveres, están los pedazos rotos de un sinfín de sueños, de todo lo que podríamos haber sido, todo lo que podríamos haber vivido.

Pero ahora solo quedo yo.

Nadie viene a interrumpir mi duelo durante un tiempo. Supongo que es solo por miedo, porque nadie se atreve a perturbar más a una diosa que ya ha prometido volcar todo el sufrimiento posible en un mundo que le ha dado la espalda. Me gustaría hacerlo. Me gustaría cortarme el cuello para dejar que este condenado lugar pruebe la agonía a la que a mí se me sentenció hace tiempo. Me gustaría que a la humanidad entera se le abrieran heridas, que en sus cuerpos se cuelen las enfermedades más nefastas, que sientan mi propio corazón roto al partirse los suyos.

Quiero que todo el mundo sienta lo que yo siento ahora y que lamenten no haber hecho nada por evitarlo.

Aun así, no lo hago. Porque todavía me queda rabia, la suficiente para querer matar al emperador con mis propias manos. La suficiente para hacerle pagar lo que ha ocurrido a la mismísima reina de las diosas. Hera ha estado involucrada en la muerte de las mías y ella también debe pagar. El resto del panteón, que durante años no ha hecho nada por nosotras, también tiene que pagar.

Todo el mundo, mortal o inmortal, tiene que pagar.

Una persona se acerca cuando la lluvia amaina por fin. Soy consciente en cuanto la arena cruje bajo sus pies y yo me pongo alerta. Quizá haya alguien que todavía no ha aprendido la lección, alguien que cree que tiene algún derecho a tocarme a mí o a mis hermanas. Mis dedos se mueven hasta rozar el cuchillo dorado que todavía tengo a mi alcance. No sé si hacer que sea rápido o lento.

Cuando me giro, preparada para lanzar el arma, me encuentro a un hombre joven que abre mucho sus ojos grises y levanta las manos en una muda petición de piedad. Es delgado y desgarbado, de piel blanca y cabellos morenos recogidos en una coleta que le cae por encima de la ropa. Parece inofensivo, pero a estas alturas yo ya sé que eso no significa que lo sea, por muy mortal que pueda parecer.

—Estoy desarmado —dice con la voz temblorosa—. Y no soy vuestro enemigo.

El chico traga saliva cuando yo entrecierro los ojos. Creo que da un paso atrás, como si temiese empezar a sentir un dolor agónico si se aproxima demasiado. Aprieto más los dedos alrededor del cuchillo.

—Si has asistido al espectáculo, eres mi enemigo. Todas las presentes habéis sido cómplices de vuestro emperador, hoy y durante todos estos años de lucha... Vosotras habéis provocado esto.

El muchacho lanza un vistazo inquieto al suelo, a los cadáveres que me acompañan. Lo veo cambiar el peso de su cuerpo de un pie a otro, nervioso. Da la sensación de que desea echar a correr y alejarse de aquí, pero no lo hace.

—He asistido por… orden de mi señora. Ambas tenéis un amigo en común…

—Yo no tengo amigos —gruño, tajante.

Ningún hombre, desde luego. Y las amigas que tenía están todas justo aquí, muertas.

—Orión —se apresura a explicar él—. Él es vuestro amigo común.

Orión. No he tenido tiempo de pensar en él. No he tenido tiempo de pensar en nada, aparte de en todo lo que se ha perdido, pero supongo que debe de estar en problemas. Hera ha tenido que ser la culpable de su desaparición. Ha debido de descubrir que Eris ha sido liberada y se lo estará haciendo pagar.

Nos atrajeron hasta aquí para poder atraparnos. A mí, el emperador; a Orión, la reina de los dioses.

—Habla.

El chico suspira con alivio, aunque no se relaja. Sus ojos recorren las gradas desiertas, se asegura de que las puertas que dan a la arena están despejadas e incluso llega a mirar al cielo, como si desconfiara de que fuera a comenzar a llover de nuevo. Después de asegurarse de que estamos a solas, o de que al menos nadie va a venir a interrumpir nuestra conversación, se acobija más en la capa marrón con la que se cubre y agacha la cabeza con una formalidad que nadie me había dedicado jamás.

—Mi señora es Ligeia de Eladia, la encargada de la Biblioteca Imperial, hija del antiguo emperador Aurelius —me confía en un susurro no mucho más alto que el crepitar del fuego.

El nombre resuena dentro de mi cabeza y creo que lo reconozco. O quizá no el nombre, que no significa nada para mí, pero sí la explicación de quién es. Cuando vivíamos en nuestro pueblo, los problemas del imperio no eran ni siquiera una historia que mereciese ser contada, pero sí era digno de mención que una diosa se fijase en un monarca y le diese una hija. Recuerdo haber escuchado aquella noticia (que llegó a nosotras a destiempo, con varios años de retraso) junto al fuego, desde el regazo de una de mis madres, y haberme preguntado qué significaría ser hija de una divinidad.

Al parecer, según me enteré más tarde, no distaba mucho de ser una hija bastarda a la que apartaron del camino tan pronto como su padre puso un pie en los dominios de Hades.

—¿Y? —insto al muchacho, que se ha quedado callado, como si esperase una reacción de mi parte. Como si la nobleza del imperio pudiera importarme lo más mínimo.

—Orión le explicó a mi señora lo que pretendíais hacer... Lo que pretendíais hacerle al emperador —se apresura a explicar. Está claro que se siente incómodo siendo más específico. Quizá considere que mencionar de manera explícita una conspiración contra su soberano esté demasiado cerca de la traición—. Al parecer, pretendía que ella fuese su... su sucesora. Pero entonces mi señora se enteró de que habíais desaparecido del ludus y que su hermano reclamaba vuestra presencia hoy aquí y...

—¿Qué quiere de mí? —gruño.

Él se frota las manos, como si tuviera frío o como si no supiera qué hacer con ellas.

—Cuando el emperador hizo el llamamiento, supo que vendríais, y esperaba que Orión también lo hiciera. Esperaba que pudierais... darle respuestas. Desea saber si habéis liberado a Eris y... si matar al emperador sigue siendo una prioridad. Os invita a que os reunáis con ella. Especialmente a vos. Le gustaría... ofreceros protección.

Protección. Como si la necesitara. Como si la quisiera.

—Dile a tu señora que no quiero protección. Soy inmortal, como ya habrás visto. Me han herido, me han atravesado el pecho con filos y flechas, pero no me han matado.

El joven calla, aunque es solo un segundo. Entonces se atreve a avanzar hacia delante, hacia mí, pero yo aprieto el puñal para indicarle que se quede donde está. Al más mínimo paso en falso, lo mataré, sin importarme si es aliado o no. Un cuerpo más o un cuerpo menos ya da igual.

Él obedece y toma aire.

—Hasta los dioses necesitan refugio. Un lugar donde descansar y al que otros dioses no puedan entrar sin más. Después de esto se va a hablar mucho de vos, tanto aquí abajo como allá arriba.

Refugio. La palabra me suena ajena, porque yo solo conozco un refugio y está muy lejos de aquí. Y, de todos modos, nadie puede hacerme más daño del que ya me han hecho. Ya no tengo nada que perder, porque lo único que me queda es la vida y ni siquiera eso me importa ahora.

Sin embargo, todavía puedo ganar una cosa. Algo que puede serme útil.

—¿Qué sabe tu señora de divinidades?

La pregunta debe de tomarle por sorpresa, porque hay silencio durante un largo segundo.

—Todo lo que alguien que no lo es pueda saber.

—¿Sabe de sus poderes? ¿Sabe cómo se usan? ¿Sabe cómo podría yo usar los míos?

Él titubea, inseguro. Al final, simplemente se encoge de hombros.

—Puede ser. Creo que… podría ayudaros. Y lo que no sabe, siempre lo puede aprender en la biblioteca. Y… —El muchacho se revuelve dentro de sus ropas y, tras una pausa, sigue hablando—: Y si que Orión contactara con ella no significa nada para vos, pensad que tenéis un objetivo común: ella también quiere la cabeza del emperador, aunque nunca lo dirá con esas palabras.

Lo observo en silencio. Él no me sostiene la mirada, nervioso, quizá temeroso de que lo considere una provocación. Supongo que ese es el respeto que se ganan las diosas. Un respeto que se parece demasiado al miedo más primitivo.

Miro a mi alrededor una vez más. La arena sigue poblada por los cuerpos de mis hermanas, regada por su sangre. No puedo dejarlas aquí. Me pregunto si los labios de Orión podrían devolverlas a la vida, me pregunto si escucharía mis plegarias si le rezo igual que yo sigo escuchando de fondo todas las peticiones de mortales que sufren o desean hacer sufrir. Supongo que da igual, porque no va a venir a ayudarme. Debe de tener sus propios problemas.

Así que solo me queda una opción.

—Te acompañaré a cambio de veinte monedas.

Es un precio ridículo, pero justo el que necesito. Cuando vuelvo la vista hacia el chico, él aprieta los labios y baja la vista. De pronto parece un poco consternado, triste. De su cinto descuelga una bolsita que tintinea. Esta vez sí que permito que se acerque para que pueda dejarla cerca de mí, en el suelo.

—Creo que habrá suficientes. Son de parte de mi señora. Me las dio... por si algo así sucedía.

Me estremezco, quizá más por la sorpresa que por cualquier otro motivo. Porque eso convierte a su señora, sea quien sea, en la primera persona que ha mostrado algo de compasión por las mías. Al resto de las amazonas que han muerto durante todos estos años se les ha negado descanso y sepultura, pero esa desconocida me da las monedas que necesito para que al menos las que hoy han caído puedan pagarle al Barquero y encontrar paz en el Inframundo.

Aprieto los dientes, pero no digo nada. Me enfundo el puñal en el cinto y tomo la bolsa justo antes de ponerme en pie.

—Ayúdame.

El muchacho titubea, pero asiente incluso si no entiende qué quiero de él. Sin decir una palabra, me encamino hacia las galerías inferiores del anfiteatro y entro en los pasillos subterráneos, en pasadizos en los que jamás había estado antes. Él me sigue, aunque se cubre con la capucha, precavido. Ambas pasamos por delante de las jaulas donde tienen encerrados a animales salvajes y veo a gente, probablemente guardias o esclavas a las que han obligado a quedarse aquí, corriendo a ocultarse en cuanto me ven. Nadie se atreve a acercarse a nosotras, igual que no se atreven a decirnos nada cuando empezamos a recoger toda la madera con la que podemos cargar. Nos hacemos con antorchas, sillas y muebles pequeños, con armas y escudos que puedan arder. Encuentro paja también y no tengo problema en arrancar las telas que protegen el palco principal, en las gradas. Hay un estandarte del imperio que tampoco dudo en tomar.

Con los restos del último lugar en el que estuvimos juntas, en el que luchamos juntas, creo una pira en la que todas mis hermanas puedan arder. Necesito la ayuda del chico para colocar todos los cuerpos, pero soy yo quien les cierra los párpados abiertos y les pone la moneda en la boca.

Lysandra es la última.

En sus labios, además de una moneda, dejo un último beso.

—Que la tierra de la que naciste vuelva a guardarte.

Solo que no lo va a hacer. Estamos a un mundo de distancia de nuestros bosques, de nuestro manantial, y ahora nunca podrá volver a casa.

El fuego tarda menos de lo que esperaba en brillar ante mí. El calor se vuelve casi insoportable, asfixiante, y aun así me quedo cerca de las llamas, mientras veo cómo consumen los cuerpos de mis compañeras y alimentan mis deseos de venganza. Verlas desaparecer juntas, devoradas por el brillo y el ardor, me recuerda que soy la última de una tribu orgullosa y honorable, pero una parte de mí desearía poder marcharse con ellas. Tengo la tentación de desaparecer, de dejar de sufrir, de rendirme al fin al dolor y a la pena que se me abrazó al cuerpo cuando atravesaba el laberinto. Tengo la tentación de consumirme, de permitir que el calor me derrita la carne sobre los huesos y me convierta en cenizas poco a poco. Quiero estallar en llamas. Quizá ya lo esté haciendo.

En esa hoguera, se consume todo lo que alguna vez he sido.

Así me despido de ellas. Me despido de todo el tiempo que hemos pasado juntas, de los días felices y de las risas en el bosque, los baños en el manantial y las caricias bajo las estrellas. Me despido de las que ahí arden, pero también de todas las que han caído en el camino hacia este día, hacia este lugar. Me despido de todo lo que creí que podría ser mi vida, de todo aquello que pretendí ser y ahora sé que nunca seré: una heroína, alguien capaz de salvarlas. Ya no puedo hacerlo. Las he perdido para siempre.

Así que ahora tendré que convertirme en alguien que pueda vengarlas.

ASTERIA

El criado de Ligeia de Eladia dice llamarse Elias. Antes de salir del anfiteatro, me ofrece una capa de abrigo para protegerme del frío, pero sobre todo para esconderme de ojos indiscretos. El muchacho me explica que nadie debería saber que voy a reunirme con su señora, mucho menos después de que haya declarado de manera abierta mis deseos de matar a su hermanastro, así que debemos actuar con discreción. Al fin y al cabo, nadie debería saber que me apoya a mí en lugar de a su propia familia.

Así que evitamos las calles más transitadas de la capital y tratamos de pasar desapercibidos entre los soldados que patrullan la ciudad. Yo, que no conocía de Eladia mucho más allá del ludus y el anfiteatro, me siento perdida y necesito que me guíen a través de las estrechas callejuelas. Nunca había sido consciente del número de gente que vive aquí o de la cantidad de casas de piedra blanca que llenan las calles. En la ciudad la naturaleza no crece a su antojo, sino que cada árbol y cada flor parece tener su lugar, tan esclavos de los deseos del pueblo de Eladia como yo. No me gusta. El ruido que lo impregna todo (el de los comerciantes y los carros y las conversaciones de las personas que se congregan en las plazoletas decoradas con estatuas de diosas) me resulta desagradable. Mientras recorremos esas calles, todo lo protegidas que podemos, también descubro que los rumores son mucho más rápidos que nosotras: sin saber que la protagonista de sus historias camina a unos pasos de ellas, las ciudadanas comentan lo que ha ocurrido esta tarde en el espectáculo. Se habla de que la Amazona Roja se ha vuelto loca en la arena, pero también del emperador, que desapareció durante la matanza de las amazonas y que quizá ha desafiado a las diosas. Quienes opinan que la conducta de su gobernante traerá problemas, que ha condenado a su pueblo, hablan bajo, con miedo; quienes están de su parte claman a los cuatro vientos que seguía órdenes de Hera, mientras que la antigua campeona solo es una asesina y una ladrona de dones divinos. A ella, por supuesto, le desean muerte y dolor, y yo quisiera decirles que lo que queda de mí, esa figura a la que odian, es solo una consecuencia de esas dos cosas.

Soy una obra que su propio emperador ha creado.

No tengo la oportunidad. Cuando la tormenta estalla de nuevo, todas esas personas corren a refugiarse en sus casas.

Nuestro destino está lejos de la ciudad, a las afueras. Cuando llegamos a la casa (una villa inmensa en la que me siento completamente fuera de lugar) Elias me indica que puedo darme un baño si lo deseo. Creo que más que un amable ofrecimiento es una petición de que lo haga y me quite toda la sangre que me cubre. Me guía hasta una estancia en la que me espera una gran piscina y me deja allí, no sin antes advertirme de que su señora no aparecerá hasta el atardecer.

Una vez las grandes puertas se cierran a mis espaldas, yo todavía contemplo la estancia durante un largo rato. El vapor del agua llena el ambiente y me pega las ropas sucias al cuerpo. Se hace difícil respirar aquí dentro, aunque quizá el problema no sea el calor, sino el nudo que me sigue apretando el pecho, ese que me recuerda al abrazo de la Tristeza. Siento sus insectos subiéndome por la piel, por la nuca, por el estómago y por el corazón. Quizá me estén comiendo por dentro.

Me quito la túnica, reducida a poco más que harapos, y desciendo dentro de la piscina por unas escaleras de piedra. Figuras de nereidas y ninfas me miran desde las altas columnas que sostienen el techo y son testigos de cómo el agua se tiñe de rojo y dorado mientras me sumerjo. Es la primera vez en años que puedo reconocer sin problema qué sangre es mía y cuál no, pero no puedo distinguir cuál es la de mi familia y cuál la de mis enemigos, y lo odio. Detesto ser consciente de que, cuando empiezo a frotarme el cuerpo, en realidad estoy haciendo desaparecer lo poco que queda de la vida de mis hermanas. Aun así, me rasco la piel hasta que casi me duele y me hundo en el agua por completo, en un intento de olvidar. En un intento de que el mundo exterior deje de existir. Ahora que soy inmortal ni siquiera me ahogaré. Podría vivir bajo la superficie por el resto de los tiempos. Podría quedarme aquí, atrapada, o quizá ir al mar y desaparecer bajo las olas...

Cuando emerjo de nuevo, después de lo que ojalá fuera una eternidad, me acerco a las escaleras. Me siento allí, muy quieta, y cuando mi reflejo me devuelve la mirada comprendo a qué se refería Lysandra cuando miró horrorizada mis ojos: ahora son rojos. El poco azul que quedaba en mi vida también ha desaparecido para tornarse escarlata.

Supongo que ese es otro precio más que he tenido que pagar.

Otra cosa más que no va a dejar de recordarme que solo sirvo para hacer daño.

—Tú debes de ser Asteria.

Alzo la vista, sobresaltada. No sé cuánto tiempo llevo abrazada a mi propio cuerpo, tan quieta como una estatua más de las que decoran los baños, ni cuánto tiempo lleva observándome la otra figura que se adivina de pie entre el vapor, sin hacer ningún ruido. Se trata de una muchacha, quizá de mi edad, quizá algún año mayor. Viste con telas de calidad, de color azul celeste y plata, y tiene el pelo atado con cintas blancas y brillantes. Algunos mechones morenos se escapan de su recogido y se rizan en sus sienes, enmarcando un rostro delicado, pálido y redondeado, con la suavidad propia de la nobleza. Pese a ello, no hay dulzura en su expresión. Sus ojos castaños están llenos de seriedad y no hay sonrisa en su boca.

—Y supongo que tú eres Ligeia.

La joven no se molesta porque la tutee, ni se mueve de donde está. Yo tampoco lo hago, ni trato de cubrir mi desnudez, aunque a ella tampoco parece molestarle. Nos miramos durante un momento en el que creo que las dos nos evaluamos y tratamos de averiguar de qué es capaz la otra.

—Me he enterado de lo sucedido. —Es ella quien termina por romper el tenso silencio—. Lo lamento.

Yo asiento más por inercia que porque me crea que sus condolencias sean sinceras. Dudo que lo sienta, porque no me conoce de nada. Y, de todos modos, yo tampoco quiero hablar sobre lo que ha pasado, mucho menos con una desconocida, así que decido acabar con esto cuanto antes:

—Tu criado me ha dicho que querías saber si hemos liberado a Eris —replico—. Lo hemos hecho, aunque no puedo decirte mucho más. Apenas estuve con ella. La última vez que la vi se encontraba en algún templo abandonado, pero no sé cuál ni puedo llevarte allí.

La chica parece sorprendida y complacida a partes iguales de que sea tan directa. Cruza los brazos y asiente. No trata de acercarse más, sino que mantiene la distancia que nos separa, no sé si por protección o por respeto.

—¿Y Orión? ¿Qué ha sido de él?

—No lo sé, pero lo sospecho. Si tu sirviente te ha contado lo que ha pasado, sabrás que la cita en el anfiteatro era una trampa. Debe de tenerlo Hera, porque desapareció en cuanto llegamos, y sé que tu hermano…

—El emperador —me corrige.

Es tan rápida y tan tajante que me deja claro que le asquea que se mencione cualquier relación entre ellos. Me recuerda a mí misma negándome a considerarlo mi soberano, algo que me agrada lo suficiente como para que me relaje un poco ante ella.

—Sé que el emperador ha hablado con Hera —continúo—. Él mismo lo confesó delante de todo el pueblo.

Ligeia chasquea la lengua y comienza a caminar por el lugar, mordiéndose la uña del dedo pulgar. Yo la sigo con la vista, sin moverme ni un ápice. Durante los siguientes segundos vuelve el silencio, mientras ella se pierde en su cabeza, como si yo ya no estuviera aquí.

—Si Hera lo tiene, no lo dejará escapar —concluye.

—Eris irá a rescatarlo. Es su madre y él se arriesgó por ella. Cualquier...

—No irá —me interrumpe Ligeia. La muchacha detiene sus pasos y me mira como si hubiera dicho una tontería o como si creyera que soy demasiado inocente—. No se arriesgará, Asteria. Sé que no lo entiendes, porque para las amazonas la comunidad lo es... todo. Pero no es así para los dioses. Eris no se arriesgará por su hijo.

Aunque frunzo el ceño, sé lo que quiere decir. ¿Acaso no me lo avisó el propio Orión en el laberinto? ¿Acaso no se sorprendió de que no lo dejara atrás mientras su propio hermano lo torturaba? Y yo misma lo he comprobado: Eris no me dijo nada por haberle arrebatado su poder a Algos, después de todo. No vi rabia hacia la asesina de su hijo, solo indiferencia.

Aun así, el dios de la Vida ha arriesgado todo por liberarla. No puede abandonarlo a su suerte sin más. Recuerdo a mis madres la noche en que las mataron. Murieron ante mis ojos, después de luchar a mi lado y de tratar de protegerme con la fiereza de un batallón de guerreras.

—Elias me ha dicho que quieres aprender a usar tus poderes.

Eso me distrae y me impide volver a mis recuerdos de gritos, sangre y fuego. Aprender. Sí, es cierto. Eso es para lo que he venido aquí, no para responder preguntas.

Me pongo en pie, porque siento el cuerpo entumecido después de tanto tiempo en el agua, y me cubro con una de las toallas que me han dejado en el borde.

—Sí. Quiero aprender todo lo que puedo hacer. Al menos, necesito saber cómo aparecer en otros lugares. Solo con eso podría presentarme ante el emperador cuando quisiera y...

—Eres consciente de que Hera lo protege, ¿verdad? —me corta la bibliotecaria—. Por el bien de la paz entre el Mundo

Medio y el Mundo Superior, los reyes de arriba y de abajo deben salvaguardarse entre sí. El emperador defiende la fe en los dioses, mientras ellos lo respaldan y lo defienden a él.

Siento que se estremece en el momento en que fijo mis ojos en los suyos, con una expresión que no admite réplica.

—Hera también es mi enemiga ahora. Si ha colaborado con el emperador, es tan culpable de la muerte de mis hermanas como él.

Ligeia de Eladia alza una de sus finas cejas morenas.

—¿Estás dispuesta a inmiscuirte en una guerra entre dioses?

—Estoy dispuesta a lo que haga falta por vengar a las mías.

No hay duda en mi voz y ella tiene que verlo. Quizá por eso asiente. Por fin, parece terminar de medirme y decidir que soy alguien de quien fiarse o, al menos, capaz de lo que sea necesario. Supongo que por eso se acerca. Cuando se detiene, a solo unos pasos, me ofrece la mano.

—Es un placer, Asteria. Hagamos de esta una asociación productiva para ambas.

No respondo. Cuando alzo mis dedos y aprieto los suyos, firmamos nuestra colaboración. Queremos ver muerto al mismo hombre.

Y esta vez yo no pienso detenerme hasta conseguirlo.

ORIÓN

Mi mundo es negro. El negro de la oscuridad, de flotar a la deriva, pero siempre anclado al suelo. El negro de mis pensamientos. El negro de la memoria de los espíritus.

Si la oscuridad fuera solo noche, no sería un problema, pero no es así. No, la oscuridad a la que me han exiliado reside en las entrañas de un río hecho de sangre. Es la sangre que han derramado todas las almas criminales que están condenadas aquí. Sangre para mis pesadillas, para mantenerme despierto y en tensión. Sangre para asquearme, para que la respire y la saboree y la sienta en cada poro de mi piel. Sangre hirviendo, que borbotea en este torrente de llamas líquidas. Que me causa ampollas en el cuerpo que nunca llegan a curarse. Que me destroza y se me mete en la carne, hasta que no sé dónde acabo yo y dónde empieza el resto del mundo.

Igual que no sé dónde acaban mis recuerdos y dónde empiezan los de los hombres y mujeres que pasan por mi lado y me rozan y traen a mi mente las imágenes que reviven una y otra vez: las del dolor que sufrieron en vida, las de sus crímenes, las de sus sentencias de muerte, si es que alguna vez fueron juzgados. Aquí se mezclan emperadores y esclavos. Aquí hay hombres y mujeres de todas las razas, de todos los lugares del Mundo Medio, de civilizaciones lejanas a Eladia en tiempo y espacio. Su pena, sin embargo, siempre se resume de la misma manera: «Cometí crímenes en vida y ahora tengo una eternidad para arrepentirme. Derramé sangre de inocentes y ahora ardo y me consumo en ella como castigo por mis pecados».

Solo que es mentira, porque ninguno de los que estamos aquí nos consumiremos jamás. Arderemos, sufriremos, pero no dejaremos de existir. El descanso no es para nosotros. Y la mayoría de los que se dejan arrastrar por la corriente ni siquiera se arrepienten. No son conscientes de lo que han hecho. Si se lamentan no es porque crean que matar a ese recién nacido para no tener que alimentarlo o acuchillar a su amante por romperle el corazón sean delitos. Si se lamentan es porque están pagando por ello, pero si no hubiera castigo alguno después de la muerte, lo harían otra vez.

El castigo no les ayuda a comprender. El castigo no erradica el problema.

El castigo no hace que me aflija por haber despertado a Eris. Lo único por lo que grito ahora, incluso si nadie me oye, es por haberme dejado atrapar después. Por haber arrastrado a una inocente en mi caída. Por haber sido egoísta y no haberme dado cuenta de que no solo me arriesgaba yo.

En mi cárcel, pese a los espíritus que me recuerdan su dolor, estoy solo. En mi cárcel no hay gritos, por mucho que sepa que estoy abriendo la boca y desgarrándome la garganta. Aquí solo hay un silencio que se me mete en los oídos e incluso acalla el tintineo de las cadenas que me aseguran al fondo cuando me muevo. Es un silencio espeso, coagulado, que me abandona a solas con mis pensamientos. Porque hasta aquí no llegan las plegarias que llevan mi nombre. Aquí, en el Mundo Inferior, nadie le reza más que a Hades. Aquí me debilito y caigo en el olvido, porque no hay lugar para la Vida. Pero, por supuesto, no lo hago lo suficiente como para morir. El señor del Inframundo me quiere vivo. Quiere torturarme, igual que tortura a todas estas almas en pena.

Otro espíritu me roza y me tenso en respuesta. Ante mí veo una guerra. Un campo sembrado de cadáveres. Un soldado. Campos quemados. Aunque lo peor de todo es el olor a muerte.

Allá por donde pasan las tropas, solo queda destrucción, así que la gente huye y se esconde. Pero ni siquiera todos pueden escapar. Un hombre pide clemencia. Solo puede arrastrarse, porque le han cortado una pierna, de modo que le dan medio día de ventaja antes de ir a cazarlo.

Y yo grito sin palabras, me revuelvo dentro de los límites de mi cautiverio e imploro dentro de mi cabeza por una vida que hace mucho que se apagó.

Nunca tengo tiempo de entumecerme. Nunca tengo tiempo para escucharme pensar. Cuando creo que podré cerrar los ojos y dormir, unos dedos fantasmales me obligan a recordar que sigo vivo y sufriendo. Es entonces cuando más deseo el fin. Queda poco de mí, de todas formas. Si Hades me tomase ahora y me cortase la cabeza, habría poco de mi magia que se pudiera salvar.

Creo que mi espíritu empezará a quebrarse en cualquier momento.

Me siento caer. Me hundo incluso más.

Me rompo.

Me pierdo.

Muero en vida.

IUSTITIA

ASTERIA

Tras la masacre de mis hermanas, mi mundo se vuelve negro. Es el negro de la pérdida y el futuro imprevisible, de la desolación y del vacío más absoluto. Es el negro que solo reside en la falta de colores, porque los he perdido todos. A veces pienso en aprovechar mi recién recuperada libertad para volver a mi hogar, a mi pueblo, pero siempre rechazo esa idea porque sé que allí no habrá nadie esperándome. Quizá ni siquiera las ninfas con las que un día jugábamos sigan allí. En los peores momentos, me planteo incluso que quizá ya ni siquiera quede nada de nuestros bosques. Los cambios en el clima podrían haber acabado con nuestro refugio de mil maneras distintas durante estos tres años en los que no hemos podido protegerlo. El calor podría haber provocado un incendio que hubiera incinerado los árboles, las lluvias podrían haber hecho que nuestro manantial se desbordase.

No me atrevo a comprobarlo. No soy lo suficientemente valiente como para volver y enfrentarme por completo a la pérdida.

Aquí al menos tengo un objetivo. Ligeia, como prometió, me ayuda a explorar mis poderes. Atardecer tras atardecer, la muchacha vuelve a la casa y me enseña todo lo que pueda haber averiguado durante el día. Con los poderes del Dolor, los que de verdad me interesan, hemos avanzado menos de lo que me gustaría, pero me ha mostrado cómo controlarlos: solo necesito concentrarme en el objetivo y visualizar en mi cabeza, muy claramente, el tipo de daño que quiero infligir. Apenas he conseguido hacerme unos pocos cortes a mí misma, porque no hay nadie más a quien quiera dañar a mi alrededor, y he descubierto que mis poderes no sirven de nada con los muertos. He intentado provocarles heridas a los animales que caza el servicio, pero es imposible, porque para cuando los traen ya no tienen vida y, por lo tanto, no sienten dolor.

También he descubierto que mis poderes funcionan a la inversa. Es lo que más hemos practicado porque, aunque no me resulta útil para mi misión, sí es más fácil de experimentar. Puedo quitar el dolor. Ligeia se ha hecho pequeñas heridas a propósito para probarlo y, aunque al principio no podía hacer nada al respecto, con el paso de los días he aprendido: todo es cuestión de concentración y voluntad. Cuando alguien sufre delante de mí, lo percibo. Es como una perturbación en el aire, como un temblor en mi propio cuerpo, y, aunque no puedo sanar heridas como hizo Orión conmigo en el laberinto, puedo conseguir que la sensación de sufrimiento desaparezca. Solo necesito concentrarme en ese sentimiento y guardármelo para mí. Entonces, el resultado es extraño, como tener algo que no me pertenece, desagradable y placentero al mismo tiempo.

Por supuesto, eso no ha hecho que pueda extirparme mi propio dolor. Puedo hacer desaparecer el sufrimiento de todo el mundo, pero no el mío, que sigue en mi pecho, palpitando al mismo ritmo que mi corazón.

El único lugar en el que encuentro algo de paz es en el tejado de la mansión, adonde subo siempre que Ligeia se retira a descansar. Descubrí el lugar la noche en que llegué, cuando me di cuenta de que no podía dormir y que quizá ni siquiera lo necesitara. Así que subí hasta aquí, atraída por la luz de la luna, un recuerdo de mi antigua vida que nunca conseguía ver desde la estrecha celda del ludus. Desde aquí, las estrellas se ven claras, y yo hacía mucho que no podía contemplarlas como antaño.

Supongo que las estrellas son el último lazo que me queda con la amazona que un día fui. Éramos muchas las que solíamos reír bajo ellas cuando nuestro hogar aún existía. Jugábamos a ver formas que en realidad nunca eran reales y nos imaginábamos ocupando el firmamento algún día. Muchas veces, Lysandra me distraía susurrándome historias al oído que terminaban en besos y caricias sobre la piel desnuda.

Ahora que todas se han ido, me tumbo aquí cada noche y las busco en los puntos titilantes del cielo. No me marcho hasta que amanece y el último lucero desaparece huyendo del carro de Helios. Solo entonces duermo, o lo intento, porque las pesadillas no se acaban. Cada vez que cierro los ojos, los cadáveres de mi familia me culpan por su muerte y, al mismo tiempo, Lysandra me pide que no deje de luchar.

Todas las noches pienso en rendirme.

Todas las noches me echo a llorar.

Todas las noches me recuerdo que tengo que continuar.

—Así que es aquí donde te escondes.

La voz de Ligeia me hace tensarme y me apresuro a asegurarme de que mis párpados y mis mejillas están secos. Cuando miro hacia atrás, veo a la bibliotecaria cubrirse los hombros con uno de los mantos que siempre lleva. No me mira a mí, sino que observa por dónde pisa con mucho cuidado, quizá temiendo que una de las tejas se desprenda y la haga caer.

No se me ocurre qué decir. Hace al menos un par de horas que nos despedimos tras nuestra sesión del día. Todavía lleva el brazo vendado después de haberse cortado de nuevo para que yo pudiera concentrarme en hacer que no notase herida alguna.

La muchacha se sienta a mi lado con un suspiro que deja claro que preferiría no tener que caminar sobre ningún tejado y yo observo de reojo la manera en la que planta las manos abiertas sobre las tejas, como si quisiera asegurarse de que va a poder aferrarse a ellas si ocurre algo. Supongo que no está acostumbrada a las alturas ni al peligro, al menos de este tipo. Al fin y al cabo, vive aislada entre este lugar y su biblioteca, condenada a ser solo una súbdita más del emperador pese a que tiene su misma sangre real y nació del poder de una diosa.

La hija de Atenea alza la vista a las estrellas y las observa, tal y como estaba haciendo yo hasta ahora. No dice nada más, así que la imito. No sé si agradezco su presencia o preferiría estar sola, pero entonces recuerdo que ella siempre parece saber todo tipo de cosas. Por el momento, no ha habido una pregunta mía a la que no haya sabido dar respuesta, así que es posible que también pueda traerme de vuelta algo de ese pasado que he perdido para siempre.

—¿Sabes alguna historia sobre las estrellas?

Por el rabillo del ojo percibo su asentimiento. Su perfil se recorta contra la noche estrellada, que le brilla en los ojos.

—Mi padre me las contó todas —dice al cabo de un momento. Después alza una mano y señala un punto del cielo—. Mira, aquella. Es la Osa Mayor, pero en otro tiempo fue Calisto, una de las compañeras de caza de Artemisa... y una de las muchas conquistas de Zeus. Cuando Hera se enteró, la convirtió en una osa y engañó a Artemisa para que le diera caza...

Frunzo el ceño, disgustada incluso antes de que acabe de contar la historia. No es eso lo que quiero oír.

—¿No tienes alguna más alegre y, a poder ser, donde las mujeres no peleen o se maten entre ellas por culpa de hombres que no las merecían?

Parece que a Ligeia le hace gracia mi comentario, porque veo la forma en la que levanta levemente la comisura izquierda del labio. Aun así, no protesta y señala a otro punto del firmamento. Esta vez reconozco lo que me muestra.

—Casiopea. La muy orgullosa le dijo a todo el mundo que su hija Andrómeda era la más hermosa. Mucho más que cualquier nereida... Oh, Poseidón enfureció y pidió que la chica fuese sacrificada a un monstruo marino. La ataron a una roca y allí la dejaron, en medio del mar, llorando. Pero al parecer había nacido... con estrella, precisamente. Perseo la encontró. Era tan bonita y la vio tan desamparada, que mató al monstruo y la salvó. Como recuerdo de esa hazaña, Andrómeda y su familia, junto con Perseo, dejaron su impronta en el cielo. —Ligeia pone los ojos en blanco y me mira. Creo que hay algo de burla en su expresión—. ¿Te gusta esa más, con un final feliz y un maravilloso héroe que salva a la dama en apuros? No parece que sea la clase de leyenda que te agradaría.

No, no demasiado, aunque su sarcasmo es lo primero que me resulta mínimamente divertido en días. Alzo las cejas.

—Me gustan más los finales felices cuando no dependen de un hombre. Por mi experiencia, diría que ellos están siempre mucho más relacionados con los problemas que con las soluciones.

Ligeia deja escapar una risa ahogada que me sorprende, junto con un cabeceo pensativo. Se relaja un poco, quizá porque ha visto que no pasa nada por estar aquí arriba.

—Sí, puede ser. Supongo que por eso se aseguran de que conozcamos historias como esta. Para que creamos que no podemos luchar por nosotras mismas, que solo podemos ser... víctimas. Los relatos de dioses y héroes están llenos de mujeres salvadas y traicionadas, Penélopes olvidadas que esperan y Pandoras curiosas. Porque, oh, si no somos lo que ellos desean, nos convierten en monstruos a los que cazar o encerrar, mientras ellos matan y viven a voluntad y pasan a la historia por las más cuestionables hazañas.

Vuelvo a observarla de reojo. Ha perdido la sonrisa y aprieta los labios con frustración, igual que aprieta sus delicadas manos sobre la tela del manto. Las estrellas de sus ojos parecen esconder otra historia que nunca he escuchado.

—¿Eso es lo que ha pasado contigo? ¿El emperador te ha convencido de que solo podías ser una víctima?

Ligeia da un respingo antes de girar el rostro hacia mí. Frunce un poco el ceño antes de apartar la vista.

—Sí. Quizá.

—¿Y últimamente has deseado ser más que eso?

Sus dedos se aprietan más sobre sus propios brazos. El manto se arruga bajo ellos.

—Quizá.

—¿Por eso me ayudas?

Un suspiro.

—Quizá.

El siguiente silencio está cargado de una pregunta que no necesito pronunciar. Ella lo sabe, porque es lo suficientemente inteligente, no sé si gracias a los dones que haya podido heredar de su madre o a su propio esfuerzo. Es consciente de que la única historia que me interesa ahora es la suya. Esta mujer lo sabe todo de mí, pero yo apenas sé nada de ella más allá de los rumores distorsionados que llegaron un día hasta mí.

Ligeia se humedece los labios. Duda un segundo antes de volver a mirar a las estrellas y perderse en ellas, como si fuera a contarme el mito de otra constelación.

—Las leyendas son peligrosas, Asteria. Las historias tienen un poder inmenso, transformador, así que hay que tener cuidado con ellas. Yo nací de un poema que mi padre le escribió a mi madre; de alguna manera, soy más tinta y papel que sangre y carne. Es hermoso, ¿verdad? —Cuando asiento, ella retuerce los labios en una sonrisa irónica—. Al pueblo también se lo pareció. Una princesa nacida de las palabras, una hija de la diosa de la Sabiduría y un emperador. Yo era una leyenda viva demasiado atractiva, un milagro magnífico que merecía cantos. El relato de mi nacimiento se extendió a cada rincón del imperio, así como lo hicieron las voces que sugerían que, si yo venía de los dioses, quizá fuese una mejor representante de ellos que mi hermanastro.

Hago un mohín, porque eso es suficiente para que entienda qué pasó después. Aun así, Ligeia se encoge de hombros y me lo explica:

—Solo tenía siete años cuando mi padre murió y el actual emperador decidió que no podía arriesgarse a que mi popularidad siguiera creciendo —murmura—. Fue entonces cuando mandó construir la biblioteca y me alejó del palacio y de la corona que creía que podía robarle. Así se encargó de recordarme cuál era mi sitio, en caso de que se me olvidara. Me convirtió en algo semejante a un oráculo al que el pueblo pudiera dirigirse para consultar sus dudas y me rodeó de espías y sabios que midieran mis pasos y se asegurasen de que nunca daba uno más allá de lo debido.

Y así es como la encerró. Le dio una cárcel hecha de conocimiento y un puesto en el que siempre estuviera al servicio del imperio, cerca del pueblo, como Eladia deseaba, pero no cerca del trono. La aisló, aunque solo era una niña. Así fue como la convenció de que no merecía ser más que eso, aunque con toda probabilidad ella sería mejor soberana que él.

Chasqueo la lengua, asqueada. Ahora entiendo también muchas más cosas.

—Por eso las diosas estaban de acuerdo en que matase al emperador: quieren que tú ocupes el trono del que él te ha mantenido alejada.

Ligeia no me mira, pero asiente. Tiene el rostro ensombrecido.

—Los dioses son así, Asteria. Si consideran que hay piezas suficientes como para jugar una partida, a veces se arriesgan. Orión, tú, yo... Algunos dioses han decidido acudir en nuestra ayuda ahora solo porque esperan ganar algo a cambio.

—¿También tu madre?

—Sobre todo mi madre. —Ligeia pone los ojos en blanco antes de volver a mirarme—. Te recuerdo que no solo es la diosa de la Sabiduría: también es la de la Estrategia.

Supongo que por eso tiene tan claro que nadie va a ayudar a Orión, ni siquiera su madre. Al fin y al cabo, la suya ha ignorado su cautiverio durante años.

Vuelvo la vista al firmamento, molesta. Odio que mi sufrimiento y el de mis hermanas haya sido solo un movimiento más en una partida en la que nadie me ha preguntado si quería participar.

—¿Y ahora?

—¿Ahora?

Ligeia frunce el ceño, sin entender mi pregunta. Yo la observo de soslayo.

—¿Qué quieres hacer ahora? ¿De verdad quieres ser emperatriz? Porque yo voy a matar a ese hombre, cueste lo que cueste, pero tú no estás obligada a ocupar su lugar, opinen lo que opinen las diosas.

Los labios de mi acompañante se curvan en una sonrisa que no termino de entender.

—¿He dicho algo gracioso? —pregunto.

—Nada. Solo me parece irónico.

—¿El qué?

—Que la primera criatura que me pregunta qué es lo que yo deseo sea una diosa.

Arrugo la nariz, disgustada por el recordatorio. Ahora yo también formo parte de esos seres que creen que el Mundo Medio es solo su campo de juegos, por poco que me agrade la idea.

—¿Y tienes una respuesta?

—Todavía no. —Ligeia vuelve a alzar la vista al cielo. Por el rabillo del ojo, veo que las pupilas le brillan de una manera que tampoco puede ser completamente humana—. Pero supongo que, por el momento, me he cansado de ser solo una víctima. Y eso ya es bastante, ¿no te parece?

A mi pesar, se me curvan los labios. No llega a ser una sonrisa, no tengo claro si voy a poder sonreír de nuevo alguna vez, pero se le parece.

—Sí. Supongo que es un primer paso para escribir tu propia leyenda.

Ligeia sí sonríe. Lo hace con ese gesto irónico, un poco fuera de lugar, pero no dice nada al respecto.

—¿Cómo son?

—¿El qué?

—Las historias de las amazonas. Las que no están escritas por hombres. Cuéntame una.

Yo dudo. La observo de reojo, envuelta en la quietud. Si me concentro, puedo sentir el dolor que lleva dentro y que no se refleja en esa piel sin mácula. Es un sufrimiento mucho más callado que el de las mil voces que sigo escuchando en el fondo de mi cabeza, mucho más sutil que al que yo estoy acostumbrada, pero late ahí, de fondo, y supongo que lo que me está pidiendo es un cuento que lo acalle al menos por un rato.

Creo que a mí también me vendría bien. Creo que esto es lo más cerca que voy a estar de recuperar algo de la paz que un día tuve con mis hermanas. Si me miento lo suficiente, puedo fingir que estoy de nuevo en lo alto de uno de los árboles de mi poblado y que es con Lysandra junto a quien miro las estrellas.

Le cuento una historia sin diosas ni heroínas ni imperios y con final feliz.

Una historia como la que nosotras no podemos vivir.

CANTO V

LA CONGREGACIÓN DE LAS DIOSAS

Guardad, dríades, las palabras susurradas en vuestros bosques,
pues no fueron creadas para oídos indiscretos.
Entre los árboles de los que sois guardianas,
se alimentó el Caos de la conspiración de dos grandes
que por justicia clamaban...

Eris tardó más tiempo del que hubiera deseado en reunirse con Atenea y Artemisa para poner en marcha la revolución que quería llevar a cabo. Al fin y al cabo, las dos últimas estaban bajo vigilancia después de que la diosa de la Discordia fuese liberada, así que no fue hasta varios días después de su encuentro con Hera que Eris pudo verse con las conspiradoras. Se congregaron en un bosque, allá donde Artemisa tenía más poder para establecer una protección que no sabían cuánto duraría si las buscaban, y la reunión fue breve.

Hablaron en susurros de los siguientes pasos de su plan, cautas incluso de los pájaros que se posaban en los árboles. No cabía duda de que necesitaban aliados pero, sobre todo, necesitaban que los cambios que deseaban fuesen irrevocables en el Mundo Superior.

—Tenemos que convocar un Juicio —anunció Atenea—. Ahora que el resto de dioses se están posicionando es el momento y es la única manera de apartar a Hera del poder.

—El problema es que para eso necesitamos a los Doce —apostilló Artemisa—. Y nadie sabe dónde está Zeus.

El Rey de los Cielos era huidizo, pero la diosa de la Discordia esbozó una sonrisa retorcida, satisfecha, en cuanto escuchó su nombre.

—Yo lo buscaré —dijo—. Ya lo atraje hacia mí en una ocasión. No será complicado volver a hacerlo. Artemisa y Atenea se miraron, cautas, pero asintieron. En parte habían liberado a aquella mujer porque sabían que su poder para convencer a otras personas siempre había sido encomiable. Si alguien podía engañar a Zeus para regresar al Mundo Superior para votar contra su propia esposa en un Juicio, sin duda era ella.

—¿Y qué hacemos con Orión?

Fue Artemisa quien hizo la pregunta, aunque había sido Eris quien había traído las noticias sobre él: el muchacho estaba en algún lugar del Inframundo y no sabían cuánto aguantaría perdido en la tierra de los muertos. Debían liberarlo y ocultarlo allá donde nadie pudiera hacerle daño. A sus ojos, solo era un niño, si bien había sido él quien había encarado a Hera cuando ningún otro dios había osado hacerlo. Había sido él, en compañía de una simple mortal, quien había liberado a Eris de su prisión, a pesar de que ningún otro dios se había atrevido a intentarlo jamás.

Y ahora estaba solo.

Las diosas decidieron que le debían ayuda, pero ninguna de ellas se ofreció a descender hasta el Inframundo. Al fin y al cabo, a Eris la atraparían en el mismo momento en el que pusiese un pie en el reino de Hades y Atenea y Artemisa se revelarían como sus aliadas si le prestaban ayuda, algo a lo que no podían arriesgarse.

Pero había una cuarta diosa que quizá sí estuviera dispuesta a seguir el rastro de la Vida. Había una diosa que podría haber pertenecido a las huestes del señor del Inframundo, pues sus poderes no distaban demasiado de lo que la Muerte significaba para muchos.

Asteria. Ella bajaría hasta los Infiernos y traería de vuelta a Orión.

Esa fue la decisión de las tres diosas. Y nadie se niega a los designios de los dioses.

ASTERIA

—¡Dijiste que podría alcanzarlo!

Ligeia da un respingo cuando lanzo el cuchillo dorado con rabia. Este se clava en uno de los innumerables tapices que decoran la mansión, para disgusto de mi anfitriona, pero necesito sentir que ese puñal encuentra alguna víctima, ya que no puede clavarse en el corazón del emperador porque no puedo llegar hasta él. Incluso habiendo aprendido a aparecer y desaparecer, incluso sabiendo cómo empezar a usar los poderes que tengo, cada vez que me concentro en alcanzarle, nunca puedo llegar más allá de las murallas de su palacio. Es como si algo me echara hacia atrás, una y otra vez. Ni siquiera lo consigo cuando intento entrar a hurtadillas haciéndome invisible a ojos del mundo.

El emperador está protegido. El emperador está lejos de mis garras. El emperador está vivo, incluso siete días después de que las mías fuesen asesinadas.

Y no lo soporto más.

—Te agradecería que no destruyeses mi casa, Asteria —dice Ligeia con su habitual calma, tras el susto inicial.

La muchacha se acerca a la pared, arranca el cuchillo de la tela y hace un mohín cuando comprueba el daño causado. El filo ha apuñalado a Galatea, la estatua que Pigmalión está a punto de besar. Y pensar que precisamente una mujer de piedra fue el comienzo de todo esto…

Aparto la vista, indiferente a la preocupación de Ligeia por el estado del tejido, y comienzo a caminar por el cuarto como un animal enjaulado. Me siento exactamente así, ahora que mi paciencia empieza a agotarse.

—Te dije que podría ayudarte con tus poderes, no que estos pudieran servirte para alcanzar al emperador. Son cosas diferentes. —Le lanzo una mirada helada, pero ella no se altera. De hecho, se acerca a mí y me apoya las manos en los hombros para obligarme a detenerme. Ha dejado el puñal sobre un arcón, lejos de mi alcance—. Asteria, sé que estás frustrada, pero esta actitud no va a ayudarte. Te advertí de que Hera lo protegería.

—Si Hera es el problema, quizá debería ir a por ella primero —gruño—. Tal vez Orión lo agradecería. ¿Sigues sin saber nada de él?

Ligeia niega con la cabeza y yo bufo. El dios de la Vida no es mi problema, pero es evidente que la reina de las diosas tiene que estar torturándolo por atreverse a ir en su contra, así que no creo que le venga mal algo de ayuda. Podría ir a buscarlo, enfrentar a Hera y...

—Asteria. —Mi compañera me aprieta brazos en un intento de anclarme a la tierra—. Tienes que tranquilizarte. Ni siquiera controlas del todo tu poder. ¿Enfrentarte al emperador? Bien, está dentro de tus posibilidades. ¿A Hera? No podrías ni rozarla. Ir a por ella es ir hacia una muerte segura. O hacia algo peor que la muerte, probablemente. Los castigos del Mundo Superior no son nada que hayas probado todavía.

Sé que tiene razón. Sé que el castigo de Eris fue casi piadoso, teniendo en cuenta otras historias que conozco.

Con un bufido molesto, me suelto del agarre de la bibliotecaria y me alejo hasta el mueble en el que ha dejado el puñal que me dio Orión. No vuelvo a lanzarlo, pero lo aprieto entre los dedos como si sostenerlo pudiera darme más fuerzas. Me pregunto si podría enfrentarme a Hera con él o si de verdad sería una temeridad.

—¿Y Eris? —mascullo—. Se supone que su liberación era importante, que ella era justo lo que hacía falta para que el Mundo Superior se tambalease, que sería ella quien se enfrentaría a Hera. ¿Qué está haciendo?

—No lo sé. —Ligeia se encoge de hombros—. No sé nada de ella.

Tan pronto lo dice, dos golpes en la puerta nos hacen alzar la vista. Yo me giro con el puñal preparado. Me siento más segura con un arma entre los dedos, aunque ahora pueda hacer más daño de otras maneras.

Pero es Elias quien entra en la estancia, tan inofensivo como siempre. Hace un gesto de respeto ante su señora y ante mí y dice:

—Tenéis visita.

Frunzo el ceño, desconfiada. En todo el tiempo que llevo aquí, Ligeia no ha recibido ni una sola visita, por lo que me resulta extraño que la tenga ahora que la luna está a punto de salir. Pero, además, ¿por qué parece que Elias también esté hablando conmigo? Nadie debería saber que estoy aquí.

No queda nadie a quien yo le importe.

Como si realmente las diosas nos hubieran estado escuchando y estuviera respondiendo a una llamada, Eris entra en la estancia.

—No entiendo por qué tu madre no ha dejado caer las barreras de esta casa para que yo pueda entrar. —La diosa de la Discordia se deja caer sobre una silla con la misma calma que mostraba la primera vez que la vi, con los movimientos fluidos de quien piensa que el mundo es un lugar hecho a medida para ella. Está claro que se dirige a Ligeia, pero sus ojos no se paran sobre ella, sino que mira alrededor, examinando la estancia—. Todo sería mucho más sencillo si pudiera aparecerme dentro de estos muros.

Ligeia no parece contenta ni de tenerla aquí ni de su insinuación ni de que tome asiento como si su casa le perteneciera. Probablemente la idea de que las diosas entren y salgan de su hogar le provoca pesadillas.

Yo, por mi parte, observo la puerta. Pese a que ya me han repetido en varias ocasiones que Eris no iba a ayudar a su hijo, me doy cuenta de que seguía teniendo esperanzas de lo contrario cuando espero verlo entrar. No lo hace.

La diosa del Caos ha venido sola.

—Eris —murmura la bibliotecaria, ignorando la protesta—. ¿Qué quieres?

Los ojos castaños de la inmortal se fijan en mí. Se detienen sobre mi rostro y luego se arrastran por todo mi cuerpo. Quizá estudia mi ropa nueva, roja, a juego con mis ojos y mis cabellos. Repara en la espada que llevo a la cintura y en el puñal dorado que todavía sostengo en la mano y sonríe, como si le resultara muy satisfactorio encontrarme armada.

Sé que nada bueno puede esconderse tras esa sonrisa.

—Vengo a buscarla a ella —dice como si no estuviera delante—. Te veo bien, Asteria.

—No es a mí a quien deberías estar buscando —gruño—. ¿O no sabes que tu hijo lleva días cautivo? Está en manos de Hera.

Es obvio que sabe de sobra qué suerte ha corrido Orión, porque su semblante no se altera en lo más mínimo.

—En realidad, está en las manos de Hades.

A tan solo unos pasos, Ligeia toma aire con precipitación. Yo misma me tenso, incrédula. ¿Cómo puede hacer ese comentario con tanta parsimonia? Por un momento, recuerdo al dios disgustado ante la sangre, odiando la idea de la muerte. Es la Vida, después de todo. El Inframundo debe ir contra todo lo que es.

Tras el instante de sorpresa, en el que Ligeia y yo intercambiamos una mirada, vuelve el enfado.

—¿Y qué se supone que haces aquí? ¿No deberías estar ayudándolo? Él fue hasta ese laberinto a por ti y te liberó de tu prisión. Se lo debes.

Eris suspira hondo, como si le molestase tener que explicarme lo evidente:

—No puedo ir —responde—. Y no hay nadie que esté dispuesto a entrar en el territorio de Hades.

De modo que Ligeia tenía razón: Eris no piensa hacer nada por su propio hijo.

La idea me resulta repugnante.

—Así que, como sospechaba, las diosas no sois más que unas cobardes —escupo—. ¿Es eso lo que me estáis diciendo? Nadie se enfrenta a Hades, nadie se enfrenta a Hera... El único que se ha atrevido a hacer algo es el más joven de todos vosotros, tu propio hijo, y ahora le dais la espalda.

Espero ver la culpabilidad en su rostro. Espero ver cualquier cambio en su expresión que me demuestre que tiene sentimientos, que le importa lo más mínimo lo que estoy diciendo...

Pero el Caos solo me observa con una indiferencia insultante.

—Si pongo un pie en el Inframundo, Hades me matará.

Siento ganas de reír. No es una risa feliz, solo incrédula.

—Y nadie podría culparlo: tú mataste a su mujer.

La diosa entrecierra los ojos. La primera reacción que consigue romper su despreciable calma me hace sentir más satisfecha de lo que esperaba.

—Asteria —me alerta Ligeia. Noto sus dedos sobre mi brazo, pero doy un paso al frente, hacia Eris, y el contacto se pierde así de fácil.

—Eres una muchacha atrevida —me acusa la diosa. Sus palabras, de pronto, parecen tener un filo capaz de cortar a su paso—. ¿Quién eres tú para cuestionarme?

—Alguien para quien la familia significa algo —gruño—. Alguien que sabe que ese chico debe de estar siendo sometido a algún castigo horrible por tu culpa y tú ni siquiera te planteas jugarte tu precioso cuello para ayudarlo, aunque si no fuera por él seguirías siendo solo piedra.

Eris se pone en pie entonces y yo me pregunto si podría probar mis poderes con ella. ¿Sabré lo suficiente? Quizá me complazca hacerle daño, y tampoco es como si un par de heridas fuesen a matarla...

Ligeia debe de prever el desastre, porque se pone entre las

dos, aunque eso no hace que dejemos de enfrentarnos con la mirada.

—No quiero disputas divinas en mi casa.

Ambas nos observamos durante unos largos segundos más, aunque al final, la expresión tranquila vuelve al rostro de Eris. Hace un ademán despreocupado con la mano.

—He venido a buscarte para que seas tú quien vaya a por Orión.

Apenas puedo creerme lo que me pide o el tono con el que lo hace, como si ya diese por hecho que voy a aceptar la orden.

—Cómo no —digo, sarcástica—. Una diosa cediendo tareas a otras personas.

—Niña, no me desafíes. Prefieres estar en mi bando que contra mí, te lo aseguro. Al fin y al cabo, quieres vengarte por lo que les hicieron a las amazonas, ¿verdad? —Ligeia me detiene cuando doy un paso hacia delante, dispuesta a echarme sobre la diosa, molesta porque las mencione. A Eris, lejos de parecerle amenazadora, debo de hacerle gracia, porque esboza una media sonrisa—. Artemisa me lo ha contado todo. Es Hera quien ha permitido que el emperador provocase esas muertes y yo soy la única que de verdad le ha plantado cara alguna vez. Yo puedo ayudarte con tu venganza.

—Tú no le has plantado cara a Hera —mascullo. Ligeia ha agarrado uno de mis brazos con las dos manos, pero yo apenas lo siento. Solo disfruto del momento en que se borra la sonrisa de la cara a la diosa de la Discordia—. Ideaste un plan para robarle el trono y te llevaste a la cama a su marido, pero al final le tuviste el miedo suficiente como para tener que contentarte con Hades, ¿no es así? Por alguna razón, Orión creía que liberarte serviría de algo, pero quizá se equivocó. Hace ya días que volviste a la vida y todos los mundos, divinos o no, siguen exactamente igual. A lo mejor solo eres un fraude.

Los ojos de Eris llamean. El ambiente mismo se enrarece y oscurece a nuestro alrededor: los muebles parecen temblar; la habitación se llena de una energía que me recuerda al bochorno antes de una tormenta. Ligeia, como si hubiera recordado de pronto que es mala idea inmiscuirse en los asuntos de las diosas, me suelta y se aparta un par de pasos.

—¿Cómo te atreves...?

—¿Cómo te atreves tú a abandonar a la única persona que se ha preocupado por ti en décadas? —la corto—. Eras su única esperanza.

Esperaba que reaccionase. Creía que en algún momento agacharía la cabeza, se mostraría arrepentida y desaparecería para ir a por él, sintiéndose responsable de su hijo. Pero en la expresión de la Discordia nada cambia. Solo entrecierra los ojos por un instante, molesta porque le plante cara, quizá porque no se lo esperaba.

Y tan rápido como la molestia ha venido... desaparece. Se diluye de manera imprevisible, como inesperado es todo lo que parece rodear a esa mujer.

—Si no vas tú, Asteria, nadie lo salvará. —La voz de Eris vuelve a ser suave y calmada. Tiene una textura pegajosa como la miel y me hace sentir pesada e incómoda. Hay algo en su tono, en la manera en la que las letras se le deshacen sobre la lengua. También hay algo en su mirada, casi hipnótica—. Aunque supongo que eso te viene bien, ¿no? Al fin y al cabo, a eso te dedicas: a permitir que el dolor se propague. A crearlo. Aunque la muerte de Algos no tiene nada que ver en eso, ¿no crees? Por lo que tengo entendido, eso es algo que ya hacías como mortal.

El golpe es certero, aunque Eris no se queda a ver cómo lo encajo. Sabe muy bien que no le hace falta decir nada más, por eso gira sobre sus talones y se marcha por la misma puerta por la que ha entrado. Elias, que se había quedado junto a la entrada, se aparta para dejarla pasar. La sigue con la vista y luego, a una señal de su señora, sale tras ella. La puerta se cierra a su espalda.

Yo me he quedado sin respiración. Durante un instante, todo es silencio dentro de mí; al momento siguiente, sin embargo, la ira me corre por las venas de nuevo. El dolor también llega, desgarrador, pero ni siquiera es la clase de dolor que me da fuerzas, sino que me hace sentir miserable.

—Asteria. —Ligeia se gira hacia mí—. No la escuches. Se dedica a provocar caos, en el mundo y en las personas. Si dejas que sus palabras te alcancen, habrá ganado.

Pienso que quizá ya lo haya hecho, aunque no soy capaz de decir nada en respuesta. En su lugar, aparto la vista; me aparto de ella. Tengo los puños tan apretados que me duelen las manos y la piel, en la que hundo las uñas. A lo mejor Eris tiene razón en una cosa: siempre he estado en este mundo para hacer daño. A lo mejor era mi naturaleza antes incluso de hacerme con estos poderes. Pero aunque sea cierto, todavía siento compasión. Y soy consciente de que, si no lo hago yo, nadie ayudará a Orión.

No le debo nada, pero él me protegió en su momento. Si bien todo ha terminado así en parte por su plan, fue él también quien me mostró que mi sacrificio en la arena estaba siendo en vano. Fue él quien me juró protección y quien después me salvó la vida en el laberinto. Él, como yo, solo estaba tratando de encontrar una salida a toda una vida de esclavitud. Le tendieron una trampa al mismo tiempo que a mí.

Ese chico lleva toda la vida sufriendo y está solo en el mundo.

Casi tan solo como yo.

—Necesito una bolsa con monedas —susurro, con la voz más controlada de lo que yo me siento.

—¿Monedas?

Cuando alzo la vista, sé que Ligeia ya lo ha entendido, pero aun así respondo:

—Hay un Barquero al que tengo que pagar.

ASTERIA

Aunque deseo aparecer al lado de Orión, sé de antemano que no será eso lo que ocurra. Nadie accede al Inframundo solo con desearlo, del mismo modo que nadie muere solo por un pensamiento. Así pues, cuando abro los ojos, el mundo que me rodea está hecho de oscuridad, ya que a las tierras de los muertos no llegan ni el sol ni la luna ni las estrellas. Las únicas luces que salvan el lugar de la más completa negrura son grises, cenicientas, y le dan un aura desvaída, sin colores de ningún tipo. Mi propia piel, cuando bajo la mirada a mis brazos y manos, parece ceniza.

Ante mí hay una explanada desnuda de cualquier vida, sin vegetación ni animales, y bajo mis sandalias solo hay arena y piedras que crujen. Más allá se extiende la que debe de ser la laguna Estigia, un inmenso paisaje lleno de unas aguas tan quietas y oscuras que asemejan tinta derramada.

No estoy sola.

Tardo solo un instante en sentir las voces. Esta vez no están únicamente en mi cabeza, aunque esas gritan con tanta fuerza que soy incapaz de ignorarlas ni desplazarlas como he estado aprendiendo a hacer. Lamentos de almas en pena me suplican que las salve de esperar una eternidad a este lado del lago, a las puertas del Inframundo pero sin poder pasar. Un segundo después de entender las plegarias, las veo: formas incorpóreas que apenas rozan el suelo aparecen y desaparecen, cerca de las aguas que lamen la arena. Son solo ideas de lo que un día fueron, apenas tangibles, apenas visibles. Si nadie paga por ellas, desaparecerán sin más cuando no quede nadie en el Mundo Medio que las recuerde.

Trago saliva, pero trato de cerrarme a sus súplicas y al mismo tiempo no puedo evitar buscar entre esas figuras algún rostro conocido. Mis madres no tuvieron monedas en la boca, como tampoco las han tenido todas las amazonas que han muerto en estos años. Yo todavía las recuerdo a todas, nombre por nombre, así que deberían estar aquí, debería poder verlas, quizá pueda dirigirme a ellas, quizá pueda…

Pero hay demasiada muerte aquí. Mortales castigadas sin descanso o demasiado pobres como para permitirse una eternidad de paz; personas abandonadas a su suerte e incluso desaparecidas que nunca nadie encontró. A medida que avanzo, las almas se acercan a mí y me piden ayuda, pero yo trato de ignorarlas y aprieto contra el pecho la bolsa de monedas que Ligeia me ha dado. No dejo que nadie se acerque a ellas, aunque no pueden hacer nada: incluso si alguna me toca, su cuerpo translúcido, hecho apenas de humo, es solo un cosquilleo contra mi piel y un sinfín de imágenes que pasan tan rápido por mi cabeza que ni siquiera puedo descifrarlas. Sus palabras son desgarros, los últimos coletazos de la voz que perdieron y nunca más recuperarán. Su cercanía es un frío que me cala los huesos y las entrañas, que me ralentiza el corazón y convierte mi sangre en escarcha.

Y al final, entre toda esta muerte, encuentro al único ser que gobierna aquí, el que decide quién se salva y quién no. Se sitúa, encorvado, al mando de una barca igual de oscura que todo lo demás.

Caronte tiene mucho trabajo si ha de transportar tantas almas, pero, al igual que el resto de los inmortales, no parece tener prisa por cumplir con sus responsabilidades.

El Barquero no es como me lo había imaginado. Esperaba una figura envuelta en negro, un rostro siempre escondido entre las sombras de su capa, pero no es así. Aunque es cierto que viste con un manto oscuro que le cubre por entero, cuando me acerco a la barca y él alza la cabeza para mirarme, descubro que sus rasgos oscilan: hombre, mujer, anciano, joven, niña, cadáver. Porque la muerte puede descubrirse bajo cualquier forma, porque nos da alcance a todas. El Barquero, desde luego, ha tenido que ver más rostros a lo largo de la historia que cualquier otra persona; ha guiado a un sinfín de espíritus a la tranquilidad del descanso o al sufrimiento de un castigo eterno. Puede que todas las caras que muestra sean solo recuerdos de aquellas personas a las que alguna vez transportó.

—Asteria. —Su voz resulta inclasificable, apenas una vibración en el aire que se me clava en los huesos. Mi corazón se acelera en cuanto la escucha, como si fuera consciente de que ha entrado en un lugar en el que no debería estar latiendo. A mi alrededor, los espíritus parecen callar, acongojados por el sonido de quien decide sus destinos, y la marea que forman se aparta un poco de nosotros—. La Amazona Roja... Muchos han pasado por aquí después de encontrarse con tu espada. Deberías haberme visitado hace días, pero no lo hiciste. Y ahora tu momento no llegará nunca, ¿verdad?

No, supongo que no. Ahora, incluso si muriese, mi alma ya no pasaría por aquí, porque las diosas muertas simplemente desaparecen. Pienso en Perséfone, que solo en vida pudo gobernar en las tierras que se encuentran al otro lado de las aguas.

Me pregunto cómo debió de sentirse Hades al tener que enfrentarse a la única muerte sobre la que no tenía ninguna potestad.

—Caronte —trato de que la voz me suene firme cuando me acerco al Barquero. Su rostro vuelve a cambiar, tornándose cráneo—. Antes, cada mañana, me preguntaba si ese sería el día que te conocería.

—Y al fin estás ante mí —murmura el dios con placer—. Y quieres montar en mi barca. Pero mi barca no es lugar para vivos.

—Que mi corazón lata no significa que esté viva. Lo que transportas son almas y yo perdí la mía hace días.

Al menos, yo lo siento así. Mi cuerpo lleva todo este tiempo moviéndose, pero eso no significa que haya nada que lo llene. En cuanto la última de las mías se marchó, carne y espíritu se separaron y yo he seguido caminando a mi pesar, con el pecho vacío.

Aun así, no creo que eso vaya a ser suficiente para convencerlo de que me deje subir, así que me acerco los pasos que nos distancian y vacío la bolsa sobre la barca. El dinero tintinea al chocar contra la madera y se desparrama en un charco dorado; la única nota de color que parece existir en este lugar. Los espíritus reaccionan ante el sonido y las súplicas vuelven. Trato de ignorarlas, aunque las siento por todas partes.

—He de cruzar.

Caronte sonríe con una hilera de dientes que pasan de ser brillantes y perfectos a estar podridos y rotos. Se lanza a por las monedas con unas manos que en un instante están arrugadas y de pronto son solo huesos.

No entiendo por qué el Barquero, enjaulado en esta eternidad, en ese ir y venir de un lado a otro, anhela el dinero. Algunas historias dicen que antes fue mortal, pobre, y que pobre fue la familia que dejó al morir en una aventura para conseguir riqueza. Cuando Hades le propuso pasarse la eternidad transportando espectros, él aceptó, siempre y cuando recibiese un pago por cada alma transportada. Esas monedas serían ofrecidas a sus descendientes.

Creo que es solo una leyenda que trata de justificar la riqueza de las familias más poderosas del Mundo Medio, pero de pronto me pregunto cuánta verdad habrá detrás.

—Ese dinero no es solo por mí —continúo—. Parte de mi pueblo no ha podido descansar en todos estos años. ¿Será suficiente para que las lleves también a ellas al otro lado?

Los ojos del Barquero son de todos los colores y al mismo tiempo de ninguno cuando se fijan de nuevo en mí. Mujer, hombre, niño. En niño se queda, para mirarme con expresión inocente, tierna, compasiva.

—Sea —dice al cabo de unos segundos—. Has pagado por ellas y mi trato es justo: una moneda, un alma. Aunque hay almas que valen mucho más. Las vivas, por lo general, incrementan el precio.

—Hay más para ti. —Alzo la mano, moviendo la bolsa, dentro de la cual todavía queda lo que debe de ser una fortuna para él. Los espíritus lloran. Sus voces resuenan como una canción en mi cabeza—. Pero será a la vuelta. Debes llevarme... e ir a buscarme. A *buscarnos*. He venido a por alguien.

—¿Para qué otra cosa vienen los vivos, si no es para desafiar a la muerte y creerse héroes? Pero muy pocos consiguen salir y traer de vuelta lo que quieren, muchacha. Eurídice todavía llora porque estuvo a punto de regresar bajo la luz del sol, pero su amado no consiguió devolverla al Mundo Medio.

Esa es otra de las historias tristes del imperio. Ligeia me la ha contado.

Otra mujer convertida en víctima.

Pero yo no voy a ser solo eso.

—Ese será mi problema. ¿Accedes a llevarme?

El rostro se convierte en el de un hombre anciano, con la desconfianza de toda una vida en sus rasgos.

—¿Cuánto pagarás?

—Treinta monedas más. Quince por mí, quince por mi acompañante. Nadie diría que no a un trato semejante.

—Treinta monedas incluso si vuelves sin tu acompañante...

Aprieto los labios ante la propuesta, pero asiento. No estoy dispuesta a volver sin Orión. O las dos o ninguna.

—Sea.

Caronte vuelve a esbozar su sonrisa extraña, entre la amargura y la felicidad. Es un gesto artificial, paradójico, que me hace sentir incómoda y sin saber cómo responder. De debajo de sus ropajes saca un brazo, que tan pronto está lleno de cicatrices como se vuelve blanco y suave, y señala la barca para invitarme a subir en ella. Lo hago, no sin antes mirar atrás. Algunos espíritus tratan de seguirme, pero algo los detiene, como si un muro invisible les impidiera alcanzar su destino. Es lo mismo que sucede alrededor del palacio del emperador cada vez que intento adentrarme en él. Las aguas de la Estigia deben de estar recubiertas de la misma magia: aunque algunos espectros se lanzan, desesperados, en un intento de nadar hacia la otra orilla, apenas logran avanzar antes de que un poder ancestral les haga emerger de nuevo en la orilla. Sus quejidos lastimeros, cuando entienden que no hay escapatoria, me ponen la carne de gallina.

El Barquero los ignora, acostumbrado a sus llantos, y toma un gran remo que hunde hasta el fondo de la laguna. Con fuerza y al mismo tiempo con una facilidad que debe haberle dado toda la eternidad, la barca empieza a deslizarse por la superficie de la Estigia.

Acompañada por los lamentos de las almas que anhelan descansar, me adentro en el Inframundo.

CANTO VI

EL DESCENSO A LOS INFIERNOS

Repetidme, héroes caídos,
los nombres de los pocos que han salido de la morada de Hades.
Recordad al inconstante Orfeo, que dejó atrás a su Eurídice;
y al osado Teseo, que trató de ayudar a su amigo
a raptar a la reina de los muertos;
no os olvidéis que fue una prueba de amor para Psique,
o un trabajo cumplido por Hércules.
Sabed que la Amazona Roja también cruzó los Asfódelos
para traer a la Vida de vuelta al Mundo Medio.

Convencer a Caronte para que la llevase a través de la laguna Estigia fue solo el principio del viaje de Asteria y, probablemente, la gesta más sencilla de todas las que tendría que acometer. Caronte había crecido en el Mundo Medio y seguía por tanto el razonamiento de los mortales, tan fácilmente cegados por la codicia y el brillo y el sonido del oro. Sin embargo, el resto del Inframundo tenía poco que ver con nada que la Amazona Roja hubiera conocido antes.

La atmósfera del lugar era opresora. En la orilla de entrada, al otro lado de la Estigia, todo parecía gris, desde los fantasmas de los muertos hasta el cielo, pero tras cruzar la laguna el paisaje no era muy diferente, desvaído, como si hubiera perdido sus colores. Allí era difícil recordar que en algún momento había conocido un mundo verde y azul, o incluso el mundo rojo que lo había llenado todo durante los años que había vivido como gladiadora. No había vegetación ni animales de ninguna clase y los únicos sonidos que ella misma emitía (su respiración, el crujido de la arena y la tierra bajo sus pies) eran ahogados por el aullar del viento.

Rompiendo la monotonía del páramo, se alzaban unas murallas de obsidiana que marcaban la entrada a los Campos de Asfódelos. Asteria caminó hacia ellas sintiendo todo el peso de su cuerpo vivo con cada paso, esa cáscara que nadie debía tener en el Inframundo. Aunque no había nadie a su alrededor, sentía mil ojos puestos en ella, pero de esos mil solo seis fueron visibles tan pronto como vio la puerta de pizarra de la muralla: debajo del arco de entrada se alzaba una bestia monstruosa, un animal cuyas tres cabezas olisquearon el aire antes de fijarse en ella y marcarla como objetivo.

Cerbero no solo era el guardián del Inframundo, sino que también podía convertirse en el verdugo de quienes osaban desafiar a Hades.

Asteria estaba preparada para luchar, pero no por ello fue más fácil enfrentarse a la criatura. Se lanzó a por ella sin dudar, casi sin darle tiempo a reaccionar. El perro trató de cerrar sus poderosos dientes alrededor de la amazona y con sus afiladas garras inutilizó las protecciones de cuero que, en comparación con el grueso pelaje del animal, parecían poco más que juguetes. Pese a ello, la Amazona Roja no retrocedió. La diosa sangró dorado sobre el suelo negro, pero agarró sus armas y se obligó a concentrarse y a recordar que, pasase lo que pasase, tenía que continuar. Pasase lo que pasase, tenía que luchar.

A pesar de eso, del coraje y de la violencia, de sus movimientos rápidos y ágiles, Cerbero era más grande y letal. Y ella era inmortal, sí, pero aun así su cuerpo podía cansarse y romperse. Por eso, cuando una de las patas del animal la aplastó bajo su peso, ella sintió una desesperación que apenas recordaba: la de saber que quizá no podía estar a la altura de su contrincante.

Tal vez fue ese sentimiento el que la impulsó. Quizá fue la angustia la que consiguió que su poder brotara.

Solo tuvo que desear con todas sus fuerzas que aquella pata sobre ella se quebrara y la dejara libre. Primero escuchó el crujido y, justo después, el gruñido de dolor de la bestia, que la liberó un segundo después al retroceder. Fueron solo unos momentos de confusión que, sin embargo, Asteria no dudó en aprovechar. Agotada, casi sin aire, herida y mareada, entrecerró los ojos y se concentró en lanzar toda su magia sobre la criatura.

Negra fue la sangre que brotó de aquel pelaje que ella no había conseguido dañar con su espada. Negro fue el llanto que brotó de los ojos del can cuando Asteria lo cegó por triplicado. Negro fue el aullido que sacudió la muralla mientras la amazona la dejaba atrás y se adentraba en los Campos de Asfódelos.

Cerbero fue su primer contrincante, pero no el último.

Más allá del portón del Inframundo, el gris y negro que habían llenado el mundo de Caronte y Cerbero se volvió poco a poco el anaranjado de lo que podría haber sido un ocaso perpetuo. A pesar de ello, no había sol en el horizonte porque la influencia de Helios, igual que la de muchos otros dioses, no llega al Inframundo.

Allí se encontró con almas mudas que vagaban sin rumbo, desdibujadas por el tiempo y el olvido, ni lo suficientemente buenas ni lo suficientemente malas para merecer un premio o un castigo. Entre ellas, que no sentían dolor, caminó Asteria durante lo que le parecieron días interminables, sin ser consciente de que el tiempo no sigue las mismas leyes en el Inframundo, hasta que ella misma se creyó una vagabunda sin rumbo. Si siguió avanzando fue solo porque se había aferrado a su misión con todas sus fuerzas. Se repitió que debía salvar al dios de la Vida hasta que eso mismo fue lo único que podía recordar. En ese recuerdo vertió su fe y en él encontró la fuerza para seguir empuñando la espada, aunque sabía que de poco le serviría un filo mortal para vencer a los moradores del Mundo Inferior. De poco le sirvió contra las amapolas que Hipnos hacía crecer a su paso, las cuales estuvieron a punto de sumirla en un sueño profundo y eterno. De poco le sirvió contra Tisífone, que la vio desde las alturas y trató de hacerle pagar por todos los asesinatos que había cometido durante los tres años en el anfiteatro. La Furia cargó contra ella gritando con la voz de la venganza, con la voz de todos los hombres a los que la amazona había hecho perecer. Aun así, Asteria no se rindió: siguió recordándose por qué estaba allí y la venció al cortar una de sus alas con su poder. La abandonó en medio de aquel prado yermo, sangrante y rodeada de sus propias serpientes y de espíritus que ni siquiera parecían fijarse en ellas. La amazona fue consciente de que la Furia y ella no eran tan diferentes: Tisífone solo vivía para la venganza de los asesinados y Asteria había tomado ese mismo papel cuando había jurado rendir cuentas con el emperador por lo que les había hecho a sus hermanas.

Fue la aparición de Tisífone, precisamente, la que le dio la pista definitiva de que estaba cerca de su objetivo. Al fin y al cabo, la Furia era una de las encargadas de guardar el Tártaro. Según lo que le había dicho Ligeia, aquel era el lugar en el que era más probable que tuvieran a Orión, pues todo el mundo sabía que aquella región se había diseñado para dar cabida a todo tipo de torturas dentro del Inframundo. Por muy poco que les gustase la idea, si el dios de la Vida estaba siendo castigado, sería allí.

Así pues, Asteria siguió adelante. Caminó hasta que un dolor acuciante, tan vivo y real pese a ser de otra persona, la golpeó con fuerza. En el horizonte apareció el río Flegetonte, una cinta oscura y rojiza que parecía una herida abierta sobre el terreno. Una brecha que tenía una función clara: separar la inmensa pradera de un terreno pedregoso y ceniciento donde ni siquiera la hierba parecía querer crecer. Al otro lado no llegaba la luz anaranjada, sino que todo era penumbra, cubierto de humo y cenizas.

Asteria había esperado encontrar a Orión en aquella orilla del río.

Pero tan pronto como escuchó las plegarias de alguien que sin pronunciar palabra gritaba con la fuerza de una catástrofe, tan pronto como sintió el dolor de alguien que vivía sin poder morir, supo que la Vida estaba más cerca de lo que había imaginado.

ORIÓN

No soy capaz de recordar un tiempo anterior a mi castigo.

No soy capaz de recordar quién era antes de sumergirme en la oscuridad. ¿Era alguien, siquiera? ¿Era algo? ¿Existe un momento anterior al sufrimiento? Anterior a la vida y a la muerte... ¿Cuánto tiempo llevo aquí? Parecen siglos. Parecen muchas existencias juntas. Las de los espíritus que pasan por mi lado, que me tocan y me hacen revivir sus sufrimientos pasados. Las de los recuerdos que no son míos, pero que no puedo evitar. Aunque, para ser justos, ¿acaso tengo memorias propias? ¿Me queda algo en el mundo? Las almas siguen su camino, son arrastradas por la corriente, pero yo no tengo ese placer. Estoy aquí, quieto en esta negrura, anclado al suelo, resistiéndome al fluir del río, como si él también me ignorase.

A veces, me obligo a recordar quién soy. Mi nombre es Orión. Soy un dios. Pero, aparte de eso, poco más me queda. Es en esos momentos cuando abro los labios apretados y siento la sangre ardiente cayéndome sobre la lengua. Me acuerdo de que odio el sabor, y mi estómago se encoge y mi garganta se cierra.

Y así, otra parte de mí agoniza y muere.

Al final, en medio de un tiempo que no pasa, en medio de una pesadilla de la que nunca despierto, el dolor parece remitir. Y sigue disminuyendo, hasta que no es más que un zumbido en alguna parte de mi cráneo. Abro los ojos, pero no hay nada que ver. Me muevo, inseguro, pero no tengo a dónde ir. ¿Se ha cumplido mi deseo? ¿Estoy muerto por fin? Me estremezco, pese a que mi piel nunca deja de estar en contacto con la sangre hirviendo que fluye a mi alrededor. A lo mejor es un truco. Me quedo muy quieto. Tal vez Hades se ha aburrido de infligirme el mismo castigo. Quiere hacerme creer que estoy a salvo. Quiere hacerme creer que todo va a terminar, solo para que la tortura vuelva con renovadas fuerzas.

¿Es eso...?

Aguardo, cuento los latidos de mi inquieto corazón, pero nada ocurre. Los espíritus siguen rozándome y sigo recibiendo visiones de otras existencias. Pero, de pronto, siento un roce que no tiene nada que ver con ellos. Una caricia que no se parece a la que lanza la corriente por mi cuerpo. Una piel sobre la mía, aunque no puedo decir mucho más. La oscuridad sigue siendo perpetua. Un roce me sube por los dedos como un escalofrío, hasta que encuentra las cadenas. Cuando siento el golpe en la cerradura, en un intento de liberarme, yo solo puedo cerrar los ojos. Estoy agotado. Estoy tan cansado...

Por favor, dioses, no me dejéis tener esperanzas. Las esperanzas se aplastan. Las esperanzas, como todo lo que hay en este lugar, mueren.

Noto las cadenas cayendo al fondo. Noto cómo soy liberado y mi cuerpo trata de salir a flote. Alguien tira de mí. Una presión en mi muñeca me hace darme cuenta de que una mano me rodea. La sangre espesa vibra cuando ese alguien patea, intentando nadar. Yo ni siquiera tengo fuerzas para hacer un movimiento tan simple o para forcejear, así que me dejo arrastrar sin más hacia arriba. Hacia la superficie.

La primera bocanada de aire es la más dolorosa. Cuando saco la cabeza del líquido, las ampollas del rostro me escuecen antes de desaparecer. Abro los ojos y, a pesar de que estamos en penumbra, me duelen como si hubiera mirado directamente hacia el carro de Helios, así que tengo que cerrarlos casi de inmediato. Toso y vomito la sangre que he tragado y siento unos brazos bajo mis axilas, que me guían. Yo me concentro en respirar como si nunca antes lo hubiese hecho, me lleno los pulmones con un aire que huele a sangre y a Muerte. Por primera vez, sin embargo, me da igual. Es tan preciado. Lo he echado tanto en falta...

Cuando toco tierra, algo o alguien me empuja por encima del borde del río y yo me arrastro hasta quedar tumbado en la tierra árida y fría. Escupo. Entreabro los ojos, aunque me duela. Una figura desdibujada en sus bordes se pone de rodillas a mi lado y tose al igual que yo. Su piel está roja, como sus cabellos, y eso contrasta con el color plomizo de todo lo que nos rodea. Parece fuera de lugar, demasiado viva, demasiado tangible. No sé por qué, pero le alcanzo la mano. Ella gira la cabeza para mirarme. Los ojos también los tiene rojos y yo me estremezco. Por suerte o por desgracia, no aparta sus dedos de los míos.

Es extraño tocar a alguien de nuevo.

Suspiro y me quedo aquí tirado, como si fuera un muerto más en medio de este reino. Quizá lo sea. Estaría bien. Estaría mucho mejor que ser una vida mancillada, que seguir sintiéndome sucio y repugnante para siempre. Corrompido. Pienso que ojalá pudiera deshacerme de esta piel que otros no han dudado en pisotear, que tiene las marcas de los dedos de Hera por todas partes. También tiene las marcas de los de Hades, que todavía siento en los hombros, como si quisiera retenerme aquí... Ojalá pudiera cambiarme de cuerpo, de mente, y volver a empezar de cero. Ser solo un espíritu de los que parecen vagar a este lado del río, sin recuerdos crueles, sin sueños, pero también sin penas.

Con cuidado, mucho cuidado, me incorporo ayudándome de los brazos. Siento que me tiemblan, pero consigo sentarme y enderezarme. El río de sangre que es el Flegetonte borbotea a solo un par de pasos de mis pies, demasiado cerca para mi gusto, así que me echo un poco hacia atrás para poner distancia entre los dos y me abrazo las rodillas. El líquido que fluye por el cauce no es rojo, sino más oscuro. Como el vino, como el color de una costra. Es una más de las aberraciones del Inframundo. Una más de las cámaras de tortura construidas para los criminales o para aquellos que osan desafiar a los dioses.

Tengo que salir de aquí.

—Orión.

Doy un respingo. Esa muchacha que no debería estar aquí me observa mientras se pasa las manos por el cabello en un intento vano de limpiárselo. Aprieto los labios. Quiero decir algo, lo que sea, pero mi lengua se niega a moverse. Parece que haga una eternidad desde que pronuncié mi última palabra. Entreabro la boca.

Nada.

—¿Me oyes?

Yo no me muevo y ella se inclina hacia delante y toma mi rostro, aún arrodillada ante mí. Me toca con mucho cuidado, como si temiera que me fuera a romper. Pero yo ya no me puedo deshacer más. No queda nada de mí.

—Orión —repite—. ¿Sabes quién soy?

Tiene unos dedos cálidos, pero me gustaría apartarlos de mí. No llego a hacerlo, quizá porque hay amabilidad en la forma en la que me quita el pelo del rostro y trata de limpiarme la cara. Creo que no lo consigue. No sé qué aspecto debo de tener, pero es lo suficiente malo como para que ella me mire con inquietud.

Pruebo a mover los labios. Tengo que hacerlo unas cuantas veces, balbuceante, antes de conseguir formar un sonido coherente:

—Asteria...

Ella parece suspirar de puro alivio al reconocer su propio nombre.

Sé que está intentando ayudarme cuando siento el entumecimiento desaparecer, cuando soy consciente de que el dolor sordo que me ha acompañado durante mi castigo empieza a diluirse. Sin embargo, cuando los pensamientos empiezan a llegarme con claridad, me aparto de ella, de sus dedos. No. Esa parálisis es lo que me mantiene a flote en estos momentos. Si incluso eso me lo quita... ¿Qué me quedará? Más que nunca, la consciencia me parece un castigo.

La veo abrir la boca, pero no quiero que me tenga pena. Todas las palabras que vaya a convocar parecen de pronto demasiado pesadas y tristes.

—¿Has… venido a buscarme?

La idea me parece ridícula en cuanto la expreso en voz alta. ¿Por qué está aquí? ¿Por qué me ayudaría alguien a mí? Y, sobre todo, ¿por qué lo haría ella, que debería odiarme por haberla involucrado en mis planes? No logro entenderlo. Su presencia solo me empieza a parecer real ahora. Y tiene poco sentido. ¿Por qué ha venido a buscarme? ¿Cómo ha entrado en este rincón del Inframundo? ¿Y por qué ella, de todos los dioses?

La amazona me observa con una expresión que no sé identificar.

—Necesitabas que alguien lo hiciera.

Su voz suena tan suave que parece una mentira. Quizá lo sea. Aún podría estar soñando. Este podría ser otro nivel más de la tortura. Quizá esta mujer no sea la que conozco, quizá otro dios esté jugando conmigo, igual que lo hicieron aquellos que custodiaban a mi madre.

Me echo un poco más hacia atrás, lejos de su alcance. Aunque estoy sudando, me castañean los dientes. El entumecimiento se está disipando al fin, por muy fuerte que me haya intentado aferrar a él. Siento temblores y calambres por todo el cuerpo, y no estoy muy seguro de si son legítimos o de si mi mente los está creando a causa de lo que ha sucedido.

—Necesito salir de aquí.

Me ahogo. La sensación es tan acuciante que me pongo en pie tan rápido como puedo, aunque las piernas no me responden y estoy a punto de caer. Asteria me ayuda a mantenerme erguido. Me da la sensación de que ella misma vuelve a la realidad al ver mi determinación.

—Estoy de acuerdo. Y, a poder ser, deberíamos irnos rápido. Si Hades se entera de que he venido a por ti, las dos sufriremos las consecuencias.

Me quedo quieto, aunque se me acelera la respiración. El terror me abraza las costillas y me clava las uñas en el corazón. Mi mente vuelve atrás, a la cara huesuda y blanca del rey de los muertos. A su poder. A su olor quemándome por dentro. A su sonrisa... Había un placer sádico y malsano en su expresión cuando me trajo hasta aquí. Pareció deleitarse en el gesto que hizo con los dedos para ponerme las cadenas mágicas que debían mantenerme hundido dentro del Flegetonte. Lo disfrutó. Probablemente solo le habría gustado más si yo hubiera sido Eris, pero a falta de ella...

—Lo que te ha hecho Hera durante estos años no es ni una mínima parte de lo que deseaba hacerle yo a tu madre —me confió, en un susurro. Justo en este mismo lugar. En esta orilla, con el burbujeo incesante de la sangre hirviendo de fondo—. Pero, ya que no me dejaron hacer con ella lo que deseaba cuando la castigaron, y ya que tú la has liberado, me tendré que contentar contigo por ahora. Y te aseguro que te arrepentirás de haber nacido, Orión.

Y me empujó.

Lo siguiente que supe era que la oscuridad me había envuelto, que las cadenas me lastraban. Lo siguiente que supe era que no servía de nada gritar ni mantener los ojos abiertos, ni tampoco intentar usar mis poderes para desaparecer.

Estaba seguro de que me volvería loco.

Quizá lo haya hecho.

—Orión, mírame —exige Asteria. Siento frío en el rostro, como si no me quedase sangre bajo la piel. Quizá la haya dejado en la corriente—. Eres libre. No voy a dejar que te pase nada, ¿de acuerdo? Te lo juro, como tú me lo juraste a mí.

Otra vez los juramentos... Como en el laberinto, cuando me salvó de Algos, no creo entenderlo. No sé por qué me dice estas cosas. Y yo, de todas formas, no necesito esto. No necesito creer que soy libre. Nunca lo he sido. Solo ha habido cortos periodos de tiempo en los que creí que podría llegar a serlo. Siento la risa que me sube desde el estómago hasta el pecho. Siento las lágrimas subiéndome hasta los ojos. Quiero preguntarle por qué cuida de mí cuando yo la he condenado. Quiero preguntarle quién la ha enviado. Si es una ilusión. Porque estoy empezando a ceder. Estoy empezando a creer que es real. Que va a sacarme de aquí de verdad. Y no quiero eso.

Por favor, dioses, por favor. No más decepciones.

Una parte de mí insiste en que esta no puede ser Asteria. Una parte de mí, la más racional, es consciente del despropósito que sería reconocer que esta mujer puede ayudarme después de lo que pasó con sus hermanas. Solo le he traído problemas. Le he traído… muerte. Hera misma me lo mostró. Hera me lo dijo: que yo cargaría con la culpa.

Nunca he salvado a nadie. Ni siquiera a mí mismo.

—Vamos.

Asteria tira de mí y yo me muevo por inercia. Camino, pongo un pie delante del otro, aunque en realidad no soy consciente de lo que ocurre a mi alrededor. Los guijarros se me clavan en las plantas de los pies y creo que me hacen daño, pero las heridas se curan solas antes de volver a abrirse. A mi alrededor, las almas errantes caminan por un campo desolado. Sobre nosotros no brilla ningún sol. Tengo la mano atada a la de Asteria, pero yo voy un par de pasos por detrás, siempre por detrás.

La amazona no vuelve la cabeza en ningún momento, como si temiera que fuera a desaparecer si lo hiciera. Yo, sin embargo, soy incapaz de apartar la vista de ella.

Podría ser una mentira. Podría ser una trampa más.

Pero, aun así, dejo que me guíe.

ORIÓN

El tintineo de las monedas al caer sobre orilla es demasiado fuerte para este mundo de silencios. Me siento en la arena, abrazándome el estómago mientras esperamos a que llegue el Barquero. Mi postura es un pobre intento por protegerme, supongo, aunque no sé exactamente de qué. De la inevitable desesperanza, tal vez. De la bofetada de realidad que me escocerá en la mejilla cuando me quede a solo unos pasos de ver la luz del sol. Eurídice, al fin y al cabo, nunca llegó a salir del Inframundo. Quizá a mí me pase lo mismo. Quizá Asteria mire hacia atrás en el último momento y Hades aparezca para aferrarme la mano y arrastrarme de nuevo con él.

—¿Cómo te encuentras?

No respondo. Ni siquiera la miro. Tengo la vista fija en la orilla contraria de la laguna, que no es más que un horizonte de un gris un poco más oscuro. Me pregunto qué pasaría si cerrase los ojos, porque realmente estoy cansado. Me pregunto si al abrirlos despertaría o seguiría dentro del sueño. No soportaría volver a aparecer en la oscuridad del fondo del río, aunque tampoco creo que soportase descubrir que todo ha sido una pesadilla. Que sigo en la cama de Hera, que ella está mirando en el agua, que tira su pila al suelo y maldice a Zeus y a todas sus amantes mortales. Entonces, yo me levantaría y me arrodillaría ante ella, y le propondría el plan que llevo pensando durante lunas enteras para escapar…

No, no quiero dormir. Dormir es peligroso. Me llevo una mano a la cara. Me la cubro. Quiero llorar, pero no hay lágrimas que vengan a mí.

—¿Orión?

Sacudo la cabeza cuando la amazona se acerca a mí. La oigo acuclillarse a mi lado. El suelo cruje bajo sus pies. Me roza el hombro con la mano y yo me tenso, preparándome para recibir los recuerdos de la vida de un criminal. Pero... no pasa nada. Ella no es un espíritu. Si esto es real, ella es de carne y hueso. Está viva. Presta atención, Orión, y verás que respira. Lo puedes oír. Su corazón late. Puedes oler... No, eso no. No podré oler nada hasta que salga de este maldito lugar, si es que consigo escapar.

—Puedo ayudarte —susurra Asteria. Me parece ver una sombra en la distancia, acercándose. Apenas perturba la calma del lago. Percibo un chapoteo—. Sé cómo quitarte el dolor. He aprendido a usar mis poderes. No sé si sirve de mucho, pero...

¿Dolor? Yo no tengo dolor... No del físico, creo. Y si lo tengo, ya lo he olvidado, porque las ampollas han sanado. La miro, solo de reojo, con cuidado de no quemarme los ojos con el fuego que reside en los suyos.

Ella me observa. Tiene el ceño fruncido, la expresión seria, y parece dudar. Durante una eternidad no vuelve a hablar, quizá esperando mi respuesta. Pero yo no tengo nada que decirle. Finalmente, con un suspiro, me aparta la mano del hombro, pero solo para recorrer mi brazo. Me atrapa la muñeca. Yo ni siquiera tengo poder para desasirme, así que dejo que guíe mis dedos hasta su cuello. No entiendo lo que está haciendo hasta que siento su pulso firme contra mi piel, como una vibración o un cosquilleo.

Me concentro en esa sensación. Aprieto los dedos con algo más de fuerza, en un acto de desesperación. Mi mano se desliza fuera de su agarre y sigo con la mirada el recorrido de las venas azules, visibles incluso en la luz cenicienta. Abajo, y más abajo, hasta abandonar el cuello. Hasta que veo sus clavículas. Hasta que llego al borde de su túnica. Antes llevaba una coraza despedazada, pero ahora esta descansa en el suelo. Solo entonces me muevo entero. Me inclino, con mucho cuidado, hasta que mi cabeza descansa contra ella. Hasta que mi oreja está contra su corazón y puedo escucharlo latiendo a un suspiro de mí.

Bum-bum.

Dejo caer los párpados. Siento que Asteria tensa los músculos, pero no se mueve, así que la rodeo con los brazos y me aprieto más contra la calidez de su cuerpo. Me aferro a su túnica. Quiero creer que es real. Quiero creer que no se desvanecerá.

Por primera vez en lo que me parece una eternidad, bajo la guardia.

Las lágrimas aparecen por fin. Me pican en los ojos.

Bum-bum.

El pulso de Asteria rompe el silencio de la Muerte y me llena de la vida que se me ha intentado arrebatar.

Ella no se aparta. Aunque al principio se queda muy quieta, termina posando sus dedos sobre mis cabellos con una delicadeza que está fuera de lugar en una guerrera tan fiera. Al principio temo que esa sea su manera de pedirme que me aleje, pero entonces llega su caricia. Dulce. Cuidadosa. Su tacto debería resultarme desagradable, pero es lo más cálido que recuerdo haber sentido en mi vida.

—Está bien, Orión —susurra, mientras sus dedos se deslizan por mis cabellos—. Descansa.

Trago saliva, sin saber qué decir. No habría creído a nadie que me hubiera dicho que Asteria podía desprender vida o que sus manos manchadas de sangre pudieran ser tan suaves. Pero ahora lo sé. Incluso si huele a muerte, incluso si causa y controla al Dolor, su presencia de pronto me resulta menos repugnante y más amable, casi atrayente. Nunca había tenido la necesidad de quedarme al lado de nadie, pero ahora lo hago. Aprieto un poco más los párpados y me doy cuenta de que mi corazón también late. Juntos hacen un sonido extraño. Es como si se superpusieran sus pálpitos, pero a destiempo. Puede que incluso parezca disonante, pero a mí se me antoja música, una canción que me indica que yo también estoy vivo.

No he sucumbido a Hades. No he sucumbido al Inframundo.

Solo entonces me convenzo de que Asteria es real. De que yo mismo lo soy. Estoy despierto. Soy... ¿libre? Ella me ha liberado. Ha desafiado a la Reina de los Cielos y al rey del Inframundo, se está enemistando con ellos... por mí. Se está poniendo en peligro por mi culpa. Lo mejor que puedo hacer es alejarme. Lo mejor que puedo hacer es explicárselo. Quizá ella misma no se haya percatado, pero unirse a mí no le ha traído más que problemas desde el principio. Lo sé. Y ella tiene que saberlo también.

Al final, sin embargo, sigo siendo un dios, y por lo tanto un egoísta, así que callo. Me quedo entre sus brazos, con mi cuerpo y el suyo tan pegados que desde lejos debemos de parecer la misma forma. Y en vez de una advertencia, en vez de decirle todo lo que se me pasa en este momento por la cabeza, solo convoco una palabra. Una corta, en voz muy baja, pero nueva para mí:

—Gracias...

Nunca había tenido a nadie a quien agradecerle algo. Nunca nadie se había preocupado por mí. Nunca me había sentido salvado.

Asteria mantiene la calma. Hoy no me parece tan fría, sin embargo.

—No tienes que darlas —susurra. Hasta su voz parece más suave—. Todas necesitamos a alguien que nos salve alguna vez. Y tú y yo ahora estamos igual de solas, Orión...

Qué curioso. Es el primer abrazo sincero que doy. Es la primera vez que alguien me estrecha contra sí con algo parecido al cariño. Porque yo no he tenido un padre o una madre que me cuidasen. Yo no he tenido amigos fieles. Ni siquiera he tenido amantes aparte de Hera, y ella nunca me ha abrazado así.

Es cierto, estoy solo. Lo he estado siempre, toda mi vida, y, aunque he ansiado la libertad, nunca he llegado a pensar que eso podría ser diferente.

Pero hoy, por primera vez, tengo otra persona a la que aferrarme.

ASTERIA

No sé si el Orión que rescato es el que vino a suplicarme ayuda hace unos días o alguien completamente diferente. Ni siquiera sé si de verdad es consciente de lo que pasa a su alrededor o solo un cuerpo que se mueve pese a estar vacío. Puede que su alma se quede atrás, en el Inframundo, cuando el Barquero nos deja en la otra orilla de la laguna Estigia y al fin podemos usar nuestros poderes para desaparecer. Sea como sea, el dios de la Vida parece haber muerto en el río de sangre en el que lo encontré.

Para cuando regresamos al Mundo Medio me doy cuenta de que, aunque el paisaje fuera inmutable en el reino de Hades, el tiempo ha seguido pasando aquí y pronto amanecerá. Veo el resquicio de luz en el horizonte que anuncia el principio de un nuevo día, pero por el momento el frío se nos clava en la piel como agujas. A mi lado, Orión no parece reaccionar. Me aprieta la muñeca con fuerza y yo sé que no es solo una forma de agarrarse a mí, sino también de intentar no perder el pulso que me late bajo la piel. Necesita vida después de tanta muerte, pero la del Mundo Medio debe de ser demasiado para él, porque tras un primer momento se tambalea como si lo hubieran abofeteado. Aprieta los párpados. Lo sostengo antes de que pueda caer.

—No pasa nada —susurro. Él me mira con ojos entrecerrados. Es extraño ver la sangre roja en su cuerpo, en sus cabellos, en toda su ropa—. Ya estamos de vuelta. Se ha acabado, Orión.

El muchacho apenas cabecea, confuso. Como si estuviera agotado, se deja apoyar contra mi cuerpo y yo lo llevo conmigo hasta la entrada de la casa de Ligeia. Dos figuras salen a nuestro encuentro y Elias se apresura a ayudarme a cargar con Orión. La bibliotecaria, por su parte, nos ilumina con una antorcha que ha debido de tomar del patio. Su expresión, alumbrada y ensombrecida a partes iguales por el fuego, rebosa preocupación.

—Empezaba a pensar que os habían descubierto.

Siento temblar al dios, que se agarra a mí ante la mera idea. Su mano vuelve a mi muñeca con desesperación. Aprieto los labios, pero me giro hacia la muchacha.

—He sido todo lo rápida que he podido...

La hija de Atenea suspira y asiente. No me pasa desapercibida la mirada con la que recorre nuestros cuerpos. Sin mediar más palabras, nos adentramos en la casa, donde al menos sabemos que nada ni nadie puede alcanzarnos.

—Os buscaremos ropa para que podáis cambiaros y descansar después de que os deis un buen baño —me ofrece la muchacha.

Elias mira con duda a Orión, quizá evaluando si va a tener las fuerzas suficientes como para moverse solo y que él pueda ir a ayudar a su señora. Es en ese mismo instante cuando parece que el dios empieza a reaccionar, porque se yergue con cuidado y mira a su alrededor. Aunque escapa del sirviente de Ligeia como si su contacto le quemase, a mí no me suelta y sus dedos continúan presionándose contra mi pulso. Observa a Ligeia como si no la reconociese. Creo va a decir algo, pero al final solo baja la vista, no sé si abrumado por estar en el mismo lugar que un par de mortales por primera vez en tanto tiempo o completamente ido. La propia bibliotecaria abre la boca para hablarle, pero yo niego con la cabeza y ella calla.

—Vamos —le susurro a Orión.

Aunque me mira sin comprender, yo tiro de él con suavidad para llevarle hasta los baños, porque dudo que sepa cómo caminar sin guía. El dios no protesta, aunque siento sus ojos fijos en mí hasta tal punto que me parece perturbador. Son solo unos segundos antes de que baje la vista al suelo y se quede mirándose los pies.

—Gracias...

Lo ha repetido en varias ocasiones desde que lo he sacado del Flegetonte. Una y otra vez, como si fuera la única palabra que pudiera convocar. Al principio le respondía, pero ahora ya no me esfuerzo. Creo que no le importa lo que le conteste, que solo le hace sentir mejor poder decirlo, incluso si hay algo extraño en escuchar a un dios hablar así.

Aunque supongo que Orión nunca ha tenido nadie a quien agradecerle nada.

No puedo evitar que su vulnerabilidad me haga sentir una oleada de pena por él.

Los baños nos reciben con un calor sofocante. Solo entonces hago que Orión me suelte, con cuidado, y él parece estremecerse cuando lo obligo a apartarse. Lo observo, dubitativa, y él me mira a mí con esos ojos castaños casi vacíos. ¿Eran tan oscuros antes? No, estoy segura de que tenían motas doradas en los bordes. Ahora me incomodan. Hay algo horrible en que la mirada de Orión sea tan opaca y que tenga tan poco sentido. Es como si tu vida misma te mirase y te dijese que no vale la pena. No tengo claro cómo remediarlo, o si puedo, así que me humedezco los labios y doy un paso atrás para dejarle espacio.

—Espero que no necesites que te ayude también a quitarte la ropa.

Mi intento de burla lo hace reaccionar. Su mirada despierta cuando algo que parece vergüenza la cubre y le enciende un poco las mejillas de dorado. Él mismo da un paso atrás entonces para dejar más espacio entre nosotros y aparta la vista.

—Puedo solo —se apresura a decir. Aun así, aprieta los labios y me lanza un vistazo de soslayo, titubeante—. Pero... ¿podrías...? —Silencio—. ¿Podrías quedarte?

No sabría cómo decirle que no. Este Orión me recuerda a las amazonas más jóvenes cuando nos capturaron hace tres años. Recuerdo que no dejaban de llorar, que se abrazaban las unas a las otras y que no hacían más que mirar alrededor con los ojos muy abiertos, horrorizadas, mientras temblaban y se preguntaban qué iba a pasar con ellas. Qué iba a ser de todas nosotras. No querían que nadie las dejara solas ni un instante.

Intento no pensar en que aquellas niñas fueron las primeras en morir.

Como respuesta, paso por su lado y comienzo a quitarme mi propia ropa mientras me dirijo a la piscina.

—Yo también tengo que limpiarme toda esta sangre.

Escucho el suspiro de alivio de Orión, pero no se lo hago saber. Me deshago de las prendas destrozadas y me sumerjo en el agua, lo suficientemente lejos de él como para darle su espacio. No tardo en escuchar el chapoteo que provoca al adentrarse en el baño. Cuando lo miro por encima del hombro, solo veo su maraña de cabellos sucios entre el vapor. No se sumerge, ni siquiera para intentar lavarse la sangre de la cabeza: solo se la frota nerviosamente con los dedos, tironeando de los rizos para desenredárselos. Entiendo al instante cuál es su miedo: no quiere hundirse por completo en la piscina, porque le parecerá estar de nuevo en el fondo de aquel río.

Si lo que Hades quería era romper por completo su mente, creo que lo ha conseguido.

Agarro uno de los paños que hay en el borde para comenzar a limpiarme y le doy la espalda de nuevo. Le permito unos minutos de calma en los que tan solo se escucha el fluir del agua de las termas, pero al final soy incapaz de no decir lo que pienso:

—Deberías quedarte aquí.

El dios no responde de inmediato, como si le costara entender que estoy hablando con él. Cuando vuelvo a girar la cabeza para mirarlo, descubro que él también ha agarrado un paño y está concentrado en limpiarse un brazo, solo un brazo, una y otra vez.

—¿Dónde es «aquí»?

Frunzo un poco el ceño. Estoy segura de que la fuerza con la que se frota le dejaría el cuerpo en carne viva si fuera mortal.

—En el Mundo Medio —respondo—. Tal vez incluso en esta

casa. Ligeia te lo permitiría si se lo pidieses. Además, es un buen refugio: la finca está protegida y ningún dios puede entrar si ella no lo desea.

—Los dioses siempre encuentran una manera de entrar en las vidas de los mortales, aunque sea en contra de sus deseos —responde él. No me mira, y me parece que se frota incluso con más fuerza—. No podemos estar seguros de que la magia de Atenea vaya a ser un obstáculo para uno de los reyes. Incluso Hades, si quisiera...

Calla y se queda muy quieto. No puedo ver su expresión, pero suena derrotado. Suena completamente roto y temo que esté llorando. Escucho su respiración irregular y, después, en un arranque de rabia, sumerge el paño en el agua con más fuerza de la necesaria. El chapoteo resuena entre las columnas, dándole voz a las estatuas de las ninfas y nereidas que nos observan con atención.

No sé qué se supone que debería decir en esta situación, pero aun así lo intento:

—Escucha...

—Aquí no tengo nada —me interrumpe él antes de que yo pueda convocar ni una sola palabra de consuelo—. Este no es mi... lugar.

Igual que no es el mío. Aun así, tampoco creo que su sitio esté en el mundo en el que nació, donde las diosas no han demostrado ningún tipo de piedad hacia él. Allí siempre ha sido un esclavo y nada más. Ni siquiera su propia madre se ha atrevido a interferir por él. Me han mandado a mí, aunque no nos une más que una noche recorriendo un laberinto y un juramento de sangre.

—¿Y qué tienes en el Mundo Superior, Orión?

Siento ser yo quien le arroje la realidad a la cara, quien le diga que nadie se preocupa por él. Pero es mejor que lo sepa. Es mejor que sea consciente de que esa rebelión que pretendió comenzar al liberar a su madre no le ha traído nada bueno. Si se queda en el Mundo Medio, en esta mansión o en cualquier otro lado, y se esconde, quizá tenga suerte y las diosas terminen olvidándolo.

Sé que es hipócrita pensar así porque yo odiaría la idea de vivir escondida, pero no se me ocurren muchas más alternativas para él. Odia la muerte, odia la sangre. Lo mejor que puede hacer es evitarlas a toda costa.

Ya ha hecho suficiente.

Orión no contesta. Vuelve a alzar el paño, ahora húmedo, y se concentra de nuevo en su brazo. Me parece que lo hace con más fuerza todavía, con una rabia que no le había visto hasta ahora y que no debería dirigir hacia sí mismo.

Aprieto los labios. Aunque dudo, me aparto de la pared de la piscina en la que estaba apoyada para acercarme a él.

—Orión.

Pero él me ignora. Sigue frotando de manera frenética y yo percibo el dolor que se está provocando. Lo noto en mi interior, como un cosquilleo que odio que me resulte agradable, así que me apresuro a tomarlo del brazo para obligarlo a detenerse y girarse hacia mí.

Solo entonces vuelve en sí, como si despertase de un trance. Solo entonces me mira, con los ojos muy abiertos y una máscara de absoluto terror.

Se me hace un nudo en el estómago ante su expresión. Quizá porque me recuerda a mí. Quizá porque yo también estuve así de perdida, así de angustiada, después de que arrasaran el poblado. Recuerdo vomitar tras mi primer combate en el anfiteatro, cuando el velo que me había protegido de pensar durante la batalla se disolvió y solo quedó la seguridad de que esa sería nuestra vida de ese momento en adelante.

El dolor que veo en él resuena tanto conmigo porque es el mismo en el que yo llevo días intentando no pensar.

Aprieto los labios. Respiro hondo. Trato de centrarme solo en él, no en el vacío y la desesperación que llevo dentro.

—No es demasiado tarde para ti. Eres el dios de la Vida, ¿no? Pues busca un lugar en el que disfrutarla. Tiene que haber templos en los que puedas refugiarte, lugares en los que Hera no pueda alcanzarte. Si se lo pides a Ligeia…

Él aprieta los dientes. Los cabellos húmedos apenas le cubren el rostro cuando deja caer la cabeza.

—Crees que soy demasiado débil. Demasiado inútil.

Creo que ahora está débil, pero cualquiera lo estaría en su situación. Y aunque es cierto que no creo que tenga la fortaleza de un guerrero, porque ni siquiera debe de saber cómo se empuña una espada o cómo se dispara un arco, algunas personas tienen un tipo de fuerza que no entiende de armas ni músculos. En mi pueblo también se valoraba la fuerza del espíritu, la de la voluntad, y todo lo que sé de Orión es que de esa tiene la suficiente como para luchar por su libertad incluso con todo en contra. Sí, ahora está roto, pero todas tenemos un límite, y él ha aguantado durante años hasta que al final lo han empujado a rebasarlo.

Lo comprendo porque también me he sentido exactamente así.

Suspiro. Si Lysandra estuviera aquí, ella sabría qué decir. Se le daba bien encontrar las palabras adecuadas en el momento adecuado. Probablemente Ligeia también sea mejor opción que yo para esto. Es elocuente y conoce un sinfín de historias. Yo, en cambio, no tengo su don para la oratoria.

Así que elijo moverme. Es algo que siempre se me ha dado mucho mejor. Con cuidado, le arrebato el paño a Orión para pasárselo con cuidado por la misma piel que él se estaba dañando. Supongo que siente la sangre por todas partes después de haber estado en ese río. Supongo que siente asco por sí mismo. Recuerdo la noche que vino a buscarme y que me dijo que la odiaba. Recuerdo lo perturbado que parecía con el olor. No me puedo imaginar lo que ha sido para él ahogarse en ese lugar y escuchar todas esas almas en pena. Para mí hundirme en esas aguas no fue un problema. A mí todo aquel sufrimiento me hacía fuerte, pero en su caso…

Supongo que somos muy diferentes. Yo me consagro a la muerte y él es todo vida. Y, al mismo tiempo, creo que tenemos heridas similares.

Orión me deja hacer. Sus hombros, tensos por un segundo, acaban hundiéndose. Su mirada cae sobre el paño que yo muevo por su brazo y luego hasta su cuello y después hasta su rostro. Creo que ladea un poco la cabeza hacia mi mano, como un animal que busca una caricia, cuando le froto la cara llena de sangre seca.

—¿Por qué me ayudas? —murmura, casi sin fuerzas. Alza los dedos para detener la mano con la que le limpio—. ¿Por qué has ido a por mí? No me lo merezco. Soy... culpable de todo lo que te ha pasado. Tú... Nunca debí...

Orión detiene su discurso atropellado y trata de respirar hondo, mientras yo frunzo un poco el ceño, sin comprender. Sí, vino a por mí y me involucró en su plan, pero eso no significa que sea culpable de todo lo que ha sucedido. La idea me resulta tan ridícula como sorprendente, porque estoy segura de que Artemisa, que fue quien sugirió mi nombre en primer lugar, no siente ningún remordimiento. Desde luego, no se ha presentado ante mí para pedirme disculpas, ni por los últimos días ni por todos los años de silencio ante nuestras plegarias.

—Mis hermanas murieron a manos de los soldados del imperio, que a su vez seguían órdenes del emperador —le señalo—. Puede que su final hubiera sido diferente si yo no hubiese aceptado ir a buscar a Eris, pero entonces él las habría seguido asesinando, una por una, hasta que llegase mi hora, y yo ni siquiera lo habría sabido. —Orión aprieta los labios, como si recordara la primera muerte a la que él mismo asistió, y yo dejo caer la mano de su rostro—. Las culpables de todo lo que ha pasado son el emperador y Hera. Ellas han sido quienes nos han matado, no tú.

Orión traga saliva, con los ojos brillantes. Tardo en darme cuenta de que lo que se descuelga de una de sus pestañas es una lágrima y no una simple gota de agua. Me pregunto si es eso lo que necesita: llorar hasta limpiarse por dentro, permitir que salga todo el dolor. A la primera lágrima le siguen otras, hasta que él baja la cabeza y alza una mano en un intento de ocultarlas.

—Escúchame. —Aunque no me mira, sé que tengo su atención—. Lo has hecho bien hasta ahora. Querías liberar a Eris y plantarle cara a Hera y lo has conseguido. Pero quizá sea el momento de apartarte de su lucha. Siento ser yo quien te lo diga, Orión, pero te equivocaste con tu madre: ella no va a salvarte.

—No se trata... —El dios toma aire y entonces vuelve a alzar la vista hacia mí. Creo que en los bordes de sus iris se distingue de nuevo ese leve brillo dorado—. No se trata de salvarme solo yo, Asteria. No he liberado a mi madre por eso. Se trata de que llevo toda la vida viendo a Hera destruir no solo mi vida, sino la de un sinfín de personas más, mortales e inmortales por igual. Quiero...

—¿Venganza?

—Justicia.

A mi pesar, tuerzo los labios en una sonrisa irónica. Es un deseo un poco ingenuo.

—No creo que derrocar a Hera vaya a crear un Mundo Superior más justo. No creo que ella sea el único problema. Creo que, para que el mundo fuera más justo, todas las diosas tendrían que cambiar.

—Quizá. —Orión asiente para darme la razón y después clava sus ojos en los míos—. Pero pensé... que Hera podía ser un comienzo. Por primera vez, algunos nos estábamos uniendo con un mismo objetivo. A veces solo hace falta eso, ¿no crees? Todos se aliaron por primera vez hace mucho tiempo, contra los Titanes, pero ya lo han olvidado. Aquello lo cambió todo. Esto también podría hacerlo.

Quizá he estado infravalorando a este chico. Quizá sabe muy bien lo que está haciendo. Cree en ello, al menos lo suficiente como para querer seguir adelante con su pequeña revolución en vez de aprovechar la oportunidad para esconderse en el rincón más recóndito del Mundo Medio después de todo lo que ha sufrido.

No soy nadie para decir nada, entonces. Yo también sé lo que es volcarse en un objetivo y no poder estar en paz hasta verlo cumplido.

Aun así, por muy admirable que me resulte su determinación, por mucho que pueda empatizar con ella, es evidente que hay cosas que no ha pensado del todo bien.

—Necesitas aprender a defenderte —le señalo—. Todo lo que

dices suena muy bien, pero no vas a ser un problema para nadie si ni siquiera eres capaz de soportar el olor de la sangre.

Orión hace un mohín. Aún puedo ver sus grietas, pero ahora sé que no va a romperse delante de mí. Lo tengo claro en cuanto se pasa una de las manos por los ojos, para enfocarme mejor. Asiente, despacio, incluso si la voz que convoca no es más que un susurro:

—¿Me enseñarías? ¿Me ayudarías a protegerme?

Enarco las cejas, sorprendida por la petición.

—No tengo claro que sepas lo que me estás pidiendo.

—Yo también podría ayudarte a ti —insiste. Frunce un poco el ceño ante mi mirada incrédula, que debe resultarle ofensiva—. Por mucho que Ligeia sepa algunas cosas de los dioses, no es una de nosotros. Quizá podríamos tomar todo esto como una... extensión de nuestra colaboración. Seguimos teniendo objetivos comunes, ¿verdad?

Supongo que tiene razón. Hera también es culpable de la muerte de las mías y su magia sigue impidiendo que me acerque al emperador, así que supongo que estoy dispuesta a hacer cualquier cosa que me libre de ella.

—Está bien. Veamos cuánto tiempo aguantas mis lecciones.

—¿Qué quiere decir eso?

Me encojo de hombros. Aunque siento cómo me sigue con la mirada, inquieto de repente, yo me alejo de él para salir del baño.

—Ya lo descubrirás, novato.

ORIÓN

Lo más difícil de regresar al Mundo Medio es deshacerme de la sensación de que voy a volver a caer al Inframundo en cualquier momento. Me siento observado, pese a que todavía llevo el brazalete de Hefesto y nadie puede ver en el interior de la mansión de Ligeia. Aun así, veo enemigos tomar forma en cada una de las sombras de la casa, por el día o por la noche. Es algo que tengo adherido al pecho, que se me ha colado entre las costillas y se me agarra a los huesos con la fuerza de una garrapata; es una presencia que casi puedo ver por el rabillo del ojo, pero que desaparece cada vez que me giro para encararla. Llevo el miedo conmigo, abrazado a los hombros, y lo arrastro allá a donde voy con la certeza de que nunca más voy a poder librarme de él. Ni la luz del sol ni la de la decena de velas que enciendo en mi cuarto cuando anochece lo ahuyentan. No lo hace la lógica, desde luego, ni ser consciente de que, por el momento, aquí estoy a salvo. Aquí nadie puede rastrearme, mientras ni yo ni Asteria hagamos nada que llame la atención sobre nosotros.

En ocasiones, la compañía aleja un poco al temor. Ese es el único momento de descanso que tengo, mientras paso las horas con la amazona y sus duras clases me impiden pensar en otra cosa. Llevamos ya cuatro días practicando, cuatro días en los que me he caído mil veces y otras mil, al menos, me ha apaleado con la espada de madera. Y aunque en mi piel de dios no queden marcas, eso no quiere decir que los golpes no duelan, o que mi orgullo no sufra al ser humillado una y otra vez. Que no me canse un poco de perder. Con todo, Asteria resulta ser una buena maestra, más paciente de lo que esperaba. Me señala todo aquello que cree que hago mal y me obliga a corregir mi postura y a repetir los movimientos de defensa hasta que mi cuerpo se mueve sin pensarlo. Nunca alza la voz. Nunca pierde la compostura, aunque a veces me lanza algún comentario irónico para burlarse de mí y me llama «novato». Creo que lo hace porque piensa que sus ofensas me motivan. Es posible que sea cierto.

Pese al entrenamiento, sin embargo, siento que apenas avanzo, sobre todo en comparación con ella, que se está convirtiendo en alguien todavía más letal, si es que eso era posible. Cada vez parece más en sintonía con sus poderes, aunque se niega a usar magia que pueda herirme.

—Cuando te acostumbres a la sangre —me indicó ayer, cuando le sugerí que tratase de hacerme daño con sus dones.

No tendría por qué haber tenido esa consideración, pero me gustó que así fuera. Al final, llego a la conclusión de que ha tenido que ejercer de maestra antes.

—En una comunidad tan cerrada como la de las amazonas, ¿quién crees que entrena a las más jóvenes? —me dice Ligeia cuando me atrevo a preguntarle sobre el tema. No se lo menciono a Asteria porque sé que los recuerdos le duelen, y creo que ya le he hecho demasiado daño, aun sin querer—. Tras su ceremonia de adultez, las muchachas empiezan a recibir responsabilidades, y entre ellas está la de convertirse en maestras de las que están empezando a empuñar la espada y el arco.

—¿Dónde has leído eso?

La hija de Atenea resopla, como si hubiera hecho una pregunta ridícula. Hace un rato que Asteria se ha retirado, pero nosotros nos hemos quedado en el comedor en el que nos reunimos siempre para cenar. Ese es el único momento en el que estamos los tres, porque Ligeia está obligada a estar en la biblioteca durante el resto del día, se encuentre bien o mal, haga calor o frío, llueva o truene.

Ni siquiera dijo nada cuando le pregunté si podía quedarme unos días. Como si lo hubiera dado por hecho, cabeceó y le pidió a su criado, Elias, que me llevara a una de las habitaciones. Desde entonces, además de refugio, me ha ofrecido ropa y comida cada día. Lo hace como si no fuera gran cosa, pero su amabilidad no deja de sorprenderme.

—Hablar de las tradiciones de un pueblo es mantenerlo vivo —me explica mientras se pone en pie, dando así por finalizada la cena. Yo la imito—. Y Asteria quiere aferrarse a las suyas todo el tiempo que pueda. Solo he preguntado. Quizá tú deberías hacer lo mismo. Probablemente le guste que muestres interés.

No sé qué decir. Lo cierto es que siento curiosidad, no solo por su mundo, sino por ella, pero no tengo claro cómo comunicárselo. Tampoco sé si tengo derecho a hacerlo.

Ligeia me mira de reojo mientras ambos abandonamos el salón para dirigirnos a nuestros respectivos aposentos. El calor que hace esta noche, sofocante, nos golpea cuando salimos a la galería.

—No es tan inaccesible como parece —comenta—. Asteria, quiero decir. Yo tampoco sabía bien cómo tratarla al principio, pero... creo que agradece la compañía tanto como tú o como yo.

«Tú y yo ahora estamos igual de solas, Orión». Recuerdo que esas fueron las palabras que me dijo en el Inframundo. Recuerdo que el latido de su corazón consiguió consolarme y me pregunto si mi presencia, nuestros entrenamientos o las cenas en compañía también pueden consolarla un poco a ella también.

No ha hablado de sus hermanas ni un solo día. No ha vuelto a mencionar lo que ocurrió en el anfiteatro y yo no le he admitido que lo vi todo, aunque creo que ya lo sabe.

—Lo tendré en cuenta —murmuro. Pero prefiero cambiar de tema cuando la miro de reojo—. ¿Tu madre tampoco se ha puesto en contacto contigo hoy?

—Seguro que puedes adivinar esa respuesta tú solo.

Estos días que han pasado tras mi rescate también han sido de espera. No tenemos noticias del Mundo Superior, así que no sabemos qué pensar. A Asteria y Ligeia, por supuesto, no les gusta estar de brazos cruzados, aunque la bibliotecaria parece tomárselo con más calma. Asteria no. Asteria quiere enfrentarse a Hera cuanto antes, de la manera que sea, porque sabe que si no nunca podrá alcanzar al emperador, del que solo sabemos que se recluye en palacio. Ligeia nos ha contado que a veces se paseaba por la biblioteca para vigilarla o humillarla en persona, pero nadie lo ha visto más allá de los muros de su fortaleza desde lo sucedido en el anfiteatro. Allí la magia de Hera lo mantiene tan protegido como a nosotros la magia de Atenea en esta villa.

Quien también ha desaparecido es Eris.

Cuando Asteria me dijo que mi madre le había pedido que me salvara del Inframundo, supuse que se dejaría ver en algún momento. Quise creer que vendría a verme, que quizá una parte de ella estaba preocupada por mí. Supongo que trataba de convencerme de que la amazona estaba equivocada, de que todavía me queda algo a lo que aferrarme en el Mundo Superior. De que tengo un hueco entre los dioses, aunque sea un lugar un poco pequeño, un poco incómodo.

Pero quizá el que estaba equivocado era yo, porque mi madre no ha vuelto a dar señales de vida. No tengo ni la menor idea de dónde está ni qué planea y eso me molesta. Me molesta que ni ella ni Atenea ni Artemisa nos tengan en cuenta, pese a todo lo que hemos hecho por...

Una luz frente a nosotros nos sorprende y nos pone en tensión. El corazón se me acelera cuando la veo y un impulso irracional me obliga a dar un paso atrás. Ligeia, en cambio, se queda quieta, tranquila después del primer instante de asombro, con los ojos entornados.

Cuando la luz se disuelve como un fuego que se extingue, su madre está ahí. Atenea, por supuesto, no tiene ningún problema en romper el velo de su propia magia y aparecer dentro de la mansión.

—Parece que la hemos convocado —murmura Ligeia. No asemeja especialmente feliz de verla.

Yo, por el contrario, sí siento cierto alivio por su presencia, quizá solo porque es algo familiar a lo que aferrarme. Es un recordatorio del Mundo Superior, de que el plan sigue adelante, aunque mi labor en el mismo parece haber terminado. Una parte de mí se siente un poco resentida por no haber recibido su ayuda cuando estaba en el Inframundo, sí, pero me obligo a recordarme que no era tan fácil acudir en mi auxilio. Al fin y al cabo, la última vez que vi a Atenea y a Artemisa, se quedaron atrás para encarar a las fuerzas de Hera.

—Me alegra veros bien —dice con una suavidad que se me hace extraña en ella. Debajo del borde de su casco se puede apreciar una leve sonrisa que creo que no había visto antes.

—Si te alegrase vernos bien, quizá deberías haber ido tú misma a por Orión al Inframundo —replica su hija, mucho menos amable. Me sorprende que le eche en cara eso, como si pudiera saber qué se me ha pasado por la cabeza hace un momento, pero pronto llego a la conclusión de que lo que ocurre es que utilizará mi causa o cualquier otra que considere necesaria para ir contra su madre—. ¿Qué noticias hay?

Atenea hace una mueca. Es sutil y, durante un momento, me parece un gesto muy… humano. Supongo que en el fondo no todos los inmortales son igual de indiferentes hacia sus hijos.

—Todos los dioses saben ya que Eris ha despertado. —Sus ojos glaucos se vuelven hacia mí, creo que por primera vez desde que ha aparecido—. Y nadie se muestra indiferente. Quizá lo harían si Hera no estuviera tan molesta, pero que ella esté intentando averiguar quién está en su contra y vea enemigos en cada rincón ha acabado por propiciar que se creen diferentes bandos. Sabes que a los dioses no nos agrada demasiado que nos impongan límites, así que ver a los soldados de la reina desfilar por las calles no está gustando demasiado.

Siento que se me acelera el corazón al pensar en el panteón dividido, en más gente plantándole cara a Hera. Esto era justo lo que queríamos, ¿no? Está funcionando.

—Entonces ¿cuál es el siguiente paso?

Atenea no duda nunca, pero ahora me parece que lo hace. Como si no estuviera segura ya del plan.

—Necesitamos todos los aliados que podamos conseguir. Y Eris cree... que puede poner a Zeus de su parte.

A mi lado, Ligeia se cruza de brazos, con una mueca en el rostro. Yo, por mi parte, parpadeo, incrédulo.

—¿Sabe dónde está?

—No, nadie lo sabe, pero ha decidido buscarlo.

—Lo que no es una promesa de absolutamente nada —masculla su hija.

Yo tengo que estar de acuerdo, aunque no lo digo en voz alta. Al menos sé que ese nuevo objetivo es la razón por la que mi madre no ha venido a verme, pero me parece... iluso por su parte creer que puede conseguirlo. Si la Reina de los Cielos, que tenía a su disposición todo el poder del Mundo Superior, nunca ha podido seguirle la pista a su marido, ¿por qué Eris sí iba a poder hacerlo?

—¿Por qué Zeus? —pregunta Ligeia con el ceño fruncido—. ¿Qué espera conseguir Eris de él?

—Si queremos apartar a Hera del poder y castigarla, necesitamos todos los apoyos que podamos conseguir, pero sobre todo necesitamos un Juicio. Y no puede haber un Juicio sin Zeus.

Bajo la vista hacia mis pies al escuchar eso. El último Juicio que se celebró fue en el que se decidió el castigo de mi madre. El mismo en el que se decidió mi suerte. ¿Podría Hera ser declarada culpable en uno también? Quizá decidan convertirla en piedra, igual que hicieron con Eris hace décadas. Quizá podrían... humillarla y alejarla del trono, convertirla en una diosa menor, sin ningún tipo de poder de decisión...

Tomo aire, con un sentimiento de anticipación en la punta de los dedos.

—¿Y qué podemos hacer nosotros? —intervengo—. ¿Cómo podemos ayudar? Asteria y yo estamos preparados para...

Atenea me mira como si no comprendiese de qué estoy hablando.

—Asteria y tú ya habéis hecho suficiente por el momento. Eso era lo que venía a deciros, Orión. —Se fija en su hija—. También venía a agradecerte que les hayas dado refugio.

—No lo he hecho por vosotros —replica Ligeia, aunque lo que realmente parece querer decir es que no lo ha hecho *por ella*. Su madre vuelve a hacer un ligero mohín, pero la mortal no le da ni un instante de tregua—. ¿Qué pasa con el emperador?

—Está escondido como la alimaña que es, pero pronto tendrá que abandonar su refugio.

—¿Cuándo?

—En las Heraias. Todo el mundo espera que inaugure las fiestas. Si no acompaña a la procesión hacia el templo la primera jornada, se considerará un insulto hacia los dioses, y no puede arriesgarse a eso, mucho menos ahora. Si no conseguimos que Hera caiga antes, esa será la oportunidad de Asteria para acabar con él.

Ligeia y yo intercambiamos una mirada. Creo que los dos somos conscientes de que a la amazona no le van a gustar demasiado las noticias: para las Heraias faltan todavía tres semanas.

—¿Eso es todo? —pregunta mi compañera—. ¿Nos pides que sigamos esperando?

—Os felicito por vuestra implicación hasta ahora y os pido que tengáis paciencia. Es una virtud importante en cualquier guerra. Pero, cuando esto acabe, ambos seréis libres y tú, Ligeia, serás emperatriz. Como siempre debiste ser.

La bibliotecaria entrecierra los ojos, pero antes de que pueda responder, una voz clara y vibrante suena a nuestras espaldas:

—Gracias por las noticias, Atenea.

Ligeia y yo nos giramos, sorprendidos. Asteria está en el corredor, con la cabeza ladeada y los ojos rojos brillando bajo la luz de las antorchas que nos iluminan desde el patio. Un escalofrío me recorre la espalda. A estas alturas ya he comprendido que dentro de Asteria conviven muchas personas: la amazona libre, la joven dolida y la diosa llena de rabia.

No tengo ninguna duda de ante cuál nos encontramos ahora.

—Y no te preocupes —continúa—. En tres semanas, yo misma le entregaré la corona de laurel a tu hija.

ORIÓN

—Siguiente paso del entrenamiento, novato: quiero ver cómo reaccionas ante la sangre.

Asteria me lanza una espada de hierro en lugar de una de las de madera con las que llevamos jornadas practicando.

Hace dos días que Atenea nos visitó y es evidente que a la amazona no le ha gustado la idea de tener que quedarse de brazos cruzados hasta que mi madre encuentre a Zeus o hasta que lleguen las Heraias, así que ha estado un poco más irascible de lo habitual. Aun así, creo que nuestros entrenamientos se han convertido en su manera de aislarse, de pensar en otra cosa, igual que lo son para mí.

Me estaban empezando a resultar cómodos, pero quizá esté a punto de cambiar de opinión.

—¿Es necesario?

La amazona me acecha mientras amolda los dedos alrededor de su propia arma, como una bestia preparada para saltar y clavar sus dientes sobre mí.

Desde que me rescató del Inframundo y me trajo al Mundo Medio, todos mis sentidos están más sensibles. Eso significa que soy todavía más consciente de cada vida en esta casa, de los latidos de su corazón, de sus cuerpos. De todos ellos, el de mi improvisada maestra es, con diferencia, el que más empiezo a conocer. Sus gestos, su manera de hablar, comienzan a ser algo sencillo de leer. Ya creo que puedo intuir cuándo está enfadada, cuándo se siente cómoda, cuándo me va a dejar acercarme y tocarla y cuándo es mejor permanecer apartado.

Ahora algo me dice que corra en dirección contraria.

—Ya lo hemos hablado —responde ella—. Y sabías que en algún momento ibas a tener que enfrentarte a ello. Si Hera descubre dónde te escondes y viene a por ti...

—Bueno, no podría atraparme así como así. El velo de la casa...

—Orión.

Asteria enarca las cejas y yo trago saliva. Me siento un poco ridículo, pero no puedo evitar retroceder los pasos que ella avanza. Aunque he atrapado al vuelo la espada que me ha lanzado, siento que estoy a punto de perderla por lo mucho que me suda la mano.

—No lo entiendes. La sangre me da arcadas, Asteria. Odio cómo huele, odio su tacto sobre la piel. Odio lo que significa.

—¿Y qué significa?

—Muerte. La sangre es... vida que se acaba. Es... vida echada a perder...

Me atraganto con mis propias palabras. La boca se me llena del sabor a cenizas que asocio con el Inframundo, como si hubiera vuelto allí. Como si lo que he dicho, de alguna manera, tuviera el poder de convocar a Hades.

Intento no prestar atención al ceño fruncido de Asteria, que me hace sentir como si hubiera dicho algo ridículo o sencillamente incomprensible para ella. Al menos se detiene en medio del patio, así que yo lo hago también, un poco aliviado por su cambio de actitud.

—No es cierto —replica—. Sin sangre no existimos, Orión. La sangre es lo que hace que nuestros corazones latan.

En cuanto lo dice, es inevitable que me centre en el suyo. Soy más que consciente del ritmo de su pulso, tan estable y fuerte como siempre. Si me concentro, puedo oírlo. El leve golpeteo, como un tambor acompasado.

Asteria da un paso más hacia delante y yo aguanto la respiración, porque el sonido gana intensidad.

—¿Lo oyes?

Tan claro como si estuviera en mi propio pecho. Igual que siento la calidez que emana de su cuerpo incluso antes de que me tome de la mano. Mi primer instinto cuando lo hace es revolverme y escapar, pero ella no me deja. Inflexible, me guía los dedos hasta su pecho, justo encima de donde late ese pulso que empieza a resultarme tan familiar.

Trago saliva. No hay nada personal en ese contacto, no debería sentirlo como algo íntimo, porque me está dando una lección, porque la piel desnuda nunca ha significado para mí nada más que una obligación, pero hay una solemnidad en la expresión de Asteria que me pone un poco nervioso.

Me hace querer huir de este patio. De ella. De mi propio cuerpo.

—Tienes razón, pero sangrar nos debilita a todos, incluso a los dioses. Sobre todo, debilita a todo lo que es mortal, lo acerca un poco más a...

—Quizá, pero los cadáveres dejan de sangrar en algún momento —me rebate ella, sin dejarme terminar—. Así que, para mí, sangrar significa que sigo viva. Eres tú quien ha decidido que te quieres desligar de la sangre pero, como la Vida, estás inevitablemente unido a ella. Nacemos de la sangre, nos mantenemos en este mundo gracias a ella.

Quiero llevarle la contraria, pero sé que tiene razón y, de todos modos, la manera en la que me mira hace que se me enrede la lengua. Asteria puede llegar a ser un poco... abrumadora. Quizá sea precisamente porque está llena de vida, aunque se sienta más unida a la muerte y al dolor.

Quizá ella es como la propia sangre. Algo que todos ligamos al sufrimiento pero que también puede ser mucho más.

—Es por Hera, ¿verdad? —adivina entonces, como si de pronto tuviera los poderes de Atenea y pudiera ver dentro de mí—. ¿Es por ella que solo eres capaz de ver la sangre como algo horrible? Te ha hecho sangrar.

Trago saliva, sin saber qué responder a eso. Nadie me ha preguntado nunca por las cosas que Hera ha hecho conmigo, supongo que porque no saberlo les hacía un poco más inocentes. Si no conocen mi sufrimiento, no son cómplices de haberlo permitido.

Asteria aprieta la mandíbula sin necesidad de que le dé una contestación y yo aparto la vista a mis pies. Lo cierto es que no tengo claro cuándo empezó el pánico. No sé si fue la primera vez que Hera me hirió o si simplemente interioricé que ver mi propia sangre significaba dolor y castigo. Que si sangraba era porque había hecho algo mal. Porque merecía la tortura...

El estómago me da un vuelco. Aunque nadie se ha herido, el fantasma de ese olor que conozco tan bien me rodea el cuello y amenaza con cerrarme la garganta.

—Yo...

Pero no soy capaz de decir nada.

Asteria me suelta la mano entonces y yo aparto los dedos de su piel cálida. Creo que va a dar todo por finalizado, tanto el entrenamiento como la conversación, pero supongo que todavía no soy tan experto en su comportamiento como me gusta pensar, porque entonces se desliza una de las mangas de su túnica fuera del hombro. Doy un respingo, sorprendido, y siento que el rostro empieza a arderme en cuanto veo la piel de su pecho. Ya la he visto desnuda antes, sé que todas sus batallas a lo largo de sus años en el anfiteatro han sido con el torso descubierto, pero no espero que se desvista aquí, en medio del patio de la casa. Soy consciente de que el cuerpo, para ella, no es algo de lo que sentir vergüenza, pero aun así...

Sin ápice de pudor, Asteria se señala la cicatriz del seno izquierdo, la misma que todas las amazonas tenían.

—En su día, esta herida también sangró —me instruye—. Pero era una costumbre entre las mías. Era nuestra manera de decirnos que pertenecíamos a lo mismo y de hacernos más útiles para la familia, para poder defendernos mejor. Esa sangre no fue derramada en vano. Y todas las demás cicatrices... —Mi mirada vaga por su torso casi sin darme cuenta. Está llena de marcas, todas ya curadas pero aun así visibles, como una red de trazos claros sin orden aparente—. Todas han sangrado, todas dolieron, pero que las tenga significa que sobreviví a las heridas, que sigo aquí. ¿Y no fue nuestro juramento con sangre, Orión? Un juramento que nos ha traído hasta aquí hoy.

Un juramento del que yo quizá me arrepiento un poco todas las noches, antes de caer dormido. Por mucho que ella me haya perdonado por involucrarla en todo esto, a veces todavía siento remordimientos.

Tomo aire. No soy capaz de hablarle de las torturas de Hera, pero...

—No puedo sacármelo de la cabeza —admito. La voz me sale mellada, como un filo roto—. No puedo... dejar de pensar que estuve sumergido en sangre. En sangre malgastada. En sangre vertida de manera injusta. A veces me parece que sigo allí cuando cierro los ojos. A veces...

—Orión. —Sus manos en mis mejillas. Me obligo a centrarme en su rostro y descubro que su ceño fruncido es ahora un poco más suave. Más... de preocupación que de frustración. Es una expresión que no me gusta, porque significa algo malo, porque no estoy acostumbrado a ella y, al mismo tiempo, me hace sentir que le importo a alguien, al menos un poco—. No vas a volver allí.

No, supongo que no. Supongo que por eso estamos haciendo esto, para que no vuelvan a atraparme y para que, si lo hacen, pueda aguantar. Cierro los ojos. Me obligo a respirar y a calmarme. Cuando los vuelvo a abrir, ella sigue ante mí, todavía tocándome las mejillas. Es cálida, como siempre. Es... casi cariñosa, aunque su cariño esté hecho de llagas y raspe. Supongo que, de todas las Asterias que viven tras esos ojos rojos, esta es la verdadera, la que existe más allá del odio, de la venganza y del sufrimiento. La que después de todo solo luchaba por amor, la que ha querido con tanta rabia y pasión como nadie, la que sufre precisamente por haber amado. En momentos como este, no me acuerdo de la Asteria de la primera noche, la que me apuñaló en su celda, porque esta parece otra persona. Una que me gusta descubrir.

No respondo, de nuevo sin palabras. Cuando me suelta y retrocede, siento un cosquilleo en las mejillas por la ausencia de sus dedos sobre mi piel.

—Dejaremos las espadas de verdad para otro momento, pero no podrás huir siempre.

Asteria se aleja de mí mientras se acomoda de nuevo la túnica.

Incluso cuando pone distancia entre nosotros, creo que sigo sintiendo su corazón bajo mi mano.

Dos días después, Asteria me tiende la espada de madera de siempre, pero yo, para su sorpresa, no la acepto. Me quedo ante ella, con los puños apretados y el corazón latiéndome en los oídos. Soy demasiado consciente de lo que tengo alrededor, de cada ser que hay en este patio, en esta casa. De mi propio cuerpo, de mi propia vida.

—Quiero intentarlo con las de verdad —murmuro.

Las palabras me salen tan bajas, tan débiles, que estoy seguro de que no me ha escuchado, pero el cambio en su expresión, algo incrédula, me deja claro que sí. Con mucho cuidado, como si no quisiera asustarme con ningún movimiento brusco, baja el arma.

—¿Qué te ha hecho cambiar de opinión?

Supongo que no ha sido solo una cosa. No he dejado de pensar en la conversación que tuvimos el otro día, en que tiene razón sobre la manera en la que he convertido la idea de la sangre en algo malo cuando no tiene por qué serlo. Y quiero cambiar. Igual que he pedido que Asteria me entrene para poder defenderme, supongo que también estaría bien que me entrenase para que mis miedos dejen de controlarme. No sé si algún día podré olvidarme de Hera, de su maltrato y de sus abusos, pero al menos merezco poder olvidarme de esas lecciones crueles que me daba, de las mentiras que me contó y que yo aprendí a creerme.

Pero no le digo eso a Asteria. No le menciono a la reina de los dioses, igual que la mayor parte del tiempo intento no mencionármela a mí mismo.

—Es un punto débil, ¿no? En una lucha de verdad alguien podría aprovecharse de mi aversión por la sangre. Y no quiero darles esa ventaja.

Sé que no soy un contrincante que esté a la altura de ningún guerrero o estratega, así que esto es lo mínimo que puedo hacer. Y mi maestra, por la forma en la que me mira y asiente, parece considerar que es una buena lógica.

—Está bien. Pero, si en algún momento es demasiado para ti, dímelo.

Trago saliva cuando la veo sacar el puñal de oro y doy un paso atrás de forma instintiva. Pensaba que íbamos a luchar con las espadas. Daba por hecho que pelearíamos y ella me heriría en algún momento, pero no tendría demasiado tiempo para pensar en la sangre porque seguiríamos luchando. En mi cabeza, tenía sentido porque me obligaría a moverme con el icor corriendo por la piel, pero tendría otras cosas en las que concentrarme. Como si fuera una batalla de verdad.

—Espera, ¿qué...?

Asteria se abre la mano de un solo tajo que a mí me revuelve el estómago. El hedor dulzón de su sangre llega hasta a mí, intenso, mientras el líquido se desliza sobre las líneas de su palma. Tengo que obligarme a no ceder al impulso de taparme la nariz y la boca, pero no puedo evitar retroceder por instinto. El olor me quema por dentro, así que cierro los ojos y contengo las ganas de huir mientras escucho los pasos cautelosos que se acercan a mí. La diosa se mueve despacio, como un depredador que está a punto de cazar a su presa y quiere asegurarse de que no escapará.

—¿Vas a luchar sin ver a tu oponente? Abre los ojos, Orión.

Me cuesta obedecer más de lo que me gustaría, pero lo hago, con los dientes tan apretados que empieza a dolerme la mandíbula. La amazona está delante de mí, con la mano en alto, a la altura de mi cara. Las gotas caen al suelo, una detrás de otra, aunque la herida empezará a curarse en cualquier momento. Me concentro en ese pensamiento, intento convencerme de que no puedo relacionar este sentimiento, este olor, este color, con la muerte, porque no va a pasarle nada por mucho que sangre. Quizá ni siquiera le duela. Ese es su don, ¿no?

Trago saliva, saboreando el regusto ácido que me deja en la lengua, y me obligo a levantar mi mano también. El brazo me pesa como si fuera de metal, pero es un poco más fácil sostenerlo en alto que moverlo. Como cada vez que me acerco a Asteria, siento el calor que desprende su cuerpo, esa oleada de energía que ha empezado a atraerme de la misma forma que lo hace el sonido de su corazón. No sé en qué momento apareció por primera vez, no sé si fue cuando empezamos los entrenamientos o antes, cuando bajó al Inframundo a por mí, pero he llegado a la conclusión, después de varios días, de que no va a desaparecer.

Ella no me dice nada. Para ser alguien tan impaciente, ni me pide que me apresure ni pone mala cara al verme dudar. Simplemente me mira, seria pero sin dejar entrever sus pensamientos, tan quieta como una estatua.

Cuando por fin acerco las puntas de mis dedos a las suyas, es una sensación extraña. Hay algo parecido a una chispa, a un cosquilleo, y yo tomo esa sensación, porque es más agradable que la consistencia espesa del icor. Aunque ya no tiene herida alguna para entonces, me mancho la mano de dorado mientras sigo las finas líneas que pintan sus venas bajo la piel.

—¿Bien?

Yo no sé qué me está preguntando exactamente. No sé si quiere saber si estoy bien o tan solo si estoy de acuerdo con lo que está pasando. Da igual. Asiento, porque no confío en que no me tiemble la voz, y ella entorna un poco los ojos.

El dolor no es más que una punzada, un escozor que me abre la carne. No lo espero y mi instinto es retroceder, pero ella me agarra de la mano, entrelaza nuestros dedos, mientras las heridas aparecen, una detrás de otra, en mi brazo. Son pequeñas, apenas cortes que podrían haber sido un accidente, si no fuera porque veo el patrón, porque son demasiado simétricas. Sé que está usando su poder conmigo y, aunque la garganta se me hace un nudo, permanezco en mi lugar.

—¿Sabes? —dice ella, con ese tono que tiene para dar lecciones—. Creo que tiene sentido que la Vida y el Dolor fuerais hermanos. Siempre habéis sido parte de un todo, ¿no te parece?

No está haciendo tanta fuerza en mi mano. Podría soltarme. Podría salir corriendo y encerrarme en los baños y limpiarme hasta que no quedara ni rastro de dorado sobre mi piel. Las heridas ya empiezan a cerrarse, mucho más rápido que si me las hubiera hecho con el puñal de Hera. Supongo que por eso me las ha hecho ella misma. Para que al menos se borren rápido.

—La vida no... —mi voz suena ahogada, pero no me permito detenerme— no debería ser dolor.

No veo la expresión que está poniendo Asteria, hipnotizado por las gotas que me corren por la piel y que empiezan a caer al

suelo y sobre mi quitón, pero escucho la forma en la que resopla con suavidad.

—Quizá. Pero lo es, al menos en parte. Una vida sin dolor es una vida en la que no podríamos terminar de comprender la paz, igual que sin la tristeza no reconoceríamos la felicidad.

—Así que no podríamos existir el uno sin el otro. ¿Es eso lo que me estás diciendo…?

Ella deja escapar un sonido que no reconozco y, entonces sí, la miro. Creo que iba a preguntarle si pasaba algo, pero se me olvida por completo mientras contemplo la sonrisa que ha aparecido en su boca. Entiendo demasiado tarde que el sonido era su risa, irónica, demasiado corta, casi soñada. Estoy tan sorprendido que, durante un momento que se dilata en el tiempo, no soy capaz de apartar los ojos de ella, de la forma que han tomado sus labios. La he visto a punto de sonreír en varias ocasiones, pero esta vez es distinto. Veo la diversión, que hace que le brillen los ojos, como si le hubiera contado un chiste. Veo la manera en la que los hombros se le han relajado y la mirada que me lanza, un poco más suave de lo habitual.

Quizá debería sentirme ofendido de que mi pregunta le haga tanta gracia, pero estoy demasiado sobrecogido como para pensar en eso. Lo único que pienso es que el gesto le queda tan bien que le permitiría reírse de mí todas las veces que quisiera si eso pudiera hacer que sonriera más.

—Sí, supongo que en cierto modo es eso. Es irónico, ¿no?

Trago saliva, sin saber qué responder. En los últimos días, yo mismo he sido consciente de hasta qué punto están vinculados el Dolor y la Vida. Nunca me había parado a pensarlo, pero supongo que es justo como ella dijo el otro día. Del mismo modo que sangrar nos recuerda que seguimos vivos, el dolor también lo hace. Siempre había asociado que el sufrimiento tenía que estar relacionado con la Muerte, con el Inframundo y sus condenas, pero supongo que no es así.

Quizá por eso a veces no puedo apartar la vista de Asteria, como ahora. Por eso a veces me siento… casi atraído, pese a que todo lo que he vivido debería hacerme sentir mucho más rechazo hacia ella y hacia su naturaleza, tanto mortal como inmortal.

Supongo que, por eso, cuando vuelvo a mirar su boca, su sonrisa, pienso en…

Doy un paso atrás, asustado por una idea que no dejo que llegue a formarse del todo. Ella no me retiene, aunque su sonrisa se pierde cuando enarca las cejas. El contacto entre nuestras manos se rompe y el mundo parece volver a tomar forma. No me había dado cuenta, pero había dejado de sentir la vida a nuestro alrededor para concentrarme solo en ella, en el sonido de su corazón, en mi propia respiración, en el calor que me abandona de golpe al separarme.

—¿Qué pasa? ¿Ha sido demasiado para ti, novato?

La sangre se me agolpa en las mejillas. Asteria se mira la mano, que comienza a curarse, antes de dejarla caer. Yo paso la vista de su rostro a mis propios cortes cerrados y luego al suelo, donde las gotas doradas parecen brillar con el sol que acaba de asomarse entre las nubes.

—No. Está bien. Creo que… Creo que puedo seguir.

La voz me sale ahogada, pero espero que no se dé cuenta.

—Entonces iré a por las espadas.

Yo asiento con más efusividad de la necesaria mientras la amazona se da la vuelta y se retira.

Solo cuando nos separa más distancia me atrevo a volver a respirar.

Me siento mareado, pero no creo que sea por el olor del icor que ha dejado atrás ni por la idea de luchar con armas de verdad.

En este momento, ese me parece el menor de mis problemas.

Lo que ha hecho que se me acelere el corazón no se parece en nada al miedo.

ASTERIA

Odio esperar.

Cuando Atenea se presentó en la casa, pensé que tres semanas serían un intervalo asumible, que si había aguardado tres años odiando al emperador, solo unos pocos días más serían algo sencillo de soportar, pero no es así. Aunque agradezco la calma que encuentro en la villa, todas las noches sigo despertándome bañada en sudor tras un sinfín de pesadillas en las que los espíritus de las mías me recuerdan que todavía no las he vengado. Lysandra, con la mirada muerta y la boca empapada de sangre, me pide que siga luchando. Y yo soy demasiado consciente de que no lo estoy haciendo.

Solo espero, espero y espero.

Me odio por ello. Me resulta frustrante no poder hacer más, pero sobre todo me odio porque a veces incluso tengo breves momentos de calma. Nunca ocurren cuando estoy sola, pero en ocasiones, en los entrenamientos con Orión o en las noches contando historias con Ligeia, siento que el dolor se apaga un poco, que deja de ser lacerante, de corte recién abierto, a ser solo un malestar constante, una costilla rota cerca del corazón. Y no es justo. No me lo merezco. Mis hermanas sufrieron y yo, como la única superviviente, no debería poder descansar hasta que las haya vengado. Quizá ni siquiera después.

Después…

No consigo divisar un después.

Una noche más, alzo la vista a las estrellas como si mis compañeras se escondieran en ellas y pudieran guiarme. No tengo claro qué se supone que me espera cuando todo acabe. Lysandra me dijo que luchase y por eso me he estado aferrando a la vida, pero ¿qué haré cuando no me quede nada más por lo que luchar? ¿Qué sentido tendrá todo entonces? En teoría, me espera una vida inmortal, demasiado larga, demasiado solitaria, atada al sufrimiento de toda la humanidad.

No quiero una existencia así.

Percibo pasos sobre las tejas y un cuerpo que se sienta a mi lado. Le lanzo un vistazo de reojo a Ligeia, mortal pese a su nacimiento divino. Me pregunto si al menos ella, como emperatriz, conseguirá alumbrar un imperio que merezca la pena ver. Quizá podría protegerla a ella cuando ni siquiera me quede la venganza. Orión supongo que ya no necesitará mi ayuda para entonces. Si Hera cae, él volverá al Mundo Superior y tendrá la vida divina que se le ha negado siempre. Yo, en cambio, no quiero tener nada que ver con ese mundo. No pertenezco a él, aunque ahora me aten su magia y sus leyes.

En realidad, me gustaría volver a mi hogar. Al poblado.

Pero, cuando lo pienso, siempre soy demasiado consciente del silencio en el que debe de sumirse ahora.

Espero que Ligeia comience a hablar. Que me cuente alguna de sus historias, para que después podamos discutir sobre ella o que yo le responda con una de las que me contaban las amazonas mayores cuando yo era pequeña. Hoy, sin embargo, calla más tiempo de lo habitual. Tiene la mirada tan perdida en el firmamento como yo, como si supiera que no estoy de humor. Como si hubiera aprendido a leerme como a uno de sus papiros y estuviese esperando una señal de que quiero que me haga olvidar la realidad.

—Cuéntame algo sobre Zeus —le digo entonces.

Eso no se lo espera. Se gira hacia mí con las cejas alzadas, abrazada a sus piernas.

—¿Sobre Zeus? De todas las historias que podrías elegir, ¿por qué sobre él? Siempre tiene las más desagradables.

Su mohín de disgusto casi consigue hacerme sonreír.

—Estamos esperándolo, ¿verdad? Quiero saber más.

—¿Por qué? ¿Pretendes salir tú misma en su busca?

Ligeia se está burlando de mí, lo noto en cada palabra que pronuncia y lo veo en la sonrisa que tiene en los labios. Una que se cae del rostro en cuanto ve mi expresión.

—No hablas en serio —se queja.

—¿Por qué no? —Me encojo de hombros—. La idea de tener que esperar por la ayuda de un hombre no me hace ninguna gracia, pero lo necesitamos, ¿verdad? Orión me ha contado cómo empezó todo, que engañó a Hera para conseguir bajar y buscarme porque le dijo que yo podía ser atractiva para Zeus. ¿Y si fuera verdad? ¿Y si pudiera tenderle una trampa?

Ligeia me está mirando como si creyera que he terminado de volverme loca. Quizá sea así.

—Que convenciera a Hera de que eras un buen cebo no quiere decir que fuese a funcionar.

—¿Por qué no iba a hacerlo? ¿Crees que no soy lo suficientemente atractiva?

Ella enarca las cejas justo antes de lanzarme una mirada de arriba abajo.

—No se trata de atractivo. O no solo de eso —dice al fin, lo cual no me da ninguna respuesta sobre qué piensa de mí—. Lo que Zeus quiere son personas inalcanzables. Personas que llamen la atención y que sean... un reto para él.

Se me escapa un resoplido divertido.

—¿Te parece que he llamado poco la atención hasta ahora?

Ligeia pone los ojos en blanco, pero es obvio que el apunte le hace gracia. Veo el asomo de una sonrisa tanto en la comisura de su labio como en sus ojos castaños.

—Oh, seguro que el rey de los dioses se muere de ganas de acostarse con la mujer que le cortó la cabeza a uno de los suyos, convirtió el anfiteatro en un lago de sangre y amenazó, no solo al emperador al que debería proteger, sino a todos los presentes. Pensándolo bien, ¿quién no te desearía? Eres el sueño de mortales e inmortales por igual.

Chasqueo la lengua, como si estuviera molesta por su sarcasmo, aunque no sea cierto. Hay algo agradable en que reduzca la situación hasta el absurdo y lo cierto es que me gusta cuando Ligeia afila un poco sus palabras y ataca con ellas, porque las únicas batallas que conoce son las dialécticas.

—No veo cuál es el problema —miento.

—Que ahora mismo eres más bien una amenaza. Le has cortado la cabeza a un dios que no era precisamente inofensivo y nadie puede asegurar que no vayas a repetirlo.

—¿Y eso no le gusta a Zeus? Por lo que sé, es estúpido, así que quizá piense que el peligro le da emoción.

—No, lo que Zeus quiere son retos. Es un poco distinto.

Entrecierro los ojos, pero aparto la vista de nuevo al firmamento y repaso las constelaciones en un intento de encontrar alguna idea. Un reto, pero no una amenaza...

—El Rey de los Cielos parece muy simple —murmuro.

—El Rey de los Cielos es como todos los demás dioses. Y como los mortales, en realidad: diles que no pueden hacer algo y lo harán, sin pensar en las consecuencias. Prohíbeles la entrada a un lugar y lo asaltarán sin pensárselo dos veces.

Así que de eso se trata. Aquello que atraiga a Zeus debe ser algo prohibido. *Yo* debo ser algo prohibido. Debe parecer un desafío pero no un imposible, al menos según su razonamiento...

Creo que estoy a punto de llegar a alguna conclusión cuando siento la mirada de Ligeia sobre mí, tan inquisitiva como de costumbre. Doy por hecho que ella ya ha trazado un plan y lo va a explicar en cualquier momento, pero todo lo que dice es:

—Deberías dejar de pensar en ello, Asteria. No todo depende de ti, ¿sabes?

Dejo escapar algo semejante a una risa. Es seca e irónica.

—Hablo en serio. —Ligeia frunce un poco el ceño—. Sé que esperar debe de resultarte frustrante, pero ¿no crees que ya te has involucrado suficiente?

—No hasta que consiga...

—Vengarte, sí, lo sé. Pero tiene que haber algo más que deseos de venganza dentro de ti. Tiene que haber algo más que ese sentimiento de responsabilidad que llevas encima.

Hago una mueca. Esta vez sus palabras consiguen abrir una herida.

Tiene que ver algo en mi silencio, ya que su expresión se convierte de pronto en una triste. Aunque vuelve la vista al cielo, me sorprende que su cuerpo se incline un poco hacia el mío, para que nuestros hombros choquen.

—Sé que no somos tus hermanas, sé que ellas han dejado un hueco que probablemente nada ni nadie consiga llenar jamás. Pero, aunque no sea mucho, ahora nos tienes a Orión y a mí, Asteria. Yo nunca... Nunca había tenido a alguien con quien mirar las estrellas de esta manera, por ejemplo. Y Orión jamás ha tenido a nadie que se preocupase por él y lo tratara... como a un igual, ni más ni menos. Así que... piensa un poco en nosotros también a partir de ahora. Nosotros pensamos en ti.

Si algunas de las palabras de Ligeia pueden ser afiladas, hay otras que pueden recubrirse de seda. Las siento igual de suaves contra la piel, incluso bajo ella. La miro de reojo, tan sorprendida como insegura de qué responder. Una parte de mí quiere decirle que no me lo merezco, del mismo modo que no me merezco seguir viva cuando el resto de las mías ya no están. Quiero decirle que su cariño me parece un error, que ha quedado demostrado que estar cerca de mí solo conlleva sufrimiento, que soy exactamente como Eris dijo: alguien condenada a infringir dolor.

No lo hago.

Porque, pese a todo, aunque ahora sea una diosa, sigo conociendo la humanidad.

Y no hay nada más humano que querer que alguien piense en ti.

—Quiero que extiendas un rumor.

Ligeia apenas ha tenido tiempo de sentarse a la mesa cuando pronuncio la petición. Llevo todo el día pensando en ello, así que, para cuando entra en el comedor, ya estoy deseando exponer mi plan. Y ella es la persona perfecta para llevarlo a cabo: con su puesto en la biblioteca puede esparcir cualquier información por el imperio sin que nadie la ponga en duda. Orión, por su parte, levanta la mirada del plato que han puesto ante él y me observa con sorpresa, sin saber qué pretendo. Hasta Elias, que estaba terminando de servirme a mí, me lanza un vistazo lleno de curiosidad, aunque la mayoría del tiempo apenas se atreve a mirarme a los ojos, tal vez porque todavía recuerda con demasiada claridad lo que ocurrió en el anfiteatro.

Ligeia frunce un poco el ceño, confusa.

—¿Qué clase de rumor?

—Quiero que digas que he jurado ante Artemisa que nunca permitiría que un hombre me tocase.

La muchacha se queda muy quieta, con la mano extendida hacia el pan. Su ceño se frunce un poco más, pero creo que es solo un gesto de concentración. Quizá intenta comprender qué pretendo y no tengo ninguna duda de que va a conseguirlo, pero las dos nos distraemos con el sonido de una tos. Orión, frente a mí, parece haberse atragantado con su primer bocado. Elias se apresura a ofrecerle una copa de vino, como si temiera que un dios pudiera morir ahogado por una uva.

—¿Eso es cierto? —exclama el inmortal, cuando consigue volver a respirar.

Para entonces tiene el rostro dorado y yo alzo las cejas. Supongo que le asusta porque, en el estricto significado de la palabra, él me ha tocado, pero creo que es evidente que no me refiero solo a eso.

—Claro que no.

Orión nunca me ha parecido un dios demasiado grandilocuente, pero se hace sorprendentemente pequeño cuando se hunde en la silla, tal vez sintiéndose ridículo por habérselo creído. Ligeia, por el contrario, ha enderezado la espalda y esconde una sonrisa detrás de su mano. No tengo ninguna duda de que ya lo ha entendido todo.

—Por supuesto —dice—. Una mujer que le suponga todo un

desafío... y que también esté un poco prohibida, de alguna manera. Es brillante.

—Bueno, tú me diste la idea...

Orión pasa la mirada de una a otra, completamente perdido.

—¿Qué es brillante? ¿Por qué querrías hacer que la gente pensase eso?

—Porque los hombres sois muy simples, Orión. —El muchacho parece a punto de protestar por mi generalización, pero no le doy tiempo—. En especial, al parecer, los del Mundo Superior. Ligeia me ha estado instruyendo en muchos de vuestros mitos y he escuchado suficientes sobre dioses que abusan de mujeres que no solo no están interesadas en ellos, sino que los rechazan sin tapujos. Si huyen de ellos, encuentran la forma de engañarlas y de hacerles daño, porque no soportan que les digan que no pueden tener aquello que desean. Si Ligeia esparce este rumor, probablemente haya al menos un dios que considere que me hace un favor fijándose en mí y demostrándome que es un error seguir con mi vida sin probar a acostarme con un hombre. Y espero que ese dios sea Zeus.

Orión me observa con incredulidad. No parece especialmente feliz con la idea.

—¿Pretendes atraer a Zeus hacia ti? Pero Atenea dijo...

—No me importa lo que dijera Atenea. ¿De verdad quieres quedarte de brazos cruzados?

Él hace una mueca de disgusto y se echa hacia delante en su asiento.

—No es que quiera, pero no sé si me parece buena idea actuar por nuestra cuenta...

—Las demás diosas han estado actuando por su cuenta, ¿no? Considero que es hora de que nosotras también intentemos algo. —Me giro hacia Ligeia, que observa el intercambio con atención—. Sé que me dijiste que dejase de pensar en ello, pero creo que vale la pena intentarlo.

—No es una buena idea —insiste Orión. Ambas nos fijamos en él—. Deja que mi madre se encargue de esto, Asteria. Sé que es frustrante, pero...

—Los métodos de tu madre no han funcionado hasta ahora —señalo—. No sabemos nada de ella desde hace días. Podría habernos engañado a todas y haber dicho que iba a buscar a Zeus mientras se dedica a sembrar el caos por el resto del mundo.

—No lo haría —protesta él, con el ceño fruncido—. Mi madre es la primera interesada en vengarse de Hera...

—Quizá, pero la realidad es que no sabemos nada ni de ella ni de sus planes.

El dios aprieta los labios, pero sabe que tengo razón. No creo que siga creyendo que su madre es alguien en quien confiar después de tantos días sin tener noticias suyas, por no hablar de que no ha hecho ni una sola visita para ver cómo está su hijo después de que lo rescatara en el Inframundo.

Al final, Orión aparta la vista.

—Me preocupa lo que Zeus pueda hacerte —admite.

«Piensa un poco en nosotros; nosotros pensamos en ti». Las palabras de seda de Ligeia vuelven a mi cabeza, o quizá sea que las de Orión me dejan la misma sensación cálida y agridulce en el pecho. No creo que esa preocupación tenga nada que ver con el juramento que sellamos hace lo que parece ya una eternidad. Parece una preocupación genuina y yo, por un momento, no tengo claro qué hacer ante ella.

Al final, soy yo quien aparta la mirada.

—No le tengo miedo. —Y al menos eso es cierto. Puede ser el Rey de los Cielos pero, por todo lo que sé de él, a mí solo me parece un cobarde—. En todo caso, debería ser Zeus quien me temiese a mí.

Al fin y al cabo, yo ya no soy una simple mortal que pueda conquistar.

Soy la diosa del Dolor.

Y, si no me deja más opción, estaré encantada de hacerle sufrir.

ORIÓN

Cuando no entreno con Asteria, porque hemos acabado con los ejercicios del día o el olor de la sangre es demasiado para mí, muchas veces ella continúa sola. Me pide que dé vida durante un rato a algunas de las estatuas que hay en la casa y esgrime su espada y mi cuchillo contra ellas durante horas. Salta y esquiva, se lanza al suelo y rueda. Otros días decide practicar con el arco y demuestra ser veloz como la propia Artemisa, disparando flechas que siempre aciertan en los blancos que pone por todo el patio. En esos momentos, más que una guerrera, parece un ser casi incorpóreo, una ninfa o una dríade, ágil y huidiza como una brisa o la luz de la luna.

Y yo no puedo apartar la mirada de ella.

Hace ya unos días desde que empecé a observarla sin que se diera cuenta. O creo que no se da cuenta, al menos. No es algo que planease, pero un día encontré un refugio seguro tras la baranda del segundo piso y me quedé aquí y ha empezado a convertirse en una costumbre. Es un buen escondite, porque ella rara vez mira hacia arriba cuando practica, así que yo puedo camuflarme entre las sombras y pasar desapercibido, como hoy. Asteria vuelve a estar armada con un arco y yo la contemplo con la cara apoyada en el puño y el codo sobre la barandilla. Las flechas vuelan como aves rapaces, igual de rápidas, igual de letales. Supongo que en otro tiempo la frialdad con la que Asteria dispara, lo rápida y mortífera que puede llegar a ser, me habría resultado estremecedora y desagradable, pero últimamente no encuentro ni rastro del rechazo que me provocaba al principio. Me gusta verla luchar. Me gusta lo fiera que es y lo fuerte que late su corazón cuando lo hace.

Y me gusta saber qué hay más allá de sus cicatrices y su rabia, quizá porque sé que no muchos pueden hacerlo. La gran mayoría de gente solo conoce de ella las historias que se hayan podido contar alrededor de sus batallas en el anfiteatro y las que han surgido últimamente, a raíz de los rumores que Ligeia ha empezado a esparcir sobre la Amazona Roja. Han sido muchos, no solo uno, porque consideró que de esa manera sería más eficaz, tanto para atraer a Zeus como para asustar al emperador e incluso al pueblo de Eladia, una idea que a Asteria le resultó de lo más satisfactoria. Convertirse en una historia de terror es parte de su venganza. Quiere que la gente sienta al menos una porción del miedo que las suyas sintieron durante años.

Así que la Amazona Roja ha comenzado a transformarse en una leyenda. Una que con siete años mató sola a un jabalí enorme para defender a su pueblo al acertarle en los ojos con sendas flechas. Con doce, le cortó el cuello a un hombre que se atrevió a tocar a una de sus hermanas y dejó la cabeza como ofrenda en un templo de Artemisa, donde se supone que juró que no yacería jamás con ningún varón, mortal o inmortal. Se rumorea que el día en el que su poblado fue atacado, luchó con la ferocidad de un batallón y venció a cincuenta soldados sin más armas que su espada, y que solo se rindió cuando amenazaron la vida de una de sus muchas amantes. Se dice que, cuando entró en el laberinto para liberar a Eris, derrotó a todos los dioses que le salieron al paso y que, cuando por fin se enfrentó a Algos, antes de que acabara con él, el propio Dolor le suplicó que terminara con el sufrimiento que le estaba haciendo padecer.

Yo no reconozco a Asteria en ninguna de esas historias. Son rumores creados para hacerla parecer cruel y despiadada, claro, pero me da cierta lástima que los habitantes del Mundo Medio (o los dioses del Mundo Superior) no vayan a saber que también puede ser bondadosa, que puede cuidar de alguien cuando más lo necesita, que bajaría al Inframundo por lo que considera justo o lucharía batallas que no son suyas solo por lealtad. Me apena que nadie vaya a saber que a veces bromea y que parece más joven cuando sonríe, que se siente orgullosa de las cicatrices que le recorren todo el cuerpo y que lo único que deseaba antes de que el emperador arruinase su vida era existir en paz junto al resto de amazonas.

Me gustaría que la gente pudiera ver lo mismo que yo: una mujer estoica y valiente que, a pesar de haber vivido lo indecible, sigue frunciendo el ceño cuando la flecha se desvía solo un poco del centro de la diana y persevera hasta que consigue acertar justo en el blanco.

—¿Todos los dioses miráis con esa fijeza a los mortales cuando nos espiáis o es algo que solo haces con ella?

La voz me sorprende, pero más lo hace que Ligeia esté a mi lado, apoyada en la barandilla de madera, y yo ni siquiera me haya dado cuenta del momento en el que se ha acercado. Ser consciente de que no la he sentido por estar demasiado centrado en Asteria me provoca un breve momento de pánico, pero intento mantenerlo bajo control. Intento que no se me refleje en el rostro, porque la bibliotecaria ya me está mirando con suspicacia y el asomo de una sonrisa que no me acaba de gustar del todo.

—Yo no...

Ella ni siquiera me deja pensar una excusa, porque ya se está encogiendo de hombros en el momento en el que empiezo a hablar.

—No te preocupes, no vengo a ponerte en evidencia. Aunque deberías saber que no eres el más sutil de los admiradores.

¿Admirador? La palabra me provoca una oleada de calor en el rostro, porque no se trata de eso en absoluto. Aunque tampoco estoy obligado a excusarme ante Ligeia. No tengo que decir absolutamente nada porque, al fin y al cabo, ella también está aquí, conmigo, y baja la vista para fijarse en la diosa tanto como yo. Estudio cómo se aparta unos mechones oscuros del rostro. Hoy no lleva uno de sus mantos, sino que simplemente se cubre con un peplo blanco, ligero, que creo que pretende darle un respiro del calor húmedo que ha traído la tarde. Cuando empieza a mover el abanico que lleva en la mano con aire ausente, la brisa que la rodea arrastra un perfume suave, a mirto y especias.

—¿Cuándo has llegado?

Es una pregunta genuina, porque durante estos días ha pasado más tiempo del que acostumbra en la biblioteca: aparte de empezar rumores, ha estado teniendo más visitas de lo habitual por culpa de unas revueltas que han empezado a desatarse en una provincia lejana, donde se han perpetrado varios asaltos a un templo de Poseidón. Al parecer, muchos marineros están entrando en pánico, temerosos de que el dios de los mares vaya a tomar represalias en los próximos días, y acuden a ella en busca de recomendaciones sobre las rutas más seguras.

Ligeia, sin embargo, ni siquiera parece escuchar mi pregunta. O quizá tan solo decida ignorarla por completo.

—Déjame que te dé un consejo, Orión —me dice—. Porque probablemente seas uno de los pocos dioses que no ha arruinado la vida de nadie todavía y porque considero que Asteria es... lo más parecido a una amiga que he tenido nunca.

Yo frunzo el ceño, no muy seguro de querer escuchar lo que va a decir. Aun así, cuando me mira de soslayo, soy incapaz de no preguntar:

—¿Qué consejo?

—Involucrarse demasiado es una mala idea. —Antes de que pueda abrir la boca para decirle que habla como su madre, continúa—: Es obvio que te gusta.

Me tenso un poco y aparto la vista de inmediato. Claro que me gusta, pero no es lo que ella cree. Es... Es por nuestras naturalezas. Es una consecuencia de todo lo que nos une. De ese hilo que creamos con el juramento y que ahora nos hace inseparables y tira de nosotros... Que tira solo de mí, en realidad, porque no creo que la diosa tenga los mismos pensamientos que yo. En todos los días que han seguido a nuestro primer entrenamiento con sangre, no he dejado de fijarme más y más en ella, pero ella no parece tratarme de forma diferente. Siento que para ella nada ha cambiado, mientras que yo...

Yo pienso en ella más a menudo de lo que debería y he empezado a imaginar escenarios que nunca se me habían pasado por la mente con ninguna otra persona.

Quizá sí sea lo que Ligeia piensa, después de todo.

—¿Y qué tiene de malo? —pregunto. Y lo digo en serio. Aprieto los labios y lanzo un vistazo de reojo hacia mi compañera—. Que me guste. O que me involucre. Después de todo lo que hemos pasado juntos, ¿crees que es fácil permanecer al margen? Hasta tú te has involucrado, Ligeia. No nos tratas como simples invitados a los que tienes que dar asilo a tu pesar.

La bibliotecaria da un respingo y me mira con sorpresa. Su cuerpo se aleja un poco más del mío, como si me hubiera convertido en un animal rabioso y hubiera lanzado una dentellada en su dirección. Es obvio que se ha parado a estudiar mi comportamiento, pero le falta estudiar el suyo propio. Porque nadie le pidió que nos ayudase. Podría haber permanecido al margen. Podría haber considerado que el límite para ella era cobijar bajo su techo a dos dioses. Pero no lo ha hecho porque... le importamos, creo. Porque sí, ella misma lo ha dicho: a mí no me considera tan peligroso como a los demás y Asteria, de alguna forma, se ha convertido en su amiga.

—No es lo mismo.

Alzo las cejas, incrédulo.

—¿No lo es? Porque yo no veo la diferencia.

—La diferencia es que yo soy perfectamente consciente de que mañana podríais desaparecer, Orión. Porque sois dioses y las amistades entre mortales e inmortales siempre acaban con al menos un corazón roto. Pero si eso pasa, estaré preparada y seguiré adelante sola, como siempre he hecho. Yo estuve junto a mi padre en sus últimos días: sé lo que es la pérdida. Los humanos somos expertos en adaptarnos, porque nuestras vidas son cortas y nos aferramos a ellas con uñas y dientes.

—Entonces quizá yo también lo haga.

—No creo que los dioses funcionéis así. Los dioses lo vivís todo con demasiada intensidad. La pasión os consume, la venganza os ciega y la tristeza os vuelve peligrosos. Pero, sobre todo, os aferráis con demasiada fuerza a todo lo que queréis. ¿Qué harías si mañana desaparecemos las dos? ¿Cómo imaginas tu futuro, siquiera?

Mi futuro está a la espera de que la rebelión de los dioses se lleve a cabo, pero sé que esa respuesta no va a gustarle. No va a gustarle que le diga que mi futuro no tiene forma y que no sé cuál será mi papel en él. No puedo decirle que Asteria me dijo que me quedara en el Mundo Medio, al margen de todo lo que ocurre arriba, y que yo no sé si debería hacerle caso.

No puedo decirle que he estado pensando en quedarme junto a la amazona, en seguirla allá donde vaya, porque supongo que eso es justo lo que ella me está advirtiendo que no haga.

Ligeia suspira.

—No quiero que parezca que te estoy amonestando. Estás en todo tu derecho de implicarte, si eso es lo que quieres. Pero creo que deberías pararte a pensar en lo que estás haciendo. No seas otro dios que actúa sin pensar. No seas otro más que no mide las consecuencias de sus actos y luego se arrepiente... o, peor, que deja que las personas que le rodean lidien con lo que él ha hecho.

—¿Ese es otro consejo? Porque creo que llega demasiado tarde.

Yo vuelvo la vista hacia la amazona, que sigue luchando contra las sombras de la noche. Cada vez está más oscuro, pero incluso así su puntería no se resiente. Ella ha tenido que enfrentarse a las consecuencias de mis actos, ¿verdad? No solo ha acabado convertida en diosa, sino que sus hermanas...

Aprieto mis dedos alrededor del borde de la barandilla.

Ligeia parece darse cuenta de lo que estoy pensando.

—Orión, lo que pasó...

—Asteria ya me ha dicho que no fue mi culpa, pero sé que no

es cierto. Yo fui a buscarla. Yo la involucré. ¿Y para qué? ¿Y si la revolución no triunfa y Hera vuelve a ganar? —Y después, en un hilo de voz, porque no he querido pensarlo hasta ahora, añado—: ¿Y si... me he equivocado y todo ha sido para nada?

Es innegable que, como mínimo, lo que he hecho ha perturbado al Mundo Superior, pero quizá se quede en una anécdota. Quizá no sea más que un guijarro tirado al agua, que forma ondas hasta que la superficie vuelve a convertirse en un espejo.

Como si nada hubiera cambiado.

—No es algo que pudieras saber antes de ponerte en marcha, ¿no? La gente no suele saber lo que va a pasar hasta que intenta hacer algo. Pero aunque todo fallase... ¿Qué? A veces intentarlo es más importante que el resultado, porque le demuestra a la gente que no tiene por qué conformarse.

—Conformarse es más fácil.

—También más triste. Sé de lo que hablo.

Hago un mohín, culpable, porque eso mismo es lo que le eché en cara la primera vez que hablamos: ella se ha conformado durante mucho tiempo con ser la hija ilegítima a la que han apartado y encerrado. Y es obvio que, a pesar de lo que dijera aquella primera noche, se arrepiente.

Ambos volvemos a bajar la vista hacia el patio, hacia la amazona. De nuevo es la muchacha que tengo a mi lado la que habla:

—¿Qué vas a hacer, Orión? ¿Vas a conformarte con mirarla desde lejos o vas a actuar?

La veo hacer un ademán sutil con el abanico hacia Asteria, y yo me estremezco ante la pregunta. La guerrera tensa el arco en ese momento. Sus brazos, fuertes, de músculos definidos, se estiran. Los pies los tiene clavados con firmeza en el suelo. Mantiene esa postura por lo que me parece una eternidad sin que le tiemblen las manos. Y, cuando no aguanta más, lanza una flecha. La segunda vuela a continuación, tan rápida que ni siquiera distingo el movimiento que hace para cogerla del carcaj. Ambas dan en la diana que se ha puesto, con las puntas tan juntas que no puedo imaginarme que no se toquen.

Con un par de zancadas, la muchacha se acerca a su objetivo y arranca las saetas, examinando las puntas antes de meterlas en el carcaj de nuevo en un gesto descuidado.

Ligeia puede ser muy lista, pero en este caso, no sabe de lo que está hablando. No puede comparar la posibilidad de una revolución con acercarme a ella. Con la rebelión, al menos, tenía cierta fe en que saldría adelante. E incluso si no lo hacía, al menos habría logrado liberar a mi madre de su castigo. En el caso de la mujer del patio, ni siquiera tengo muy claro cuál es el objetivo, porque no estoy seguro de lo que siento. A lo mejor es solo esa pasión cegadora de la que Ligeia dice que adolecemos los dioses. O a lo mejor es gratitud por todo lo que ha hecho y está haciendo por mí. Puede que sea amistad, de hecho, porque no creo que nunca antes haya tenido ese lazo con nadie, ni siquiera con Atenea y Artemisa, a las que simplemente consideraba aliadas. Pero cuando miro a Ligeia, por ejemplo, tampoco siento ese tirón que me incita a acercarme…

¿Quiero actuar solo para acallar los pensamientos intrusivos que tengo en la cabeza? ¿Para descubrir si un beso de verdad, un beso que nadie me obligue a dar ni que tenga como objetivo salvar una vida, puede ser algo que quiera? ¿O pretendo conseguir… algo más?

—Es cierto, me gusta —susurro. Y no sé si se lo digo a Ligeia o solo a mí, porque es la primera vez que lo pronuncio en voz alta—. ¿Cómo no iba a gustarme? Tú no lo ves, pero está rodeada de energía. Está llena de vida. Sé que ella cree que no es así, que piensa que está… más muerta que viva, pero no es cierto. Y eso me aturde y me abruma. Y… me hace sentir que no estoy a la altura. Porque creo que yo nunca me he aferrado con tanta fuerza a la existencia como ella, ¿sabes? Incluso siendo el dios de la Vida.

Ligeia le ha dado la espalda a la figura de la amazona y se ha apoyado en la barandilla, mientras sigue abanicándose. En esta posición, como el fuego de las antorchas del patio no le da directamente, me cuesta un poco más distinguir su expresión.

—Nunca nos creemos lo suficientemente buenos para las personas que admiramos —murmura.

Aprieto los labios, porque suena a que está hablando por experiencia, pero no me atrevo a preguntarle si eso significa que también lo ha sentido, si hay alguien a quien desearía impresionar. No me da tiempo:

—Está bien —suspira y alza la vista hacia la luna, que al fin ha asomado entre las nubes—. Déjame darte otro consejo. —Por primera vez, Ligeia titubea y, cuando me mira, con media cara iluminada y media cara sumida en sombras, su expresión es de tristeza, una más profunda de lo que esperaba ver en ella—. Hagas lo que hagas, tanto si decides mantenerte lejos como intentar acercarte más..., no le hagas daño. Que esto no se convierta en otra historia trágica sobre un dios enamorado. Tú y yo somos lo último que le queda.

La idea de que yo pueda herir a Asteria de cualquier forma me resulta impensable, pero supongo que también me parecía impensable crear una familia, sobre todo así de extraña. En el Mundo Superior, la familia significa de poco a nada, pero sé que para la amazona siempre ha sido lo más importante. Daba lo mejor de sí para proteger a sus hermanas. Y supongo que es cierto que daría lo mejor de sí para protegernos a nosotros. Para proteger esta casa y a las personas que hay dentro. ¿No bajó por mí al Inframundo, al fin y al cabo? ¿No me está enseñando a defenderme, precisamente, para ofrecerme algo más de protección?

Suspiro. Abajo, Asteria se estira y recoge. Parece que se retira por hoy.

—Yo nunca le haría daño —susurro.

—Y ella tampoco quiere hacértelo a ti. —Ligeia sonríe un poco—. En el fondo, no sois tan diferentes: ambos queréis paz y cosas por las que merezca la pena vivir.

La joven mortal se da la vuelta. No se despide, pero echa a andar, alejándose de mí sin apartar los dedos de la mano libre de la barandilla. Asteria mira en ese momento hacia arriba y sus miradas se encuentran. La bibliotecaria hace un gesto de reconocimiento con la cabeza y mueve el abanico antes de desaparecer en una de las habitaciones.

Entonces, los ojos de la amazona recorren la galería y se tropiezan conmigo.

El tirón en mi pecho me dice que no quiere conformarse.

ASTERIA

Cuando le pedí a Ligeia que me ayudara a difundir el rumor, esperaba una respuesta casi inmediata. Pretendía que eso fuera suficiente para que los sucesos se precipitaran, pero está claro me equivoqué. Y ahora ni siquiera sé si es porque tengo que darle más tiempo al rey de los dioses para encontrarme o porque Zeus no tiene ningún interés en mí. Puede que los rumores sobre mi antigua vida me hayan convertido en un peligro que ni siquiera él quiere afrontar. O puede, simplemente, que las historias ni siquiera hayan llegado hasta él.

—A lo mejor debería salir de la casa y hacerme ver. ¿Cómo va a venir a mí si no sabe dónde estoy? —farfullo.

Esta noche en el tejado me acompañan tanto Ligeia como Orión, pero parece que ya es lo suficientemente tarde como para que la bibliotecaria se ponga en pie para retirarse. Se alisa el peplo con calma y se encoge de hombros:

—Es el rey de los dioses, Asteria. Si quiere encontrarte, te encontrará. Tampoco quieres ponérselo demasiado fácil. ¿Dónde está el reto entonces?

—Pero...

—Paciencia, Amazona Roja —se burla.

Es lo último que dice antes de internarse de nuevo en la casa. Yo resoplo y me vuelvo a echar hacia atrás en el tejado, con el ceño fruncido y los brazos detrás de la cabeza. Considero que ya he tenido paciencia suficiente.

—Son una tortura para ti, ¿verdad? —Orión está justo a mi lado, incorporado, y me mira con algo que no tengo claro si es lástima o solo curiosidad—. Los días de inactividad, me refiero.

Aprieto los labios y vuelvo la vista a las estrellas.

—Un día más en el que no ocurre nada es un día más en el que...

— ... no puedes vengar a tus hermanas. Un día más en el que no puedes descansar.

Dejo escapar un suspiro que habla por sí solo. No le digo que no tengo claro que haya descanso para mí incluso después.

Orión calla durante unos segundos. Y después murmura:

—Háblame de ellas. —Me giro hacia él, un poco sorprendida por la petición—. Nunca te he escuchado nombrarlas. No sé cómo se llamaban, cuáles eran las más cercanas a ti o cómo era vuestra vida antes de que el emperador os atrapase. Y creo... Creo que hay muchas maneras de luchar por las personas que ya no están. Te acuerdas de Lete, ¿verdad? Del Olvido, en el laberinto. Aunque ya no estemos allí, creo que luchar contra ella también es importante.

Un escalofrío que nada tiene que ver con el frío de esta noche me baja por la nuca, me recorre las costillas y se me abraza al corazón. No me había dado cuenta hasta ahora de que es cierto: por lo general, no las nombro, no las recuerdo. Creo que es una manera de protegerme, pero he comenzado a olvidar los rostros de aquellas que conocía menos y lo único que impide que la voz de Lysandra se difumine cada vez más es que las últimas palabras que me dijo todavía me persiguen en sueños.

Me incorporo, de pronto un poco incómoda. No suelo dudar delante de Orión (no suelo dudar delante de nadie, no puedo permitírmelo), pero creo que ahora él es capaz de ver la inseguridad que me cubre.

—Están muertas. ¿Tiene sentido seguir hablando de ellas si ya no están? Si nunca van a volver, haga lo que haga.

—No lo sé. Quizá... Quizá te parece ridículo, Asteria, pero, tal y como yo lo veo, los recuerdos pueden ser otro lugar en el que vivir.

Aprieto los labios y lo observo de reojo. Orión me está estudiando con cuidado, un poco inclinado hacia mí para intentar diferenciar bien mi rostro en medio de la noche. Supongo que esa es una respuesta esperable para el dios de la Vida, dispuesto a ganarle batallas a la muerte incluso cuando ha perdido la guerra. Creo que me gusta su perspectiva. Quizá sea ridícula, pero me he aferrado a esperanzas mucho más absurdas antes. Como pensar que luchar por ellas las salvaría. Como pensar que el emperador nos liberaría a todas tarde o temprano.

Así que hablo. No tengo claro durante cuánto tiempo, pero las palabras se precipitan unas tras otras y, una vez empiezo, no consigo parar. Le hablo del poblado, del manantial, de lo grandes que eran los árboles y cómo se colaba el sol entre ellos. Le hablo de las cacerías y de las batallas, de la manera en la que muchos intentaron asaltarnos antes de que el emperador consiguiera vencernos. Le hablo de mi infancia, de la primera vez que una de mis madres me puso un arma en las manos y de cómo la otra me curó las heridas tras mi primer entrenamiento. Le hablo de Lysandra, durante minutos y minutos en los que la recuerdo como todas las cosas que fue para mí: una amiga, una amante, una confidente; le hablo de lo fiera que era luchando y, al mismo tiempo, lo suave que era su voz; que cantaba tan bien, cuando todavía tenía motivos para hacerlo, que las ninfas se asomaban desde sus escondites para escucharla.

También le hablo de las demás. Menciono los nombres de todas las que murieron en el anfiteatro, de las anécdotas que recuerdo de ellas, como aquella vez en la que Mirina se emborrachó tanto que terminó declarándose a su propio reflejo antes de caerse en el manantial al intentar besarlo o de aquella ocasión en la que Ágave se encontró a un muchacho en medio del bosque que se enamoró de ella a primera vista y cómo, aunque ella se reía del asunto, muchas sospechamos durante un tiempo que se encontraba a escondidas con él.

—Entonces ¿en parte es cierto? —interviene Orión, mirándome de reojo. Hasta ahora solo me ha interrumpido para reírse o sorprenderse, pero de pronto parece titubear—. El rumor. Aunque no sea por medio de un juramento, las vuestras... ¿no pueden tener relaciones con hombres?

—No está prohibido. —Me encojo de hombros—. Pero los hombres no podían entrar en nuestro hogar. Si alguna sentía curiosidad por ellos y llegaba a establecer algún vínculo con uno, tenía que saber que sus relaciones siempre se darían fuera del poblado y que, llegado el momento, tendría que elegir: o renunciar a ese hombre o a la comunidad.

El dios abre y cierra la boca. Creo que duda de si decir algo y yo enarco las cejas, animándolo sin palabras. Él se humedece los labios en lo que creo que es un intento de buscar las palabras, pero al final las encuentra:

—¿Y tú? ¿Alguna vez has sentido... curiosidad? Por los hombres, quiero decir.

Me espero tan poco esa pregunta que se me escapa una sonrisa tan divertida como incrédula. Alzo las cejas.

—¿Por qué? ¿Me ayudarías tú a saciar la curiosidad si fuera así?

—¡No, yo...! ¡No es...!

Con la poca luz que hay resulta difícil decirlo, pero estoy segura de que se le han puesto las mejillas doradas por la vergüenza. Todo su cuerpo se tensa, nervioso, y yo tengo que apretar los labios para no reírme.

—Era broma, novato.

El dios deja escapar un gruñido frustrado y aparta la mirada mientras se pasa la mano por la nuca. Evita mirarme.

—No has respondido.

—Nunca he sentido curiosidad.

—¿Y rechazo ante la idea?

No entiendo a qué viene tanto interés por este asunto, pero consigue que yo misma me lo pregunte. Nunca me lo había planteado. Al fin y al cabo, todos los hombres que he conocido en mi vida han sido solo enemigos. Antes incluso de llegar a ver a alguno, se me antojaban poco más que amenazas, como cualquier otra bestia del bosque.

Supongo que Orión es la única excepción a esa regla.

Me fijo en él. Creo que es la primera vez que lo hago de verdad, de manera consciente. Los tirabuzones negros, la nariz recta, los iris con bordes dorados, la tez bronceada y sin barba, suave. No hay ninguna duda de que es un dios, uno que nació directamente como tal, perfecto. Reparo un segundo de más en su boca y recuerdo que esos labios, en realidad, ya me han besado antes, aunque solo fuera para salvarme la vida. No soy capaz de rememorar demasiado de ese momento, porque el dolor era insoportable, pero creo que fue dulce y suave, o quizá es solo la sensación de alivio lo que recuerdo.

En cualquier caso, pensar en ello no me genera ningún rechazo.

El dios se da cuenta de mi silencio y, cuando su mirada encuentra la mía, parece respirar hondo, como si estuviera a punto de zambullirse en un mar agitado. Veo su nuez subir y bajar cuando traga saliva y, solo un segundo después, para mi sorpresa, se inclina un poco hacia mí. Su mano se apoya cerca de la mía y yo entreabro los labios, algo incrédula, cuando él se fija en mi boca.

—¿Puedo besarte? —susurra, muy bajito.

Se me escapa un jadeo, el principio de una risa que no llega a formarse. Porque, aunque en un primer momento soy incapaz de tomármelo en serio, la manera en la que se fija en mis ojos me indica que no bromea. Está lo suficientemente cerca como para que ahora pueda estar segura de que las mejillas se le han teñido de dorado.

No lo entiendo.

—¿Por qué?

—Porque... —Orión toma aire y después vuelve a mirarme los labios—. Porque yo sí siento curiosidad.

—¿Por besar a una mujer?

—Por besarte a ti.

Parpadeo. Por un momento, se me ocurre que me está devolviendo la broma, que quiere demostrarme que él también puede burlarse de mí, pero su rostro está completamente serio mientras clava esos ojos castaños en los míos. A esta distancia, la aureola dorada de su mirada resulta incluso más llamativa.

Me humedezco los labios, sin estar segura de qué decir. Soy consciente de que un beso no tiene por qué significar nada, pero Orión no me mira como si fuera algo sin importancia.

—Se suponía que tenía que atraer a Zeus, no a ti, Orión.

Él me mira entre las pestañas. Son largas y tan oscuras como sus cabellos.

—No, la Amazona Roja tiene que atraer a Zeus. A Zeus tiene que atraerle una leyenda, pero a mí me... a mí me atraes tú, Asteria.

Eso tiene todavía menos sentido. Por mucho que la Vida y el Dolor estén ligados, lo inteligente es sentir rechazo por aquello que puede hacerte sufrir. Mantenerse alejada, no buscarlo.

—Creo que estás confundido. Creo que estás agradecido por...

—Quizá —admite él, antes incluso de que yo pueda terminar la frase—. ¿Puedo besarte para comprobarlo?

Callo, dubitativa. No sé qué debería responder porque no sé qué puede significar acceder. Ya no estoy en mi poblado, donde las amazonas nos besábamos todo el tiempo, a veces como símbolo de cariño y en ocasiones como algo más. Para nosotras un beso podía ser solo un roce de labios, igual que el sexo podía ser solo el encuentro de unos cuerpos y un rato de placer. Nos acostábamos entre nosotras sin mayor compromiso y solo algunas decidían compartir su vida con una única persona.

Pero no sé si Orión lo ve igual.

—¿Has besado a alguien alguna vez, siquiera? —pregunto.

Trato que la voz me suene ligera y burlona para quitarle importancia, pero la manera en la que Orión aprieta los labios y su mirada se enturbia hace que me ponga en tensión.

—Nunca porque haya querido.

En esas palabras hay una historia que puedo completar sin necesidad de más explicaciones. Es una historia que tiene la forma de una diosa y unas cadenas de oro y que hace que las ganas de reírme, la incredulidad o la precaución se disuelvan de inmediato para ser sustituidas por el asco y la rabia.

No me extraña que quisiera huir de su cárcel.

Tampoco me extraña que ahora quiera probar la libertad de todas las maneras posibles.

De pronto soy consciente de que el beso que Orión me está pidiendo ni siquiera se trata de mí, sino de él. No es solo curiosidad, sino una deuda. Una que tiene consigo mismo, con algo que se le ha negado durante toda la vida.

Orión se sorprende cuando yo alzo la mano y la pongo en su cuello. Lo hago con cuidado, pero aun así noto cómo su cuerpo se tensa y la manera en la que sus pestañas tiemblan cuando yo acerco mi rostro. Le dejo un instante para pensárselo mejor, para que pueda huir si cambia de opinión, si decide que esto no es lo que quiere, pero no lo hace. Su mirada vuelve a mis labios y después…

Después, con un suspiro, salva la distancia.

El beso es suave, cuidadoso, apenas un roce, muy distinto a los que estoy acostumbrada a dar. Sobre todo durante los últimos años, los besos y el sexo han sido para mí poco menos que un refugio, un lugar en el que aislarme de los pensamientos, de la muerte y del miedo y del dolor; un espacio en el que dejarme llevar o en el que aferrarme a otro cuerpo (por lo general, al de Lysandra) para mantener la cordura un poco más.

Este beso también sabe a refugio, aunque es uno distinto. Más amable, más cálido, más dulce. Tiene la consistencia del agua de nuestro manantial y acaricia como la brisa fresca que soplaba entre los árboles. Me gusta, aunque yo esté acostumbrada a otra cosa. Si por mí fuera, convertiría la brisa en ventisca y el manantial en catarata, pero este beso no es para mí, sino para Orión, así que dejo que él decida el ritmo y la textura. Dejo que se hunda más profundo, lento, y abro la boca solo cuando él me busca un poco más, cuando se atreve a encontrar mi cuerpo con las manos y acercarme.

Bajo las estrellas, Orión me besa como si pudiera sanar todas mis heridas con sus labios.

Y yo me dejo llevar como si fuera a conseguirlo.

ORIÓN

La primera vez que Hera me besó estaba enfadada. Recuerdo que aquel día no lanzó nada al suelo, que no intentó castigar a la amante de Zeus que acababa de ver en el agua. Tan solo se volvió hacia mí, con un odio tan profundo en la mirada que pensé que iba a ser yo el condenado, y se acercó. Recuerdo que me había ofrecido una copa de ambrosía. Recuerdo tenerla en la mano y que la solté cuando ella se lanzó sobre mi cuerpo. Recuerdo que no me moví del sitio, que simplemente cerré los ojos, porque para entonces ya había aprendido la lección de no intentar evitar el castigo.

Pero en lugar del golpe, sentí sus labios sobre los míos.

Por primera vez, la repulsión no vino del olor a icor en el aire.

Cuando se apartó de mí, sin que yo hubiera reaccionado, me miró a los ojos, con los suyos entrecerrados, y dijo:

—Nunca debiste existir. —Cada palabra se me clavó tan hondo como si la hubiera tallado con el cuchillo en mi piel—. No eres nadie, así que ni siquiera puede contar como infidelidad.

Aun así, ese día se marchó después de ordenarme que limpiase lo que había tirado. Como si, incluso después de haberla dicho, no se pudiera creer del todo su propia mentira.

El beso de Asteria no borra ese recuerdo. El beso de Asteria no borra ninguno de los besos que Hera me robó o me obligó a dar. Pero, de alguna forma, le lleva la contraria a las palabras de la reina de los dioses. Me recuerda que existo. Que soy alguien. Que mis acciones y mis decisiones, después de todo, cuentan. Me lo dice la suavidad con la que me acaricia el cuello, la amabilidad con la que sus labios buscan los míos, la forma en la que nuestros cuerpos, de manera natural, parecen amoldarse.

Cuando nos separamos y dejamos que el aire de la noche vuelva a llenarnos el pecho, no encuentro en su mirada ni odio ni asco ni excusas. Asteria simplemente me enfrenta, con el cielo estrellado reflejado en sus ojos y, si acaso, una pregunta en lo más profundo de las pupilas. Pero yo no quiero que me mire y piense por lo que he pasado. No quiero que me mire y se pregunte cómo me encuentro o si esto ha sido un error. A lo mejor lo ha sido, pero estoy bien.

Su beso me ha hecho sentir bien.

Ella me hace sentir bien.

Cuando me echo hacia delante por segunda vez, es para volver a besarla, antes de que alguna palabra equivocada pueda salir de nuestros labios.

No llego a hacerlo. El sonido de un puño golpeando el portón de entrada a la casa nos congela. Es noche cerrada y Ligeia, por lo general, nunca tiene más visitas que las divinas, así que, por un breve instante, un pánico ilógico se apodera de mí y pienso que al fin nos han descubierto. Que Hera o Hades saben que estoy aquí.

Es el segundo en el que tardo en darme cuenta de que ninguno de los dos llamaría a la puerta.

Asteria y yo compartimos una mirada en la que soy súbitamente consciente de lo que le he pedido, de que el beso todavía me quema en los labios y que el momento se ha acabado y ahora… ahora no sé cómo actuar. Iba a volver a besarla, pero no sé si tengo derecho. Mis manos siguen sobre su cuerpo y la suya todavía me toca el cuello, firme y callosa, pero de pronto se desliza hacia abajo para apretarse contra mi pecho y apartarme un poco.

La amazona se aleja de mí para asomarse al borde del tejado y yo soy demasiado consciente de que quizá Ligeia tenga razón, quizá los dioses seamos obsesivos y sintamos con demasiada fuerza, porque noto la ausencia que deja pese a que sigue junto a mí.

Quiero volver a tocarla.

Quiero volver a besarla.

¿Y ella? ¿Qué quiere?

—¡Quiero ver a la señora de la casa!

La exclamación que viene de abajo, del patio, me arranca de mis pensamientos. Percibo una existencia nueva cerca y, cuando me asomo yo también, distingo la figura de lo que parece una mujer en la entrada. Elias está intentando razonar con ella en voz mucho más baja.

—¡No me iré hasta que me reciba! —protesta ella, con más fuerza de la necesaria—. Si me dice dónde se esconde la Amazona Roja, me marcharé, pero necesito saberlo. Necesito verla.

¿Está buscando a Asteria? A mi lado, mi acompañante frunce un poco el ceño.

—¿La conoces?

Ella niega con la cabeza. Una puerta se abre y se cierra y vemos cómo Ligeia aparece en el patio, probablemente para recibir a la extraña que reclama su presencia en medio de la noche.

—Voy a bajar.

Me parece una idea terrible, pero Asteria se mueve antes de que yo pueda reaccionar. Pierdo todo su calor y el sonido reconfortante de su pulso se aleja cuando se pone en pie.

—No deberías...

Pero ella ni siquiera me deja terminar. A Asteria nunca la detiene nada ni nadie, así que recoge la espada y el puñal dorado que siempre tiene cerca, baja del tejado y me deja atrás. Durante un momento, dudo. Podría observar la escena de lejos, como un mero espectador. Podría mantenerme al margen, como he hecho siempre, como se supone que hacen los dioses.

Pero el beso todavía me arde en los labios, el contacto con la amazona todavía me cosquillea sobre la piel, y la idea de quedarme quieto o solo me provoca un rechazo inmediato. No quiero seguir fingiendo que sigo en el Mundo Superior, no quiero seguir fingiendo que nada de lo que pase aquí puede afectarme.

No quiero dejar de involucrarme.

Antes de darme cuenta de lo que estoy haciendo, cedo una vez más a ese tirón que me atrae hacia Asteria y la sigo.

ASTERIA

Cuando llego al patio, Ligeia ya se ha unido a Elias en la puerta. La bibliotecaria tiene el largo pelo suelto y se nota que el peplo se lo ha puesto a toda prisa después de salir de la cama. Nuestra visitante es una mujer de largos cabellos dorados y rizados que me recuerdan a los de Lysandra. Lleva un carcaj colgado a la espalda, por encima de la capa que porta, raída del viaje que debe de haber hecho hasta aquí. Una de sus manos aferra con fuerza un arco que parece de buena calidad.

—Quiero verla —dice con voz fuerte—. Y tú tienes que saber dónde está. Debo encontrarla, quiero ser como ella. Admiro a las amazonas y espero que pueda entrenarme. La fuerza de su pueblo es conocida por todo el mundo, pero solo las iniciadas conocen sus secretos y yo quiero...

—Nuestra fuerza reside en que aprendemos a sujetar un arma en cuanto podemos levantarla del suelo. No hay ningún otro secreto.

Todas las presentes alzan la mirada hacia mí mientras me acerco. Elias parece nervioso y se frota las manos con inquietud; Ligeia me observa con el rostro serio y se arrebuja bajo el manto con el que se cubre los brazos. Probablemente no le haga mucha gracia que me haya mostrado tan de repente.

—Asteria. —El tono de la dueña de la casa es ilegible—. Esta mujer dice que está buscándote. Que quiere que seas su... maestra.

Enarco una ceja y me vuelvo hacia la extraña. Parece sobrecogida ante mi presencia y, en cuanto nuestras miradas se encuentran, ella baja la cabeza en una inclinación excesivamente respetuosa para una persona como yo.

—¿De veras? —pregunto.

—Los relatos de vuestras hazañas me han inspirado —dice, de manera casi atropellada—. Vengo de muy lejos solo para poder hablar con vos, para poder… para poder pediros que me entrenéis. En la isla de Candia, de donde yo provengo, a las mujeres no se nos permite luchar, pero yo deseo hacerlo. Quiero… Quiero defenderme a mí y a las mías; deseo hacerme un nombre y convertirme en una heroína, igual que lo habéis hecho vos. Por favor, me gustaría…

Entorno los ojos. Comparto una rápida mirada con Ligeia, que no parece muy convencida. Se arrebuja en el manto un poco más.

Yo vuelvo la vista a la visitante. No debe de ser mucho más joven que yo.

—¿Cómo te llamas?

—Máxima, mi señora.

—No me llames así —replico.

Ella se encoge un poco sobre sí misma.

—Lo siento, mi…

—Déjala pasar.

Ligeia frunce un poco el ceño.

—¿Estás segura?

Yo asiento. La joven Máxima levanta una mirada que resulta brillante, esperanzada y satisfecha, sobre todo cuando la bibliotecaria cabecea y se aparta para permitirle el paso dentro de la finca. La manera en la que traspasa el portón está llena de decisión y orgullo: en la manera en la que pisa, en su barbilla alzada.

—Asteria.

Pierdo un segundo la atención en nuestra visitante cuando oigo la voz de Orión, que también se acerca a nosotras. Parece un poco inquieto, pero yo no le doy más explicaciones antes de volver a girarme hacia la recién llegada. La descubro fijándose un segundo de más en el dios, aunque baja vista de nuevo al suelo en cuanto se da cuenta.

—Para mí es un honor que...

—Te he permitido pasar, pero no he dicho que vaya a entrenarte. —La muchacha se tensa y levanta la mirada, dubitativa. Yo enarco las cejas—. Candia está bastante lejos de aquí e imagino que estarás cansada, pero si quieres ser mi pupila, tendrás que luchar conmigo. Si consigues hacerme sangrar, te entrenaré.

La muchacha abre y cierra la boca, incrédula. No es la única sorprendida, porque Orión me mira como si me hubiera vuelto loca.

—¿Qué? —dice nuestra visitante—. Pero... ¿ahora?

—Las amazonas siempre estamos preparadas para luchar —respondo. Después frunzo el ceño—. Si tú no lo estás...

—¡No! No, lo estoy. Siempre estoy preparada.

Yo ladeo la cabeza y le dedico el principio de una sonrisa amable, un gesto de apoyo y aprobación que acompaño con un asentimiento de cabeza.

—Muy bien.

—Asteria, ¿qué...?

—Será con espadas —interrumpo a Orión—. ¿Tienes algún inconveniente, Máxima?

La aludida se apresura a negar con la cabeza, nerviosa. Después, deja en el suelo su arco y su carcaj y se quita la capa. Bajo ella lleva puesta unas ropas un tanto distintas a las que se suelen ver en el imperio de Eladia: la túnica que sirve de base es larga, del color gris de la tormenta, pero encima lleva varias telas con mosaicos de todos los colores y un fajín que se le aferra a la cintura. La falda que tiene puesta está abierta por los laterales, lo que le permite mayor movilidad. Lleva sandalias altas, hasta el borde de las rodillas. La espada que carga en el cinto parece normal, de hierro simple.

La analizo un segundo antes de obligar a Orión a retroceder para que me deje espacio. Él lo hace, aunque parece un poco confuso. Por el rabillo del ojo me doy cuenta de que Ligeia le susurra algo a Elias y este se apresura a entrar en la casa.

—A primera sangre, ¿verdad? —se asegura Máxima.

Yo asiento mientras desenvaino mi propia arma.

—¿Crees que podrás?

—No voy a decepcionaros, maestra.

No me da tregua. Se lanza hacia mí con una ferocidad que no casa con su aspecto y una velocidad que habría cogido por sorpresa a cualquiera, pero yo estoy esperándola. Yo, que en los últimos días ya he aprendido a dominar este poder que no deja de llenarme la cabeza de dolor, me he dado cuenta de lo más extraño que hay en esa chica.

El dolor es inherente a la vida.

Pero no soy capaz de sentir dolor alguno en ella.

Así que, cuando evito su primer ataque y chocamos nuestras espadas, entrecierro los ojos. Porque solo necesito un momento de concentración. Solo necesito un instante para que caiga en mi trampa, porque las amazonas luchan con honor, pero a estas alturas ya he aprendido que las diosas no lo tienen.

A veces hace falta jugar sucio.

Y yo solo necesito un corte para confirmar lo que sospecho.

Sin que ella pueda hacer nada para evitarlo, un tajo aparece en su mejilla. Es superficial, apenas un rasguño, pero es suficiente para que sangre.

Las gotas que se forman sobre su piel son de un inconfundible dorado.

La muchacha abre mucho los ojos, sorprendida, no sé si ante el ramalazo de dolor que le golpea, ante la seguridad de que la he engañado o ante la sonrisa que se me dibuja en la boca. La veo en sus ojos. Es grande y demencial, pero no me importa.

—¿Qué...?

No le doy pie a que continúe. Empujo mi espada contra la suya todo lo rápido que puedo y la embisto. La chica trastabilla, solo un segundo, pero no necesito más.

Solo es necesario un pensamiento rápido para abrirle dos cortes en las piernas que la hacen gritar y caer. Su sufrimiento, como siempre, me da energía. El grito que emite, entre la sorpresa y la incredulidad, se convierte en un estremecimiento agradable por el que no siento ninguna culpa.

Con un movimiento fluido, desenvaino el puñal de oro y me lanzo hacia la muchacha. Lo hago rápido para que ni siquiera pueda verlo venir.

Cuando se lo clavo en el pecho, el grito esta vez es un alarido.

Su sangre me salpica la sonrisa. Sus ojos abiertos, hasta el momento verdes, tan verdes como los de Lysandra, se enturbian, titilan y cambian de color. De pronto son dorados, tanto como la sangre que le llena la boca. Relampaguean.

La satisfacción de ver al Rey de los Cielos en el suelo me sabe a ambrosía.

—Bienvenido, Zeus —paladeo—. Te estábamos esperando.

ORIÓN

Zeus está enfrente de mí, sentado, con las muñecas esposadas por un par de grilletes forjados por Hefesto. Una sonrisa se extiende por sus labios por alguna razón que no puedo comprender y yo aparto la mirada, turbado. Supongo que esperaba verlo más enfadado, pero creo que tan solo no nos toma en serio, que piensa que este no es más que otro juego o quizá un pequeño giro que hace todavía más interesante su última y ansiada conquista.

Pero la mujer en la que ha puesto los ojos esta vez no está interesada y no entiendo cómo no puede verlo. Aunque es cierto que Asteria no le quita los ojos de encima, no hay nada en su expresión que indique deseo, sino todo lo contrario: su expresión es fría y todavía empuña el cuchillo con el que lo ha apuñalado, aún manchado con el icor del rey de los dioses. Ligeia, por su parte, permanece apartada de nosotros, en la esquina más alejada de la estancia, precavida. Las cadenas que aseguran que Zeus no pueda usar sus poderes son suyas y me pregunto cuántas trampas para dioses tendrá por toda la casa. Como se ha portado como la perfecta anfitriona con Asteria y conmigo, resulta fácil olvidar que nunca ha tenido al Mundo Superior en demasiada estima.

—¿Y si no vienen?

La pregunta se me escapa de los labios tan solo porque no soporto más el silencio. Mis compañeras se fijan en mí al mismo tiempo. Zeus se relame.

—Sí —dice, casi canturreando—. ¿Y si no vienen?

Asteria ladea la cabeza y acomoda los dedos alrededor del puñal. Creo que, si le da razones para usarlo, no dudará en hacerlo. Es obvio que no le ha gustado la treta que ha usado para acercarse a ella, disfrazado de una mujer que podía admirarla, a ella y a las suyas... Debe de haberle parecido insultante. Lo es.

—Entonces yo misma decidiré qué hacemos contigo —repone la amazona con una sonrisa tan falsa, tan retorcida, que consigue que me estremezca.

—Bueno, si eres tú quien decide, espero que también seas la que me castigue.

Realmente sigue pensando que estamos jugando. Quizá lo vaya a seguir haciendo hasta que Asteria le ponga el filo en el cuello y lo amenace de verdad, aunque dudo que la temiese incluso entonces. Zeus sabe que nadie se va a atrever a matarlo, al fin y al cabo. Lo contrario sería una temeridad y el asesino se granjearía la enemistad inmediata del resto del panteón, porque entonces sí que nadie se sentiría ya a salvo. El castigo también sería ejemplar.

—¿Te olvidas de que tengo un puñal que puedo volver a clavarte? —le pregunta Asteria.

—¿Por qué no dejas que ahora sea yo el que te clave algo, amazona? —ronronea el dios.

Yo gruño, descontento, y Ligeia hace una mueca de asco. Incluso Asteria enarca una ceja, como si tuviera delante un insecto y estuviese decidiendo si debe aplastarlo.

—Tu plan para conseguirlo no ha sido el más brillante, ¿no te parece? Aunque ¿qué se podía esperar de alguien que se convierte en toro para acostarse con una mujer?

Zeus se encoge de hombros.

—Mis planes siempre han funcionado. Y no me digas que no era una chica atractiva...

Y entonces me mira a mí, como si esperase que yo le dé la razón. Como si creyese que voy a reírle la gracia o que al menos me encontrará sonriendo. No lo hace. De hecho, lo único que tengo ganas de hacer es preguntarles a mis compañeras si de verdad necesitamos a alguien como él para llevar a cabo el plan. El Juicio no puede celebrarse sin los Doce, soy consciente de ello, pero no puedo fiarme de él. No puedo confiar en que vaya a querer volver al Mundo Superior si no es con los grilletes y dudo que, a la hora de la verdad, este hombre vaya a inclinar la balanza hacia nuestro lado, digan lo que digan Atenea, Artemisa y mi madre. Más bien se convertirá en un lastre innecesario.

Estoy a punto de abrir la boca para exponer mis dudas cuando la luz irrumpe en la sala, del mismo modo que lo hizo aquel día en el corredor. La primera a la que veo es a Atenea, con su brillante armadura de plata. Artemisa está junto a ella y mira alrededor, casi curiosa, mientras se acomoda el carcaj en el hombro.

Yo me fijo más en la tercera diosa que va con ellas.

Eris.

No la he visto desde aquel día que abandoné la seguridad del antiguo templo de Deméter, pero ahora que la tengo delante... sus ojos pasan por encima de mí, como si no fuera más que otro tapiz en las paredes.

Eris solo tiene ojos para Zeus y yo me deshincho, sintiéndome ignorado. Por el rabillo del ojo veo a Ligeia acercarse un poco más a Asteria, quizá porque es la única diosa con la que se siente mínimamente a salvo. Estoy seguro de que desearía estar en cualquier otra parte, en lugar de en medio de un encuentro entre inmortales.

Mi madre es la primera en hablar:

—Así que habéis atrapado a una lagartija escurridiza...

—Me pusieron un cebo demasiado apetitoso —responde Zeus, al tiempo que vuelve a lanzarle un vistazo a Asteria. Ni siquiera parece sorprendido de que la diosa del Caos esté ante él.

—Espero que no la hayas tocado —masculla Artemisa.

Asteria enarca las cejas y se fija en ella. Cuando la convirtieron en diosa estaba inconsciente, así que supongo que para ella este es su primer encuentro con la diosa de la Caza. Y es evidente que, pese a que la acaba de defender, la amazona no siente la más mínima simpatía hacia la que debía ser su diosa protectora.

—¿Se lo adviertes por mi bien o por tu orgullo, Artemisa?

La aludida la mira un poco sorprendida, pero antes de que pueda responder, mi madre se adelanta. Sus pasos resuenan por el cuarto y yo me fijo en cómo irradia poder con cada movimiento, cómo parece casi haber crecido desde que la liberé de su prisión de piedra. No soy el único que le presta atención: todos los ojos están puestos sobre ella, incluso los de Zeus. No parece demasiado contenta cuando llega a su altura, extiende la mano y roza la mejilla de su soberano.

—Llevo buscándote muchos días y muchas noches, mi rey.

Pese a que su voz es dulce como la ambrosía, hay algo en ella que me genera rechazo.

—Es obvio que no te has esforzado lo suficiente. —Zeus mueve la cabeza para que deje de tocarlo y se echa hacia atrás en el asiento—. Pero si querías verme no era necesario todo este... teatro.

Todos aquí sabemos que eso es mentira. Sin este teatro, seguiría dando saltos de lugar en lugar, ignorando por completo sus obligaciones y sin pisar el Mundo Superior para absolutamente nada.

Atenea da un paso hacia delante.

—Padre —comienza a decir, mucho más formal que los demás—, debéis volver. Es hora de que cambien algunas cosas, tanto arriba como abajo, pero no puede haber un Juicio sin vos.

—Le hemos explicado la situación, pero no quiere colaborar —contribuye Ligeia—. Lo ha dejado bastante claro.

Atenea aprieta los labios, obviamente descontenta. Mi madre, por su parte, no aparta la atención del rey. Con pasos calmados, de felino, comienza a rodear su asiento.

—Me sorprende que tengas la oportunidad de hacer justo lo que Hera no quiere que hagas y no la vayas a aprovechar. ¿O es que piensas unirte a ella?

Zeus deja escapar una risa irónica.

—No está entre mis planes enfrentarme a ella. Ni tampoco apoyarla. Soy demasiado listo para meterme entre dos bestias que luchan por el que ambas creen que es su territorio. —Pretende cruzarse de brazos, pero recuerda los grilletes y se conforma con entrelazar los dedos—. Y, por otro lado, yo nunca te ayudaría a nada, Eris.

—¿Ni siquiera por los viejos tiempos?

—Quizá para ti haya una línea muy delgada entre sembrar el caos y matar a los tuyos, pero no para mí.

—Dijo el hombre capaz de matar a su propio padre.

—Algo que hice no para tener más poder, sino para salvar a todos mis hermanos. —La mirada de Zeus cae sobre Asteria, que se tensa. La sonrisa que curva la boca del dios parece burlarse de ella—. Seguro que alguien en esta sala puede comprender eso.

La amazona entrecierra los ojos y aprieta el puñal dorado, más que preparada para usarlo. Sin embargo, Ligeia alza la mano para posarla con suavidad sobre su muñeca y niega con la cabeza. Es obvio que quiere obligarla a mantener la cabeza fría, aunque yo mismo siento la tentación de saltar sobre el rey. Que no se atreva a compararse con ella. Que no se atreva a decir que lo que hizo fue por amor a su familia, cuando sus hijos no han recibido de él más que desplantes.

No estaría a su altura ni con todas las coronas de todos los mundos sobre su cabeza.

—Si te importan tus hermanos, también debería importarte lo que sucede con ellos ahora y todo lo que están haciendo —replico. El resto de los dioses se gira hacia mí con cierta sorpresa, como si se hubieran olvidado de mi presencia. Eso me molesta todavía más—. ¿No es tu deber, como Rey de los Cielos, asegurar la justicia entre los nuestros? Hablas de Eris y de los errores de su pasado, pero...

—¿Error? —me interrumpe Zeus, con una carcajada que roza la sorpresa—. Tu madre no cometió ningún error, chico. No puedes cortarle la cabeza a alguien y adoptar su forma por error.

—Ella solo...

Pero callo. Porque no sé cómo continuar y porque, en realidad, ni siquiera estoy muy seguro de por qué la defiendo. Supongo que porque, pese a todo, es mi madre. Porque todavía quiero pensar que tenía algún buen motivo para hacer lo que hizo, más allá de la ambición. Aun así, cuando giro la cabeza para mirarla, no sé interpretar su expresión. Juraría que parece... curiosa. Como si no se hubiese parado a tomarme en serio antes o me estuviese descubriendo por primera vez. Me mira igual que cuando le dije que la había despertado, como si no estuviese segura de qué hacer conmigo. Eso me revuelve por dentro. Me hace sentir todavía más ajeno a ella. Como si fuéramos desconocidos, en vez de madre e hijo.

Somos desconocidos.

La aceptación trae consigo la vergüenza. El ridículo. Esta mujer no me conoce. Esta mujer manda a otros en mi búsqueda. Y puede que yo tampoco la conozca a ella, bien pensado. Solo así se explica la expresión de Zeus cuando yo dejo la frase en el aire sin saber cómo continuar.

Él sabe exactamente lo que se me está pasando por la cabeza.

—Un error habría sido enamorarse del hombre equivocado, un error habría sido estar en un lugar en el que no debía en un momento desafortunado —dice, casi regodeándose—. Pero ¿matar a Perséfone? Eso es más que un error. ¿Intentar acuchillar a Hades en su propio reino? Y luego estás tú, claro.

Calla. No me gusta la mirada que comparten Atenea y Artemisa, no me gusta la manera en la que Eris chasquea la lengua.

—¿Yo? ¿Qué tengo que ver yo en esto?

—Ah, ¿no se lo habéis dicho? —Zeus mira a mis aliadas y sonríe como si le hubieran contado un chiste—. Habéis involucrado a este pobre desgraciado en vuestro intento de rebelión, habéis conseguido que os haga el trabajo sucio, ¿y ni siquiera le habéis contado quién es? Por estas cosas me fui del Mundo Superior. En el fondo, no se puede confiar en la familia.

—Padre —se apresura a detenerlo Atenea—, no creo que...

Pero esta vez soy yo quien la interrumpe al alzar la voz por encima de la suya:

—¿Decirme el qué? ¿Qué es lo que se supone que tengo que saber?

—¿De dónde crees que vienes, Orión? Solo eras un recién nacido cuando juzgamos a tu madre...

¿Venir? Frunzo el ceño, sin entender. Vengo de la Discordia, del Caos. Eris es mi madre y he pagado toda la vida por ello, solo por haber nacido de su esencia. No es como si fuera mortal y fuesen necesarias dos personas para concebirme. Para los dioses es diferente. Atenea nació sin madre alguna, del propio cráneo de Zeus. Hefesto nació de Hera, sin padre, porque ella estaba celosa de la hazaña de su esposo. A veces dos dioses, o un dios y un mortal, tienen un idilio, nace un niño y ya está. No se le da más importancia, igual que se ignoran las relaciones de consanguineidad. Zeus y Hera son hermanos, y aun así están casados. Hades y Perséfone eran tío y sobrina.

Nunca le di relevancia a mis orígenes porque no me parecía que la tuvieran.

Hasta ahora, claro.

Miro a Eris, casi esperando verla con la mirada baja. Pero, por supuesto, ella no es así. Tiene los ojos entrecerrados, pero alza la barbilla con la dignidad de una emperatriz. Vida... ¿Cómo se crea la Vida? Siempre di por hecho que el Caos no necesitaba nada más para concebirla.

—Dime, Orión: ¿qué fue lo último que hizo Eris antes de ser castigada? ¿Cuál fue la última persona con la que se enfrentó?

—Ya es suficiente —interviene Artemisa—. Esto no es necesario, Zeus.

—¿Qué pensabas? —continúa él, haciendo caso omiso a su hija—. ¿Que no le importabas a nadie porque no tenías a nadie más? ¿Porque naciste solo de la Discordia? Oh, no. Naciste de alguien más, pero esa persona te odia, porque nunca debiste existir.

«Nunca debiste existir». Las palabras del rey de los dioses traen de vuelta las que me repitió una y otra vez Hera durante años. Las que el beso de Asteria había conseguido acallar. Se me clavan. Me hacen sangrar, aunque no quiero darles ese poder.

—Orión.

Es la voz de Asteria la que me hace reaccionar. Se ha separado de Ligeia, que está mirando a su madre con renovada dureza, como si la estuviera culpando de algo, y extiende su mano hacia mí. La amazona tiene la expresión tensa que pone cuando algo la inquieta. Creo que quiere defenderme, pero ¿de qué?

—Padre —advierte Atenea.

—Ah, qué gran palabra. «Padre». —Los ojos de Zeus, dos monedas doradas que brillan, fulguran como un rayo que parte el cielo—. ¿Pensabas que tú no tenías uno, Orión? Lo tienes, pero no quiere saber nada de ti. Si por él fuera, te habría matado cuando solo eras un recién nacido.

Asteria me da alcance y me pone la mano en el brazo. Es entonces, al ver sus ojos rojos, tan rojos como la sangre mortal, tan rojos como el río en el que estuve sumergido durante días, tan rojos como las aguas que a veces todavía veo en mis pesadillas, cuando lo entiendo.

Mi corazón tropieza. Algo en mi mente se abre y mis pensamientos caen y caen y caen, hasta encontrar el fondo.

Hasta sumergirse en la oscuridad del Inframundo.

—Hades.

Siento que me atraganto con el nombre, pero eso parece satisfacer al rey del panteón, que ladea la cabeza. La sonrisa que tiene en la boca es tan grande que resulta inhumana.

—Naciste de la sangre derramada en el intento de asesinato de la propia Muerte —dice Zeus, muy despacio, quizá para asegurarse de que cada palabra se me clava bien hondo—. De la sangre de la Muerte y del Caos, mezcladas... No eres más que una aberración. No eres más que un plan de tu madre que salió mal. El recordatorio físico de todo lo que hizo.

—No.

—Orión, no importa.

La mano de Asteria busca mis dedos, pero yo la rechazo.

—No.

—Orión, hijo...

Mi madre finge que le importo cuando se dirige a mí.

—No.

—Orión, no creíamos que...

Atenea da un paso en mi dirección.

—¡¡¡NO!!!

Mi grito y el paso atrás que doy silencian la cacofonía de voces que intentan hablarme, pero no la que se ha despertado dentro de mi cabeza. ¿Nací de una traición y un engaño? ¿Nací de lo que más me repugna, la sangre y la muerte? Me estremezco, sintiéndome sucio, como si volviese a estar bañado en dorado, como en el laberinto, incluso si no puedo sentir las heridas. O quizá sí que pueda, porque hay algo dentro de mi pecho que duele, que me abre en canal, más hondo que nunca.

Así de fácil, vuelven las pesadillas. Así de fácil, siento las ansias de quitarme la piel y deshacerme de este cuerpo, incluso si en los últimos días pensé que estaba empezando a superar aquella celda y aquel cuchillo dorado, o el río hirviente de sangre roja. De pronto, lo único que deseo es vaciarme las venas, limpiarme por dentro. El corazón me arde con el mismo sentimiento de destrucción que emana de Hades. La boca me sabe a la moneda de cobre que podría estar guardando bajo la lengua.

Y lo peor de todo es que no puedo clamar que es una mentira. Lo peor de todo es que Eris me observa, todavía junto a Zeus, con el rostro inescrutable. ¿En qué momento pensé que podía guardar algo de bondad en su interior? ¿En qué momento pude imaginarme que, si se había rebelado contra el orden del Mundo Superior, tenía que ser diferente?

No lo es. No merecía ser salvada. No merecía ser liberada.

No merece ni mi lástima ni nada que provenga de mí. No se merece nada.

Y aun así…

—¿No veis que solo está intentando distraernos? —murmura la diosa de la Discordia con su voz dulce y seductora. Cuando se separa del Rey de los Cielos es para acercarse a nosotros. Para extender la mano hacia Asteria—. Tu espada, muchacha.

La amazona se ha puesto delante de mí, como si quisiera protegerme de nuevo con su cuerpo, pero obedece. Es un gesto que hace sin pensar, de forma tan mansa que no parece Asteria. Yo me obligo a alzar la mano y ponerla sobre su brazo porque no me parece buena idea dejarle un arma a la Discordia. Porque hay algo en la voz de mi madre, en la decisión con la que se mueve, en el borde dorado de sus iris, que hace que sienta un rechazo visceral.

La amazona gira la cabeza y me mira, confusa, pero antes de que pueda decir nada, Eris ya le ha robado el acero y se ha dado la vuelta para encarar a Zeus.

—Eris, ¿qué...? —pregunta Atenea, al tiempo que da un paso hacia delante.

—Tenemos que hacerle entender a Su Majestad que no estamos jugando. Que vendrá con nosotras por las buenas o por las malas.

No sé por qué me parece una buena idea, pero nadie protesta. Las diosas no se atreven a llevarle la contraria e incluso Ligeia asiente, como si quisiera darle la razón.

Como si fuera la única decisión lógica.

El padre de dioses, el rey del Mundo Superior, se ha puesto en pie al fin, así que supongo que el plan de mi madre funciona. Por fin Zeus nos toma en serio.

—¿Qué crees que estás haciendo?

—Lo que llevo años arrepintiéndome de no haber hecho mientras estaba en la cama contigo: cortarte la cabeza.

Como si el tiempo pasara con más lentitud, la espada se alza ante mis ojos formando un arco perfecto. De pronto, tengo la certeza de que va a hacerlo. Va a matarlo. Quizá ese fue su plan desde el principio. Quizá, cuando Atenea y Artemisa le dijeron que tenían que conseguir su apoyo para un Juicio, ella supo que tenía que adelantarse.

Se ofreció a buscarlo solo para acabar con él.

Eris no quiere justicia. Nunca la ha querido.

Lo único que desea es poder.

Me echo hacia delante incluso antes de poder pensar en lo que estoy haciendo. Me mueve el instinto, la necesidad de enmendar mis errores. Darme cuenta, de pronto, de que he liberado al Caos y lo sumiré todo en la anarquía más absoluta si no hago algo.

Derribo a Eris con toda la fuerza que tengo. Ella deja escapar un grito de sorpresa, yo gruño. Escucho el tintineo de la espada contra el suelo y rodamos, enredados, mientras a nuestro alrededor, como si la habitación hubiera estado bajo el influjo de un hechizo, todo el mundo empieza a moverse.

—¡Libera a Zeus! ¡Rápido! —grita la voz fuerte y decidida de Atenea.

Eris se revuelve y me golpea de manera tan inesperada que consigue que mi espalda encuentre el suelo. Intento sacudirme, quitármela de encima.

—¡Éramos aliados! —protesto.

Los dedos de mi madre son suaves cuando buscan mi cuello. Cuando los clava en mi piel sin ningún remordimiento y empieza a apretar. Ha entornado los ojos y me mira como si fuera una molestia. Como si las mentiras de Hera fueran ciertas y yo, después de todo, no fuera nadie.

—Yo nunca he tenido aliados.

La traición me golpea con más fuerza de la esperada, pese a que quizá debería haberla visto venir. Sus palabras son más efectivas que sus manos para arrebatarme la respiración.

—¡Apártate de él!

El gruñido de Asteria también me toma por sorpresa, igual que el grito de Eris cuando el puñal se le clava en la espalda. Solo entonces me suelta el cuello. Solo entonces, cuando la amazona la empuja lejos de mí, es cuando el rostro de la diosa de la Discordia se transforma del odio a la sorpresa y de nuevo a la ira más primitiva.

—Maldita recién nacida... —La escucho murmurar, mientras se arranca de la piel el cuchillo dorado.

Para entonces Asteria ya me está ayudando a levantarme. Sus brazos están a mi alrededor y entrecierra los ojos y yo recuerdo que no necesita nada más que su fuerza de voluntad para hacerla sangrar...

—¡¡¡Suficiente!!!

La voz de Zeus suena como un trueno cuando deja caer los grilletes al suelo. A su lado, Ligeia, falta de aliento, aferra todavía una llave dorada en la mano: la misma con la que ha cerrado las cadenas alrededor de sus muñecas hace un rato. Algo cambia en la habitación en cuanto el dios queda libre, como si se estuviera fraguando una tormenta dentro de estas cuatro paredes. Chispas azules empiezan a formarse alrededor del cuerpo del rey e incluso su estatura parece cambiar, su sombra creciendo a su espalda. Los ojos le centellean, como si hubiera un relámpago guardado bajo su piel.

—Ya hemos jugado suficiente —dice con la vista fija solo en Eris.

El viento se levanta y entra por las ventanas abiertas. Un viento helado, cortante, que me obliga a escudarme contra la amazona. Ella también se aferra a mí, quizá llevada por el instinto. Incluso Ligeia retrocede y se acerca a su madre y, por lo que creo que debe de ser la primera vez en su vida, deja que le rodee los hombros con un brazo y la proteja entre los pliegues de su ropa, que se sacude a su alrededor. Artemisa no está mucho más lejos, con una flecha cargada en su arco que apunta directamente a mi madre. Se mantiene en tensión, lista para disparar en cuanto alguien se lo ordene.

Cuando el primer rayo cae sobre la silla que ocupaba hace unos momentos y la calcina al instante, Zeus sonríe con una morbosa diversión. Las tejas repiquetean en el tejado, por encima de nosotros. Un mueble se rompe en astillas. Ligeia grita, asustada, y se esconde un poco más. Asteria y yo nos refugiamos el uno contra el otro como si eso pudiera protegernos si todo estalla.

—Eris —dice Zeus—. ¿De verdad creías que podías quedar impune tras intentar matar a tu rey?

Por entre los párpados entreabiertos veo a la diosa de la Discordia de pie en medio del cuarto, manchada con su propia sangre. Sus cabellos rojos restallan a su alrededor y hacen que parezca que su cabeza está en llamas.

Cuando Zeus empieza a brillar, yo no puedo apartar la vista. Cuando el viento parece calmarse un poco, sé que estamos justo en el ojo del huracán. Cuando el dios habla, sé que puede que sean las últimas palabras que Eris escuchará.

Me aferro aún con más fuerza a Asteria.

—¿De verdad creías que podrías salvarte? Tu traición se perdonó una vez con un castigo justo, pero ahora... —El rey da un paso hacia delante. Me parece que Eris da ese mismo paso hacia atrás. Me parece que ha empezado a temblar—. Ahora no seré clemente.

Sé que no quiero verlo, pero no puedo apartar la vista. El rayo alcanza a la diosa del Caos de lleno y en ese momento se convierte en un títere movido por una macabra danza que sacude todas y cada una de sus extremidades. Sé que no quiero oírlo, pero taparse los oídos no sirve de nada: el grito llega con tanta fuerza, con tanta desesperación, que me atraviesa y continúa aun cuando ya ha callado. Estoy seguro de que lo escucharé incluso cuando la calma vuelva y no haya viento ni tormenta, ni la casa parezca venirse abajo a nuestro alrededor.

Al final, me deshago del hechizo. Al final, cierro los ojos.

—¡¡¡Basta!!! —suplico.

Asteria se estremece contra mí. Su cuerpo está frío y tembloroso, y creo que tiene miedo, que por primera vez teme lo que un dios pueda hacer. Esto no tiene nada que ver con el dolor, que ella podría aplacar. Si no hacemos algo pronto, la villa entera arderá y se vendrá abajo. Podría matar a los mortales que viven bajo este techo.

—¡¡¡Padre, basta!!! —pide Atenea, abrazando a Ligeia contra su pecho.

—¡¡¡Déjala, Zeus!!! —grita Asteria—. ¡Así no vas a conseguir nada!

El vendaval se vuelve brisa, como si esas palabras le hubieran recordado al rey que la única forma de acabar con Eris es cortarle la cabeza. El trueno se vuelve un zumbido en mis oídos y al fin puedo escuchar de nuevo mis pensamientos. El corazón me late en la garganta y me siento débil, como si la tormenta se hubiera llevado una parte importante de mí.

Solo entonces me aparto del refugio del abrazo de Asteria para echar un vistazo. Eris se está poniendo en pie con dificultad, entre espasmos. Lo hace con una sonrisa torcida en la boca y la mirada encendida. Su ropa humea; su piel también. Tiene ronchas doradas que se curan a duras penas mientras se endereza y el olor que despide es el de la Muerte, fuerte y agrio. Le falta parte del cabello, así que se le ve el cuero cabelludo, liso, con más pintas doradas.

—Si no acabas conmigo ahora —tose—, yo acabaré contigo. Acabaré... con todos.

Y se echa a reír. Artemisa baja el arco para lanzarse a por los grilletes de Hefesto; Zeus parece a punto de volver a convocar un rayo. Yo me estremezco, a medias lleno de frío, a medias horrorizado, mientras veo al rey de los dioses echarse hacia delante, pero no funciona. Por sorprendente que parezca, la Discordia no se deja coger. En su lugar, con una fuerza que no sé de dónde saca, echa a correr. La veo pasar, rápida como solo puede serlo una diosa, muy cerca de mí. Ni siquiera consigo moverme. Ni siquiera puedo pensar en atraparla.

Asteria sí lo hace. Me suelta, se pone en pie y echa a correr en un intento de capturarla.

A mi alrededor todos son gritos y las órdenes de dioses que están acostumbrados a darlas.

—¡La ventana!

—¡Rápido!

—¡No dejéis que escape!

Las palabras llegan a mí, pero la escena no tiene sentido. Solo sé que no van a atraparla, que se ha escapado. Vuelve a estar libre. La culpa se me desliza por dentro como una araña, rápida, pinchándome el corazón con todas sus patas.

No me quedo a ver cómo se desata el caos que ha dejado en su estela. Este no es mi lugar. Nunca lo ha sido. Sin saber muy bien a dónde voy, atravieso la puerta, aunque me parece que alguien se acuerda de mi nombre, me llama, me pide que regrese.

Pero lo único que hago yo es desaparecer.

ASTERIA

—¡Orión!

Lo veo traspasar el portón justo después de perder de vista a Eris, pero él no me escucha. Él no se detiene. Él… se marcha, sin más. Desaparece y yo trago saliva, ansiosa, porque no tengo ni la menor idea de a dónde va. Todavía siento el pulso acelerado y los nervios a flor de piel, pero tengo que centrarme. Tengo que serenarme y evaluar la situación. Eris ha escapado, Orión no está. Ella no es mi problema, pero su hijo… Está bien. Lo encontraré. Si lo hallé en medio de la oscuridad del Inframundo, lo encontraré en cualquier lado del Mundo Medio.

Antes, sin embargo, rehago mis pasos hacia la casa. La única otra persona que me importa en este momento está saliendo al patio y ambas nos encontramos a medio camino.

—¿Estás bien? —me pregunta. Aunque por lo general Ligeia mantiene a raya sus expresiones y muestra una calma encomiable, ahora es incapaz de disimular su ansiedad.

—Yo soy inmortal —le recuerdo—. ¿Estás tú bien?

La muchacha asiente, pero nunca la había visto tan poco segura de algo. Se frota los brazos por encima de su manto y yo suspiro antes de abrazarla en un intento de reconfortarla. Pese a que su madre es inmortal y a que ella nos ha acogido a Orión y a mí, dudo que esté acostumbrada a ser testigo de los enfrentamientos de los dioses. Leerlos o contarlos no es lo mismo que verlos.

Ligeia se tensa un poco, pero noto cómo esconde la cara contra mi cuello. Suspira. Se obliga a respirar hondo mientras yo deslizo mis dedos por sus cabellos, como si esa caricia pudiera calmarla. Al menos sé que no está herida porque no percibo dolor en ella, solo angustia.

—Orión...

—Lo encontraré —murmuro yo—. No te preocupes, lo encontraré.

Ella asiente. Lo que rompe el silencio que viene después son las voces de las diosas que discuten dentro de la casa. Ligeia y yo nos miramos antes de separarnos y volver a encaminarnos hacia el interior. El comedor está hecho un desastre y, en medio de él, tres divinidades se dividen la responsabilidad de lo que ha sucedido.

—¿Por qué no la habéis detenido? —gruñe Zeus.

—Quizá podríamos haberlo hecho si no hubieras intentado... ¿qué? ¿Pretendías matarla? ¿Darle una lección? Ahora querrá venganza —le advierte Artemisa.

—¿Y qué va a hacer? ¿Venir con una espada a cortarme la cabeza? ¿Tal y como ha intentado hoy mientras vosotras mirabais? ¿A qué esperabais para actuar?

—Estaba usando su poder —replica Atenea—. Sabes tan bien como cualquiera que no es tan fácil resistirse a él.

—Orión actuó. —La voz de Ligeia suena un poco débil todavía, pero no duda en dirigirse a Zeus—. Orión te ha salvado.

Es cierto y el rey de los dioses calla cuando la escucha. Porque todas vimos cómo se lanzaba a por Eris. Durante ese momento, mientras ambas caían al suelo, sentí verdadero miedo por él. Pensé que lo iba a matar, que le arrancaría la cabeza con sus propias manos. Que no le importaría que fuese su propio hijo. Y si no lo hizo, supongo que fue solo porque llegué a tiempo con el cuchillo.

Aprieto el puño y observo el rastro dorado que la diosa ha dejado en el suelo. Si por mí hubiera sido, la habría matado. Por usarnos a todas. Por jugar con nosotras. Por el daño que le ha hecho a Orión. Él ha tenido que pagar por sus pecados sin tener nada que ver con ellos; su propio padre lo torturó solo por lo que Eris le hizo a Perséfone. Y ahora lo ha vuelto a dejar destrozado al demostrarle que no le importa en absoluto.

—No sabíamos lo que Eris pretendía —continúa Atenea—. Lo único que queríamos era que volvieras al Mundo Superior. Queremos celebrar un Juicio. Queremos cambios. Hera...

—No me hables de Hera mientras Eris está suelta —la interrumpe él, cortante como una espada.

Atenea y Artemisa se miran, frustradas. No sé con qué diosa está más molesta Ligeia, porque la veo fruncir los labios.

Yo doy un paso hacia delante. No voy a dejar que todo lo que hemos hecho se quede en nada. Ya no solo porque no pienso perder la oportunidad de vengarme del emperador, sino porque Orión se merece una vida libre y la muchacha junto a mí será una emperatriz mucho más justa que el monstruo que se sienta ahora en el trono.

—Yo atraparé a Eris.

Todas las diosas presentes callan y se giran hacia mí. Veo la incredulidad en Atenea, algo semejante a la sorpresa en Artemisa y la suspicacia en Zeus. Ligeia, por su parte, me mira con los ojos muy abiertos.

—Asteria, no.

Pero yo continúo hablando:

—La cazaré para vosotras —les aseguro—. Para que os venguéis, la juzguéis, se la deis a Hades o hagáis lo que os venga en gana con ella, no es mi problema. Pero a cambio, Zeus, le pararás los pies a Hera: que deje libre a Orión, que deje de actuar como una tirana en el Mundo Superior. A ti también te interesa atarla en corto: todo esto empezó porque a tu esposa le pareció buena idea utilizarme para atraparte y llevarte ante ella.

Zeus recupera su sonrisa. Al contrario de lo que esperaba, no se molesta ni se ofende por el atrevimiento de su mujer. Solo se encoge de hombros.

—Sé cómo es Hera, y sé que adoraría atraparme y torturarme.

Pero es mi esposa y me respetará, porque está en su naturaleza honrar a su marido. Es inofensiva. Al menos, lo es para mí.

Frunzo el ceño. No sé si es ingenuo o tan solo idiota, pero sí tengo claro que es egoísta y despreciable. Aunque, por otro lado, eso no debería ser una novedad. Supongo que solo hay una manera de llamar la atención de las diosas: convirtiéndolo todo en un asunto personal. Una cuestión de orgullo y poder. No les mueve nada más.

Así que ladeo la cabeza y esta vez soy yo la que tuerce la sonrisa.

—¿No será que le tienes miedo a tu propia mujer y por eso la dejas actuar como quiera, Zeus?

El soberano de los Cielos se carcajea de mí. Me sentiría avergonzada si no estuviera demasiado concentrada en encontrar la fisura que hará que me tome en serio. Que lo ponga de nuestra parte o, al menos, lo empuje a hacer justo lo que necesito.

—¿Miedo? —Repite la palabra como si no la conociera. Como si le pareciera un chiste en sí misma—. ¿Acaso sabes quién soy, amazona? Soy padre de dioses y héroes. Soy soberano del Mundo Superior, Rey de los Cielos, poseo poder sobre el rayo y el trueno. ¿Y crees que tengo miedo? De mi esposa, nada más y nada menos... —Otra carcajada—. En el Mundo Superior, mis órdenes son la ley, así como en este.

—¿Estás seguro?

Ahí está la fisura, cuando frunce un poco el entrecejo, solo un segundo. Mi tono es suficiente para hacerlo dudar, pero es mi sonrisa la que hace que se gire hacia sus hijas.

—Hace más de treinta años que nadie te ha visto por el Mundo Superior —le recuerda Artemisa.

—¿De verdad puedes seguir haciéndote llamar «soberano» si es Hera la que gobierna y toma las decisiones? —apunta Atenea.

—No eres mi rey —añado yo, para darle el golpe de gracia—. Puede que sea una recién nacida, como Eris ha dicho, pero las historias que he escuchado sobre ti no me hacen verte como a alguien a quien obedecer, ni siquiera a alguien a quien respetar.

—Zeus abre la boca, pero yo alzo la voz para que no se le ocurra interrumpirme. Me acerco a él, uno, dos pasos—. Pero no soy la única. Por lo que yo sé, ya nadie cuenta contigo en el Mundo Superior. No creen en ti. Empezando por Hera. ¿Crees que soy la única que piensa que le tienes miedo? ¿Crees que solo yo opino que eres un cobarde? Yo diría que no. Yo diría que, incluso entre los mortales...

Me giro hacia Ligeia. Aunque sé que está tensa, precavida, asiente y encara al Rey de los Cielos como si no pudiera asustarla en absoluto.

—Lo único por lo que te temen en el Mundo Medio es por si te fijas en la esposa de otro —apostilla—. No eres más que un cuento para que las mujeres no confiemos en nada que se salga de lo normal.

Zeus entrecierra los ojos. A su alrededor, el aire parece chispear tanto como sus pupilas, pero todas permanecemos inamovibles. Pese a lo que digo, me siento en tensión. Tengo demasiado presente la imagen de Eris siendo atravesada por los rayos. Sentí su dolor y fue atroz.

Aun así, cuando el dios vuelve a hacer ademán de hablar, yo termino de plantarme ante él y lo encaro.

—Fue una trampa. —Mi declaración suena satisfecha, una burla llena de placer—. No le hice ningún juramento a Artemisa, Zeus. Hicimos correr ese rumor porque sabíamos que así vendrías. Con algo tan... estúpido. Porque eso es lo que único que sabemos aquí de ti: que te encaprichas de personas y haces lo que sea por meterte en su cama. Del resto de tu poder, ya nadie habla.

Sabe que es cierto. Eso es lo que le molesta, precisamente: que no hemos mentido en nada. Puede que trate de provocarlo, pero si mis palabras no tuvieran una base de verdad, no funcionarían. Ante mí, el rey aprieta los dientes por su orgullo herido. Incluso entonces, incluso cuando los ojos se le oscurecen, alza la barbilla con la dignidad que solo poseen los que tienen el mundo en sus manos.

—Si no había subido ya al Mundo Superior era porque nadie me daba razones para ello. Pero si hay dioses pensando como tú, si permito que me falten así al respeto, no me haría valer. —Su mano se alza entonces para cogerme del pelo. Contengo el aliento, pero no aparto la mirada, porque no puedo darle ese gusto. De todos modos, no me aterra lo que pueda hacerme a mí. Hace mucho que dejé de temer por mi propia suerte—. Está bien, subiré. Les recordaré a todos quién es su soberano y ataré en corto a Hera, si creo que se lo merece. Y después, amazona, pienso volver aquí y castigarte por tu insubordinación.

A mi pesar, hay un escalofrío que me baja por la espalda, pero lo cubro con la sonrisa que me corre por la boca.

—Eso si Hera no te humilla, supongo —replico—. Estoy segura de que piensa que está por encima de ti. Me pregunto si conseguirá vencerte... Puede que sí. Quizá te torture, como ha hecho con Orión, y tú acabarás arrastrándote y besándole los pies.

Zeus entrecierra los ojos con rabia. La tormenta sigue desatándose en esos ojos que contienen el Universo.

—Espera y verás.

No dice nada más antes de marcharse.

El Rey de los Cielos vuelve a su hogar.

ORIÓN

Hay algo especialmente triste en saber que no tienes ningún lugar al que volver. Que, cuando más lo necesitas, no hay ningún escondite al que poder huir, ningún sitio impregnado en buenos recuerdos que te haga sentir reconfortado. Después de treinta seis años de vida, no tengo ni un solo rincón que pueda llamar «hogar». Que sienta como mío, incluso si es una mentira que contarme.

Es triste que el único punto del mapa del Mundo Medio en el que logre pensar sea un templo derruido que se consagró a una diosa que ya no existe. La única que decidió que ya no le quedaban razones para vivir.

Al menos en este santuario puedo estar solo. Al menos aquí encuentro un sitio entre los escombros en el que dejarme caer. Apoyo la espalda contra el altar y me permito derrumbarme. Con las columnas partidas y la maleza que ha crecido entre los restos del edificio como únicos testigos, entierro la cara entre las manos y me echo a llorar. Lloro por la traición de mi madre y la imagen de su rostro contraído cuando me dijo que ella no tenía aliados, por la certeza de que mi padre me odia y considera mi nacimiento poco menos que una afrenta, por los años de prisión dentro del palacio de Hera, por la seguridad de que mis aliadas solo me han usado para conseguir sus propios objetivos, por todos mis errores. Lloro por la vida que podría haber tenido y por todo lo que ahora sé que me ha faltado, porque quizá lo peor de la situación es darme cuenta de que en los últimos días he aprendido más sobre las palabras «amistad», «lealtad» y «confianza» que nunca.

Y no ha sido gracias a los míos, no ha sido por nada que un dios haya hecho, sino por dos muchachas que nacieron mortales. Ellas me han demostrado más cariño y comprensión de los que jamás he visto en el Mundo Superior.

El beso de Asteria todavía me arde en los labios, igual que parece hacerlo la forma en la que me abrazaba cuando Zeus convocó sus rayos. Tengo sus ansias de protegerme pegadas a la piel, su calidez abrigándome todavía un poco, mientras el frío de la noche intenta colarse por los muros derruidos del templo. No sé cuánto tiempo paso aquí sentado, haciéndome tan pequeño como puedo. En algún momento supongo que deja de importar. Que me entumezco lo suficiente como para que el mundo exterior desaparezca.

Lo único que sé es que la siguiente vez que abro los ojos todavía es de noche. Lo hago solo porque veo una luz roja detrás de mis párpados cerrados y porque siento su energía, furiosa y atractiva, incluso antes de que ella termine de aparecer.

—Orión...

La silueta de Asteria se recorta contra las estrellas, pero yo no me muevo ni un ápice. Supongo que me está mirando, que debe de sentir todo este dolor que llevo dentro, incluso si no tengo ni una sola herida abierta sobre la piel.

Desearía que hubiera alguna forma de quitármelo. Desearía que Lete estuviera aquí y sus lágrimas pudieran borrarlo todo. Que me buscase un nombre nuevo y renacer sin más como otra persona.

Odio ser Orión.

La amazona se arrodilla ante mí y, con mucho cuidado, como si temiera que fuera a romperme, me roza el rostro en un intento de limpiar el rastro que las lágrimas han dejado tras de sí. Estoy a punto de alejarme, de pedirle que se vaya y me deje, pero la suavidad con la que me atrae hacia sí, con la que me rodea el cuerpo como si quisiera protegerme de mis propios pensamientos, me desarma de cualquier queja que pudiera tener.

El abrazo en el que nos fundimos me recuerda al que me dio a la orilla de la laguna Estigia y, al mismo tiempo, no podría ser más diferente.

Bum-bum.

Su corazón late contra mi oreja y yo cedo y me aprieto más contra ella, extendiendo los brazos. Me aferro a sus ropas con la misma desesperación con la que me he aferrado a la esperanza, como si fuera la última cosa buena que me queda en la vida.

—No he hecho nada más que equivocarme.

La confesión me sale en un susurro roto, poco más que un suspiro que se deshará en cuanto sople una brisa. Siento la voz tan frágil como yo y la garganta tan apretada como los puños en los que sujeto la tela de su quitón.

Ella me agarra con un poco más de fuerza, como si temiera que fuera a desaparecer entre sus brazos.

—Eso no es...

—Pensé que liberar a Eris sería una buena idea —la corto. No quiero que me cuente mentiras, aunque sean para consolarme—. Pero fui un necio. Siempre lo he sido. Y ni siquiera soy mejor que el resto del panteón. En realidad, soy exactamente igual. Soy... ridículo y egoísta... —El aire se niega a entrar en mi pecho por mucho que lo busco. Un sollozo amenaza con ahogarme—. He condenado a mucha gente por mis propios deseos. A ti, al principio. A todos los dioses, ahora. Pero estaba tan desesperado, Asteria... Tenía tanto miedo...

Miedo de que los abusos de Hera fueran lo único que me mereciese. Miedo de una inmortalidad que no cambiase, en la que cada día fuese igual al anterior. Miedo de que cada cosa que me decía ella fuera verdad y de quedarme completamente estancado. Quizá, incluso, tenía miedo de que mi nombre se olvidase. De que los ruegos y los rezos que tenía en lo más hondo de la cabeza se apagaran algún día y yo desapareciese con ellos.

—Está bien, Orión.

La voz de Asteria suena un poco extraña, arrugada. Cuando me separa para volver a tomar mi rostro entre las manos, descubro que sus ojos rojos están cubiertos por un velo de lágrimas que me resulta complicado entender que estén ahí. Trata de contenerlas, pero una se le desliza por el rostro y parte la mitad izquierda de su expresión. Me parece que por primera vez su cara refleja todos los golpes que ha recibido. Todo lo que debe de llevar semanas enteras conteniendo...

¿Cuándo fue la última vez que lloró?

Sigue siendo de noche, pero las primeras luces del alba destellan en sus ojos húmedos cuando me enmarca el rostro con las manos y apoya su frente contra la mía, sin importarle que los dedos se le manchen con mis lágrimas.

—Solo tratabas de escapar —me dice con esa voz que parece un poco más débil de lo habitual—. Nadie puede culparte por querer ser libre, por... por hacer todo lo que estaba en tu mano por ello.

—Los dioses no van a opinar lo mismo. Me acusarán de haber intentado cambiar el orden del mundo. De traer la Discordia... y ni siquiera Atenea y su lógica van a poder defenderme cuando eso ocurra. —Un sonido estrangulado me sale de los labios al pensar en dejar a la diosa sin palabras. Una risa, disonante y jadeante, se me escapa cuando me doy cuenta de que, al final no solo no me quedarán aliados, sino que seré exactamente lo que todos esperan de mí: una criatura impredecible, a la que se castigó con antelación por ser un potencial peligro—. Soy un digno descendiente de Eris, ¿verdad? Digno descendiente de algo tan malo como el Caos y la Muerte...

—No. —Asteria no alza la voz, pero suena tajante de todas formas. Su expresión se endurece un poco, las lágrimas que asoman a sus ojos de pronto parecen de rabia. Si se separa de mí, es solo para obligarme a contemplar esa seriedad que lleva escrita por toda la cara—. No eres como tu madre. No eres como tu padre, tampoco. Eres bueno, demasiado para el Mundo Superior.

Eres... leal y valiente, más que cualquiera de las diosas del Mundo Superior. Has seguido adelante cuando lo tenías todo en contra, Orión. Has sobrevivido cuando todo a tu alrededor te decía que debías rendirte.

—¿Y de qué ha servido? ¿Para condenarme todavía más? ¿Para condenarte a ti? Porque no me lo perdono, Asteria. No me perdono...

—Tú no me has condenado. —Asteria frunce el ceño y después baja la vista. Creo que es la primera vez que lo hace, es la primera vez que no me mira de frente con esa seguridad que me resulta tan envidiable en ella. Quizá sea eso lo que hace que me parezca un poco más humana, más incluso de lo que era cuando la conocí. Aunque duda, toma aire y continúa—: Yo ya estaba condenada, Orión. El emperador me condenó hace años cuando asaltó el poblado y acabó con la vida que conocía. Después me condené yo misma, cuando decidí luchar para salvar a las mías y también las condené a ellas sin saberlo. ¿Crees...? ¿Crees que no sé lo que es la culpa? ¿Crees que no sé lo que es arrepentirte de creerte demasiado lista, de ser demasiado atrevida? Pagaron por mí. Las castigaron por mí. Si yo no hubiera decidido jugar a ser una heroína, quizá muchas seguirían vivas todavía.

Trago saliva. Esta vez soy yo quien alza la mano para rozarle el rostro, para pasar un pulgar por debajo de su ojo izquierdo, que deja escapar otra lágrima. Ella no me mira, como si hacerlo en este momento de debilidad fuera demasiado para su orgullo.

—Eso no...

Pero ella me interrumpe:

—Sé que no es solo culpa mía. Pero aun así seguir aquí cuando ellas ya no estaban, vivir con esa culpa todo el tiempo, me resultaba... insoportable. Me sigue resultando insoportable, a veces. Pero últimamente... Últimamente ya no lo es tanto, Orión. —Entonces sí, su mirada se alza. Se choca con la mía, firme incluso hundida en toda esa pena—. Sigo enfadada. Sigo... queriendo vengarme de todo el mundo. Sigo sintiendo rabia, una rabia tan grande que a veces pienso en hacer sufrir a quien sea para que alguien sienta solo una parte del dolor que siento yo. Quiero hacer daño, porque tengo tanto odio dentro que necesito que alguien pague, cuando sea, como sea.

La noto. Esa rabia de la que habla se cuela en sus palabras y en sus acciones, incluso si es de una manera completamente diferente a cómo la mostrarían el resto de los dioses. Los demás suelen convertir esas ansias de venganza en tormentas, en destrucción, en un sufrimiento descontrolado. Asteria, en cambio, no lo haría. Aunque diga que quiere hacer daño, sé que no estaría dispuesta a hacérselo pagar a inocentes. Porque Asteria, pese a todo, es justa, quizá precisamente porque sabe demasiado de injusticias. Está enfadada, pero no dejará que sus emociones consuman a nadie más que a sí misma.

—Aun así... —Asteria toma aire—. Últimamente ya no siento solo eso. El mundo no parece tan... vacío, tan carente de todo sentido. Sigue siendo triste y sé que el dolor que siento por ellas nunca va a desaparecer..., pero al menos creo que puedo seguir viviendo. Creo un poco más en el futuro. Y en parte... es por ti, Orión. Porque siento que todavía queda algo bueno en el mundo, que todavía puedo tener... algo que proteger. A ti, a Ligeia. Los días entrenando y las noches bajo las estrellas. Los momentos de calma que hace una eternidad que no probaba. La sensación de que tengo un lugar en el que descansar. La esperanza de una vida en la que haya... paz, por fin. Tú... Tú me has dado vida entre tanta muerte, Orión. Así que no digas que me has condenado.

Quiero creerla. Quiero sentir que cada palabra que ha dicho es cierta también para mí. Porque supongo que lo es. Supongo que es la primera vez en toda mi vida que me levanto cada día y tengo ganas de saber qué va a pasar. Y no estoy simplemente a la espera de las noticias del Mundo Superior. Lo que espero con ganas son esos entrenamientos; espero con ganas cruzar nuestras espadas, ese momento de descanso al mediodía en el que nos sentamos en el patio a comer los dos juntos, con las espaldas contra la misma columna. Incluso espero con ganas a que Ligeia llegue a casa cada atardecer y nuestras cenas juntos, que nos cuente cómo ha ido su jornada y qué consultas extrañas le han hecho en la biblioteca.

Aunque en los últimos días mi espacio ha estado limitado a esa simple casa hecha para mortales, creo que mi mundo nunca había sido tan grande. Que nunca... me había sentido más lleno.

Y darme cuenta de ello me hace sentir tan feliz como asustado.

—¿Y no tienes miedo? —pregunto en voz muy baja—. De volver a perder. De... que alguien nos arrebate la paz que podríamos construir juntos. Parece muy precaria, Asteria.

—Sí. —Ella sonríe, un gesto tan triste como irónico—. Pero tú y yo ya estamos acostumbradas al miedo, ¿verdad?

Tiene razón. No recuerdo cuándo he vivido sin él, el problema es que antes solo temía por mí mismo y temer por otro es incluso más aterrador.

La amazona se muerde el labio en un gesto indeciso que nunca le había visto y, después, baja la vista. Yo también lo hago cuando siento su mano sobre la mía, palma contra palma, como si volviéramos a estar haciendo un juramento, aunque esta vez no hay sangre de por medio.

—Protegeré nuestra paz, Orión —murmura—. Te lo juro. Al fin y al cabo, es lo único que sé hacer. Pase lo que pase, cueste lo que cueste, defenderé a mi familia.

Me estremezco. Fuera de este edificio derruido comienza a amanecer y yo siento que la claridad del sol se me cuela también en el pecho, en la mente. Mi pulso pierde un paso, no sé si por sus palabras, por la idea de tener un sitio al que pertenecer o por la manera en la que el alba le ilumina el rostro, sus ángulos, sus cicatrices y sus labios. Vuelvo a recordar su beso. Vuelvo a tener ganas de inclinarme hacia ella. En aquel beso el único peligro que cabía era que yo pudiera perderme para siempre en su boca.

Pero, aunque ella ha dicho que soy valiente, no lo soy lo suficiente para intentar rozarle los labios una vez más. En su lugar, le aprieto la mano, porque eso es algo que me ha ofrecido ella misma.

—Volvamos a casa —le pido.

Nuestras miradas se encuentran. La de Asteria parece un poco sorprendida, como si hubiera dicho algo inesperado.

—Casa —paladea. Después, se le escapa el asomo de una sonrisa triste—. Sí. De acuerdo. Volvamos a casa.

Su mano aprieta un poco más la mía y después se pone en pie para tirar de mí. Yo me dejo llevar. Porque quiero saber cómo es tener una familia. Un sitio al que volver siempre que esté cansado. Quiero la paz de la que ha hablado Asteria y saber que se acabaron los días de dolor y dudas, las noches de acostarme preguntándome si la mañana siguiente será peor.

Pero, sobre todo, quiero estar con Asteria. Aunque la idea de que me la quiten me paralice. Aunque tema el daño que todavía nos puedan hacer.

Quiero saber si lo que siento por ella es el amor del que hablan las historias. La clase de amor que te hace inmortal sin necesidad de ambrosía.

La clase de amor que sobrevive cuando no queda nada más.

CANTO VII
LOS REYES DEL CIELO

Háblame, Mundo, de quienes te gobiernan.
Háblame de un amor que se quebró
entre engaños y traiciones,
entre huidas y celos.
Háblame de tus soberanos y su reencuentro,
del corazón roto de una reina
y del rey que por deseo propio tomó destierro.

Zeus supo que la Amazona Roja había hablado con acierto cuando llegó al palacio de Hera y no se le recibió. Los guardias de oro de su esposa, que él nunca había visto hasta ese momento, ni bajaron la cabeza ante él ni le permitieron pasar. Eso lo hizo sentirse vejado de inmediato. No permitiría que se le tratara así, no iba a dejar que las palabras que Asteria, Atenea y Artemisa habían pronunciado se convirtieran en realidad. Así que usó la magia de la única manera que sabía: con la violencia de una tormenta, desatando el poder del rayo.

Si nadie en el Mundo Superior lo respetaba ya, tendría que recordarles a todos quién era su soberano.

Ante él, los guardias empezaron a derretirse, hasta que, tuvieran todavía la magia de la Vida en su interior o no, dejaron de poder moverse. Una vez no fueron mucho más que metal fundido, Zeus pasó por encima de sus restos y se adentró en el hogar de su esposa.

Hera lo esperaba en la sala principal, recostada sobre un lecho de cojines y sedas. Tenía una copa de ambrosía en la mano. Cuando alzó la cabeza para mirar a su marido, no hubo en su expresión sorpresa alguna, solo desprecio.

Dos guardianes de piedra custodiaban a la reina y, aunque al principio Zeus no entendió por qué estaban allí, un gesto de la cabeza de Hera fue suficiente para que ambos se abalanzasen sobre él. Contra los soldados de oro había usado su poder, pero la roca resistió el embiste del rayo y no se inmutó ante el estruendo del trueno.

—¡Hera! —bramó el Rey de los Cielos cuando las criaturas lo obligaron a postrarse ante su mujer—. ¿Qué significa esto?

Ella lo miró desde arriba, deleitándose en la imagen de ese hombre que había desaparecido de su vida durante tanto tiempo siendo abochornado por fin. No solo se trataba de que hubiera tenido que arrodillarse ante ella, sino de que ella había aprendido que no merecía la pena humillarse ante él. En un tiempo lejano, poco después de que vencieran a los titanes, lo había mirado con amor y admiración.

Esos sentimientos, sin embargo, hacía mucho que habían muerto.

—Esposo. —La voz de Hera, cuando sonó, contenía el Cielo en ella, pero ya no era el cielo calmado de verano que había sido en los primeros años de matrimonio, sino que las nubes habían ocultado el sol—. Ha pasado mucho tiempo, ¿no crees?

Zeus entrecerró los ojos pero no permitió que el veneno en su voz o el insulto de mantenerlo postrado ante ella le afectase. De acuerdo, su mujer estaba enfadada y quería darle una pequeña lección. Lo entendía. Había visto su ira antes, pero también sabía que ella, pese a todo, lo amaba. Siempre lo había hecho. Siempre lo seguiría haciendo, sin importar lo que él hiciera o durante cuánto tiempo estuvieran separados. Estaban destinados el uno al otro.

—Y, sin embargo, veo que hay cosas que no cambian, como tu rencor.

—Otras, sin embargo, han de cambiar para que los tiempos avancen.

La reina se levantó de su asiento y, con pasos lentos y descalzos, recorrió la distancia que la separaba del que un día había sido su amante. La mujer tomó su rostro entre los dedos y Zeus le permitió la violencia con la que lo sostuvo porque creyó que detrás de ella se escondería un beso. Podía permitir un encuentro furioso, apasionado, de esos en los que cabía tanto odio como ansias.

No hubo nada semejante.

Los dedos que tan bien había conocido una vez se apretaron sobre su mentón con la fuerza suficiente como para convertir huesos mortales en polvo.

—Se acabó, Zeus —siseó la Reina de los Cielos—. No vas a volver a humillarme.

Él supo en ese momento que iba a torturarlo. Lo había sabido antes, pero solo al ver en los ojos de su mujer la fría calma del invierno y, al mismo tiempo, la abrasadora rabia del verano, supo que su castigo no sería solo una forma de sonsacarle una disculpa. Le haría pagar por cada desplante, por cada cama visitada, por cada año que la había abandonado allí.

Lo peor de todo fue darse cuenta de que a nadie iba a importarle si lo hacía. Aunque le hiciera sufrir y gritar, aunque los dos lucharan y destruyeran ese hogar en la disputa, nadie intervendría y, desde luego, nadie se pondría de su parte. Había dejado de lado sus responsabilidades durante demasiado tiempo y no le quedaban aliados ni en el Mundo Medio ni en el Mundo Superior.

Nadie se opondría a Hera por él. Nadie iría a ayudarlo.

Justo como le habían advertido las tres diosas.

Eso era justo lo que debía de haber sufrido el hijo de Eris durante años. Y de eso era de lo que se aprovecharía la Discordia para destruirlos a todos, si se le daba la más mínima oportunidad.

—Hera —la llamó, en cuanto vio que ella alzaba la mano. Las uñas le estaban creciendo y convirtiéndose en filos que podían atravesarlo, arañarlo, punzar hasta convertirlo en un cuerpo que goteara sangre por todos lados—. Sé que estás enfadada, pero ahora hay problemas más importantes. Hay algo que tenemos que hacer. Los dos. Los Doce, en realidad. Eris está libre y viene a por nosotros, a por todos. Tenemos que atraparla y volver a encerrarla, esta vez donde nadie, ni dios ni mortal, pueda alcanzarla. Es un peligro.

La reina se detuvo con una mano en el aire. La que sostenía el rostro de su esposo, sin embargo, no se separó. Sus uñas perforaron la piel y los dedos se le llenaron de sangre, un placer que llevaba demasiado tiempo ansiando probar.

Pese a ello, Zeus pensó que había conseguido llamar su atención. Pensó que reaccionaría, que lo haría sufrir, pero también lo escucharía.

Y entonces se percató de su sonrisa. Era un gesto tan afilado como sus uñas.

—Es curioso —comenzó la mujer. Su voz fue una risa cantarina, una burla retorcida—. No te preocupó Eris cuando te acostaste con ella, hace años. Cuando te creíste todo lo que te contó y la consideraste interesante por desafiarte, pese a que yo siempre te dije que ansiaba algo más que tu cama. Que ansiaba tu poder o el mío y que te arrepentirías de darle alas al Caos... Y lo hiciste, ¿verdad? Te arrepentiste de haber sido tan iluso. Por eso desapareciste, porque los mortales no dan problemas... ¿No te excitan ya sus retos, esposo?

Zeus apretó los dientes cuando las uñas se clavaron más en la carne. Cuando empezaron a descender por su piel dejando cortes alargados a su paso. Pasaron por su cuello y se detuvieron sobre su pecho, amenazando su corazón. Estaba seguro de que, si se lo proponía, Hera sería capaz de arrancárselo para enseñarle cómo lo estrujaba.

Y quizá se lo mereciese. Quizá una parte de él supiera que todas las quejas de su esposa eran válidas. Pero esa parte era pequeña y hablaba en voz demasiado baja. En realidad, lo que él quería hacer era contraatacar. Imponerse, como había hecho siempre, porque eso era lo que le habían enseñado. Había crecido en un mundo donde solo sobrevivían los más fuertes, los que demostraban estar dispuestos a enfrentarse a titanes y lanzarlos al Tártaro.

En aquellos tiempos, las disculpas no habían significado nada.

El aire en la habitación comenzó a cargarse. Hera miró alrededor, a las chispas que estaban apareciendo a su alrededor. El poder de su esposo volvía a llenar el palacio después de demasiados años, y quizá sus guardianes de piedra fueran inmunes a él, pero ella tenía un cuerpo que sí podía sufrir.

—¿Entiendes siquiera lo que te estoy diciendo? —gruñó él—. Olvida la ira que sientes hacia mí por un instante y escúchame: Eris ha estado a punto de cortarme la cabeza. Y si lo consigue, ¿crees que se conformará con eso? Luego irá a por ti. Hades y tú fuisteis quienes dijisteis que no tuviéramos piedad con ella desde el principio. ¿Crees que no se acuerda de eso?

—Y ha resultado que teníamos razón, ¿no? Os advertimos de que su castigo tenía que ser más duro, pero decidisteis que no había manera de que escapase siendo una escultura por el resto de la eternidad, que el laberinto era un lugar lo suficientemente peligroso y que el Juicio impedía que ninguno de nosotros pudiera ayudarla. Esto es culpa vuestra y de vuestra compasión. A mí ya me ha amenazado, Zeus, pero ¿cómo ibas a enterarte de eso desde tu escondite? No, no finjas que vienes a salvarme, porque no vuelves por mi bien. Ni siquiera vuelves por el bien del Mundo Superior. Hablas de que los dioses debemos estar unidos, pero lo único que te preocupa en realidad es tu vida. No vuelves como un rey, vuelves como un cobarde.

Zeus sintió un dolor agónico cuando Hera le clavó los dedos en el pecho y comenzó a rebuscar un pulso que empezaba a latir errático bajo su carne. No sabía qué pretendía, no sabía si simplemente quería hacerle todo el daño que pudiese, pero no lo iba a permitir.

Si aquella era una batalla de voluntades, la ganaría.

El siguiente rayo que irrumpió en la estancia cayó muy cerca de su mujer. Ella, sin embargo, ni siquiera se inmutó, aunque la luz la cegó y el calor le acarició el rostro. A pesar de la mancha humeante que apareció en el suelo, la diosa solo entrecerró los párpados y observó a su esposo. Trató de apretar los dedos sobre su carne y retorció todo lo que había dentro de su pecho, haciéndolo gemir.

—Me obligas a quitarte tu poder, querido.

Le bastó un chasqueo de dedos. Eso fue suficiente para que un grillete apareciera alrededor del cuello de Zeus. Dorado, grande y forjado para poder anularlo por completo. Aquella era una muestra más de que Hera había estado años preparándose para el regreso de su cónyuge y había planeado y cuidado cada paso del castigo al que lo sometería cuando regresase.

Zeus se sintió mareado y vacío de pronto. Comprendió al fin que ya ni siquiera él estaba a salvo de su mujer.

Por primera vez en siglos, sintió algo que se parecía mucho al miedo.

—Hera... Recapacita. He vuelto, mi reina —siseó. Lo estaba destrozando por dentro. Intentó mantenerse sereno, pero no lo consiguió—. He vuelto... y eso es lo importante. Porque sin ti, no soy nada, mi señora. Sin ti, el trono a mi lado estaría vacío. —Trató de sonreír, sin demasiado éxito. Sudaba frío—. Sin ti, el cielo estaría triste, porque la mujer más hermosa del mundo estaría lejos...

Hera rio. No lo hizo de manera zalamera, como tiempo atrás. Tampoco fue la risa de cuando era feliz, algo que ambos habían olvidado ya. Fue una risa venenosa, ácida. Sin embargo, apartó la mano. Zeus agradeció el momento en que las heridas empezaron a cerrarse y pudo volver a respirar.

—Tienes razón, Zeus: sin mí no eres nada. La cuestión es que yo, sin ti, he aprendido a serlo todo. El trono a mi lado lleva años vacío y al Cielo ya no le importa. A los dioses ya no les importa. No te necesito. —Paladeó la afirmación con placer—. *Nadie* te necesita ya... Así que, dime, ¿qué debería hacer contigo? —No solo movió una mano entonces, sino las dos. Las uñas se clavaron en el cuello, y Zeus supo que, en ese momento, más que nunca, un paso en falso podría costarle la vida. No dudaba en que esa mujer despechada fuese capaz de arrancarle la cabeza—. Quizá podría matarte y quedarme con tus poderes; así realmente gobernaríamos los dos, pero en un único cuerpo.

—No lo harás. —Cuando el rey habló, no supo si estaba seguro de lo que decía o solo quería convencerse a sí mismo. Respiró hondo y volvió a mirar a su mujer a los ojos. Parecían oro fundido—. Tú me amas y...

—Yo ya no te amo, Zeus.

En aquella frase no había tormenta. No había ni temblor ni rabia. No había nada, y eso fue lo peor. A Zeus, contra todo pronóstico, le dolió. Fue un corte que no le tocó la piel, pero que sintió a nivel físico, justo en el mismo corazón que ella había estrujado entre sus dedos segundos antes. Quizá fue porque el amor de Hera por él era algo tan innegable, tan eterno, tan estable, como los propios astros, como el Universo que estaban destinados a gobernar. Siempre había contado con aquel amor. Durante años había dado por hecho que, como su esposa castigaba a las amantes que él tomaba, seguía teniéndolo. Para él, los celos eran una muestra más de que su mujer estaba a su merced, siempre esperando a que volviera a su lado.

Pero el amor muere, igual que muere el fuego si no lo alimentas, y el suyo se había consumido hacía mucho tiempo.

—No se puede amar aquello que solo te hace daño —continuó Hera, con una calma tan fría como insoportable. Era una calma que hablaba de un sufrimiento pasado, ya asimilado y superado—. No se puede amar a quien te insulta, te desprecia y te humilla todos los días de tu vida. ¿Crees que todo este tiempo solo actuaba por celos? Puede que al principio fuese así, pero después..., después me movía el desprecio. Yo *te odio,* Zeus. Esperaba que algún día te sintieras culpable por todo el dolor que provocabas, no solo en mí sino en otras. Esperaba que algún día de verdad quisieras a alguna de tus amantes para poder destrozarla y destrozarte a ti con ella por el daño que me hiciste. Pero, por supuesto, eso nunca ha ocurrido. Quizá seas incapaz de amar, después de todo. Quizá por eso nos acabas abandonando a todas, más tarde o más temprano.

Zeus se quedó sin palabras. Observó el rostro de su esposa y deseó verla enfadada. Deseó verla llena de rabia o de ese odio que decía que sentía, pero no encontró nada de eso; solo la satisfacción que le provocaba verlo sufrir. No había nada de la mujer que había sido la diosa más brillante del Mundo Superior. Puede que hubiese yacido con toda clase de gente, sí, pero ninguna de esas personas era más capaz que ella. Para él no había nadie más inteligente. Nadie más digna del título de reina.

Pese a ello, cuando Hera apretó un poco más sus manos, él tomó aire y volvió a intentar hablar:

—Recapacita, Hera. No puedes matarme. El resto de los dioses...

—El resto de los dioses ¿qué? Me temen, Zeus. Por eso no han hecho nada hasta ahora. Por eso han tenido que recurrir a Eris, porque necesitaban a una suicida. E incluso así, ¿cuántos apoyos crees que ha conseguido? Nadie ha venido a enfrentarse directamente a mí... Son casi tan cobardes como tú.

—¿En qué momento te has convertido en una tirana...?

Apenas lo susurró, pero Hera lo escuchó y sonrió. Fue como si hubiera estado esperando esa pregunta todo el tiempo. Todas las décadas, de hecho, que había pasado sin ver a quien en ese momento se arrodillaba sin posibilidades ante ella.

—En el momento en que me abandonaste, Zeus. —«Es tu culpa», parecía decir—. En el momento en que todos me vieron como la pobre mujer de la que su esposo se reía cada día. En el momento en el que me quedé sola y tuve que seguir adelante así. Tuve que hacerme respetar, porque si no me respetaba mi propio marido, ¿quién lo haría? Tuve que demostrar quién era la reina..., incluso si me había convertido en una reina abandonada por su rey.

Zeus sintió que las manos se retiraban de su cuello para dejarle respirar de nuevo, solo que apenas podía hacerlo por el nudo que se le había formado en la garganta. Hera, de todos modos, no quería escuchar nada de él. Se inclinó sobre el dios, rozando sus mejillas, haciendo pequeñas marcas con las uñas.

—¿Sabes qué es lo mejor de todo esto, mi rey? —susurró con una sonrisa de placer—. Que tú no puedes culparme por nada de lo que haya podido hacer. Al fin y al cabo, ¿dónde estabas para impedirlo, esposo mío? Eres mi cómplice. Cómplice de todo lo que he hecho, bueno o malo, a mortales o inmortales, porque nunca viniste a detenerme. No eres mejor que yo. Les has dado la espalda a todos...

Era cierto. El rey supo que su mujer, como Asteria, tenía razón. Durante demasiados años, había vivido ajeno a todo y no tenía disculpa por ello. Se retiró cuando se sintió culpable de las muertes de Perséfone y Deméter, cuando no se sintió a la altura..., y, al final, eso fue lo peor que pudo hacer. No solo había abandonado a su reina cuando tomó la decisión de desaparecer: los había abandonado a todos.

Zeus dejó caer la cabeza, rendido ante su esposa, sin palabras. No había defensa posible ante su acusación. Hera decía la verdad. Todo era verdad.

—Voy a darte la posibilidad de resarcirte.

Era una trampa. El rey lo sabía, e incluso así, supo también que la escucharía. Hera sonrió. Se llevó los dedos manchados de sangre dorada a la boca y los chupó como si encontrara un placer secreto en paladear ese líquido espeso. Cuando acabó, expuso sus condiciones:

—Te perdonaré por estos años si me juras lealtad. Con tu sangre, Zeus. Jurarás compartir el peso de la corona conmigo. Jurarás velar por mis intereses, como yo siempre velé por los tuyos en el pasado. Jurarás no marcharte de nuevo, no volver a desaparecer. Seré compasiva y te permitiré descender al Mundo Medio, digamos..., una vez cada treinta días. No me importa si te dedicas a acostarte con todas las mortales que encuentres entonces, o con todas las diosas que moran aquí arriba el resto del tiempo. No espero fidelidad de ti, pero sí lealtad. Quiero que me respetes. Me honrarás y me tratarás como tu igual, porque eso es lo que he sido siempre. Puedes buscar cuantas mujeres quieras, pero ambos sabemos que yo soy la única que de verdad puede medirse contigo.

El dios se quedó observando aquel oro poderoso y brillante que su esposa tenía por mirada. De este modo supo que esa era la manera en la que le ofrecía salvación. De lo contrario, lo mataría. Sabía que lo haría, pero lo peor era ser consciente de que ella tenía razón: si los dioses ya la temían, sería invencible con su poder unido al de él. Entonces todo estaría bajo su control.

Se preguntó, de hecho, por qué no lo hacía. Por supuesto, encontró rápido la respuesta: Hera no anhelaba poder. Hera no era como Eris, hambrienta de más y más fuerza. Hera solo quería vengarse de él. Solo quería arrebatarle la libertad, verlo atado de por vida a sus deseos. Solo quería demostrarles a todos que, de los dos, ella había sido la vencedora; que había sido más inteligente que el dios que había parido a la mismísima Sabiduría de su propio cráneo.

Quiso reír. Quiso insultarla. Quiso odiarla.

Al final, sin embargo, decidió que solo podía aceptar. Pero no dejaría que solo ella consiguiese lo que quería. La Amazona Roja le había lanzado un reto y ahora comprendía que era un reto justo. Uno que necesitaba superar.

—Juraré —aceptó, con los ojos entrecerrados—. Si tú juras dejar al hijo de Eris en paz. Has de jurar que nunca volverás a tomarte la justicia por tu mano, sino que te atendrás a los designios de los Doce.

Eso sorprendió a la reina por primera vez en toda la conversación.

—¿Orión? ¿Por qué te importa? Es hijo de un crimen. Y ahora, tras haber liberado a Eris, un traidor. Debe ser castigado, tanto él como la amazona que lo acompaña. Pensé que lo de sus hermanas sería suficiente condena para ella, pero fue capaz de desafiar al propio Hades, así que quizá deberíamos…

—Tú obligaste a Orión a liberar a Eris con tu actitud —la interrumpió Zeus—. Si yo soy culpable de tus decisiones, entonces tú eres culpable de las suyas. Puede que sea hijo de un crimen, pero él no lo cometió, y fueron tus abusos los que lo incitaron a buscar una forma de liberarse. Y respecto a la muchacha…, ahora es una diosa.

—Una diosa que nos desafía sin dudar. Que desea matar al emperador, a pesar de que es nuestro protegido. Puede que se te haya olvidado después de tanto tiempo, esposo, pero uno de nuestros deberes para mantener el orden es proteger a quien lleve la corona en el Mundo Medio, como nuestro representante allí.

—Y quizá a ti se te haya olvidado que muchos emperadores han sido asesinados antes, y que nuestra protección no ha de estar por encima de los pecados que cometan o de la justicia del pueblo.

Hera calló. Observó a su esposo con renovado interés. Aquella era su relación, en realidad. Aquella había sido siempre: las dos fuerzas más poderosas del Mundo Superior midiéndose entre sí de manera constante.

—¿Eres consciente de que no estás en posición de negociar?

—Iguales, Hera: tú misma lo has dicho. Si eso es lo que vamos a ser, lo seremos desde este mismo momento. Yo te doy lo que quieres, tú me das lo que pido.

No hubo palabras. Hera observó de nuevo en silencio el rostro que tantos años había visto solo a través del agua. Lo estudió, como si esperase encontrar algún cambio en él, pero el tiempo no pasa por los inmortales, así que, al final, acercó la mano a la de Zeus. Su uña cortó la piel mucho más profundamente de lo que era necesario y, aunque el rey siseó, no se quejó.

Después, ella misma se abrió la piel y puso su palma sobre la de él.

—Jura —reclamó.

Zeus apretó los dientes, pero tomó aire y alzó la voz:

—Yo, Zeus, señor de los Cielos y la Tormenta, rey de los dioses, juro mi lealtad y respeto a Hera, diosa entre diosas, reina y esposa mía; juro que no descenderé al Mundo Medio más de un día de cada treinta. Mientras mi esposa cumpla sus propios juramentos, y mientras su corazón siga latiendo, reinaré a su lado como su legítimo y entregado compañero.

Hera sonrió cuando sintió el cosquilleo del juramento recorriéndola. No fue una sonrisa feliz, solo satisfecha. El precio por pagar a cambio le parecía ridículo: ¿qué era Orión para ella? No mucho más que un juguete. No era nadie, nunca lo había sido, y por eso en su cabeza ella nunca había sido infiel a su esposo. ¿Y aquella amazona? Ni siquiera se había molestado en aprenderse su nombre.

—Yo, Hera, señora de la Tierra, diosa del Matrimonio, reina de reinas, juro que mis manos no castigarán nunca más a la Vida y al Dolor, y que me atendré a la justicia de los Doce en las penas que en adelante se decidan. Mientras mi esposo cumpla sus propios juramentos, esta será mi palabra eterna.

De nuevo, llegó el cosquilleo. Los recorrió a ambos, los ató entre sí y a cada palabra que había salido de sus labios. Hera apartó los dedos la primera. El grillete que rodeaba el cuello de su marido cayó con un único ademán de su mano.

—Ya ha habido suficientes disputas entre nosotros, Zeus —declaró—. Ahora, como reyes, debemos controlar el caos.

HERA
ZEUS

CANTO VIII
EL CÓNCLAVE DE LOS DOCE

Cántame, musa, de los Doce que deciden,
de sus desavenencias y sus acuerdos.
Cántame de sus palabras y de cómo se reunieron
cuando a luchar contra el Caos todos se dispusieron.

Cuando Zeus explicó ante los Doce que Eris había decidido aprovechar su liberación para clamar venganza, el silencio se hizo por primera vez en siglos en un cónclave de los dioses. Aunque las reuniones entre ellos siempre eran ruidosas y estaban llenas de discusiones, en aquella ocasión todos callaron. Aliados o némesis, por un preciado instante no importó, pues todos se sintieron igual de amenazados.

Atenea y Artemisa, que habían estado presentes durante el atentado a la vida de Zeus, apenas pudieron ocultar su inquietud, aunque su padre no pronunció sus nombres, consciente de que no quería desatar la ira de Hera sobre ellas. En silencio, las diosas intercambiaron una mirada. Lamentaban que la situación hubiera escalado hasta aquel punto, pero al menos podían seguir luchando por sus objetivos. No se arrepentían, pues los dioses rara vez lo hacen una vez toman una decisión, pero no se revelaron como aliadas del Caos. Nadie lo hizo. En silencio, todos los que una vez consideraron luchar de su lado abandonaron a Eris una vez más.

—Deberíamos haberla matado.

Aquellas fueron las palabras que rompieron la calma. Vinieron, por supuesto, de Hades. El rey del Inframundo tenía su pálido rostro sumido en tinieblas y su mirada era tan oscura como todo su reino.

—¿Y quién se habría quedado con el poder del Caos? —razonó Atenea—. Una decisión así solo habría acabado en más discordia, que era lo que Eris quería: nadie habría estado satisfecho con la elección del verdugo. Encerrarla fue una buena idea.

—No tan buena, cuando fue liberada —protestó Poseidón con la fuerza de las mareas en la voz—. Eris no es la única que debe pagar. Si su hijo no la hubiera liberado de su castigo, esto no estaría sucediendo.

—Quien la liberó no sabía lo que estaba haciendo; las circunstancias lo obligaron —terció Zeus—. El muchacho estaba desesperado.

Todos miraron a Hera, pero nadie se atrevió a decir que las circunstancias las había provocado ella. Al fin y al cabo, en una reunión igual a aquella, los Doce le habían cedido a la reina aquel recién nacido, incluso sabiendo el desprecio que la mujer sentía hacia la madre de la criatura.

—El chico debe pagar —apoyó Hades, con el frío de la muerte en las palabras—. También la amazona.

Ares sonrió ante la mención de aquella muchacha tan consagrada a la lucha y a la sangre como él mismo. Qué espectáculos podrían crear juntos, llenos de color rojo y gritos...

—De la amazona, si queréis, me encargo yo.

—Ni te atrevas a ponerle una mano encima —gruñó Artemisa.

—Entonces ¿es cierto, hermana? —Apolo parecía divertido—. ¿Te juró que no permitiría que ningún hombre la tocase?

—¿Qué más da? En cualquier caso, la chica es inocente: han jugado con ella. El emperador debe morir por sus crímenes. No podemos dejar que alguien así gobierne sobre el Mundo Medio.

—Y supongo que tienes alguna idea de a quién poner en su lugar, ¿verdad? —silbó Hera, el veneno de una serpiente en la lengua.

—Ligeia, mi hija, es la siguiente en la línea de sucesión —le recordó Atenea.

—¿Por qué tengo la sensación de que esa es una propuesta más que pensada? —bromeó Hermes.

Al caos no le hace falta mucho para desatarse en una estancia llena de dioses y, como si la propia Eris hubiera entrado por la puerta, se desencadenó en aquel momento: todos comenzaron a clamar culpables, todos empezaron a señalar, según sus propios intereses, quién debía pagar y cuál debía ser el precio. Según algunos, Hera era culpable por maltratar a Orión; según otros, Orión era culpable por liberar a Eris; según unos terceros, Asteria era culpable, pues sin ella el dios de la Vida jamás habría alcanzado a su madre; según el resto, los culpables eran los que habían permitido que Hera se quedase con el bebé. Todos eran culpables y, al mismo tiempo, nadie lo era; todos habían de aceptar la responsabilidad y, de igual modo, nadie estaba dispuesto a hacerlo.

La algarabía creció.

Al final, el clamor se rompió con un estallido que sonó como un trueno:

—¡¡¡SILENCIO!!!

Ante el rugido del rey de los dioses, todos callaron. Zeus se había alzado, con los ojos chispeantes y encendidos. Sus manos habían golpeado la mesa blanca y redonda alrededor de la cual se sentaban todos.

—No os he reunido aquí para escucharos discutir —bramó el soberano.

—Nos has reunido porque te sientes amenazado —replicó Hestia.

—¡Todo el Mundo Superior lo está! ¡Y todo el Mundo Medio! —clamó el rey—. Pensé que podría pedir vuestra colaboración ante un tema tan grave…

—¡¿*Ahora* es grave, Zeus?!

Todos contuvieron el aliento cuando Hades se alzó. Cuando encaró a su hermano, a pesar de que se situaban en extremos opuestos de la mesa. Las sombras parecían arremolinarse alrededor del rey de los muertos. Su rostro parecía más cadavérico que nunca.

—Fue grave hace muchos años, pero no quisisteis verlo —gruñó, con la voz de mil espíritus—. Vosotros no habéis perdido nada a manos de Eris, pero yo sí. Me robó a mi esposa y me engañó, y vosotros os conformasteis con encerrarla. ¡Ahora os tendréis bien merecido todo lo que os pase! Pero yo… Oh, yo no pienso volver a permitir un castigo simbólico. —No estaba pidiendo permiso: solo estaba anunciando un hecho—. Será la cabeza de Eris o no será nada. Voy a vengarme. De ella y de ese engendro que nunca debió nacer.

El frío se adueñó de la estancia. Un helor intenso que los dejó a todos clavados en los asientos y lanzó escalofríos por sus espaldas. Fue Zeus el único que no se amedrentó ante la presencia de la Muerte, capaz de intimidar hasta a aquellos que no podían morir.

—¿Qué piensas hacer, Hades? ¿Adueñarte del Caos y de la Vida? ¡Por encima de mi cadáver! —clamó el Rey de los Cielos. Un trueno sonó a lo lejos—. ¡Nadie te permitirá tal abuso de poder!

Entonces llegó la risa. Fue como un presagio, como una maldición. Todos supieron que no auguraba nada bueno, todos supieron que Hades había callado por muchos años y se había cansado de esperar.

La risa de Hades era como la propia muerte: sorpresiva y cruel.

—Soy el rey del Inframundo, hermano —anunció. Su calma solo podía traer desgracia—. Pasar por encima de cadáveres es a lo que me dedico; no me obligues a pisar el tuyo.

No dijo nada más. Tras aquellas palabras, simplemente desapareció.

El silencio volvió a llenar la estancia. Esta vez era el silencio que solo podía dejar tras de sí el final de la vida.

La muerte había decidido actuar.

Y a la muerte ni siquiera los dioses pueden detenerla.

ORIÓN

—No sabemos qué planea, pero ha dejado muy claro que no estás seguro en ningún sitio, Orión. Se trata de Hades.

Me estremezco y bajo la vista a mis manos, que tengo apoyadas sobre el regazo. El sol entra por la ventana junto a la que estoy sentado y me calienta la piel, pero por dentro estoy frío. No sé qué pretende Atenea al hacerme esa advertencia. Quizá preferiría que no me lo hubiese dicho, porque soy demasiado consciente de que una vez que Hades pone los ojos sobre ti, no hay ningún lugar en el que puedas ocultarte. No puedes huir de la Muerte. Y ya era consciente de que me odiaba sin necesidad de saber qué nos unía, pero ahora... Ahora sé que, además, soy un hijo no deseado. El bastardo de la mujer que mató a su esposa.

Creo que tiemblo pese al calor que hace hoy. Asteria, de pie a mi lado, me pone una mano en el hombro antes de dar un paso adelante, en un gesto que reconozco como protección.

—¿Para qué nos contáis esto? —pregunta. Cuando alzo los ojos, veo el enfado por todo su rostro y pienso en su confesión, en que me dijo que le gustaría poder hacer daño para quitarse la rabia de dentro. A una parte de mí, cruel y retorcida, no le importaría que desatase la ira sobre las dos diosas que me hicieron pensar que colaborar con ellas sería la solución a todos mis problemas—. ¿Vais a ofrecerle vuestra protección a Orión? ¿Vais a hacer algo por nosotras?

—Podemos reforzar las defensas que rodean la casa, pero no hay mucho más que esté en nuestra mano, Asteria —interviene Artemisa.

Aflojo un poco los puños cuando me doy cuenta de que los nudillos empiezan a parecer casi blancos. En cuanto lo hago, en cuanto dejo ir la tensión, siento ganas de reír. Supongo que eso es todo, entonces. Su protección no significa nada, igual que no significa nada nuestra alianza. Estoy esperando el momento en el que me digan que esta será la última visita que nos harán. De hecho, casi espero que Atenea nos diga que tenemos que abandonar la casa de su hija. Que no va a exponer a Ligeia al peligro que supone que nos quedemos cerca, pese a que fue ella la que decidió incluirla en nuestros planes desde el principio.

—Supongo que nunca hay nada que esté en vuestra mano, ¿verdad? —gruñe Asteria—. El emperador no tuvo ningún problema en acabar con mis hermanas, pese a que te jactabas de que estábamos bajo tu amparo.

Asteria tiene la lengua lo suficientemente afilada como para hacer sangrar a cualquiera. Incluso a la diosa de la Caza.

—Lo que les ocurrió a las amazonas me dolió, Asteria —se defiende—. Me lleva doliendo desde hace años.

—En el orgullo —repone mi compañera—. Un precio bajo para ti, mientras nosotras pagábamos con nuestras vidas. Si de verdad te hubiéramos importado, nos habrías ayudado. O, como mínimo, harías algo para que ese asesino pagase.

—Zeus y Hera han accedido a que muera.

La voz de Atenea es un poco cortante cuando da la noticia sin preámbulos, quizá porque sabe que esa es la forma de sorprender a Asteria y que se olvide que estaba increpando a su compañera. Yo mismo trago saliva, porque me ha cogido con la guardia baja. Entonces ¿va a pasar? Incluso si no hay una gran revolución en el Mundo Superior, ¿la habrá aquí, en Eladia?

—Los Doce... Los Once —se corrige—, ya que Hades decidió abandonar la reunión, hemos decidido que debe pagar por sus crímenes. Y Artemisa sugirió que lo justo era que fueras tú, la última de uno de los pueblos a los que masacró sin piedad, la que se encargase.

Asteria lanza una mirada rápida a la cazadora y yo me pongo de pie. Cuando lo hago, la amazona vuelve sus ojos rojos hacia mí. Están brillantes, llenos de un hambre que reconozco. Llenos, también, de la esperanza que le da saber que por fin va a poder cumplir su objetivo. Aunque dudo, pongo una mano sobre su brazo. Ella ni siquiera parece darse cuenta de mi gesto, pero no la culpo: lo más seguro es que su mente esté adelantándose a las mil formas en las que quiere torturar a ese hombre. Las mil maneras en las que va a hacer que sufra y pida clemencia por todos los años de cautiverio y muerte.

—¿Cuándo? —pregunta casi sin aire.

—Podrías hacerlo ahora —dice Atenea—. Pero quizá deberías aprovechar las Heraias, como estaba pensado. Solo quedan unos días y ajusticiarlo entonces será una prueba de que los dioses lo han abandonado por completo. —Asteria parece a punto de hablar y yo sé que va a protestar y a decir que quiere hacerlo ahora, pero la otra diosa se adelanta—: Si queremos que nadie ponga en duda la legitimidad de Ligeia como próxima emperatriz, lo mejor es un acto público. No puede parecer un asesinato sin más. El pueblo tiene que verlo.

Hago una mueca. Al final todo se reduce a eso, ¿verdad? A castigos tramados por los dioses, a convencer al resto del mundo de lo que nosotros queramos. Dejamos que la gente viva sus vidas en el Mundo Medio, pero solo hasta que nosotros las interrumpimos y lo cambiamos todo. Hacemos y deshacemos a nuestro antojo y darme cuenta de ello me repugna. Saber que he participado en ello me repugna. El arrepentimiento me reconcome por dentro. Soy consciente de que así debía de sonar yo cuando me presenté ante Asteria, hablando de designios divinos y misiones.

—Por otra parte —prosigue Artemisa—, él convirtió en un espectáculo la muerte de las tuyas: ¿no es justo que tú conviertas la suya en lo mismo?

Asteria entorna los ojos. El fuego que siempre mora en ellos está vivo y es obvio que se debate entre las ansias que lleva guardando durante semanas y la lógica de las diosas.

—Está bien —accede al final—. Esperaré a las Heraias, pero ni un segundo más.

Pese a la advertencia, la amazona responde con más calma de la esperada y yo supongo que es porque tanto Atenea como Artemisa han sabido qué palabras utilizar. La idea de devolverle al emperador el sentimiento de ser una víctima indefensa ante un público que solo observa debe resultarle satisfactoria, pero yo estoy seguro de que lo que ha terminado de convencerla es que Ligeia pueda beneficiarse de la situación. No hará nada que pueda perjudicarla. Quiere protegerla tanto como me ha protegido a mí.

—Así sea —responde a Atenea—. Dile a mi hija que esté preparada.

Eso es todo. No les queda nada más que decir: una ha conseguido que acepten a su descendiente en el trono y la otra tiene la venganza que quería para restaurar su orgullo herido.

Una vez todo haya terminado, volverán a olvidarse de nosotros.

Como si fuera un juego.

De pronto, entiendo lo enfadada que estaba Ligeia la primera vez que hablé con ella. Entiendo que sintiera que su madre no se acordaba de ella hasta que necesitaba algo.

Han hecho exactamente lo mismo conmigo.

—¿Por qué? —digo. Ambas diosas parecen a punto de desaparecer sin más cuando las palabras me salen de la boca y las atan a este lugar—. ¿Por qué no me lo dijisteis? Que era hijo de Hades. Lo que mi madre había hecho para concebirme.

En realidad, es una pregunta para la que no necesito respuesta, porque la sé: temían mi reacción. Sabían que, si me enteraba, no querría ayudarlas.

—No nos correspondía a nosotras contártelo —dice Atenea.

Mentirosa.

—No queríamos que sufrieras más, Orión. No lo merecías —interviene su compañera.

Mentirosa.

Siento ganas de reírme de mí mismo. De ese chico que creyó que tenía aliadas, que había alguien que quería ayudarlo. Si de verdad hubieran querido beneficiarme, me habrían apartado de Hera. Se habrían quejado de lo que estaba sucediendo, me habrían defendido ante ella.

—Merecía saberlo —replico, con la vista en el suelo, porque no quiero mirarlas a los ojos—. Pero vosotras nunca pensasteis en mí, ¿no es cierto? Solo os importaba vuestro objetivo.

—No hagas como si tú no hubieras tenido algo que ganar con esto, Orión.

Ahora sí, alzo la vista hacia el rostro de Atenea, incrédulo. Siempre lo tiene medio oculto por el casco, como medio ocultas han estado sus intenciones.

Libertad. Lo que quería conseguir era mi libertad. ¿Tan terrible es? ¿De verdad lo van a considerar un crimen? Ellas dan por sentada la suya, siempre lo han hecho, así que no pueden entender por lo que estaba pasando yo.

—Sabéis que no pretendía despertar a Eris solo por mí.

—Quizá después empezaste a pensar en más cosas, pero la primera vez que hablamos estoy segura de que no se te pasó por la cabeza nada más que el hecho de que era tu madre —replica la diosa de la Estrategia—. No sabías cómo era, pero querías conocerla. Estabas desesperado por que llegara alguien que te salvase y decidiste volcar todas tus esperanzas en ella. ¿A quién crees que engañas diciendo que quieres un Mundo Superior mejor? Solo querías un Mundo Superior mejor *para ti*. Y por eso ahora lo has abandonado a su suerte. ¿O acaso vas a ir a buscar a Eris para volver a encerrarla en el laberinto? ¿Acaso vas a hacer algo para enmendar tus errores?

Aprieto los puños, pero no sé si enfrento el golpe con toda la entereza que me gustaría. Sus palabras me escuecen, porque dan justo en una herida que no sabía que tenía abierta. Sus palabras despiertan a la culpa y los remordimientos, que mueven sus mil cabezas y me muerden desde dentro.

—¿Y qué has hecho tú para aprisionar a Eris de nuevo? —le escupe Asteria—. Tú también la liberaste.

Atenea se vuelve hacia ella. Los ojos le brillan con una advertencia para nada velada. Es la misma mirada que tienen todos los dioses cuando creen que alguien que se encuentra por debajo de su posición está faltándoles al respeto. Es la clase de mirada que desata guerras y crea problemas en la vida de los mortales.

—Yo no estuve jamás en ese laberinto —aclara la Sabiduría—. Lo único que hice fue entregarle a Orión un brazalete que lo ayudaría a escapar de Hera.

Ni siquiera ella puede creerse lo que ha dicho, ¿verdad? Que Atenea no entrase en el laberinto no quiere decir que no plantara la idea en mi cabeza. Me ha usado y lo sabe. Incluso Artemisa parece sorprendida de escucharla hablar así y, al mismo tiempo, ¿no tiene todo el sentido del mundo que niegue que tiene algo que ver? Lo contrario sería admitir una traición. Es más sencillo olvidarse de todo. Es más sencillo fingir y amoldarse de nuevo al orden establecido, porque, de todas formas, ya ha conseguido justo lo que quería.

Y pensar que la defendí delante de Ligeia.

De pronto me veo con el brazalete de Hefesto en la mano, aunque no recuerdo habérmelo quitado. Da igual. Ya no lo necesito. Esta joya no va a detener a Hades si de verdad quiere encontrarme. Con toda probabilidad, a estas alturas, sabe perfectamente dónde estoy.

Con una rabia que no me he permitido soltar hasta ahora, se lo lanzo a la diosa que me lo entregó.

—Ahí lo tienes de vuelta, Atenea —escupo—. Te recomiendo que lo destruyas. No creo que quieras dejar pruebas de tu traición por ahí.

Nunca nos habíamos mirado con tanta intensidad como en este momento sostenido en el tiempo y estoy seguro de que no lo volveremos a hacer.

Me doy la vuelta y salgo de la habitación. Aunque escucho a Asteria pronunciar mi nombre, no me detengo. Quiero alejarme, poner distancia, aunque sé que ellas mismas pondrán toda la que puedan al volver a refugiarse en el Mundo Superior, hasta la próxima ocasión en la que algo llame su atención o las irrite lo suficiente como para volver a intervenir en el Mundo Medio. Acabo en mi cuarto, de pie en medio de la estancia, frotándome la piel sobre la que he llevado el brazalete durante tanto tiempo. Habérmelo sacado me hace sentir desnudo, como si hubiera perdido algo importante. También me hace sentir como si hubiera mil ojos sobre mí.

Para cuando Asteria entra, yo me he sentado en el borde del colchón y la estoy esperando, no sé muy bien por qué. Sabía que vendría. Lo que no esperaba era que me devolviese el objeto que he tirado al suelo.

Cuando está delante de mí, me lo ajusta de nuevo alrededor del brazo con un cuidado con el que nadie me ha tratado antes. Al levantar la vista, veo que tiene los labios apretados y todo su rostro grita lo preocupada y cansada que está. Solo espero que esté cansada de los dioses, no de mí.

—¿Estás bien?

Va a apartarse para dejarme espacio, pero yo la detengo. Mi mano se cierra alrededor de sus dedos y no es hasta entonces que me doy cuenta de lo fría que tengo la piel, de lo helado que me siento.

Ella no hace ademán de soltarse. Siento el apretón que me da, reconfortante, como si quisiera ofrecerme algo de su calor.

—Estoy preocupado —admito.

—No va a pasarte nada —se apresura a asegurarme—. No voy a permitir que Hades...

Pero yo sacudo la cabeza para que no siga hablando.

—No eres contrincante para él, Asteria. ¿Recuerdas el miedo que sentiste cuando viste la tormenta de Zeus? El poder de Hades no es muy diferente. —Me aferro a ella con un poco más de fuerza, con un poco más de desesperación—. Pero ni siquiera estoy preocupado por mí, sino por ti.

Asteria enarca las cejas, como si no terminara de encontrarle sentido a mi declaración. Como si a veces se le olvidase que no es la única que desea proteger a otras personas.

—No tienes nada de lo que...

Pero calla cuando yo tiro de ella con suavidad para que se incline. Para que tenga que encararme y no pueda apartar sus ojos de los míos. Creo que es la primera vez que consigo sorprenderla de verdad.

—Asteria. —Su nombre suena un poco duro sobre mi lengua—. Prométeme que no te pondrás en peligro por mí. Prométeme que no harás nada contra él.

La sorpresa se convierte en un mohín de disgusto.

—No sé por qué...

—Porque te conozco —la interrumpo—. Porque eres la persona que luchó durante años batallas que no le correspondían solo porque pensaba que así salvaba vidas. Porque a estas alturas ya sé lo dispuesta que estás a sacrificarte si crees que la causa merece la pena. Prométemelo.

La amazona tensa la mandíbula. Creo que todo su cuerpo se pone alerta y nuestras miradas batallan como no lo hacían desde el día en que nos conocimos. Por un segundo, siento que volvemos allí, que en cualquier momento empuñará el cuchillo dorado que sigue llevando siempre con ella y me lo clavará para que la suelte. Al mismo tiempo, sé que eso nunca va a volver a pasar. Esta mujer nunca me atacará de nuevo. Asteria tiene más capacidad para hacerme daño que cualquier otra criatura en este mundo, mortal o inmortal, pero sé que no desea herirme.

—Asteria, por favor —insisto.

Espero que se rinda, pero supongo que la Amazona Roja no sabe lo que es claudicar.

—Las amazonas no hacemos promesas que no podemos cumplir, Orión.

Su recordatorio me resulta frustrante, igual que la certeza absoluta de que va a seguir luchando por mí, ante Hades o ante quien sea. Siempre he querido que alguien se preocupase por mi suerte, que me defendiera, pero ahora una parte de mí se arrepiente. A lo mejor debería entregarme a Hades sin más, para no provocarle más problemas y regalarle la paz que ansía al apartarme por completo de su camino. Volvería al Inframundo si tuviera la certeza de que ella va a estar bien. De que se quedará aquí, con Ligeia, y el Mundo Superior se olvidará de ellas sin más.

Quiero decirle exactamente eso, pero las palabras se me quedan atrapadas entre las costillas y lo único que puedo hacer es apretar un poco más su mano y observar la manera en la que se le frunce la boca, como siempre que está incómoda o enfadada.

Debería alejarme. Debería aceptar que nuestra relación solo le ha traído problemas desde el principio y quitarme de en medio.

Pero Ligeia tenía razón. Los dioses somos obsesivos y sentimos con demasiada fuerza y yo nunca había querido nada con tantas ansias como deseo quedarme con ella. Quiero pensar que puedo mantener nuestra precaria paz un poco más. Quiero pensar que quizá yo también pueda protegerla a ella. Quizá podamos seguir defendiéndonos el uno al otro durante la eternidad que nos queda por delante.

Soy consciente de que es un pensamiento demasiado ambicioso, demasiado ridículo, como lo es que tire un poco de ella y levante el rostro para acercarlo al suyo. Es una petición que esta vez no pronuncio pero que ella tiene que ver por toda mi cara.

Asteria entreabre los labios. La sorpresa borra por un segundo la tensión de su rostro. Y después…

Después, suspira. Su cuerpo se relaja y su mirada se suaviza. Su mano se alza hacia mi rostro y me sostiene el mentón y a mí se me acelera el pulso solo con eso. Su toque es sólido y sin dudas, pero no agresivo. Su pulgar me acaricia el labio inferior con una delicadeza que hace que me estremezca de arriba abajo.

—¿Te gustó? —murmura—. Besarme, quiero decir.

La pregunta me pilla desprevenido. Su roce en mi boca y los latidos furiosos de mi corazón me distraen demasiado como para pensar en formular una respuesta que consiga expresar todo lo que me pasó por dentro, así que solo asiento.

—¿Y a ti…?

De pronto necesito saberlo, porque soy demasiado consciente de lo desagradables que son los besos que no deseas. No volveré a acercarme si ella no lo disfrutó tanto como yo. No quiero que lo haga solo por pena o por compasión o…

Los labios de Asteria se curvan en esa sonrisilla divertida que pone a veces. Se inclina hacia mí un poco más, hasta que nuestros alientos chocan, cálidos.

—No estuvo mal.

Siento la cara caliente. Ni siquiera puedo sentirme ofendido, porque de lo único que soy capaz es de bajar la vista a esa boca que vuelve a estar cerca.

—¿Solo eso?

—Estoy acostumbrada a besar de otras maneras.

Trago saliva. Me cuesta toda mi fuerza de voluntad volver a levantar la mirada a sus ojos rojos. Los encuentro entrecerrados, fijos en mis labios por un segundo que hace que todo se revuelva dentro de mí. Al instante siguiente vuelven a clavarse sobre los míos y yo... Yo me ahogo en ellos. Me ahogo en las ansias que siento de pronto, en la anticipación, en el anhelo.

La deseo. La deseo tanto que duele.

—Enséñame cómo —le pido.

Asteria tiene los labios tan cerca que roza los míos cuando se los humedece. Se me corta la respiración.

—¿Seguro?

—*Por favor.*

Es un ruego, pero ni siquiera me importa sonar suplicante, impaciente. Asteria entrecierra un poco más los párpados y quiero pensar que no me imagino la manera en la que el rojo de sus iris se convierte en fuego en vez de sangre.

Su boca me alcanza y, cuando me toca, esta vez es como ella quiere. Un poco como ella es, en realidad: firme, segura, apasionada. Es un beso que arde sin miedo y que hace que la desee incluso más, no solo por su cercanía, sino por lo que provoca en mí. Es como si toda una parte de mí hubiera estado dormida y despertase gracias a ella. Como si mi corazón aprendiera de golpe hasta qué punto puede llegar a latir.

Hay más vida en sus labios que en los míos.

Y yo sé que estoy perdido, porque sus besos van a convertirse en mi nueva obsesión.

ASTERIA

Orión y yo nos besamos durante un tiempo indefinido, largo, en el que me dejo llevar y al mismo tiempo me contengo. Son besos muy distintos al primero y yo me pierdo en ellos, sorprendida y agradada por su intensidad, por la manera en la que me hacen sentir un poco más viva. No sé si es por la magia en la boca del dios o si no tiene nada que ver con eso, pero es fácil concentrarme solo en la sensación que me llena el cuerpo, en las ansias por más. Una parte de mí echa de menos el olvido que puede ofrecer un cuerpo contra el tuyo, piel desnuda contra piel desnuda, pero no me atrevo a tocar más allá de lo que su ropa deja al descubierto. No quiero que se sienta incómodo. No quiero presionarlo a darme nada más que lo que él desee.

Al final, tras desgastarnos los labios, permito que me estreche con fuerza contra él y repose su cabeza contra mi pecho para aprenderse una vez más mis latidos, para escuchar cómo pasan de carrera a paseo. Yo me quedo sentada a horcajadas sobre él, con la mano enredada en sus rizos.

Las dos descansamos en ese silencio, pero yo no puedo evitar pensar en la visita de las diosas y en sus palabras. En la venganza que estoy a punto de cumplir y, al mismo tiempo, la amenaza que ahora pende sobre Orión. En Eris, suelta por el Mundo Medio. Hace ya dos días que desapareció y es imposible saber qué está haciendo o qué planea, pero soy consciente de que tiene que estar tramando algo.

Si conseguimos atraparla, quizá Hades sea clemente con su hijo. Si descubrimos su paradero y la detenemos y solventamos el problema que provocamos al liberarla, quizá podamos vivir con calma por fin, en un Mundo Medio distinto. Podríamos quedarnos con Ligeia, ayudarla con su reinado, protegerla para que su vida mortal sea lo más larga posible y su gobierno el más brillante que Eladia haya conocido nunca. Y después, cuando ella se vaya..., cuidaremos de su legado. A sus herederas, si las tiene. Podría educar a un nuevo ejército de mujeres. Mis hermanas no van a volver y lo sé, pero podría crear una nueva tribu. Una que podría volver a llenar mi antiguo poblado...

Orión y yo tenemos una eternidad por delante, pero quizá eso no sea tan malo como pensaba al principio. Si conseguimos que las diosas nos perdonen o simplemente nos ignoren, podríamos tener una existencia pacífica y significativa.

Ligeia llega horas más tarde. Orión y yo solo nos separamos cuando escuchamos el portón de la entrada, aunque no comparto mis pensamientos con él. Ella nos ve bajar las escaleras juntos, en lugar de encontrarnos en el patio como cada tarde. Creo que sospecha que ha sucedido algo, porque su mirada suspicaz cae sobre Orión y este carraspea, aunque no dice nada al respecto.

—Atenea y Artemisa nos han visitado —le anuncio.

Eso la distrae lo suficiente como para centrarse solo en las noticias. Nos hace un ademán para que la acompañemos al salón, donde le contamos todo lo que sabemos. Ella escucha con su serenidad habitual, atenta, aunque es obvio que su nerviosismo crece a medida que hablamos. No le gusta saber que Hades tiene la mirada sobre Orión, pero él no quiere que hablemos demasiado de ese asunto, así que nos centramos en el emperador y en lo que su muerte supone para la bibliotecaria.

—Tu madre dijo que estuvieras preparada —dice Orión.

Ligeia resopla. Sentada en el diván, la veo mover distraída el abanico que a veces lleva consigo.

—No hace falta que me lo diga. Lo estoy.

—¿Eso significa que te has decidido? —le pregunto.

Hace lo que ahora parecen siglos, le pregunté si deseaba ser emperatriz y ella me dijo que no lo sabía. Aun así, creo que puedo adivinar su respuesta. Sé lo que va a decir antes de escucharla; lo veo en la manera en la que fija los ojos castaños en los míos y levanta la barbilla.

—Quiero ser emperatriz. Quiero traer de vuelta el imperio que mi padre creó y que mi hermanastro pervirtió. Quiero un mundo hecho de cultura y poemas, donde la esclavitud desaparezca y los juegos no estén relacionados con la muerte. Quiero... Quiero cambiar el mundo. Vosotros me habéis enseñado a pensar que puedo hacerlo.

Se me escapa una sonrisa. Porque no tengo ninguna duda de que el Mundo Superior está estancado, pero quizá ella sí pueda transformar el Mundo Medio. Quizá pueda hacerlo distinto, más justo. Quizá pueda llenarlo de historias más amables y aliviar un poco todo el dolor que lo llena y que yo sigo escuchando todos los días en el fondo de mi cabeza.

A mi lado, Orión parece tan orgulloso de ella como yo y, solo un segundo después de que intercambiemos una mirada, me acerco a Ligeia. Veo la sorpresa en su rostro, cuando hinco la rodilla en el suelo y me llevo la mano al pecho, a la cicatriz de las amazonas, sobre la que siempre jurábamos lealtad. Me postro ante ella como nunca se me ocurrió postrarme ante su hermanastro, poniéndome a su servicio por decisión propia, sin cadenas que me aten.

En el momento en el que Orión me sigue y se arrodilla justo a mi lado, la futura emperatriz de Eladia ni siquiera parece saber a cuál de los dos mirar.

—Estaremos a vuestro servicio, excelencia —juro yo.

Ligeia traga saliva, sobrecogida, con las mejillas arreboladas por la vergüenza y los ojos fijos en los míos.

—Bendeciremos vuestro reinado con una larga vida y dolor para vuestros enemigos —apostilla Orión.

Yo esbozo una sonrisa apretada, divertida por su solemnidad, pero Ligeia no se ríe. Es obvio que no sabe cómo responder a esto, así que todo lo que acaba haciendo es apartar la mirada.

—Esto es absolutamente innecesario —farfulla—. Levantaos, por todos los dioses. Estáis haciendo el ridículo.

No, lo que ocurre es que está avergonzada, pero va a tener que empezar a acostumbrarse a que la gente se incline ante ella. Orión se burla de ella por su reacción y Ligeia, en respuesta, lo golpea con su abanico en la cabeza antes de empezar a discutir con él. Se me escapa una risa al verlo, corta pero ligera, tan fresca como las aguas de mi antiguo poblado. Creo que mis acompañantes se sorprenden un poco al escucharme, porque su disputa se acalla de golpe y me miran como si hubiera emitido un grito propio de una gorgona. Solo un segundo después, sin embargo, sus labios se deshacen en sonrisas. Al final, terminamos riendo las tres. De la manera más absurda. De la manera más fácil, también.

Sus risas me recuerdan a las que siempre había en el pueblo.

Y yo soy consciente de que haré lo que sea por defenderlas.

Incluso capturar al mismísimo Caos.

Aunque hacía unas semanas el tiempo de espera me parecía de lo más frustrante, los siguientes tres días me resultan efímeros, demasiado rápidos. Ligeia dedica todas las horas de sol a encerrarse en su biblioteca, como siempre, pero las aprovecha para trabajar en las leyes que le gustaría cambiar cuando llegue al trono y, por las noches, las historias ficticias que contaba sobre diosas y heroínas se convierten en planes de futuro. Orión y yo, por nuestra parte, nos dedicamos a entrenar, aunque siento que es más una rutina para distraernos que una manera de prepararnos para algo. Gracias a él aprendo lo poco que podía faltarme saber de mis poderes, como a ver cualquier lugar del mundo en el agua. He vuelto a ver mi poblado gracias a ello y ha sido como volver atrás en el tiempo. Pese a mis miedos, seguía en pie, tan verde y azul como lo recordaba, aunque vacío. Las casas, que antes ocupaban las copas de los árboles, estaban derruidas y llenas de musgo. El manantial era lo único que permanecía igual. Casi me pareció escuchar los cantos de las ninfas resonando en los rincones.

—¿Quieres ir? —me preguntó Orión ante mi silencio—. Todavía tenemos los brazaletes. Quizá podríamos...

—No —susurré yo—. No hasta que las haya vengado.

No puedo volver a ese hogar sin sentirme digna de él y Orión lo comprendió. No dijo nada e hizo desaparecer la imagen antes de besarme. Creo que lo hizo para que olvidara, para que me centrara en otra cosa, para que pensara solo en él, y funcionó. Desde entonces, ha vuelto a ocurrir en más de una ocasión. Su boca se está convirtiendo en un refugio, uno inesperado pero amable que me ofrece olvido justo cuando lo necesito. Sospecho que besarnos y aferrarnos al otro es nuestra manera de escapar de un mundo en el que nunca podemos estar seguros de qué es lo siguiente que puede ocurrir. Así hemos estado viviendo: en alerta, esperando noticias de Eris o temiendo un ataque de Hades, conscientes de que hay muchas cosas que están fuera de nuestro control.

Pero nada ha ocurrido. El tiempo ha pasado en una calma extraña que anticipa tormenta.

Y mañana mataré al emperador.

Soy consciente del peligro que eso supone. Entre estos muros hemos estado protegidas, pero mañana me expondré a la vista de todo el mundo y seré un blanco fácil. Orión ha insistido en acompañarme, pero yo se lo he prohibido, tanto a él como a Ligeia. Si estoy yo sola, no tendré que preocuparme de proteger a nadie más. Si estoy yo sola, pase lo que pase, tengo oportunidades.

Aun así, estoy inquieta, más de lo que quiero admitir. No he bajado a cenar porque tengo el estómago revuelto y las voces en mi cabeza suenan más altas que nunca, martirizándome. Una parte de mí ha estado pensando en que quizá podría fallar. Pese a que Atenea me ha asegurado que las Doce han permitido el asesinato del emperador, quizá alguien me tienda una trampa mañana y me arrebate la venganza y la seguridad de que las mías descansan en paz sabiendo que su verdugo pagó por lo que nos hizo.

Mañana alguien podría cortarme la cabeza y todo lo que he hecho no habría servido para nada.

—Nos has abandonado.

Aparto la vista de las estrellas. He tenido la vista fija en ellas hasta ahora, como si en el firmamento pudiera ver escrita la leyenda que se contará mañana, mi victoria o mi derrota.

Ligeia y Orión se mueven por el tejado y se sientan a cada uno de mis lados. Ha sido la bibliotecaria quien me ha acusado.

—No tenía apetito.

—Como todos los dioses —replica Orión.

Sí, ha sido una mala excusa. Al fin y al cabo, las diosas no necesitamos alimentarnos, no podemos morir de hambre. Ni siquiera recuerdo ya lo que era sentir el estómago vacío o la boca seca.

—¿Estás bien?

Ligeia me salva de la incomodidad al hacer esa pregunta (tan fácil y tan complicada al mismo tiempo) y al dejar caer su mano sobre la mía con suavidad. Yo le doy un apretón mientras asiento.

—Estoy bien. No os preocupéis por mí.

Orión resopla. Ha estado un poco molesto desde esta tarde, cuando volvió a insistir en venir conmigo a ver al emperador y yo se lo prohibí de nuevo. Sé que odia la idea de dejarme ir sola mañana, sobre todo porque hace días me negué a prometerle que no me involucraría en sus problemas con Hades y ahora yo lo obligo a mantenerse al margen de los míos.

Pero yo nunca he dicho que sea una persona justa. Si lo fuera, quizá me lo habría pensado mucho más antes de aceptar matar a todas las personas que he matado a lo largo de mi vida solo por la promesa de que las mías vivieran.

Soy yo en este caso quien pone la mano sobre la suya en un intento de hacerme perdonar. Él me mira de reojo, con los labios apretados, pero al final suspira y entrelaza nuestros dedos.

—Prométenos al menos que no harás ninguna locura —murmura—. Serás cauta y será rápido.

Creo que a Orión le gusta mi sonrisa, pero estoy segura de que odia la que convoco ahora.

—Las amazonas no hacemos promesas que no podemos cumplir.

Orión hace una mueca y Ligeia se acerca un poco más a mí. Estoy segura de que van a protestar, así que continúo antes de que puedan decir nada más:

—Si me pasa algo…

—No te va a pasar nada —me interrumpe ella, mientras aprieta su cara contra mi brazo. Entrelaza sus dedos con los míos como si no pudiera pensar en volver a soltarme—. Lo sé. Y yo lo sé todo, ¿recuerdas?

—No puede pasarte nada —añade Orión. Su cabeza se apoya contra la mía, su voz suena cerca de mi oído—. Te hice un juramento. Te dije que te protegería. Si algo te pasa, me estarás condenando. Y tú nunca dejarías que eso ocurriera, ¿verdad?

Me gustaría que el calor que me dan sus cuerpos cercanos fuera suficiente para acallar el escalofrío que me recorre desde la nuca hasta los pies.

—Si algo me pasa —repito—, quiero que no lo penséis. No os entrometáis y seguid adelante. Cuidaos. Tú, Ligeia, tienes que arreglar lo que ese hombre ha hecho. Elimina el anfiteatro y sus batallas y crea ese mundo que quieres. Y tú, Orión…

—No —protesta él. Tiene el ceño fruncido y la expresión más decidida que le he visto jamás—. A mí no vas a decirme qué debo hacer sin ti, Asteria.

—Orión…

—Calla —exige—. No queremos oír esto. Ni Ligeia ni yo. No tenemos que oírlo, porque mañana todo irá bien.

Ligeia asiente, pero no añade nada más. Se limita a acomodarse, su mejilla contra mi hombro. Creo que tiembla, pero supongo que no es de frío.

Aunque quiero protestar, muerdo las palabras al apretar los dientes y vuelvo la vista al cielo. Quiero insistir, pero ya no me veo con fuerzas. Soy incapaz de hablar, como si mis cuerdas vocales se hubieran olvidado de cómo vibrar. Tengo unas repentinas ganas de llorar que no sé de dónde salen y ya no reconozco si el temblor que siento es el mío o el de mis acompañantes.

Cuando era gladiadora, nunca tenía miedo antes de luchar. Cuando estaba en la arena, tan solo miraba a mi alrededor y pensaba que no me gustaría morir allí, pero no había terror, porque vivía una vida que ya no me pertenecía. Incluso teniendo a mis hermanas vivas, no era feliz.

Pero en los últimos días he recordado cómo era sentir algo más que odio. Han sido bocados pequeños de otras emociones, pero están ahí, y se los debo a ellas, a la pequeña familia que hemos creado mientras nos refugiábamos en esta casa. Orión y Ligeia se han convertido en lo único que me ha seguido dando ganas de vivir después de que se me arrebatase todo lo que tenía antes.

Por primera vez en muchos años, siento miedo de la muerte.

Mañana mataré al emperador.

Mañana quizá también me maten a mí.

ASTERIA

El cielo sangra como pronto lo hará el soberano de Eladia.

Su llegada al templo de Hera está prevista para el ocaso y hoy el atardecer parece más rojo que de costumbre, como si las diosas quisieran advertir de la muerte que se avecina. Supongo que él no lo espera. Supongo que él, como el resto de la ciudad, cree que este es un día más en el que estará a salvo, un día más en el que podrá abusar de su poder como considere. No sabe que yo estoy aquí, acechando. Si lo sospecha, seguramente creerá que está protegido. Creerá que es intocable.

Y yo voy a demostrarle que incluso las diosas le han dado la espalda.

La ciudad está llena de gente venida de todos los rincones del imperio y yo espero, paciente e invisible, entre ellas. Llevo horas entre las callejuelas: he visto cómo se decoraban los templos y cómo se han engalanado las estatuas de las divinidades que flanquean la avenida principal. Las ladronas podrían llenarse los bolsillos, pero nadie se atreve a desafiar a las diosas profanando las ofrendas que se les hacen, así que el oro y las telas brillan bajo ese sol que comienza a morir. A media tarde han empezado las canciones que honraban a la reina del Mundo Superior y no han parado desde entonces; he perdido la cuenta de la de parejas que he visto comprometerse ante el templo, como si considerasen que hacerlo en este día y en ese lugar fuera a asegurarles una vida en común duradera y feliz. Me resulta irónico, teniendo en cuenta que el matrimonio de Hera es duradero, sí, pero no diría que es feliz.

El primer acto verdaderamente importante, el que inaugurará las festividades que durarán días enteros, le pertenece al emperador. Según la tradición, ha de ser él quien, con el atardecer, haga el primer sacrificio a la reina de las diosas para que esta lo salvaguarde a él, a esta ciudad y a sus habitantes.

Solo que esta vez sus plegarias no van a servirle de nada.

Me preparo en cuanto se escuchan los primeros vítores. He traído el puñal dorado y la espada, pero soy consciente de que ni siquiera me harán falta para lo que planeo hacer. Atravesarle el corazón o cortarle el cuello sería demasiado benevolente, después de todo el daño que ha causado, así que me preparo mientras a mi alrededor las ciudadanas lanzan flores al paso de su soberano.

Alguien le desea una larga vida y yo, por primera vez en todo el día, siento ganas de sonreír. No. No la tendrá. A su vida le quedan minutos. Aunque hasta ahora estaba en tensión, ese pensamiento me alivia. Me da fuerzas. Me quita el miedo.

Al fin voy a vengarme.

Al fin voy a devolverle a ese hombre todo el sufrimiento que él nos provocó.

Entonces lo veo. El emperador, vestido de púrpura, con su corona de laurel alrededor de la cabeza, va montado en un carro de oro tirado por caballos blancos engalanados con bridas doradas y flores entre las crines trenzadas. Mientras el pueblo tira pétalos blancos en su dirección, él saluda desde su montura con la sonrisa de quien se sabe protegido tanto por la tropa entera de guardias que lo acompañan como por las divinidades a las que un día juró lealtad y que durante años le han permitido hacer y deshacer a su antojo. Aun así, sus ojos pequeños y oscuros (probablemente su única semejanza con Ligeia) miran de uno a otro lado y buscan entre la multitud. *Me buscan.* Porque tiene que saber que estoy aquí. Tiene que saber que llevo días acechándolo, intentando darle caza por todos los medios posibles, y que no iba a perder la oportunidad de verlo ahora que se ha mostrado en público. Estoy segura de que no ha olvidado la promesa de dolor y sangre que le hice.

Me pregunto si tiene miedo.

Si no lo tiene todavía, lo tendrá.

Ni siquiera me hago visible antes de lanzar el primer ataque. He estado todo el día fantaseando con ello, probándolo en mi propia piel. Ha sido doloroso, pero a estas alturas el dolor físico no significa nada para mí. Mi piel se ha curado ya, por mucho que la haya maltratado. La suya no correrá esa suerte.

El nombre de Lysandra es el primero en marcarle la carne.

Su grito es ensordecedor. Para el resto del mundo la música cesa, pero para mí no hay mejor canción que esa, mientras las letras del nombre le cortan poco a poco la frente, para que todo el mundo lo vea. El desconcierto, el de ese hombre y el de todas las presentes, comienza cuando el emperador se encoge sobre sí mismo y se lleva las manos a la cara en un intento de cubrirse ese rostro que empieza a empaparse de sangre, pero no le va a servir de nada. Tampoco van a poder ayudarle los soldados que se detienen y empuñan sus espadas.

A mi alrededor, el pueblo grita, alarmado. El gentío mira alrededor entre la confusión y el pánico y yo disfruto de su terror durante unos breves segundos. Me pregunto si esto es lo que les gustaba ver en el anfiteatro: si disfrutaban del miedo de quienes combatíamos, si les excitaba nuestra desesperación. Si es así, tienen suerte, porque no solo no voy a hacerles pagar por ello, sino que hoy voy a ofrecerles un gran espectáculo.

Doy un paso hacia delante. Salgo a la vía principal. Me hago visible.

Y entonces estalla el caos.

—¡Es la Amazona Roja!

—¡Ha venido a vengarse!

Las gentes de Eladia gritan mi nombre, pero no se parece a como cuando lo clamaban en el anfiteatro. Reconozco la angustia, las ganas de huir, y me parece bien. Que me teman. Que prueben un poco del pavor con el que nosotras tuvimos que vivir durante años, el terror de sabernos atrapadas y sin salida. Sin embargo, a mí no me importan sus gritos, ni siquiera sus caras, ni tampoco que algunas personas echan a correr para huir de mi ira y del castigo que les prometí. Solo me interesa el emperador, que alza el rostro en ese momento y abre mucho los ojos al verme. Su expresión es la del moribundo que sabe que la muerte le sobreviene, la de aquel que dedica sus últimos ruegos a Hades y prepara las monedas para que se las coloquen sobre la lengua.

Sabe que he venido a por él.

Sabe que esta vez no lo dejaré escapar.

El nombre de Lysandra le sangra sobre la frente y yo espero que, allá donde esté, ella pueda ver esa imagen y sonreír.

—Tú...

La guardia se echa sobre mí antes incluso de que el gobernante dé la orden, pero yo solo necesito echarles un par de vistazos a quienes se atreven a atacarme para que caigan. Ni siquiera tengo que alzar las manos. Ni siquiera necesito moverme. Las réplicas de su sufrimiento me alimentan, pero eso me molesta. No quiero que ninguna sensación me distraiga del dolor del emperador. Quiero ser consciente solo de él; quiero disfrutar como él disfrutaba mientras nos observaba morir desde el palco. No me importa si eso me convierte en el mismo monstruo que ese hombre ha sido siempre: al fin y al cabo, ya hace mucho que perdí mi humanidad.

—Cuánto tiempo, emperador.

El hombre jadea, con el rostro perlado de sangre y sudor. Debe de ser consciente de que está perdido, porque mira con nerviosismo a los cuerpos que riegan las calles a su alrededor. Con la guardia he sido rápida, así que sabe que podría serlo con él también, pero no voy a darle ese gusto.

—Soy... Soy el soberano de Eladia —trata de decir, de manera ridícula—. No puedes...

—No puedo ¿qué?

Le lanzo otro ataque. Pienso en otro nombre. Ainia. La primera a la que vi que mataba. Las letras aparecen en una de sus manos, en la muñeca, poco a poco. Son cortes profundos que le arrancan otro grito de dolor y que hacen que se presione la piel en un intento de detener la hemorragia.

—¡Para! ¡Basta, detente!

—¿Acaso te detuviste tú durante todos estos años? —respondo yo.

Cuando un nuevo nombre aparece en su otra mano, el emperador cae al suelo con un aullido que lanza un escalofrío de placer por todo mi cuerpo. Supongo que esto es lo que sentía Algos en el laberinto con todas las víctimas a las que torturaba. Supongo que esta sensación horrible es la que lo volvió completamente loco, la que lo convirtió en un adicto al sufrimiento que podía provocar.

El emperador trata de ponerse en pie al apoyar sus manos sobre el suelo, pero yo solo necesito entrecerrar los párpados para que sus heridas se hagan lo suficientemente profundas como para cortárselas.

Con su siguiente grito me entran ganas de reír.

Su sangre riega el suelo y se convierte en un río en el que me encantaría bañarme.

—No es este el recibimiento que esperaba, emperador... —Con calma, me acerco e hinco la rodilla por primera vez ante él para cogerle la cara y disfrutar de su expresión horrorizada, dolorida, en pánico. Ante mí, el emperador de Eladia se convierte en poco menos que una rata temblorosa y yo sonrío—. ¿No estás contento? Mira toda la sangre que tienes a tus pies. No estamos en la arena, pero ¡mira! ¡Todo tu pueblo está presente! ¡Han venido a ver el espectáculo!

«Que Hera nos proteja», oigo que dice el pueblo de Eladia a mi alrededor.

«Va a matar al emperador».

«El emperador ha insultado a los dioses».

«Es horrible, se desangra».

«¿Y Hera lo permite? En su día, a su protegido...».

«Entonces ha de merecerlo».

Dejo escapar una carcajada leve, irónica. Así que ese es el poder de la fe. Si una diosa lo hace, bien hecho está. No importan los motivos, no importa qué la lleve a ello. Ese es el poder de la religión: hacer creer a las fieles que sus ídolos siempre actúan con justicia. Maten, mutilen o desprecien, siempre será porque es lo que debe hacerse. A las diosas nadie las contraría. A las diosas nadie les discute. Las diosas siempre tienen la razón.

Qué engaño...

El emperador apenas puede hacer nada, aparte de volver a gritar cuando un nuevo nombre le sube por el brazo izquierdo. Deyanira, un nombre tan hermoso como largo, que hace que la tortura se extienda un poco más. Hace un rato ya que el púrpura de su túnica se ha oscurecido y se ha tornado irreconocible. Él, mientras, tiembla y suda, y yo temo que vaya a desmayarse por el dolor, porque todavía quiero que sufra un poco más. Más. Más.

Tengo años enteros que devolverle.

—Tú..., maldita... salvaje..., como todas las demás...

—¿Cómo quiénes, emperador? ¿Te refieres a mis hermanas? —Le aprieto la cara entre los dedos, convencida de que podría romperle la mandíbula si tan solo ejerciese un poco más de presión—. Voy a hacer que las recuerdes, una por una. Voy a tatuarte todos sus nombres en la piel, para que nunca los olvides. Voy a dejarte tantas cicatrices como las que nos provocaste tú. Vas a suplicarme que te mate, bastardo, y yo te escucharé y tendré la misma piedad contigo que tú tuviste con nosotras: ninguna.

Así que lo hago. Uno por uno, los nombres van abriéndose paso en su piel. En su otro brazo. En su pecho. En su estómago. Cleta. Ágave. Febe. Todas, absolutamente todas, una por una. A ellas les regalo sus gritos, su horror, su pavor y su angustia. Un nombre por cada hermana caída, un nombre por cada día en la oscuridad, un nombre por cada lágrima y por cada voz que se hundió en la desesperación.

Evandra.

Oritía.

Mirina.

El cuerpo del emperador se llena con los recuerdos de todo nuestro dolor.

—Pide perdón —le digo, cuando ya solo es un amasijo de carne sanguinolenta y un rostro lleno de marcas que se mezclan las unas con las otras. Mi víctima apenas puede moverse ya y ni siquiera debe de poder gritar. Sé que está al límite de sus fuerzas mientras se retuerce como el gusano que es—. Pide perdón, emperador… Pídenos perdón a todas. Discúlpate por haberlas matado. Por habernos arrebatado nuestro hogar y nuestra libertad. Discúlpate y quizá decida que ya ha sido suficiente. Vas a morir de todos modos, pero todavía puedo hacerlo rápido. Si no, seguiré cortándote en pedazos, hasta que no quede nada de ti. Le daré tu cuerpo desmembrado a los perros. Ni siquiera te reunirás con la tierra, porque no mereces ni ese honor, sino que terminarás en el estómago de cualquier animal…

Pero él no se disculpa. Se estremece, y creo que es de terror hasta que escucho la risa. Es una carcajada que congela la sonrisa que me tira de las comisuras y consigue que todo mi cuerpo vuelva a ponerse en tensión.

Cuando alza el rostro, lo que debe de ser su boca se curva en un gesto roto, falso. Ya ni siquiera se reconocen sus rasgos.

—Yo al menos me reuniré con ellas, pero tú… Tú no lo harás nunca más.

Aprieto los dientes. Al principio trato de mantener la calma, pero no soy capaz. Llevo conteniendo demasiado durante demasiados días, así que dejo que salga todo en el grito de ira que me desgarra la garganta. Porque sé que tiene razón. Por mucho que odie admitirlo, tiene razón. Pese a esto, yo nunca me volveré a reunir con mis hermanas. Pese a mi venganza, ha ganado él, porque nos ha separado para siempre. Porque nos quitó la vida a todas. Porque jamás volveré a verlas…

Cuando corto el aire con una mano, deseo también cortar su cuerpo.

El dolor desaparece cuando el cadáver del emperador se parte en dos.

Así muere el soberano del imperio de Eladia.

Así muere el hombre que condenó a mi pueblo.

La satisfacción, sin embargo, dura solo unos segundos. Esperaba que acabar con él hiciera que la rabia se calmase, que todo el dolor que me queda dentro se apaciguara, pero sigo sintiéndolo. Me está comiendo por dentro. Me quema en las venas y me recuerda que simplemente acabar con él no es suficiente. Necesito más.

Me levanto temblando, con la furia y el poder que le robé a Algos poseyéndome todavía. Tengo los puños tan apretados que, si pudiera sentir algo, quizá me haría daño. Con el cuerpo ardiendo, me giro hacia las pocas personas que no han huido y que ahora me observan con los ojos desorbitados y llenos de horror. A mi alrededor, el ambiente es de tormenta, espeso, y yo no sé si tomármelo como una más de las irregularidades del tiempo desde la muerte de Deméter o como una señal de que Zeus está mirando en mi dirección y aprueba todo lo que ha ocurrido.

—A este hombre nadie lo ha protegido. El Mundo Superior reniega de él —gruño con los dientes apretados—. Desde hoy, su hermanastra, Ligeia de Eladia, dueña y señora de la Biblioteca Imperial, es vuestra emperatriz. A ella deberéis servir y honrar, por designio divino. Ella es nuestra nueva elegida.

«¿La señora Ligeia?».

«Ella es mejor opción, desciende de los dioses».

«Es hija de Atenea. Será sabia y justa...».

«Pero ¿sabrá gobernar?».

Aunque escucho muchas voces disonantes, no dejo que crezcan más.

—¡Respecto a este hombre, que no es más que un traidor a la paz entre nuestros mundos, nadie le ofrecerá ritos! —clamo, para silenciar las voces—. Su cuerpo quedará insepulto fuera de las murallas, a merced de los carroñeros. No tendrá honor funerario alguno: nadie le obsequiará con una sola moneda; nadie quemará su cadáver. Merece pasar la eternidad vagando, recordando sus pecados, hasta que todo el mundo olvide su nombre y él desaparezca.

Nadie protesta. La gente agacha la cabeza, algunas de las presentes se lanzan al suelo de rodillas rogando perdón, un coro de murmullos reza para demostrar que son leales a las diosas.

Así se acaba con la lealtad de todo un pueblo: con terror.

Respiro hondo mientras observo sus reacciones. Cuando alzo la barbilla, lo hago para que no vean en mí a lo poco que queda de una mortal torturada y maltratada durante años, sino a la diosa temible que creen que soy.

Pero de pronto los ruegos se transforman en exclamaciones de sorpresa. Dejan de mirarme, como si ya no pudieran verme, y murmuran:

«Ha desaparecido».

«Eso era todo lo que tenía que decir».

«Lo ha matado de verdad...».

Pero yo no he desaparecido. Yo sigo justo aquí...

—Veo que te sientes con poder sobre el Inframundo también, muchacha. Te crees con potestad para decidir quién accede a mis dominios y quién no... Claro que también decidiste que quien estaba en ellos debía salir.

El frío llega como un latigazo, rápido e inclemente. La euforia del sufrimiento ajeno y el poder desaparece tan rápido como ha llegado cuando unas manos casi esqueléticas se posan sobre mis hombros. Yo me quedo paralizada, helada. No es solo una sensación: es como si de verdad el cuerpo se me convirtiese en hielo. Un dolor que nada tiene que ver con el que me hace fuerte me inunda el pecho y ralentiza mis latidos. El frío se me extiende por la piel. No puedo ver, no puedo girarme, pero sé quién está tras de mí; esa presencia, ese olor a cuerpos en descomposición...

Nunca lo he visto antes, pero sé que es él.

Hades.

—Esperaba que vinieras acompañada, Asteria —susurra. Su voz es cortante como una guadaña, afilada como las fauces de Cerbero—. Esperaba que lo que has provocado atrajese a Eris, pero no ha venido, y ese bastardo nacido de la sangre tampoco está aquí... Así que supongo que tendré que conformarme contigo.

No respondo. No puedo. Los dientes me comienzan a castañear. La respiración me pesa. Estoy alerta, pero al mismo tiempo se me caen los párpados. La angustia me atrapa y ya no me deja escapar. Supongo que esto es lo que se siente al morir, incluso cuando no puedes hacerlo.

«No eres contrincante para él, Asteria», me dijo Orión hace días. Y ahora sé a qué se refería y también que es cierto: no hay nada que pueda hacer contra él. Lo que no sé es qué piensa hacer conmigo, pero trago saliva y trato de mantener la calma, de girar la cabeza y mirarlo. Necesito tranquilizarlo de alguna manera, necesito convencerlo de que le sirvo más viva que muerta.

No quiero pensar en los rostros de Orión y Ligeia.

No quiero pensar en que lo más probable es que estén viendo esto a través del agua.

—¿Sabes, amazona? En realidad, imaginaba que la aberración no estaría aquí. —La presencia que tengo a la espalda se mueve antes de que yo consiga convocar una sola palabra. Las manos dejan de presionarme los hombros, pero el frío no desaparece. Cuando Hades se muestra ante mí, está sonriendo, y yo me echaría a temblar si pudiera—. A ti te importa ese bastardo, ¿verdad, Asteria? Por eso fuiste a rescatarlo de mi castigo. He visto a muchos héroes intentar sacar a gente de mis territorios, pero nadie lo había conseguido todavía... Supongo que tienes el dudoso honor de ser la primera, pero ¿de verdad crees que es algo que puede quedar impune? Cegaste a mi guardián durante unas horas, sin ir más lejos, así que, ya que pareces creer que la justicia se basa en devolver el sufrimiento causado, quizá yo debería arrancarte esos ojos tan bonitos que tienes.

Cuando extiende sus dedos huesudos hacia mí, creo que lo hará. Me sacará los ojos con sus propias manos y los aplastará. Quiero huir, pero sigo paralizada. Cada vez me cuesta más respirar. Apenas siento ya los latidos de mi corazón, pero me obligo a separar los labios.

—Es... Espera —murmuro.

Hades entrecierra sus ojos, tan negros y vacíos como el mundo que gobierna. Siento cómo me agarra la cabeza, cómo sus pulgares se acercan a mis párpados, pero no llega a tocarlos. Dejo escapar un jadeo más atemorizado de lo que quiero admitir.

—¿Sí, Asteria? Dime.

—Puedo... Puedo ayudarte. Si... Si lo que quieres es a Eris...

La sonrisa que se le extiende por la boca está llena de satisfacción.

—Continúa.

—Puedo... —Tomo aire, aunque me cuesta—. Puedo atraparla. Puedo... perseguirla y cazarla para ti, para que hagas con ella lo... lo que quieras.

Su risa suena estridente, como metal sobre cerámica, el chillido de mil almas rogando descanso al unísono.

—Sabía que podría contar con tu... sentido del sacrificio. Por desgracia, cazarla no es suficiente, Asteria. Vas a matarla.

Me estremezco y sacudo la cabeza. No, no puedo matarla. Sé cómo acabaría eso para mí. No me han castigado por matar a Algos porque era mortal y he ocupado su lugar, pero el asesinato entre las diosas está prohibido. Me castigarían. Me condenarían, y ni siquiera sé a qué.

—No, no puedo...

—Tus hermanas están en el Tártaro, Amazona Roja.

Esas son todas las palabras que necesita para que mi mundo pierda todo su color. No hay rojo ni verde ni azul ni negro ni dorado. Deja de haber tonos a mi alrededor porque todo se rompe. Abro mucho los ojos, horrorizada ante la idea, pero una parte de mí simplemente se niega a creerlo. No es cierto. Está mintiendo. Mis hermanas no han hecho nada malo para merecer una eternidad de castigo y sufrimiento: fueron benevolentes en nuestro hogar y fueron mártires después de que nos lo quitaran. Matamos a incontables, sí, pero éramos víctimas obligadas a ello cada día.

Recuerdo a Orión, lo que sufría cuando fui a rescatarlo, y pienso en las mías, hundidas en el río Flegetonte. No. Las mías, siendo víctimas de las torturas reservadas para criminales y asesinas, para quienes han osado engañar a las diosas o rebelarse contra ellas. No. Creía que mis hermanas al fin habían alcanzado la paz, aunque fuera en otra vida. Yo misma les puse monedas en la boca a las que perecieron a mi lado en el anfiteatro y después le llevé al Barquero más dinero para pagar el pasaje de las demás, incluso si no pude despedirme. Creí que por fin estaban descansando, que por fin…

—No, eso no…

Ni siquiera sé si la voz me sale, porque apenas puedo oír nada por encima del zumbido en mis oídos, de mi corazón rompiéndose en mil pedazos. Lo único que distingo es la risa aguda que hace que cada hueso me tiemble dentro del cuerpo. Es tan punzante como su voz.

—¿No me crees? Deja que te lo muestre, Asteria.

Quiero huir cuando me acerca los dedos a la frente, pero soy incapaz. Noto el tacto frío de su piel, la corriente helada que me recorre de arriba abajo y se me cuela bajo la carne. Y, de pronto, solo soy capaz de ver a mis hermanas. A todas ellas, sufriendo cada una un castigo diferente. Ni siquiera les ha permitido estar juntas. El espíritu de Lysandra se consume en una cárcel de fuego que la abrasa mientras ella no deja de gritar. Ainia está enterrada entre un montón de cadáveres y huesos, y cada vez que trata de huir se hunde un poco más en la putrefacción. Mirina es pisoteada por mil caballos cada día. A Cleta la estrangulan serpientes.

Todas sufren un castigo que no merecen y cada una de sus torturas pasan por mi cabeza en un momento.

Me doy cuenta de que estoy gritando antes de escuchar mi propia desesperación. La garganta se me desgarra y el pecho se me rompe en dos y me provoca más dolor del que he sentido en la vida. Intento debatirme, escapar de los dedos de Hades, luchar contra la parálisis, desaparecer para ir a salvarlas. Tengo que liberarlas. Tengo que salvarlas a todas. Necesitan paz. Quiero su paz. He llegado hasta aquí por su paz.

Pero en realidad no he dejado de condenarlas.

—Es horrible, ¿verdad? —susurra Hades mientras aparta su mano. Cuando consigo enfocar su rostro, me lo encuentro sonriendo con deleite. Yo solo deseo hacerle daño con todas mis fuerzas, pero no ocurre nada. Quiero cortarlo en pedazos, arrancarle la cabeza, pero mi magia no responde, como si alguien me hubiera puesto unos grilletes forjados por Hefesto. Ha anulado por completo mis poderes solo con su presencia, tal es la autoridad de la Muerte—. Pero tú podrías salvarlas, Asteria. Puedes salvarlas..., si haces exactamente lo que yo te diga.

Por supuesto. Un trato, porque así es como funcionan las diosas. Un intercambio en el que, pase lo que pase, yo saldré perdiendo. Necesita que haga lo que él no puede hacer y acabe con Eris...

O quizá no solo con Eris.

Orión. Prometió que lo castigaría. Prometió venganza.

Hades sonríe todavía más al ver la mueca de pánico en mi cara.

—He pensado mucho en esto, muchacha. Dime: ¿debería exigirte que mates solo a Eris o que también hagas sufrir a ese bastardo por el que tanto te preocupas? Nunca debió existir, ¿sabes? —Cuando la sonrisa desaparece de su rostro, las sombras parecen cobrar vida y acariciarle las mejillas. No. No puede obligarme a matarlo. No puede pedirme la paz de las mías a cambio de la vida de ese hijo al que odia—. Nunca debí tener un hijo que no fuera de Perséfone. De mi esposa. La mujer que la madre de ese engendro asesinó.

Si consigo mover la cabeza es solo para negar con ella. No. No puedo hacer eso. No voy a hacer eso. Pedirme que mate a Orión es como pedirme que mate a una de las mías.

—Él no tiene la culpa... —Mi voz es apenas un gemido lastimero. Una súplica—. No voy a matarlo. Ni siquiera..., ni siquiera por ellas. No puedes obligarme a ello.

Lo siento, hermanas. Lo siento, no puedo. Si ese es el precio, no puedo. Consagraré mi vida a liberaros, viajaré al Tártaro a salvaros una por una si es necesario; sacrificaré mi paz y no descansaré durante el resto de la eternidad, pero no puedo matar a Orión. Igual que no podría haberos matado a ninguna de vosotras, no puedo matarlo a él. No puedo perder una de las pocas cosas buenas que todavía me quedan...

Hades suspira.

—Sabía que dirías eso, Asteria —responde, con un pesar que no sé si es fingido o no—. Me crees cruel, pero yo también he amado. Yo también he querido proteger a alguien a toda costa, a alguien a quien nunca habría permitido que la Muerte se llevase. Te pasa lo mismo, ¿verdad? No quieres que le ocurra nada. Lo único que quieres para él es que, por fin, después de tantos y tantos años, pueda vivir en paz... —Sonríe. Lo hace con un placer horrible, de necrófilo—. Ya lo sé. Está bien: me daré por satisfecho con la muerte de Eris. Pero entiendes que yo no puedo matarla, ¿no es así? Me castigarán si lo hago, no importa que todos la odien, no importa que sea una amenaza para nuestro orden... Al final, lo único que importa es que es una diosa, una igual, y dirán que soy demasiado ambicioso. Pero tú lo harás, ¿verdad? Si ese es el precio para que Orión y las tuyas estén bien, tú la matarás por mí.

Dejo escapar un gemido de angustia. Ni siquiera soy consciente de que estoy llorando hasta que siento el sabor de mis propias lágrimas en la boca.

Él sabe mi respuesta antes incluso de que yo la pronuncie.

Aprieto los dientes. Tiemblo. Y al final digo:

—¿Te olvidarás de Orión?

—Haré como si nunca hubiera existido, pues no debería haberlo hecho.

—Y las mías...

—Descansarán en paz, para toda la eternidad. Te permitiré despedirte de ellas.

Ni siquiera sé si esto puede considerarse una trampa, porque soy demasiado consciente de lo que pasará si acepto este trato. Sé que el resto de las diosas me castigarán, aunque no sepa cómo. No me matarán, pero la condena me apartará de esa paz que empezaba a vislumbrar y que me había prometido proteger. En el mejor de los casos, me encerrarán. En el peor, me torturarán por toda la eternidad, quizá obligándome a sufrir los mismos castigos que ahora sufren mis hermanas.

Y, aun así, sé que no tengo alternativa.

—Quiero que me des tu palabra —jadeo, casi sin aliento. Apenas soy capaz de respirar ya. Me pregunto si todavía me quedan latidos o si el corazón me ha estallado por fin—. Júrame que mis hermanas descansarán al fin, que lo harán en los Campos Elíseos, donde puedan ser felices. Júrame que Orión nunca, jamás, volverá a sufrir bajo tu mano.

—Por supuesto, Asteria. —El hecho de que Hades ni siquiera dude hace todavía peor la sensación de que estoy pactando mi propia perdición. La confianza en su voz es poco menos que un veneno—. Y tú me darás la tuya.

En la mano cadavérica de Hades aparece una daga con un filo del color de la obsidiana. Ni siquiera duda cuando se abre la piel y deja que el dorado le corra entre las líneas de la palma. Yo, por mi parte, no siento nada cuando hace lo mismo en mi mano. La sonrisa no le desaparece de la boca en ningún momento, casi una línea que le parte la cara cuando apoya su piel contra la mía.

A pesar de que la sangre nunca me ha dado asco, siento ganas de vomitar. Me mareo cuando su icor y el mío se unen y gotean mezclados sobre el suelo.

—Yo, Hades —comienza el dios de la Muerte—, señor del Inframundo y dueño de las almas de todos los muertos, juro ante ti, Asteria, diosa del Dolor, que si la diosa de la Discordia muere bajo tu mano en el plazo de una luna, todas las amazonas que ahora sufren en el Tártaro serán enviadas a los Campos Elíseos y Orión, el dios de la Vida, quedará para siempre liberado de mi odio, pues jamás volveré a torturarlo.

Debería sentirme aliviada al escuchar su juramento, debería sentirme segura de que todo va a salir bien, de que lo que hago merece la pena. Pero en mi cabeza no hay pensamiento alguno. No hay nada dentro de mí. Estoy llorando, pero ni siquiera siento la humedad de mis lágrimas en las mejillas.

—Yo, Asteria... —Mi voz suena cansada. Un jadeo. Un sollozo. A estas alturas, la magia de Hades es lo único que me mantiene en pie. Se me rompe la voz—. Diosa del Dolor... juro asesinar a Eris en el plazo de una luna y… hacerme cargo del castigo que por ello se me imponga.

Reconozco el tirón de la última vez que participé en un juramento. Es una sensación de resolución, de propósito, y yo la acepto con los ojos cerrados y una lágrima que se me descuelga de las pestañas. Tras mis párpados cerrados brilla el dorado de la primera promesa que me gustaría ser capaz de romper.

Entonces escucho la risa de Hades. Es fuerte y afilada, está hecha de huesos. Tira de mí y yo me dejo caer sobre su cuerpo como una figura sin voluntad. Se queda tan cerca como si me estuviera abrazando, pero lo único que hace es inclinarse hacia mi oído para susurrar:

—Ese desgraciado habría preferido morir bajo tus manos que una vida eterna sin ti, sabiendo que te castigaron por su culpa. No lo tocaré… porque ya no me hace falta. El sufrimiento que tú vas a provocarle va a ser mucho peor.

El golpe es certero porque sé que tiene razón. Es algo que yo misma he sentido en mi propia piel. La desesperación, el vacío, el abandono. Los remordimientos por sobrevivir y seguir adelante cuando todas las personas que querías han pagado el precio para que tú sigas existiendo.

Hades quiere hacer sufrir a Orión de la misma manera en la que Eris le hizo sufrir a él cuando mató a Perséfone. Quiere que sepa lo que es querer a alguien y perderlo sin poder hacer nada para evitarlo.

El dios del Inframundo me suelta y yo caigo de rodillas. Me siento tan vacía como si me hubiera drenado, como si todo mi cuerpo quisiera volver al Inframundo y refugiarse en su silencio, como si mi alma ya no estuviera recubierta de piel.

Siento que se repite una historia que ya he vivido. Que vuelvo a ofrecerme para luchar por todas mis hermanas y, sin querer, provoco su muerte.

Esto no es muy distinto.

Una vez más, trato de salvar a alguien.

Una vez más, nos condeno.

ORIÓN

Todo iba bien.

Hasta hace lo que me parece un suspiro, todo estaba en orden. El emperador había muerto. Asteria les estaba diciendo a todos que Ligeia heredaría la corona. Tengo la leve sensación de haber alzado la vista del agua para mirar a la mortal que está a mi lado, para felicitarla, pero ella solo tenía ojos para la visión en la superficie de la pila. Supe que algo iba mal cuando su expresión mutó en una de horror.

Cuando volví la vista hacia la pila, Hades ya estaba allí.

Hades, con su sonrisa demente y su olor a muerte. Con sus palabras a media voz, como si temiera despertar a quienes duermen para siempre, y sus tratos retorcidos.

Y Asteria ha caído de lleno en su trampa.

El sonido de la cerámica cayendo al suelo es lo que me devuelve a la realidad. Lo que me arranca de la parálisis que, hasta hace un instante, me atenazaba cada músculo. La pila en la que estábamos siguiendo a Asteria yace partida en mil pedazos en el suelo y el agua se extiende sobre las baldosas. Recuerdo una escena parecida en los aposentos de Hera. Recuerdo que fue ella la que tiró la vasija de oro al suelo, pero esta vez he sido yo. Lo sé porque tengo la mano mojada, porque el enfado arde dentro de mí de una manera que no creo haber sentido jamás.

Ligeia ha dado un par de pasos atrás en un intento de evitar pisar los restos. Está más pálida de lo que la he visto nunca y me mira con la expresión descompuesta.

—Orión…

Yo niego con la cabeza. No puedo dejar de pensar en Asteria. En mi cabeza, las imágenes que he visto no empiezan a cobrar sentido hasta ahora. Ha hecho un juramento. Ha mezclado su sangre con la del rey del Inframundo.

Se ha condenado.

Nos ha condenado a todos.

Me giro para marcharme. Tengo que buscarla. Tengo que ayudarla. Por una vez, tengo que arreglar esto, aunque todavía no sé cómo.

—¿A dónde crees que vas?

Siento un tirón en el brazo cuando una mano se aferra a mí. Los dedos se me clavan en la piel, con fuerza, en un intento de detenerme. Yo me suelto de inmediato con un movimiento brusco, aunque me giro hacia Ligeia. Ella me mira como si le hubiera hecho daño al liberarme de su agarre, pero toma aire y levanta la barbilla.

—Orión…

—Tengo que ir a por ella.

—¿Para qué? ¿Qué crees que puedes hacer tú?

Algo. Lo que sea.

—La voy a liberar de su promesa. No tiene por qué cumplirla. A lo mejor puedo…

—Ya está hecho, Orión.

Su voz suena a certeza, incluso si sus palabras no son más que un susurro, y yo solo quiero obligarla a tragárselas de nuevo. Quiero que las desdiga, poder borrarlas de mi cabeza, que dejen de repetirse una y otra vez dentro de mí. Ya está hecho. Ya está hecho.

Ya.

Está.

Hecho.

Pero tiene que haber alguna forma de deshacerlo. Tiene que haber alguna forma de volver atrás. Tengo que encontrar la manera de salvarla. Se supone que es parte de la propia promesa que yo le hice a ella.

—Vamos a tener que ser fuertes —murmura Ligeia, aunque yo apenas la escucho por encima del latir de mi corazón—. Por ella.

No. No sé en qué momento he empezado a negar con la cabeza, pero ya he sido fuerte. Llevo treinta y seis años siendo fuerte, aguantando, aguantando, aguantando. Llevo soportando mucho tiempo las burlas y la crueldad de los dioses. Se suponía que eso estaba a punto de cambiar. Que nuestras vidas estaban a punto de cambiar y por primera vez iba a ser para mejor.

Nos merecíamos ser felices. Al menos, nos merecíamos que nos dieran la oportunidad de intentarlo.

—Si hace lo que le han pedido, la castigarán, Ligeia —le recuerdo. Cada palabra parece tener un borde que se me clava en la lengua, en la piel, en el corazón—. La encerrarán, como hicieron con Eris, si no algo peor. Puede que esta vez la encierren más allá del alcance de dioses o mortales. Puede que la torturen hasta que lo único que desee sea morir. Puede que…

—No sabemos lo que van a hacer con ella —me replica la bibliotecaria, rápida. Aun así, noto que le falta el aire—. Quizá podamos ayudarla después. Liberaste a Eris de su condena, ¿verdad? Quizá entonces podamos hacer lo mismo con ella, sea cual sea.

Es un intento de rebatirme demasiado débil, demasiado ahogado, y sé que es una respuesta desesperada porque ella también ha pensado ya en todos los castigos que podrían decidir para Asteria. Probablemente ya se ha puesto en lo peor. Probablemente sufre por ello tanto como yo.

Aprieto los párpados. Los ojos me arden, como si fueran a derretírseme dentro de las cuencas; como si fueran a desaparecer convertidos en lágrimas. Me acuerdo de Lete y de su llanto infinito. Me pregunto si ella podría curarme, si podría hacer que me olvidara de todo lo que duele, si podría hacer que me olvidara incluso de Asteria.

—Va a hacernos prometer que no iremos tras ella —continúa

Ligeia, tras tomar aire. Como si no lo supiera—. Nos hará prometer que no trataremos de detenerla. —Como si no fuera a hacerlo—. Y sabes que no podemos. Es el destino de las almas de sus hermanas lo que está en juego y…

—¡También es mi destino el que ha decidido sin mi permiso! —protesto. Es un grito y un jadeo al mismo tiempo, y sé que es injusto, sé que es ridículo, porque solo está intentando salvarme. Todo el tiempo, desde el principio, lo único que ha hecho ha sido salvarme. Respiro hondo. Me obligo a centrarme. A pensar en una solución—. El problema de todo esto es mi madre —escupo. Pero sé que eso también es mentira. El problema de todo soy yo, siempre he sido yo, desde el momento exacto en el que dos sangres se mezclaron y vine al mundo—. Yo la liberé, así que, ¿no debería ser yo el que empuñe la espada que la mate?

Ligeia me mira con lástima y yo desearía poder borrarle esa expresión de la cara. El sol se ha ocultado y las últimas luces del día hacen que las sombras crezcan por su rostro y parezca incluso más triste, más desolada.

—Tú nunca podrías hacer algo así —murmura.

—¡Pues debería! Debería ser yo quien la encontrase, quien empuñase la espada, quien…

Ligeia toma aire y aprieta las uñas contra el mantón que le cubre los brazos con tanta fuerza que creo que se hará daño.

—Te lo expondré de otra manera, Orión —continúa—: Asteria ha jurado matar a Eris y sabes tan bien como yo que incumplir su palabra haría que perdiera su inmortalidad. Ese es el precio de vuestros juramentos, ¿no es así?

—Asteria nunca pidió ser inmortal. Nunca ha querido ser una diosa.

—No, pero la convertisteis en una porque era la única manera de conseguir que su cuerpo aguantase el poder del Dolor. Si pierde su inmortalidad, volverá a ser insoportable para ella. Para Asteria, incumplir ese juramento es lo mismo que morir.

Lo sé. Sé todo lo que me dice, lo entiendo, pero no quiero aceptarlo. No puedo. No es justo.

—¡Yo juré protegerla! —estallo—. ¿Por qué mi promesa tiene menos valor que la suya?

—No la tiene, pero no puedes evitar que cumpla su palabra. Juraste proteger sus intereses, Orión. Es... Es su decisión y debemos...

—*¿Decisión?* —Con la palabra escupo un veneno que no sabía que guardaba en los colmillos. La ira es cálida y yo la alimento con los restos de todos esos sueños que, de repente, no son más que astillas—. No ha sido una decisión. La han obligado, Ligeia. Son dos cosas diferentes. ¡Hades la ha chantajeado, ha usado las almas de las amazonas para convencerla! ¡Me ha usado a mí! ¡Asteria nunca debió de verse envuelta en todo esto! ¡No era lo que tenía que pasar!

—¡Entonces quizá deberías haberlo pensado mejor antes de involucrarla en tus planes! —Ligeia no grita nunca, pero ahora alza la voz por encima de la mía y me deja helado por la sorpresa y por la certeza de sus palabras—. ¡Pero ya es tarde para deshacerlo! Deja de pensar en lo que podría haber sido, Orión, porque la realidad es que no puedes volver atrás. ¡No puedes cambiar nada! ¡Tus únicas opciones son apoyarla hasta el final o darle la espalda y huir!

Me estremezco. La respiración de Ligeia es pesada, tanto como la mía. Nos miramos a los ojos, nos medimos. Me duele el corazón. Me duelen todos los errores que no he dejado de cometer y saber que ya es demasiado tarde para subsanarlos.

—No quiero que esas sean mis únicas opciones —jadeo.

—¿Y crees que yo sí? —A Ligeia se le escapa un sollozo—. ¿Crees que es más fácil para mí? ¿Crees que no estoy enfadada? Lo estoy, Orión, pero no con ella. Y no voy a ponérselo más difícil. Si no voy a poder luchar contra ello, al menos quiero estar a su lado hasta el final. Haga lo que haga.

Quisiera hablar con la misma convicción, pero la furia ha ardido demasiado rápido y ha quemado las pocas palabras que pudieran quedarme. Al final, después del estallido, la rabia se marcha y se lleva con ella la valentía. Se lleva hasta el aire, que me falta dentro de esta habitación. Siento que hace demasiado calor, que las paredes se están estrechando, que amenazan con caérseme encima.

Doy un paso atrás.

—Orión...

Ligeia alza una mano, dispuesta a retenerme, pero yo no dejo que me atrape otra vez. Si no puedo decirlo todo con la misma seguridad que ella, simplemente no diré nada. Solo... solo quiero ver a Asteria. Tengo que ir a buscarla. No sé si sigue ahí fuera, por qué todavía no está aquí, por qué todavía no ha vuelto a nosotros, pero tengo que encontrarla. Tengo que asegurarme de que es real, de que todavía la tendré un poco más de tiempo a mi lado. De que no se deshará cuando la toque. De que aún no la he perdido.

Salgo del cuarto tan rápido como me permiten las piernas, pese a que Ligeia me llama alguna vez más. Los sirvientes ya han encendido las antorchas del patio, que aparecen como puntos de colores ante mis ojos, pero sigo corriendo. Jadeante, llego al portón de salida y lo empujo.

La brisa del jardín me golpea en la cara.

Huelo las flores, la tierra revuelta, la sangre.

La huelo a ella.

Asteria está ahí, arrodillada, una silueta que ya reconocería en cualquier parte. Está tan quieta como si se hubiera convertido en piedra y yo trago saliva, sin saber si acercarme. ¿Cuándo ha vuelto? Trato de tranquilizar los rápidos latidos de mi corazón y echo a andar de nuevo, más despacio, con dudas en cada paso. ¿Es ella de verdad? La veo alzar la cabeza hacia mí. Veo cómo trata de levantarse, pero no lo consigue a la primera. Antes de que lo vuelva a intentar, sin embargo, yo ya estoy allí, arrodillado delante de ella, y la envuelvo con los brazos. Está helada, como si se hubiera sumergido en el mar, pero eso no me detiene, igual que no lo hace que apeste a muerte y a heridas abiertas. Cierro los ojos con fuerza y la aferro como si fuéramos las únicas dos personas vivas que quedaran en todos los mundos. No lloro, pero creo que solo es porque estoy tan aliviado de que esté aquí que todo el cuerpo deja de responderme.

La amazona no parece ser consciente de mi presencia hasta que la apoyo contra mí. E, incluso entonces, no me devuelve el abrazo. No me dice nada. Se queda ahí, quieta y callada. Si no sintiera que el corazón le late bajo la piel, si no escuchara el bum-bum que siempre me devuelve la serenidad, creería que los Doce la han condenado ya a ser un cuerpo vacío por toda la eternidad.

—¿Asteria...? —Su nombre sale de mis labios en forma de ruego más que de pregunta—. Asteria, dime algo...

Me aparto un poco y, a falta de luz, le rozo la cara con la punta de los dedos en un intento de discernir su expresión.

—¿Lo habéis visto...?

Asteria mueve los labios, pero la voz que resuena en mis oídos no parece la suya. Quizá esta ni siquiera sea la mujer que yo conozco. Quizá Hades se ha quedado con algo más que la sangre necesaria para su juramento.

—Lo hemos visto —murmuro.

Asteria cierra los ojos y apoya su frente contra mi hombro.

No tiene fuerzas. La siento rendirse entre mis brazos.

—Te dije que defendería a mi familia...

Sí, lo dijo. Y quizá yo tendría que haber sabido que esto ocurriría, porque desde que la conozco la he visto sacrificarse una y otra y otra vez.

La aprieto un poco más contra mí. Ojalá pudiera arreglarlo todo. Ojalá pudiera hacer algo más por ella, aparte de desear que se quede conmigo. Aparte de ayudarla a cumplir su juramento para luego verla desaparecer.

¿Por qué me hacéis esto, dioses? Me arruinasteis la vida en el Mundo Superior. ¿Por qué no podéis dejar de hacerlo ahora también? Lo he dejado todo atrás, ya no pido nada más de lo que tengo y, aun así, queréis arrebatarme lo poco que he conseguido. ¿Dónde está vuestra supuesta misericordia?

—Lo siento...

Su voz se quiebra del todo. Escucharla es lo que termina de romperme a mí el corazón.

—Encontraremos una solución —le respondo yo—. Tiene que haberla...

Callo, porque ni siquiera yo puedo estar seguro y a ella no le gustan las promesas que no pueden cumplirse. Mi mano roza su mentón. Me separo apenas y la insto a alzar el rostro. Tiene los ojos cerrados, es lo único que puedo ver. Cuando poso mis labios sobre los suyos, los noto helados, así que le cedo mi energía, una parte de mi poder, para que vuelva a sentir el calor de la Vida. No soporto escuchar su corazón tan débil, no soporto no reconocer esa melodía que ya empezaba a ser un refugio. Con mi boca, intento apartar la pesadilla de las frías manos de Hades sobre la suyas.

A la hora de la verdad, sin embargo, ni siquiera mi beso podrá salvarla de romper las leyes divinas.

ASTERIA

No permito que Orión me bese más de un segundo. Dejo que crea que no me siento con fuerzas para corresponder y en parte es cierto. En parte me siento arrancada de la vida, más espíritu que persona. Ni todo el dolor del mundo conseguiría hacer que me sintiese poderosa ahora. Ni siquiera la calidez de la Vida, que me recorre todo el cuerpo partiendo de los labios. Pero supongo que es lógico porque, ¿cuándo ha sido la Vida más fuerte que la Muerte? Al final, la Muerte siempre vence. Al final...

Me separo y dejo caer la cabeza. No quiero que me mire ni que me consuele. No soporto el dolor que palpita a su alrededor, porque no es del físico, sino del que resulta muy difícil de quitar.

—Asteria...

—Necesito un baño —susurro.

Es mentira. Lo único que necesito es estar sola. Lo único que necesito es apartarme de él y de lo que he provocado. Lo único que necesito es que me diga que va a estar bien, que Hades no tenía razón, que no sufrirá por lo que me pase...

Pero no soy capaz de pedírselo. Quiero escucharlo y, al mismo tiempo, no soporto la idea. Me levanto, tambaleante; él me deja ir. No soy capaz de mirarlo a la cara cuando echo a caminar hacia la casa. Orión, por suerte, no me sigue, aunque puedo sentir el daño que le hago al alejarme.

Una vez más, eso es todo lo que sé hacer.

Cuando llego al patio, otra figura me recibe. Tampoco quería verla a ella. Intento pasar por su lado sin mediar palabra, pero no me lo permite. Sus dedos se agarran a mi brazo y me aprietan la piel con toda la fuerza que alguien que solo maneja papiros pueda tener.

—Asteria...

No digo nada y la presión se hace más fuerte sobre mi piel. Si yo fuera humana, quizá me dejaría la zona enrojecida. Me está clavando las uñas.

—Mírame.

Aprieto los párpados, porque no quiero hacerlo, no quiero enfrentarme a ella.

—Suéltame.

—No hasta que me mires.

No sé por qué accedo. No sé por qué me rindo si soy consciente de que solo tendría que dar un tirón para soltarme. Supongo que no quiero hacerle más daño del que ya le he hecho. A ella todavía no la he destrozado. Ella todavía tiene una vida larga por delante. A ella, al menos, las diosas la protegerán en cuanto sea emperatriz.

Así que me giro y me obligo a encontrar su mirada. Me obligo a fijarme en la manera en la que aprieta los labios cuando ve algo en mi rostro que no le gusta, en cómo frunce un poco el ceño, triste y preocupada.

—No es tu culpa.

Tiemblo. Las palabras se me cuelan debajo de la ropa, debajo de la piel, y yo solo puedo temblar y aguantar el llanto. No puedo romperme más. No quiero hacerlo, porque de lo contrario, no estoy segura de poder reconstruirme para cumplir con mi obligación.

—¿Cómo puedes estar tan segura? Quizá sí lo sea. Quizá...

Ella niega la cabeza. Cuando me suelta el brazo, es solo para acercarse un paso y tomar mi rostro entre sus manos. Las tiene heladas.

—Tú no has pedido esto. —Su voz no es más que un susurro, como si me estuviera contando un secreto. O como si temiera romperse ella misma si alza demasiado la voz—. Tú solo... Solo has hecho todo lo que estaba en tu mano para proteger a todo el mundo. Y, si acaso, el problema es... justamente ese. Que quizá no deberías haberlo hecho. Quizá... Quizá podrías haber pensado solo en ti misma por una vez. Nadie te habría culpado por ello, Asteria. Merecías... Merecías pensar en ti por una vez. No te corresponde salvar a todo el mundo. No puedes salvar a todo el mundo.

El problema es que no sé quién soy sin alguien a quien proteger. No sé para qué sirvo si no es para ser una espada o un escudo. Creo que ella lo sabe, porque me sonríe con tristeza y toma aire. Aprieta las manos un poco más contra mis mejillas y me limpia una lágrima de la que no soy consciente hasta que la captura con sus dedos.

—Eres toda una heroína, ¿verdad? —dice, como si en realidad ese fuera un título muy amargo—. De las que se cuentan historias, de las que viven para siempre pero solo en leyendas. Ojalá no lo fueras. Ojalá fueras solo una muchacha más.

Ligeia aparta las manos con una caricia y yo me siento... abandonada. Como si me hubieran robado algo más de lo esperado.

—Lo siento —dice, tras un momento de silencio que se me hace eterno—. No es esto lo que tienes que escuchar ahora. Lamento...

Pero vuelve a callar y sacude la cabeza. Esta vez, la veo darse la vuelta y creo que se va a marchar, pero yo, de pronto, no quiero quedarme sola. No puedo hacerlo.

—Tengo miedo. —Las dos primeras palabras son las peores, las que más me cuesta decir. Es como si Hades me hubiera quitado incluso eso, como si ni siquiera pudiera comunicarme ya con las vivas. Pero Ligeia se detiene y se gira de nuevo hacia mí—. Tengo mucho miedo, Ligeia... Dime... Dime que he hecho lo correcto. Por favor.

No me espero sus brazos a mi alrededor. Su abrazo resulta algo torpe, sorpresivo, pero llega de pronto como si pretendiera mantener todas las partes de mi cuerpo unidas. Tampoco me espero el sollozo que rompe la quietud. Al principio pienso que es mío, que vuelvo a llorar, pero entonces me doy cuenta de que yo ya no soy la única que tiembla.

La emperatriz de Eladia hunde el rostro en mi hombro y murmura:

—Has hecho lo correcto. No has dejado de hacer lo correcto en todo este tiempo, Asteria.

Tardo todavía un momento en alzar mis propios brazos. En rodearla con ellos, con cuidado de no apretar demasiado. Siempre me ha parecido frágil, pero hoy me lo parece incluso más.

—Dime que vais a cuidaros... Que... que dejo algo de paz, no solo dolor. No quiero más dolor... Estoy tan cansada del dolor...

Durante unos segundos, creo que no dirá nada, que preferirá el silencio al engaño, incluso si es el consuelo que necesito. Al final, sin embargo, es demasiado buena, o quizá lo suficientemente sabia, como para saber cuándo hay mentiras que son necesarias.

Por eso, aunque sigue llorando, me estrecha con más fuerza.

—Vamos a estar bien. Quizá no... hoy ni mañana. Pero estaremos bien.

No dice nada más. Yo tampoco me veo con fuerzas.

Aferradas la una a la otra, lloramos por un futuro que yo nunca veré.

ORIÓN

Ya es noche cerrada cuando llamo a la puerta del cuarto de Asteria. En el patio, las antorchas arden perezosas y las estrellas danzan sobre el tejado. La he buscado en ambos sitios, igual que me he asomado al baño para ver si todavía seguía dentro del agua. Este es el último lugar que me queda por revisar, ya que el silencio ha caído y el resto de los habitantes de la villa deben de estar dormidos. Al fin y al cabo, los mortales lo necesitan, pero Asteria ya no.

De todos modos, dudo que pudiera dormir incluso si le hiciera falta, después de lo que ha pasado. Si es como yo, va a ver a Hades en cada sombra, va a escuchar su voz cada vez que el viento aúlle. Incluso yo creo ver su sonrisa retorcida siguiendo todos mis movimientos desde cada rincón.

La puerta se abre al fin. El haz de luz parpadeante de una vela se vierte sobre el dintel. El rostro de Asteria, con los ojos perfilados por las sombras de la tristeza, me recibe.

—Quiero dormir contigo.

La amazona no oculta su sorpresa. Supongo que es lo último que esperaba que dijera, así que parece contrariada, como si no supiera muy bien cómo reaccionar ante esa petición.

—¿Qué...?

—Quiero pasar contigo todo el tiempo que pueda, Asteria —la interrumpo, y odio que suene a una despedida inminente—.

No... No me lo niegues, por favor. Al menos dame eso. Al menos dame las noches hasta que te vayas.

Ella me estudia, en silencio, con todo el dolor del Mundo Medio guardado en esos ojos que antaño fueron azules y claros, y sé que no puede negarse. Me lo va a conceder, porque la he pillado con la guardia baja y también porque es un deseo que puede cumplirme, ya que el resto de nuestros sueños se romperán en cuestión de una luna. Aun así, duda lo que me parece una eternidad antes de permitirme pasar.

Una vela arde sobre una mesita que hay en una esquina de la habitación. La cama está hecha y solo hay arrugas sobre la parte en la que debía de estar sentada antes de que yo llegara, justo en el borde del colchón. A ese sitio, precisamente, vuelve una vez ha cerrado la puerta detrás de mí.

—No sé si voy a dormir —me dice.

—No tenemos por qué hacerlo. Podemos hablar.

Asteria me mira con los ojos entornados, suspicaz.

—¿De qué quieres que hablemos? Orión, si esto es un intento de convencerme de que no lo haga, ya es tarde y...

—No —me apresuro a decir—. No hablemos de eso. No... —Trago saliva—. Finjamos que no existen los dioses por esta noche. Finjamos que... todo va a salir bien. Solo quiero escucharte. Quiero... Quiero que me hables de ti. Quiero saber todo lo que todavía no sé sobre tu vida, sobre el mundo de las amazonas. Sobre quién eras antes de que nos conociéramos.

Sé que es egoísta, pero solo quiero aprovechar el tiempo con ella, fingir que al menos la conocí por completo, convertir el tiempo que nos queda en la eternidad que me gustaría tener a su lado. Quiero volver a ver la forma en la que le brillan los ojos cuando menciona a sus hermanas, la suavidad que adquiere su rostro, como si ella misma volviera a aquellos días, más joven, más inocente. Quiero darle un momento de paz, quiero darnos este instante a ambos, aunque solo sea una noche, aunque solo sea hasta que amanezca.

Me siento a su lado, tan cerca que nuestras rodillas se tocan.

Tan cerca que siento su calor y podría extender los dedos y atraparle la mano. Tan cerca que sería fácil apoyar la cabeza en su hombro y estirarme solo un poco para poder encontrar sus labios con los míos.

No lo hago.

Asteria suspira. Se mira las manos llenas de cicatrices y trata de pensar en algo lo suficientemente bueno, venido de aquellos tiempos en los que fue más feliz, en los que vivía más en paz.

—El poblado que viste el otro día en el agua se encuentra en lo más profundo de un bosque, muy lejos de aquí, allá donde los árboles son más altos y perennes. Allí, incluso el aire huele diferente —susurra, como si no quisiese que nadie más escuchase nuestra conversación—. ¿Recuerdas las maderas llenas de musgo y plantas? Eran nuestras casas, situadas en las copas de los árboles. Desde ahí podíamos verlo todo y actuar si alguien se acercaba a nuestro poblado. Atacábamos con flechas desde las alturas y, si eran hombres, siempre era satisfactorio ver cómo huían. —Las comisuras de sus labios luchan por levantarse—. Y luego..., luego estaba el manantial, enorme y precioso. Era mi lugar preferido. Lo viste también, ¿verdad? Las ninfas se bañaban en él y, por las noches, mientras mirábamos las estrellas, las oíamos cantar. Tenía una gran cascada y, cuando éramos pequeñas, Lysandra y yo descubrimos una gruta detrás. Cuando queríamos escapar de los entrenamientos, nos metíamos allí, y nadie podía encontrarnos. Durante mucho tiempo fue nuestro refugio y nuestro secreto, un lugar que solo conocíamos nosotras y en el que nos escondíamos cuando no queríamos que nadie nos molestase.

En el momento en el que Asteria me mira, yo intento sonreír. Creo que no me sale demasiado bien, pero trato de compensarlo rozándole el dorso de la mano con los nudillos. Es una caricia muy sutil, que me hace cosquillas y lanza una corriente que me sube por el brazo.

—Así que fuiste una niña traviesa en algún momento —susurro.

Consigo arrancarle una sonrisa irónica que me sabe a victoria.

—Nunca se me ha dado muy bien obedecer.

—Y yo creyendo que siempre habías sido esa mujer seria y responsable que eres ahora.

—Oh, no. Eso vino con el poder: cuando me convertí en instructora de las amazonas más jóvenes y de pronto era *a mí* a la que las demás debían obedecer.

—Ah, así que tienes madera de tirana…

Asteria deja escapar un resoplido divertido y ambos sonreímos. Es un gesto pequeño pero compartido, como esos silencios en los que nos hundimos a veces y que a mí me parecen un vínculo, algo mucho más íntimo que cualquiera de los besos que nos hemos dado hasta el momento. Al mismo tiempo, la sensación a veces resulta pesada y tensa como un juramento, como ese lazo entre nuestras sangres que siempre tira de mí cuando menos me lo espero.

Pese a todo, la sonrisa que nos dedicamos se consume demasiado rápido. Entonces todo vuelve. La realidad en la que no quería pensar, de la que quería apartar a Asteria, nos golpea con demasiada fuerza cuando ella dice:

—¿Podrás perdonarme?

No. Sus palabras se me clavan en la piel, aunque no sé si Asteria es consciente de cómo me duelen. No. No es justo que tenga que hacerlo, así que sacudo la cabeza y me niego a responder. Me niego a pensar en que hay algo por lo que deba perdonarla.

No lo digo en voz alta. No soy capaz de convocar ni una sola palabra, así que me echo hacia delante. A ella le sorprende mi beso, lo noto por cómo se le entrecorta la respiración contra mi boca, pero responde de todos modos. En los últimos tiempos, me ha dejado claro cómo le gusta besar a ella, así que es eso lo que le ofrezco. La ferocidad, el hambre, la desesperación. Por primera vez, es también justo lo que yo necesito y Asteria abre los labios para dármelo y aceptar toda la rabia que a mí se me cuela en el gesto. Nos besamos como si fuéramos dos olas chocando de frente, dos mareas que se han encontrado y han decidido que ninguna va a retroceder. Yo, al menos, no voy a hacerlo, porque siento que llevo cediendo toda mi vida. Que llevo doblegándome a los deseos de otros desde que nací.

Estoy cansado. Estoy harto.

Asteria se aferra a mí y yo tiro de su cuerpo hasta que ella se acomoda sobre mi regazo, hasta que su pulso resuena casi contra mi pecho y yo tengo que echar la cabeza hacia atrás para dejar que me siga besando. Mis dedos se clavan en su cintura, desesperados por retenerla junto a mí. Quiero que se quede justo aquí. No, mentira. Quiero que se acerque más, quiero meterle las manos debajo de la ropa y quitársela y contarle las cicatrices y que lo único que importe sea su cuerpo y el mío y el olvido que unas caricias puedan proporcionarnos. Quiero dejarle huella, sea como sea.

Pero Asteria se separa. Corta el beso con un jadeo que me deja perdido, pero al menos solo aleja su rostro, lo justo para mirarme desde arriba. Se aferra a mis hombros casi con la misma fuerza con la que yo me agarro a ella y me observa con sus ojos rojos brillantes y las pupilas dilatadas. Mi respiración agitada choca directamente contra su boca, mientras mis manos se aprietan un poco más contra los pliegues de su quitón, en una súplica silenciosa para que no se aleje más. En el fondo de mi estómago conviven la furia y el deseo, el miedo y las ansias.

Sé que no soy el único que quiere esto. Sé que no soy el único que lo necesita, lo veo en su expresión, así que intento cazar de nuevo sus labios, volver a besarla, volver a no pensar.

—Espera. —Asteria traga saliva cuando me pone un par de dedos en la boca. Tiene sus ojos clavados en los míos, pero no sé qué busca en ellos—. Al menos dime que me olvidarás.

De nuevo, algo que no quiero hacer. Algo que ahora me parece sencillamente imposible. Incluso si pudiera encontrar a Lete, extirparme su recuerdo sería como perder algo que ya forma parte de mí.

—Tú me has enseñado a no hacer promesas que no puedo cumplir.

Asteria se estremece, lo siento porque su cuerpo todavía está pegado al mío, pero no le permito que piense más. Cuando vuelvo a encontrar sus labios, es con la intención de no dejarla hablar de nuevo. No quiero escuchar más palabras de despedida, más augurios de que algo terrible podría ocurrir en cualquier momento. Lo único que quiero es saber que, pase lo que pase, al menos tenemos esta noche. En esta cama los dioses y sus condenas y nuestros pasados no pueden alcanzarnos.

Asteria se rinde con un gemido que no llega a ser una protesta. La manera en la que se aferra a mí entonces, la manera en la que su beso se vuelve incluso más furioso, me dice que ella también está cansada. Que ella encuentra en este beso la misma calma y el mismo silencio que encuentro yo. Así que la aprieto contra mí, ansioso por su peso sobre mi cuerpo, por el tacto de su piel, por los surcos de sus cicatrices, por los bordes de esas heridas que sangraron pero cerraron y demuestran que está viva, por el latido familiar de su corazón. Ella me ha hablado de olvidar, pero yo sé que no podré hacerlo. Que tengo una eternidad entera para recordarla, para rememorar este momento en el que sus manos se deslizan hasta mi pecho y me tira de la túnica. La manera en la que sus dedos se aprietan contra mi carne me hace estremecer de forma anticipada. Llevo días pensando en cómo será que sus caricias se adentren un poco más bajo la tela, en cómo será tocarla como he empezado a desear hacerlo.

La necesito.

—Orión. —La voz de Asteria suena acelerada cuando yo hundo mi boca en su cuello, teñida de un deseo controlado que enciende más el mío—. ¿Estás seguro de...?

Mis manos están en sus piernas y su boca vierte su respiración y sus palabras en mi oído. No respondo, quizá porque el hecho de que pregunte solo me da más ganas de seguir adelante. Hera nunca pedía permiso. Hera tomaba sin más lo que quería cuando quería y yo solo podía desear que acabase cuanto antes. Esto no es igual. Asteria no es igual. Con ella quiero ser consciente de cada caricia. Quiero que dure. Quiero aprenderme los senderos por su piel y disfrutar por primera vez de otros dedos sobre mi cuerpo.

Por eso deslizo mis manos bajo el borde de su ropa y le acaricio los muslos. Están duros, torneados, y noto cómo su pulso se altera cuando empiezo a subir por ellos. También quiero más de eso. Quiero memorizar todas sus reacciones.

Y, aun así, me aprieta el brazo con suavidad, porque no va a permitirme continuar sin una respuesta clara.

—Orión.

—Nunca antes había deseado esto, pero tú me haces sentir muchas cosas que nunca había sentido, Asteria —le admito, en un susurro contra su garganta. Noto la manera en la que traga saliva justo bajo mi boca—. Quiero esto, Asteria. Quiero… Quiero vivir todo lo que pueda contigo, mientras tenga tiempo. ¿Y tú?

Nuestros ojos se encuentran de nuevo. Es una mirada corta, suspendida en el tiempo, pero tan intensa que parece hablar por sí sola.

Es un segundo antes de volver a encontrarnos. Antes de que nuestras manos se vuelvan osadas, antes de que empiecen los tirones torpes para deshacernos de la ropa, las respiraciones todavía más agitadas que llenan el cuarto y hacen que parezca más pequeño. El mundo queda reducido a la cama en la que nos desnudamos, en la que nos descubrimos.

Dejo que me toque por todas partes para que mi piel se aprenda la suya; acaricio cada uno de sus rincones con la intención de impregnarme con su olor. Me olvido de todo. De quiénes hemos sido y de quiénes nos han obligado a ser. Incluso mi nombre me suena distinto, como si hubiera renacido, cuando Asteria lo pronuncia como una plegaria en el momento en el que me arrodillo ante ella y hundo la cabeza entre sus piernas. Mis ruegos llegan solo un poco después, con ella sobre mi cuerpo y mis uñas clavadas en sus caderas.

Con cada beso, con cada caricia, con cada gemido, respondo a su petición:

«No te voy a olvidar; no te quiero olvidar; no te puedo olvidar».

Prefiero desprenderme de los recuerdos que aún no he creado, de todo en lo que aún no he podido convertirme, a desprenderme de todo lo que Asteria me ha dado. Esperanza, calidez, paz. Amor, lo sienta ella o solo yo.

Durante lo que queda de noche, cada vez que pronuncio su nombre es para recordarme que mi eternidad será para ella.

ASTERIA

Orión se queda dormido en algún momento antes del amanecer, con la cabeza apoyada sobre mi corazón y nuestras piernas enredadas. Su piel parece brillar a la luz de esa vela que está a punto de morir, después de haberse quedado encendida durante horas; las sombras se esconden entre los rizos de sus cabellos. Yo me he quedado muy quieta, mirándolo, intentando recordar este momento, igual que he intentado quedarme con cada una de las expresiones que dibujaba mientras se deshacía bajo mi cuerpo. Todavía siento la desesperación con la que se ha aferrado a mí, la habitación está llena de todas las veces que ha murmurado mi nombre. Todavía noto su boca por todas partes, porque no ha dejado ni una sola de mis cicatrices por besar.

Durante unos gloriosos momentos, mientras me colmaba la piel con los labios, me pareció que la magia que guarda en ellos realmente podía sanar todas mis heridas.

Por supuesto, no es así. Por muchas caricias que nos regalemos, ni él ni yo vamos a poder borrar todo el daño que nos han hecho o el que yo misma nos he provocado.

Lo que sí puedo hacer es que acabe lo más pronto posible. He estado en suficientes batallas como para saber que tener piedad a veces significa atravesar rápido el corazón.

Por eso me separo de él. Con cuidado de no despertarlo, dejando tras de mí un hueco en el colchón, me desenredo de sus extremidades y me levanto. Recoger la ropa del suelo y ponérmela me resulta más difícil que levantar cualquier arma que haya empuñado jamás. Es un acto de voluntad, de lucha contra mí misma, contra mis deseos. Pero sé que esta es la última opción que me queda. Sé que hay una última herida que he de hacerles a Ligeia y Orión, incluso si me destroza en el proceso. Aunque, en realidad, es una herida pequeña en comparación con todo lo que ya ha ocurrido. Es el último rasguño a un cuerpo lleno de cicatrices.

Sé que es una herida cruel e injusta, pero me marcho sin decirles nada.

Tengo una luna para matar a Eris y prefiero que me odien por abandonarlos sin más a que intenten involucrarse. Prefiero que lo último que quede de todos los días que hemos compartido sea resentimiento y desengaño.

O quizá solo sea que no sé cómo decirles adiós.

Así que me despido en silencio de Orión con una última caricia en su mejilla. No se despierta, aunque murmura mi nombre en sueños antes de encogerse más sobre sí mismo, como si quisiera desaparecer. Después, salgo a la galería del segundo piso y dejo que el aire frío de la noche termine de despejarme. Desde aquí, contemplo durante un instante el cielo estrellado que por fin había recuperado después de tres años encerrada en una celda y el patio iluminado por las antorchas, tan familiar y silencioso. Me estaba acostumbrando a esto, pero supongo que estaba condenado a no durar. Pronto este lugar se quedará vacío: yo me marcho hoy, pero Ligeia y el servicio no tardarán en irse también. A ella le espera la corona y la seguridad de la fortaleza tras la que se escondía el emperador.

—Así que vas a huir en medio de la noche.

Doy un respingo, tomada por sorpresa. Cuando me giro, el blanco de los ropajes de Ligeia hace que, por un instante, parezca poco más que un espíritu, intangible. Tiene el pelo suelto, aunque dudo que se haya metido en algún momento en la cama esta noche, y lleva su manto enredado en torno a los brazos.

Trago saliva, sin saber qué decir.

—Yo no…

—No te atrevas a mentirme.

Su tono es duro, cortante. Me recuerda un poco a la Ligeia que conocí los primeros días, protegida tras un muro de serenidad que no dejaba ver a la muchacha que disfruta de las historias bajo las estrellas.

Aparto la vista.

—Esto es lo mejor para todas —murmuro.

—No, no lo es. Es lo más fácil para ti, que es diferente.

Me estremezco, incapaz de responder. Los pasos de Ligeia son suaves sobre el suelo cuando se acerca, pero yo no me atrevo a devolverle la mirada. Hay algo en sus ojos, en su manera de mirar, que me intimida. Como si de verdad pudiera verlo todo de mí solo con solo un vistazo. Como si, ante ella, todas mis defensas no funcionaran.

—Lo siento —es lo único que logro convocar.

Ligeia no acepta la disculpa. Lo sé cuando me atrevo a mirarla de soslayo y veo nubes de tormenta cruzar por su expresión, oscureciéndola con sombras que no estaban ahí hace un segundo.

—No. No lo sientes. Porque si te dieran la oportunidad de volver a esta mañana, no cambiarías ni una sola de las decisiones que has tomado hoy. —Parece que le cueste respirar, porque las últimas palabras le salen ahogadas—. Lo que sientes es que te haya descubierto. Lo que sientes es que te conozca lo suficiente bien como para haber adivinado que ibas a hacer esto, porque crees que así dolerá un poco menos.

Tomo aire, pero no tengo manera de defenderme ni de justificarme. Aprieto los puños y bajo la vista a mis pies. Tras unos segundos de silencio que señalan mi culpabilidad, tan solo se me ocurre una cosa que decir:

—Quizá algún día puedas darle otro final a esta historia —murmuro—. El que tú quieras. Uno en el que todo salga bien.

Sé que me he equivocado con las palabras porque su expresión cambia de golpe. Se retuerce hasta convertirse en una mueca de tristeza que hace que me encoja sobre mí misma. Veo el destello que lanzan sus ojos, las lágrimas que suben hasta ellos como si la hubiera abofeteado. Después, aprieta los dientes. Ni siquiera puedo culparla cuando alza las manos y me golpea el pecho con los puños cerrados. Una, dos, tres veces. No me duele, porque apenas tiene fuerza y yo casi no puedo sentir nada, pero, aun así, cuando llega la cuarta vez, le sujeto las muñecas.

—Ligeia…

—¡No tiene sentido contar esa historia si tú no vas a estar para escucharla!

Su voz es algo a medio camino entre un jadeo lleno de furia y un sollozo cargado de pena y yo me encojo al escucharla. Aun así, no la suelto y ella no intenta zafarse de mi agarre. En su lugar, se acerca ese paso que nos separa. Alza el rostro. Se pone de puntillas.

Su beso es como una brizna de viento, igual ligero.

Ocurre en un latido, como una hoja que se desprende de un árbol y cae. Es rápido y suave y casi imposible. Aun así, me deja sin respiración y sin palabras.

—Márchate.

La orden duele más que cualquiera de los golpes que me haya podido dar, que cualquiera de las cosas que me haya podido decir desde que la conozco, pese a que era justo lo que yo pretendía hacer. Quizá porque es la confirmación de que me deja ir, de que eso es lo último que le faltaba por hacer, por decirme.

Los besos suelen significar principios, pero para nosotras este es un final.

Aunque tomo aire, no protesto. Ligeia tiene la expresión firme y una única lágrima corriendo por su mejilla cuando le suelto las muñecas y doy un paso atrás. Ese es, probablemente, el más difícil. Las piernas me pesan como si las tuvieran hechas de mármol. El segundo paso no me cuesta menos. Cuando le doy la espalda y empiezo a bajar las escaleras, me siento torpe, demasiado ruidosa.

El amanecer empieza a adivinarse en el horizonte cuando abro el portón de la casa y miro atrás. Ligeia me observa desde la galería del segundo piso con las manos en la baranda. Sigue pareciendo un fantasma, blanca, casi incorpórea. Eso es todo lo que queda de los días que hemos compartido, de la vida que podríamos haber tenido las tres. Orión, ella, yo.

Podríamos haber sido una bonita historia.

Cuando le doy la espalda otra vez, me despido también de esa posibilidad y me pierdo en la noche.

Así es como pierdo otro hogar.

ORIÓN

En el Mundo Superior, el lecho en el que me despertaba solía estar vacío.

En el Mundo Medio, el lecho en el que abro los ojos también lo está. El hueco del colchón está ya frío y abandonado y yo sé que cuando levante la cabeza no voy a encontrarme a Asteria en la habitación. Sé que se ha marchado. Sé que no va a volver. Va a ir a buscar a Eris y a matarla y luego recibirá su castigo con la cabeza bien alta. Con orgullo, como siempre ha vivido.

El sol ya ha salido cuando me deslizo entre las mantas y me pongo en pie. No corro. El cuerpo me pesa como si llevase una gran carga sobre los hombros y el juramento que le hice me anuda la garganta como si quisiera recordarme que, a la hora de la verdad, ni siquiera puedo salvar a la única persona a la que prometí proteger. Cuando me visto y salgo fuera de la habitación, el mundo me parece desteñido. Hace frío y las nubes forman un techo gris y uniforme.

—Ligeia.

Hay una figura blanca apoyada en la baranda, a unos pasos de distancia. Me fijo en la forma en la que se le marcan los nudillos de apretar la madera. Cuando se vuelve hacia mí, tiene las mejillas rojas del frío y marcas oscuras bajo los ojos. Me pregunto cuánto tiempo lleva ahí y si ha conseguido dormir algo esta noche.

—Se ha ido —murmura con la voz cascada.

Sus palabras caen sobre mí como algo que ya sabía, pero no por ello resultan más amables. Aun así, tampoco duelen tanto como esperaba. Todo resulta demasiado lejano, como si le estuviera sucediendo a otra persona. Como si no estuviera del todo dentro de mi cuerpo. Ni siquiera siento la madera debajo de mis pies. Oigo el crujido de las escaleras mientras desciendo, pero es un sonido lejano, como si lo provocara el peso de otros pies.

Nadie me llama. Nadie me detiene. Creo que siento los ojos de Ligeia sobre mí cuando llego al patio, silencioso y vacío sin ella, sin sus armas. Me parece verla ahí, en una esquina, tendiéndome una de las espadas y llamándome «novato» con voz burlona, pero cuando parpadeo, la imagen desaparece y todo lo que queda en su lugar es Elias, que me observa antes de volver la mirada hacia su señora. Al menos ellos se tienen el uno al otro. Ligeia no me necesita. No estará sola.

Abro el portón y salgo al exterior, que sigue igual que anoche. Inspiro y, entre toda la quietud, entre lo embotados que noto los sentidos, redescubro el olor a vida y a muerte por igual. Todo en el Mundo Medio tiene un final. Todo se acaba pudriendo. Todo acaba desapareciendo.

Solo entonces soy realmente consciente de que se ha marchado.

No va a volver. Sus palabras y sus besos de anoche no fueron más que una despedida. Lo único de ella que me queda atesorar.

Me apoyo contra el muro de piedra que rodea la casa, me resbalo por él. Me dejo caer porque eso es lo que he estado haciendo siempre. He estado cayendo desde el primer momento. Desde que nací. Y ojalá supiera cuándo voy a tocar fondo.

Se ha marchado. De verdad se ha marchado. Va a matar a mi madre, pero en lo único que puedo pensar es en el castigo que le espera por cometer ese pecado.

Ni siquiera le he dicho que me he enamorado de ella.

Me echo a llorar.

CANTO IX
LA CAÍDA DE LOS DIOSES

Predecid, oráculos, la suerte que les espera a los dioses
cuando la fe se derrumbe y la piedad no tenga cabida.
¿Caerán, como creyó la Discordia,
y abandonarán el Mundo
o dejarán sus templos y dormirán la afrenta,
hasta que vuelvan tiempos más espléndidos?

Vientos de cambio se levantaron, barriendo el imperio de Eladia de este a oeste y sacudiendo el mundo conocido para transformarlo para siempre.

En primer lugar, Ligeia I de Eladia fue coronada con el laurel de la victoria y declarada emperatriz. Grandes fiestas se celebraron en su honor a lo largo y ancho de sus dominios. Enviada por los dioses, sentada en su trono con las bendiciones del panteón, lo primero que hizo fue liberar a todos los gladiadores que no lo fueran por voluntad propia. Quien quisiera podría seguir luchando en el anfiteatro, pero no habría más muertes.

Algunos dijeron que eso había sido un designio de la Amazona Roja, diosa del Dolor, que se lo había susurrado al oído antes de matar a su hermanastro. Otros dijeron que eso había sido un designio de Orión, dios de la Vida, que se erguía invisible junto a su trono y la convencía para ser misericordiosa con aquellos que tanto habían sufrido. Incluso hubo quien aseguró haberlo visto besando la frente de la mujer antes de que la coronaran. Algunos insistían en que la había bendecido con sus dones y su reinado estaba destinado a ser el más largo de la dinastía, si bien no todo el mundo deseaba que la emperatriz de Eladia viviese demasiado tiempo. También hubo quien no consideraba que su gobierno fuese legítimo. Quien alzó su voz, disonante, para poner en duda que aquella muchacha estuviese preparada para reinar. Porque mientras la recién coronada intentaba fraguar la paz, la Discordia vagaba a su antojo. Incluso si sus objetivos eran los dioses, era imposible que su lucha no salpicase al Mundo Medio. Así, desatada y furiosa, Eris había jurado vengarse, y no perdió la oportunidad de hacerlo: sabía exactamente cómo acabar con todo el panteón y el primer paso era debilitarlos. No tenía con ella ninguna arma de Hefesto o cadena alguna que limitase los poderes de sus congéneres, pero la diosa conocía otras maneras igual de efectivas de hacer que todos se postraran a su merced.

Su rebelión empezó como un susurro, en provincias lejanas, quizá por eso nadie se dio cuenta de cuándo comenzó. Fue una voz que murmuraba en los oídos de la gente, en sus cabezas, y plantaba la duda. De hecho, Eris había comenzado a actuar antes incluso de huir de las garras de Zeus, durante aquellos días en los que se ausentó para buscar a su rey. La Discordia, al fin y al cabo, puede ser discreta cuando quiere y sabe tejer sus planes con paciencia.

En este caso, fue silenciosa, cuidadosa y rápida. Saltó de región en región bajo mil formas. Murmuró con sus mil voces, todas ellas atractivas y tentadoras, y convenció a los descreídos con sus palabras:

«¿Por qué le pides un matrimonio feliz a una diosa cuyo esposo nunca le ha sido fiel? ¿No temes que vaya a pasarte lo mismo?».

«¿Por qué Zeus es el rey de los dioses, si solo se dedica a mancillar a vuestras mujeres? ¿Por qué le pides protección, si no ha hecho nada por ningún mortal en décadas?».

«¿Por qué le rezáis a los que viven en el Mundo Superior? Si tan poderosos son, ¿por qué el Caos sigue suelto?».

Pero eso solo fue el preludio de su plan. El verdadero golpe lo dio cuando el emperador cayó muerto, algo que ella también había estado esperando. Al fin y al cabo, ante algo así era muy fácil preguntar:

«¿Por qué el emperador fue torturado y asesinado por una diosa, si era el máximo protegido de los reyes divinos? Si él no estuvo a salvo..., ¿quién lo estará?».

«¿Por qué?».

«¿Por qué?».

Eris plantó la duda en la cabeza de los creyentes mezclándose entre ellos y, para cuando alguien se dio cuenta de su plan, las primeras semillas ya habían germinado. Entonces, comenzó a visitar los templos. Empezó por el de Poseidón, tanteando las aguas, pero le siguieron el de Zeus, el de Hera y más tarde todos los demás. A medida que los días pasaban, los mortales, ya sin la guía de su voz insidiosa, empezaron a hacerse más preguntas: ¿por qué, pese a los ruegos a Hera, había tantos matrimonios infelices, llenos de infidelidad, desconfianza y soledad? ¿Por qué Zeus no calmaba los cielos cuando el poder de Deméter se revelaba contra el mundo y los dejaba sin lluvias durante lunas enteras? ¿Por qué Poseidón seguía hundiendo los barcos que zarpaban tras decenas de plegarias y sacrificios para tener buenas travesías? Habían creído siempre que la culpa era de ellos, de los humanos, por incumplir los ritos o hacer ofrendas que no eran del gusto de los dioses.

Pero ¿y si se habían equivocado?

Por supuesto, nadie dejó de creer en el panteón; todos sabían que existían. Lo que la gente comenzó a cuestionar fue su poder. Sus decisiones. Su misericordia. Comenzaron a pensar que tal vez les iría mejor si dejaban de rezarles y volcaban sus esfuerzos en sus vidas cotidianas. Si el esfuerzo de creer en otros lo empeñaran en creer en sí mismos, quizá avanzasen, y al menos serían solo ellos los responsables de lo que les sucediera.

Algunos dejaron de rezar, y las voces en las cabezas de los dioses, esas que todos ignoraban pero que siempre estaban presentes, empezaron a apagarse.

Otros, en cambio, estaban tan cansados, llenos de odio y represalias, que no se conformaron con darle la espalda al Mundo Superior. La vida en el imperio siempre había tenido demasiado presente a los inmortales, así que tomaron medidas para luchar contra ello. Las estatuas fueron destruidas, los templos fueron profanados, sacerdotes y sacerdotisas fueron atacados sin piedad.

Y los dioses, por supuesto, no aparecieron para poner orden. Su pasividad enfureció todavía más a aquellos que se rebelaban y predicaban a favor de la caída del Mundo Superior, a favor de la destrucción de lo que para ellos era un sistema injusto que se cimentaba sobre el humor cambiante de un grupo de seres supuestamente superiores. Al fin y al cabo, Eladia no había dejado de ofrecerles fe, pero no sentían que recibiesen nada a cambio. Solo desplantes, una y otra vez. Solo silencio. Solo castigos divinos. Los humanos se sentían como si siempre hubieran sido solo un entretenimiento, poco más que hormigas a las que las deidades miraban desde arriba y aplastaban cuando se aburrían.

Mientras la destrucción se desataba, los dioses se volvían más débiles.

Mientras la destrucción se desataba, la Discordia se hacía más fuerte.

ASTERIA

El Caos campa a sus anchas por el Mundo Medio y yo trato de darle caza.

Hace ya tres semanas que empecé a perseguir a Eris, pero es mucho más escurridiza de lo que nunca imaginé. Aunque estaba decidida a acabar con todo cuanto antes, la diosa de la Discordia sabe esconderse, escapar y ocultarse entre las sombras en las que está sumiendo poco a poco a este mundo. Es como un espíritu que se desliza por el imperio y probablemente más allá de él, demasiado ligero, demasiado intangible. He intentado buscarla de todas las maneras, incluso con la magia que Orión me enseñó a usar para ver otros lugares en el agua, pero supongo que todavía debe de llevar consigo su propio brazalete de oro, porque mis poderes nunca son suficiente para convocar su imagen. Por otro lado, es inútil seguir el rastro que ha estado dejando tras de sí, un rastro de lugares sagrados profanados y de conflictos alrededor de la fe. Eris va de templo en templo, de región en región, mucho más rápido y de manera mucho más ilógica de lo que me esperaba, así que, cada vez que llego a un sitio tras escuchar rumores de su paso por allí, siempre es tarde.

Durante días, mi estrategia solo me ha servido para ver el efecto de su magia, lo que puede provocar la voz con la que susurra en los oídos de las mortales. De manera lenta pero inexorable, el Mundo Medio va perdiendo la fe en el Mundo Superior.

Lo noto en mi propio cuerpo, en las voces que se van apagando en mi cabeza, en el cansancio que a veces me hace recordar los días en los que era mortal.

Sé, sin embargo, que debo de ser de las menos afectadas por lo que el Caos está provocando. Al fin y al cabo, el dolor no es algo de lo que sea fácil de escapar y el mundo que está creando Eris está repleto de él. En nombre de la religión, algunas personas por derrocarla y otras por salvarla, se cometen atrocidades y delitos. La gente sufre, la gente tiene miedo y, al mismo tiempo, está llena de un odio que vuelcan en los deseos de venganza que me llegan. A veces los acallo a propósito, porque no quiero escuchar el sufrimiento de los sacerdotes y las sacerdotisas de los templos que son profanados o de las personas descreídas que arden en hogueras por discutir la fe de las poblaciones más fanáticas. En otras ocasiones, soy incapaz de hacerlo. A veces, aparezco allá donde me piden dolor y venganza, quizá porque yo también recé durante mucho tiempo y nadie vino a ayudarme jamás.

No consigo la cabeza de Eris, pero, durante días, corto muchas otras.

Nunca me siento mejor tras hacerlo. No me siento más justa ni más clemente ni más liberada. Incluso la satisfacción que me provocó matar al emperador ha desaparecido ya.

Al final, el dolor solo provoca más dolor.

A veces pienso en el que he dejado atrás, en la manera en la que Orión se aferró a mi cuerpo la noche en la que lo abandoné o la expresión de Ligeia cuando me dijo que me marchase, pero, aunque se me pasa por la cabeza la idea visitar el palacio imperial y decirles que lamento haberme ido sin más, nunca lo hago, porque creo que solo sería peor. Solo haría la herida más grande.

Mientras, entre mis dudas y mis intentos infructíferos por cazar lo que parece incapturable, el tiempo corre y yo comienzo a desesperarme. Hades me dio solo una luna y no estoy más cerca de Eris que el día en que hice el trato con él, por eso hace días decidí cambiar de estrategia.

Se acabó perseguir historias. Al Caos no se le puede cazar, lo único que puedes hacer es esperar a que llegue a ti.

Así que eso hago.

Aguardo en un lugar en el que creo que aparecerá más tarde o más temprano. El principal templo de Hades dentro del imperio de Eladia se encuentra en lo más profundo de un volcán que nunca se despierta. Dicen que quienes descienden incluso más allá del santuario pueden encontrar la entrada al Inframundo, allá donde el calor de la tierra deja de sentirse para convertirse en un frío helado. Yo aguardo a Eris entre esos muros, escondida entre las fieles del dios de la Muerte, a la espera de que un día la diosa de la Discordia venga a atacar su fe de manera directa, como ha hecho en muchos otros lugares. Al fin y al cabo, Hades, junto a Hera, es su gran enemigo. La venció y provocó su encierro y ha jurado destruirla al coste que sea, por eso espero que venga a por su culto tarde o temprano, para quitarle todavía más poder, para demostrarle que puede quitarle mucho más que una esposa.

Así pues, me protejo tras otra apariencia (más adulta, más demacrada, con ojos azules y cabellos negros), me visto con telas negras para fingir ser una mujer en constante luto (¿es eso realmente una mentira?) y aguardo.

Sin embargo, a medida que los días pasan comienzo a sentirme insegura, porque Eris no aparece y me paraliza el miedo a fallar por estar de brazos cruzados. Cada nuevo día se convierte en una cuenta atrás que me advierte de que no he hecho suficiente, que he herido a mucha gente y ni siquiera voy a conseguir darle paz a nadie, mucho menos a mí.

Tres días antes de que se cumpla una luna, estoy a punto de comenzar una nueva búsqueda desesperada o rendirme y viajar al palacio de Eladia para ver a las dos únicas personas de mi familia que me quedan vivas. Quizá, solo quizá, todavía no me odien lo suficiente como para permitirme un último adiós y un perdón.

Es entonces cuando escucho su voz:

—Vuestros ruegos son inútiles, pues le rezáis a quien no pudo impedir la muerte de su propia esposa.

La reconocería en cualquier parte, incluso sin verla. Ni siquiera es por el sonido, sino por la cadencia, por la manera en la que las letras casi se le deslizan de la boca, como el siseo de una serpiente.

Todas las fieles de Hades que ocupan el templo alzan la vista hacia la entrada.

Los murmullos comienzan. El caos comienza.

Porque ella está aquí.

Eris está más brillante de lo que nunca la había visto. Viste de rojo y dorado, como si incluso el color de su ropa fuese una declaración de intenciones, un recordatorio de que sus palabras son capaces de hacer que se derrame sangre, tanto divina como mortal. Su cabello forma ondulaciones tan caóticas como toda ella, un océano lleno de olas color carmín, y tiene la piel más pálida y tersa que nunca. Los ojos se le han tornado dorados, quizá por todo el poder que ahora posee. La visión me produce una ansiedad contra la que es difícil batallar, porque soy demasiado consciente de que no sé si voy a poder vencerla. Aunque lo intento en cuanto la veo, cuando lanzo mi poder hacia ella, sé que no va a funcionar. Entrecierro los ojos, imagino que la cabeza se le despega del cuerpo, pero no ocurre nada. Como cuando Hades apareció ante mí y traté de herirlo, mi poder no está a la altura de la diosa de la Discordia.

El miedo me sacude igual que aquella vez cuando me doy cuenta de que quizá todo lo que he hecho, todo lo que he dejado atrás, podría no servir para nada.

—¡¡¡Todos sabemos aquí que tú mataste a Perséfone, Eris!!! —reclama una voz. Es una muchacha joven vestida de negro, quizá una novicia—. ¡No culpes a nuestro dios de aquello que solo tú causaste!

—¡Tú provocaste la ira de Hades! ¡Y la desgracia de todos nosotros, que tras la muerte de Deméter ya no vivimos con la seguridad de poder tener cultivos, y sufrimos que el tiempo sea tan caótico como tú!

Callo, sin meterme en la disputa. Según las historias que he escuchado, al principio las fieles siempre tratan de defender a sus diosas cuando Eris visita los templos. Al final, sin embargo, las dudas que se han sembrado en las últimas semanas son suficientemente fuertes para echar raíces y comenzar a crecer. Veo las miradas dubitativas y vacilantes que intercambian algunas mortales. Es inevitable. Yo misma sé lo que es darle la espalda a la fe después de tantos ruegos ignorados.

—¿Acaso Hades no pudo preverlo? —murmura un hombre—. ¿Acaso no pudo evitar las dos muertes? Si tan poderoso es, si tanto poder tiene sobre la muerte...

—¡¡¡No escuchéis!!! —exige un sacerdote.

La diosa simplemente sonríe. Recorre el santuario con pasos medidos y yo estoy segura de que disfruta de la forma en la que las presentes se apartan a su paso y abren un camino para ella. Cuando pasa por mi lado, intento atacarla de nuevo, pero es inútil.

—¡Trata de engañarnos! —continúa el que parece el líder de este templo—. ¡De confundirnos! Hades vela por nuestros muertos y velará por nosotros cuando llegue el momento. No podéis dudar de aquel al que un día todos conoceremos.

La risa de la Discordia es como el tañido de una campana que avisa de que se avecina peligro.

—¿Creéis que significa algo rezarle? —responde ella—. ¿Creéis que os escucha, siquiera, apartado como está en su reino? No tendrá un trato diferente con vosotros cuando llegue el momento, por más tiempo que os congreguéis bajo su estatua... A la hora de la verdad, el señor del Inframundo solo se preocupa por su propia existencia. Y hasta él puede perecer.

La uña de su dedo índice corta el aire y decapita a la estatua de oro que representa a Hades, situada al final de la estancia. Todas la vemos caer en el silencio que sigue, que se rompe en mil pedazos cuando el metal encuentra las baldosas del templo. El ruido se hace eco por toda la estancia. Acto seguido, algunas personas comienzan a retroceder. Yo me quedo donde estoy, inamovible en medio de la marea. No soy la única: otras se mantienen paralizadas, hipnotizadas por la cadencia de la voz del Caos.

—Si no lleváis dinero, os quedaréis en la orilla de la Estigia —continúa Eris. Se acerca al sacerdote que ha protestado y este, helado como está, ni siquiera parece darse cuenta de que ella alza la mano y le acaricia la mejilla con el mismo dedo con el que ha destrozado la estatua—. Entonces no importará cuánto os hayáis dedicado a honrarle, porque no seréis nada para él. Solo seréis... almas. Habitantes irrelevantes de su reino condenados a desaparecer con el tiempo... No le importáis. No escucha vuestras plegarias ni mira vuestros sacrificios. Se alimenta de vuestros ruegos, de vuestro dolor, pero eso es todo.

—En realidad, el dolor me alimenta a mí, no a él, Eris.

La diosa se gira con sorpresa hacia mí justo cuando mi cuerpo cambia y se revela de nuevo tal y como es: cubierto de cicatrices, con los cabellos y los ojos llenos de sangre. Tras un momento de sorpresa, Eris sonríe, se relame. Las mortales lanzan exclamaciones de asombro y muchas retroceden. Otras, en cuanto se dan cuenta de lo que está pasando, ahogan gritos y salen corriendo del templo sin dudar.

Supongo que nadie quiere ver al Caos y al Dolor juntas.

—Me pareció sentir la presencia de otro dios aquí —dice Eris. Esboza una sonrisa amplia, de dientes blancos y perfectos—. Tenía la esperanza de que fuese el propio Hades, pero veo que solo eres tú. ¿A qué vienes, Asteria? ¿Estás sola? ¿No ha venido mi hijo contigo? ¿Es que a él también le has hecho daño? —Sus pasos avanzan hacia mí—. Esa eres, ¿no? La diosa del Dolor que ni siquiera puede dejar de hacer sufrir a quienes ama...

El golpe es certero, pero no dejo que nadie lo vea. Si de verdad quiero enfrentarme a ella, ponerme a su altura, necesito fuerza, no que comiencen a renegar de mí. Si acaso, tengo que hacer que las mortales que nos observan vean a la diosa de la Discordia como alguien inferior, que depositen su fe en mí.

—¿Vas a acusarme de impiedad, Eris, cuando tuve que rescatar a tu propio hijo del Inframundo porque tú eras incapaz de hacerlo? Puedes decir lo que quieras de Hades, pero él es más fuerte que tú. Le temes y sabes que podría acabar contigo en cuanto pisases sus dominios, igual que sabes que cualquiera de las Doce puede hacerte frente, por eso evitas enfrentarte a ellas de manera directa. ¿Cómo es ser una cobarde? —Observo de soslayo a las pocas creyentes que quedan en el templo y que parecen incapaces de dejar de prestar atención—. La diosa de la Discordia solo puede plantar desconcierto entre vosotras las mortales, que se lo permitís. Ataca al Mundo Medio porque nunca podrá con el Mundo Superior. Nunca podrá con las divinidades que quieren castigarla...

—Te equivocas —responde la diosa con una tranquilidad que me pone de los nervios. Sonríe complacida y eso solo hace que parezca más peligrosa—. El Caos ya está plantado y sus frutos están destruyendo a los dioses. ¡Esos dioses que vosotros tanto amáis! —clama mirando a las presentes. Muchas de ellas ni siquiera saben a quién de las dos escuchar—. Pero ellos nunca se presentan ante vosotros. ¿Dónde están ahora que el imperio sufre? Ahora que los fanáticos han aparecido y las estatuas han empezado a caer...

Aprieto los dientes, consciente de lo fácil que le resulta hacerles dudar. No la venceré rodeada de todas estas personas a las que su voz puede cautivar. No puedo hacer nada contra ella cuando se vuelve más fuerte con cada palabra. Siento el puñal dorado contra mi muslo, bajo mis ropas, y pienso en lanzárselo, pero estoy convencida de que lo repelerá.

Necesito ser cauta. Necesito acercarme...

—Marchaos —exijo a quienes todavía nos miran—. No tenéis permiso para presenciar una reunión entre dos diosas. —Algunas fieles obedecen de inmediato, pero otras dudan, así que me obligo a asustarlas—: ¡Marchaos u os aseguro que imploraréis a Hades para que os arrebate el dolor que os haré sentir!

Eso hace que al fin se pongan en marcha. Asustadas, huyen en tropel, envueltas en pavor y un desconcierto de palabras que no llego a captar. Es una música disonante que parece encantar a la Discordia.

Nos quedamos solas en el amplio templo. La cabeza caída de Hades parece observarnos desde el suelo.

—Se acabó este juego, Eris —le digo, cuando vuelvo a girarme hacia ella—. Puede que creas que esto es un gran plan, y sin duda te hará más fuerte, pero eres demasiado ambiciosa. Ni siquiera el caos más completo puede acabar con cualquier resquicio de fe. Aunque supongo que no es eso lo que pretendes, ¿verdad? Lo único que quieres es que ellas bajen. Sabes que estás atacando a su orgullo y pretendes forzarlas a que aparezcan en el Mundo Medio, pero ¿qué harás entonces? ¿Comenzarás a cortar cabezas? ¿Todo esto es solo por poder?

—¿Acaso tú no quieres poder también, Asteria?

La pregunta me coge desprevenida, aunque más lo hace el hecho de que Eris de pronto está justo ante mí, mirándome con esos ojos dorados, tan fijamente que me perturba. Tiene la sonrisa de la tentación. Su risa es aguda, capaz de metérseme bajo la piel y en la cabeza.

Frunzo el ceño y doy un paso atrás, precavida, aunque sé que lo más peligroso de esa mujer es su voz.

—No. No soy como tú.

Mi respuesta es clara, pero Eris se ríe de ella.

—¿No? ¿Estás segura, Asteria? Piensa en todo lo que podrías haber hecho con un poco más de poder. Podrías haber salvado a tus hermanas. Podrías proteger a los que todavía viven. —Me estremezco de la cabeza a los pies cuando ella comienza a dar vueltas a mi alrededor. Sé que no debería escucharla, sobre todo porque odio saber que tiene razón, pero no puedo evitarlo—. El poder nos hace fuertes, Asteria. El poder nos hace libres.

Tenso la mandíbula, pero la sigo con la mirada.

—¿De eso quieres convencerme ahora? ¿Que solo quieres ser libre? Las dos sabemos que no es cierto. Eras libre antes de matar a Perséfone. Libre para caminar por donde quisieras, para hacer lo que quisieras.

—Ah, pero tenía *límites*, Asteria. ¿No te parece una palabra horrible?

—Los límites son necesarios.

—¿Sí? ¿Para qué? ¿Y quién decide qué límites son justos?

Abro la boca, pero la cierro, sin saber qué responder a eso. Escucho su risa, que se me cuela dentro como una caricia que me baja por la nuca. Tardo un segundo de más en darme cuenta de que no es solo una sensación: una de las uñas de Eris me roza el cuello y yo me tenso. Ella se inclina entonces sobre mi oído, susurrando sobre él:

—Tener más poder te permitiría protegerte. Te permitiría asegurarte de que nunca nadie más te usara, de que nunca nadie más te pisoteara, ni siquiera otros dioses. ¿No suena bien? Si tuvieras el poder suficiente, nadie podría quitarte nada. Con el poder suficiente, conseguirías la vida que tú eligieses. ¿Quieres una eternidad tranquila junto a mi hijo? Sería sencillo. ¿Un reinado feliz para nuestra nueva emperatriz? Estaría a tu alcance. ¿Volver a tu poblado y verlo crecer de nuevo, lleno de nuevas amazonas a las que podrías proteger para que tengan la vida que a vosotras os arrebataron? Nada más fácil. El poder abre puertas, Asteria. Cuando nadie es más poderoso que tú, nadie puede hacerte daño…

Cojo aire, sobrecogida por la facilidad con la que desnuda todos mis deseos. Supongo que para ella es muy sencillo, que es parte de su magia y que yo debería resistirme a ella, que debería atacarla y cerrarme a sus palabras, pero no soy capaz, porque no ha dicho ninguna mentira.

Eris tiene razón. Desde el principio, lo que me ha faltado es poder.

Si tan solo hubiera tenido un poco más…

Si tan solo pudiera conseguirlo ahora…

La voz de la Discordia suena en mi oído como una melodía que me insta a descansar. A dejarme llevar. Nunca me había dado cuenta, pero la voz de la Discordia es tan seductora como toda ella.

—Piensa, Asteria… Piensa de qué lado quieres estar —continúa, suave—. ¿Del de Artemisa, que supuestamente os protegía? ¿Del de Zeus, que estuvo años desaparecido, huyendo de sus responsabilidades? Estoy segura de que estás tan harta de ellos como yo. Piensa en la fuerza que ganaste tras matar a Algos. Antes no eras nadie, pero ahora… Ahora eres más fuerte, ¿verdad? No podrías haber matado al emperador siendo solo la Amazona Roja. Pudiste porque tenías poder y aún queda mucho que conseguir, si sabes a quién quitárselo… Piensa en lo invencibles que seríamos tú y yo juntas…

Sus labios me tocan la piel del cuello y yo entreabro los labios mientras un estremecimiento me baja desde ese punto de piel hasta los pies. Su boca me recuerda a la de Orión, a los últimos besos que le permití y que no tendrían por qué haber sido los últimos si yo hubiera sido lo suficientemente fuerte para enfrentarme a Hades.

Es cierto. Solo un poco más de poder es lo que necesito para ser completamente libre. Solo un poco más de poder es lo que podría darnos la paz a todas. No tendría que seguir haciendo daño a quienes quiero. No tendría que sufrir más…

Las manos de Eris me sujetan desde atrás. Siento su sonrisa contra mi hombro, mientras sus dedos suben por mi cuerpo en un roce lento. Pienso en Lysandra, en la manera en la que sus caricias siempre me hacían olvidar, en cómo me aferraba a ella cuando no quería pensar más. Pienso también en Orión, en cómo él repasó todo mi cuerpo con la punta de sus dedos y los labios. El tacto de su madre no se parece en nada al suyo. Él fue suave incluso cuando solo nos movía el instinto y se dedicó a descubrirme casi como si pretendiese guardarse cada uno de mis rincones en la memoria. Eris, en cambio, no duda cuando me toca y parece buscar otra cosa de mí. Ella no va a mi pecho izquierdo, el cortado, para dibujar mi cicatriz o buscar mis latidos y sentir mi vida latiéndole bajo los dedos, sino al derecho. Siento su caricia por encima de la ropa, tentándome, seduciéndome.

Me estremezco. El vello se me eriza.

Entrecierro los párpados y ladeo la cabeza para darle más acceso a mi cuello. Le permito que siga hablando, que siga convenciéndome de todas las cosas que podríamos hacer juntas.

¿Qué mundo podríamos crear…?

—Un mundo entero para nosotras, Asteria... —susurra la diosa. Su otra mano roza mi estómago y desciende por él. Es como si escuchase mis pensamientos. Supongo que el caos siempre se alimenta de los deseos más prohibidos, de aquellos que creemos que están fuera de nuestro alcance—. Un mundo desierto de enemigos y de personas que quieran hacernos daño. Solo aliados. Solo paz. Para siempre, Asteria... Paz.

«Paz». No sé si es la palabra la que lanza un estremecimiento de placer por mi cuerpo, o la suave presión de sus dientes sobre mi cuello. Por un momento, recuerdo la manzana que le vi morder aquella vez, en el templo de Deméter, y creo que va a devorarme de la misma manera.

Quizá deseo que lo haga.

Me giro entre sus brazos para mirarla.

Eris sonríe, anticipándose a mi respuesta.

—Quiero... Quiero ese mundo... —susurro.

Su sonrisa se hace más grande, se le extiende por la boca hasta que se convierte en una luna brillante y hermosa. Quiero el mundo que me promete. Quiero un mundo en el que nadie vuelva a tener poder sobre mí o sobre las personas que quiero. Quiero un mundo en el que siempre sea fuerte y poderosa para proteger sin hacer daño. Quiero un mundo en el que nadie más sufra.

Quiero un mundo sin dolor.

—Pero ese mundo no existe —susurro.

La sonrisa de Eris se le congela en los labios cuando le clavo el puñal dorado en el estómago, rápida y sin apartar la vista de su mirada llena de magia y poder.

La diosa abre mucho los ojos y separa los labios.

Es lo último que hace antes de que mi magia le corte el cuello.

Su cabeza ni siquiera ha tocado el suelo cuando su poder, inmenso y abrumador, horrible y ruidoso, se mete dentro de mí.

Grito en cuanto lo siento. Me atraviesa desde dentro hacia fuera, como si mis huesos se afilaran como astillas y lucharan por desgarrarme la piel. Cuando suelto el puñal y retrocedo, el cuerpo decapitado de Eris cae a mis pies para acompañar a su cabeza.

Las sandalias se me manchan con el charco de sangre dorada que deja tras de sí cuando me muevo, tambaleante, pero nada de eso importa, pues todo lo que estalla en mi cabeza me impide centrarme.

Nuevas voces llenan cada recoveco de mi carne, pidiéndome discordia y destrucción. Tengo una visión rápida del mundo que Eris ha empezado a crear. Estatuas que caen. Guerras que se fraguan. Gritos y conspiraciones. Nuevos ídolos que pretenden surgir de la caída de los antiguos. Un templo se derrumba. Las diosas se retuercen de dolor. Las guerras por el poder me alimentan, igual que lo hace el hambre, la pobreza. La destrucción.

Este era el mundo que Eris tenía en mente todo el tiempo, su mundo ideal. Y ahora es el mío. Un mundo en el que siempre habrá batallas que librar, donde las personas nunca dejarán de enzarzarse en disputas que jamás tendrán fin ni sentido. En este mundo, la paz es solo un trámite hasta el siguiente conflicto. En este mundo, la calma es solo una promesa que nunca llega.

Estoy harta de este mundo. Estoy harta de luchar.

Cuando me dejo caer de rodillas ante mi último cadáver, solo pido descansar.

ASTERIA

En algún momento, cuando comienzo a acostumbrarme a la nueva oleada de poder y consigo que las piernas me sostengan, me quito el brazalete dorado que he seguido llevando conmigo durante todos estos días y lo lanzo al suelo como si fuera una ofrenda más para el dios de la Muerte. Lo hago casi sin fuerzas, sin aire, todavía mareada por las sensaciones y los gritos y el caos que me llenan la cabeza. Como si estuviera drogada, alzo la vista hacia lo que queda de la estatua de oro de Hades.

—Se acabó —murmuro—. Ahora cumple tu promesa.

Al principio no ocurre nada. El silencio se extiende por este templo lleno de muerte, tan frío y desolado como el propio Inframundo. Una parte de mí, irracional y asustada, teme haber caído en una trampa incluso más grande de lo que me imaginaba.

Después, la oscuridad me traga.

Ni siquiera me da tiempo a ahogar un grito antes de que el suelo se abra bajo mis pies y yo me sienta caer. Cierro los ojos por inercia, por protección, esperando un golpe que nunca llega. Cuando vuelvo a abrirlos, me descubro tumbada en una sala negra, construida con ébano, granito y piedra caliza. El calor húmedo se me pega a la piel y me embota los sentidos, al igual que el fuerte olor a incienso. En el suelo, sobre las baldosas de obsidiana, arden fuegos azules que hacen que las sombras crezcan alrededor de la estancia redonda, de paredes irregulares y desnudas.

Los únicos adornos se encuentran frente a mí: dos tronos inmensos que se funden con las paredes, tan oscuros y retorcidos como el resto del lugar. En uno de ellos se sienta una estatua de plata y zafiros que representa a una mujer hermosa, de facciones dulces, que lleva una corona de flores secas. Sus ojos están cerrados como si durmiese, pero aun así tiene una sonrisa cálida en los labios y las manos entrelazadas sobre el regazo. Está casi fuera de lugar en un sitio como este; parece demasiado buena, demasiado brillante. Los pliegues de su vestido están tan bien tallados que creo que en cualquier momento la tela se moverá o ella abrirá los ojos y se levantará. Pero sé que no lo hará. Ese es solo un recuerdo de la reina del Inframundo, asesinada treinta y seis años atrás. Ahora, el poder que ella pudiera tener también reside dentro de mí.

A su lado, en el otro trono, se sienta Hades. El señor del Inframundo sonríe al verme, o quizá no exactamente a mí, sino a la cabeza que descansa a solo unos pasos. La expresión de Eris se ha quedado para siempre congelada en una de sorpresa. Todavía tiene los ojos abiertos y parece mirarme, pero yo bajo la vista. No quiero volver a verla.

El rey se levanta. Se arrodilla en el suelo y ríe cuando la toma entre las manos con cuidado y le acaricia el rostro.

—¿No crees, Asteria, que hay una inmensa belleza en la muerte?

No. En la muerte solo hay desesperación, tristeza y vacío. En la muerte no hay nada bueno, ni para quien muere ni para los que quedan vivos para sentir la pérdida. En la muerte lo único que hay es inevitabilidad.

E, incluso así, sigo deseando que haya también algo de paz.

—He cumplido mi parte del trato —murmuro—. Ahora, cumple tú la tuya: deja que Orión sea libre y dales el descanso prometido a mis hermanas.

Hades por fin se fija en mí, demasiado distraído hasta ahora por el rostro de la asesina de su esposa. Deja la cabeza en el suelo cuando se pone en pie de nuevo y yo aprovecho el momento para levantarme también. Cuando el dios se acerca a mí, el frío vuelve a aprisionarme tal y como lo hizo en el desfile del emperador.

—Es curioso el respeto que sientes por la muerte, pese a todo lo que has matado —susurra, no sé si con burla o admiración—. ¿A cuántos has mandado a mis territorios, Asteria? ¿Cómo de manchadas están tus manos? ¿Y cómo es posible que te importe tanto la Vida si desde el principio has servido solo a la Muerte?

Entrecierro los ojos, bajo la vista. No me siento orgullosa de las vidas que he tenido que segar hasta ahora, aunque tampoco puedo lamentarlas de verdad.

—Quizá es porque soy el Dolor. —Sonrío sin ganas. Irónica. Cansada. Estoy tan cansada...—. Soy lo que une a la Vida y a la Muerte, y estoy presente en las dos. Soy inevitable al vivir, pero también soy lo que queda cuando nos marchamos.

Hades enarca las cejas. Ni siquiera sé si le estaba hablando a él. No sé si mis palabras tienen sentido. Ni siquiera sé si me importa que no lo tengan.

—Pero crees que tras la muerte no debería haber más dolor. Si no, no clamarías por la liberación de tus hermanas.

—Creo... que el dolor de vivir y morir es suficiente para cualquier persona. Después de eso solo debería existir... paz, por fin.

Los ojos oscuros del rey me observan durante una eternidad, o para mí el tiempo ha empezado a pasar muy despacio. Muerta en vida, así es como me siento. Estoy en el lugar adecuado para ello.

Entonces Hades alza la mano y yo creo que algo horrible pasará, pero ni siquiera me tenso o trato de defenderme. A estas alturas ya no siento miedo, o al menos no por mí. Aun así, el dios del Inframundo no me hace ningún daño: sus dedos tan solo se posan sobre mi cabeza, sobre los cabellos, y un frío helado se desparrama por mi piel, se me cuela bajo la carne y los huesos.

—Ve con ellas.

No me da tiempo a responder. De nuevo, me siento caer en la oscuridad, que abre sus fauces y me traga.

Esta vez solo me dejo llevar.

Cuando abro los ojos de nuevo, hay luz. No parece que este sea el Inframundo que recorrí hace tiempo, entre almas en pena y sombras. A mi alrededor hay campos de trigo dorados y árboles verdes y floridos. El inmenso prado parece extenderse hasta el horizonte, donde se encuentra con un cielo azul, y aquí no se escuchan lamentos, sino risas. Me incorporo con cuidado, sintiendo el cuerpo ligero como hace años que no lo sentía. Solo un segundo después distingo las canciones, suaves y alegres, una armonía de voces que hace que se me encoja el corazón. El lugar es tan brillante, tan inesperado en medio de toda la oscuridad a la que mis ojos ya estaban acostumbrados, que me ciega durante un momento. El aire cargado de aroma a flores me embota los sentidos y, al mismo tiempo, me lleva de la mano a una vida que hace mucho tiempo que perdí.

Soy consciente, solo un momento después, de que los ruegos y los lamentos que siempre oía en mi cabeza han desaparecido por completo, como si no pudieran alcanzarme en este lugar.

Y entonces las veo.

Cuando me giro, están todas ahí. La respiración se me trunca, el corazón se me detiene. Mis hermanas están en frente de mí, reunidas. Nunca pensé que volvería a verlas libres en la naturaleza, con sonrisas en los labios o lágrimas de emoción asomando a sus pupilas, pero ahí están. Sus cuerpos son traslúcidos, descoloridos, como si no fueran más que un reflejo desvaído de lo que un día fueron..., pero son ellas. Son ellas de verdad, todas y cada una de mis hermanas. Están juntas. No solo las que murieron en la arena aquel día, sino todas a las que creí salvar durante años y que murieron bajo la mano del emperador a mis espaldas. Veo a Ainia sonreír, por ejemplo, y darle la mano a una de las amazonas más pequeñas, de las que sobrevivieron al día en que arrasaron nuestro poblado, pero no aguantaron la primera batalla en el anfiteatro. Hay varias como ella, escondidas tras las mayores, todavía temerosas, pero me sonríen como si se alegraran de verme.

Las lágrimas me mojan las mejillas y me llegan hasta los labios antes incluso de que Lysandra se adelante, sin que ni una sola brizna de hierba se tuerza bajo sus pies. Verla a ella es más de lo que puedo soportar. Está preciosa, con los cabellos sueltos, la sonrisa de siempre y los ojos capaces de contener todos los campos que alguna vez he querido recorrer. Un sollozo me rompe la voz.

—Lys —jadeo.

Ella sonríe un poco más. Casi parece un gesto travieso, divertido, el que dibujaba cuando cazábamos siendo más jóvenes o cuando nos escondíamos en nuestro refugio tras la cascada. Me acaricia el rostro y yo, aunque lloro, querría contener la respiración, porque me aterra que un simple sollozo sea capaz de hacer que mi compañera se disuelva en el aire. Cuando me toca, solo siento una sensación cálida en la mejilla. No quiero cerrar los ojos o ella desaparecerá. Todas desaparecerán.

—Nuestra heroína ha vuelto —dice con su humor suave en la voz.

Aprieto los dientes. Soy incapaz de responder, porque el llanto me captura entre sus brazos y me obliga a doblegarme ante él. Un gemido se me escapa de entre los labios, pero no sé si es un sonido de tristeza o de alivio.

Al fin se ha acabado todo.

Al fin son libres, al fin están juntas...

Ojalá pudiera mirarlas sin llorar. Ojalá pudiera despedirme para siempre sin que esta pena me parta en dos. Ojalá pudiera quedarme solo con la dicha de saber que ahora estarán bien, aunque sea en este mundo y no en el nuestro. Tomo aire. Me obligo a arrancarme la voz, a arrancarme las palabras que tengo atravesadas en el pecho desde el día en que las perdí.

—Lo siento —jadeo—. Lo siento tanto...

—Está bien, Asteria —susurra Lysandra. Parece llevar el viento en las palabras—. Todo está bien, y es gracias a ti, ¿verdad? Porque nunca has dejado de luchar por nosotras, ni siquiera cuando ya no estábamos a tu lado. Ahora estamos todas juntas aquí y aquí... aquí ya no hay cadenas. Aquí somos libres al fin. Nos has dado paz, Asteria...

—Me gustaría haberos salvado de verdad. —Otro quejido en mi garganta—. Me gustaría... Me gustaría...

Me rodean. Todas se acercan y siento su abrigo. Siento sus voces incluso cuando no hablan. Es como si me tocasen, pese a que no puedo sentir su tacto. Cuando dejo caer las manos para mirarlas, sin dejar de llorar, Lysandra trata de limpiarme las lágrimas, aunque no puede, porque su roce apenas se puede considerar real.

Daría lo que fuera por volver a sentir sus dedos en mi rostro, aunque fuera una última vez.

—Protegiste a tu familia cuanto pudiste, Asteria —susurra.

—Y, al final, estamos bien —dice Ainia.

—Este lugar se parece a casa —confiesa Mirina.

—Somos libres —repite Cleta.

De pronto, todas hablan a la vez. No sé si lo hacen de verdad o escucho sus voces solo en mi cabeza, pero sus palabras me calan por dentro:

—Gracias por salvarnos, Asteria.

Las lágrimas me arden en los ojos tanto como la despedida me arde en el alma. E, incluso así, siento la felicidad, agridulce y cruel, porque ellas han tenido que morir para encontrar esta tranquilidad. Porque nos lo arrebataron todo en su momento, pero al menos ya nadie puede hacerles daño. Tienen la paz que merecen y prados infinitos donde correr y jugar. Es casi como si hubieran vuelto a casa.

Valdrán la pena todos los castigos del mundo por esto. Por sus rostros felices y por sus expresiones en calma. Si es por ellas, valdrá la pena volver a perderlo todo.

—Os quiero.

Ellas ríen. Lysandra sonríe y solo entonces me doy cuenta de que ella también llora, con lágrimas que no puedo atrapar, con un llanto tan inconsolable como el mío.

Se inclina hacia mí y yo cierro los ojos.

No siento su beso. Solo el aire me golpea los labios.

Cuando me obligan a desaparecer, me separan de mis hermanas otra vez, y en esta ocasión es para siempre. Lo siguiente que sé es que estoy en una celda, que todo vuelve a ser oscuro y lúgubre. Unos grilletes tiran de mis muñecas hacia arriba. Aquí ya no hay luz ni campos ni canciones. Aquí estoy sola.

Pese a todo, por primera vez en mucho tiempo, me siento en paz.

ORIÓN

Dicen que el tiempo cura todas las heridas, pero en la última luna la mía no ha hecho más que agrandarse. Me desgarra el pecho un poco cada día, hasta que estoy seguro de que se me ven las costillas a través del agujero y me parece que tengo el corazón al descubierto, tan tierno y frágil que siento que una brisa suave podría terminar de quebrarlo en mil pedazos.

La marcha de Asteria me dejó sangrando, a la espera de que ocurriese algo, cualquier cosa. Los días sin noticias fueron una tortura, casi tanto como el hecho de que el mundo siguiera adelante como si nada hubiera pasado: en la casa de Ligeia aparecieron consejeros y soldados para escoltarla a palacio, se la coronó, se empezó a hacer su voluntad. Ahora tiene demasiada gente a su cuidado y a su alrededor, demasiadas tierras que supervisar, demasiados problemas a los que prestarles atención. Se vuelca en Eladia como si fuera lo único que importa, pero yo sé que no es cierto, porque la he visto salir al patio de noche a mirar las estrellas y sé que cada vez que alza la vista hacia el firmamento piensa en ella. Se lo veo en los ojos cuando estoy con ella: es el mismo sufrimiento que me abre en canal a mí.

«Se pasará. Siempre se acaba pasando», me ha repetido cada vez que le he preguntado si está bien.

«¿Cómo puedes estar tan segura?», le he respondido yo en cada ocasión, pese a que sé que esa es una de las pocas cosas para las que no tiene respuesta.

Mi dolor y mi sentimiento de culpa no han remitido ni siquiera un poco, pero el tiempo ha seguido corriendo. Los días han seguido sucediéndose. Lo único que ha ido cambiando es que las voces que había en mi cabeza se han ido acallando hasta el punto de hacer que me pregunte si puedo perder la inmortalidad con la falta de fe de la gente del Mundo Medio. También me he preguntado si me importaría, si fuera así, y he llegado a la conclusión de que no. Lo único para lo que quiero la eternidad es para ayudar a Asteria a librarse del castigo que le impongan por haber matado a mi madre.

Ha sido esta misma mañana cuando he descubierto que lo ha conseguido. Artemisa ha aparecido ante mí mientras yo vagaba por los jardines del palacio imperial y lo ha dicho sin más:

—Asteria ha matado a Eris.

Yo ni siquiera he podido sentir pena por mi madre. Me ha dejado lo bastante vacío como para considerar su muerte poco más que la de una desconocida y, de todos modos, siempre he sabido quién deseaba que saliera victoriosa en un enfrentamiento entre Asteria y ella.

—Será juzgada mañana, así que si quieres verla hoy será tu última oportunidad —ha continuado la diosa de la Caza.

Yo la he mirado con incredulidad.

—¿Por qué me dices esto? Ya no somos aliados, Artemisa. Yo poco tengo ya que ver con el Mundo Superior.

—Porque incluso los dioses nos arrepentimos de cosas, Orión. El hecho de que lleves ese nombre es la prueba de ello. —Después ha bajado la voz, casi como si temiera que las mismas flores a nuestro alrededor pudieran escucharla—. Y sé que a ella le gustaría despedirse.

No sé si de verdad estaba arrepentida, pero he decidido creerla. He decidido tener fe en que nos ofrece una última oportunidad, aunque no dependa exactamente de ella. Quienes tienen que darme permiso para ver a Asteria son los reyes del Mundo Superior, y por eso ahora estoy ante ellos, pese a que esperaba no tener que volver a pisar el salón de Hera nunca más. No quiero ni pensar en postrarme de nuevo ante ella, pero no tengo más remedio que hacer una profunda reverencia cuando las puertas se cierran a mi espalda y los soberanos quedan ante mí.

—Mis señores…

Mis ojos se fijan en el suelo de mármol blanco. Mis palabras, pastosas, pesadas sobre la lengua, caen al suelo como piedras. Cuando me yergo, por orden de Zeus, compruebo que la pareja ante mí no brilla tanto como recordaba. El dorado de los ojos de Hera se ha apagado, se ha vuelto opaco, y ahora su tonalidad recuerda más a la miel. El rostro de nuestro rey, por su parte, parece haber ganado años y arrugas por la preocupación. Ambos parecen más pequeños, incluso consumidos.

Y todo es obra de Eris. Incluso cuando ya no está, mi madre ha conseguido dejar tras de sí un legado de discordia y destrucción que se hace notar en los dos mundos. Un legado que seguirá presente, porque la semilla que plantó antes de morir no es una que se pueda erradicar así como así.

—¿Por qué querías vernos, Orión? —pregunta Zeus. Pese a su aspecto, su voz no ha dejado de contener el trueno, pues parece retumbar entre estas cuatro paredes—. Has dicho que necesitabas una audiencia.

Asiento. Cuando bajo la cabeza, una vez más, espero parecer humilde y no solo desesperado.

—Deseo ver a Asteria. Me gustaría… hablar con ella.

Hay un silencio extraño en el que no me atrevo a alzar la vista. Quizá se estén consultando con la mirada. Quizá los reyes estén teniendo una discusión de la que no puedo oír ni una sola palabra. Fijo los ojos en mis manos, que se aferran a mi quitón casi con desesperación. No me había dado cuenta. Intento relajar los dedos y respirar muy hondo.

—No solemos dejar que nadie vea a un reo antes de un Juicio. Siempre se ha hecho así. —Las ropas de Zeus susurran cuando se mueve en su trono, incómodo—. Es una medida que evita que alguien se tome la justicia por su mano.

Casi siento ganas de echarme a reír ante su respuesta, pero

sería un sonido desafinado, roto. Saben que no voy a hacerle nada. Saben que, incluso si no fuera por mi naturaleza, Asteria me importa.

—Es el último favor que le pido al Mundo Superior. —Mi tono suena mucho más firme de lo que yo me siento.

—¿Y qué te debe este mundo a ti, Orión? —Si la voz de Zeus es el trueno, la de Hera es la lluvia, impaciente, fría—. No has hecho nada por él, aparte de traer el Caos.

Necesito de toda mi fuerza de voluntad para mirarla directamente a los ojos. Parecen mucho más cansados de lo que los recordaba. Supongo que Eris ha sido una buena contrincante.

—Entonces, que sea un favor que les pido a mis reyes. Un favor a los mismos que me condenaron a la esclavitud cuando nací por un crimen que no cometí y que me llevaron precisamente a liberar a Eris.

Los reproches saben ácidos, pero no me importa. No voy a dejar que me impidan ver a Asteria. Me lo han arrebatado todo, pero no voy a dejar que me arrebaten también la última oportunidad de hablar con ella antes de que la condenen.

Hera chasquea la lengua.

—¿Por qué íbamos a concederle un gesto de misericordia a quien nos desafía tan abiertamente?

—Porque después me marcharé y jamás volveréis a verme. No volveré a pisar el Mundo Superior. No hay nada ni nadie aquí que me ate. Estoy cansado de los dioses y de vuestras traiciones, de vuestros conflictos…

Hera sigue atravesándome con la mirada. Tiene la barbilla apoyada sobre la mano y sé que seguiría declarándome la guerra aunque me arrastrase ante ella y le suplicase. Como si no fuera ya demasiado tarde para volver a humillarme. Como si no hubiera tenido suficiente de eso.

—Quizá no vuelvas a pisar el Mundo Superior, Orión, pero no es cierto que no vayamos a volver a saber de ti, ¿verdad? —Descruza las piernas y la veo echarse hacia delante. Creo que se va a levantar, pero al final no lo hace—. ¿O es que vas a decirnos que no intentarás liberarla una vez la castiguemos? Te conozco y sé que irás a buscarla, como fuiste a buscar a tu madre. Volveremos a saber de ti, porque nos desafiarás de nuevo al querer liberar al Caos por segunda vez. Y entonces todo volverá a empezar.

Sí, pienso liberarla. Pienso salvar a Asteria de un castigo que no merece, sea cual sea y cueste lo que cueste. Pero en lo que Hera se equivoca es en que iré a buscarla con el mismo objetivo con el que acudí a Eris. Ahora soy consciente de que fue un error intentar cambiar un mundo que no quiere cambiar. Sería más fácil crear uno nuevo desde cero. O simplemente marcharme a otro. Uno en el que no me recuerden a cada momento que fui un esclavo. Uno en el que pueda volver a empezar, sin sombras ni olor a sangre.

No quiero un mundo dorado. Quiero un mundo de todos los colores. Un mundo que me haga sentir vivo. Que me colapse los sentidos hasta que no sepa a dónde mirar. Y quiero ese mundo con Asteria, sí, pero no será un desafío hacia el resto de los dioses. Si quiero ese mundo es porque creo que merezco ser feliz.

Supongo que eso me hace tan egoísta como el resto del panteón, pero ahora ya me da igual.

—No quiero tener nada que ver con el Caos otra vez, en eso estáis equivocados. Y Asteria tampoco, pero Hades la obligó a matar a Eris. La chantajeó. —Los rostros regios que tengo ante mí se mantienen ilegibles y yo soy consciente de que, por supuesto, eso no significa nada para ellos. Eso no va a cambiar el veredicto—. Pero, por supuesto, a vosotros os da igual. Incluso si Asteria os ha salvado de Eris, vais a castigarla de todos modos.

Zeus hace un mohín.

—Asteria cometió el único delito que no se puede consentir entre los nuestros —señala—. No podemos perdonarla.

—Pero en cambio perdonáis a Hades, que quería venganza y convenció a alguien con trucos y artimañas para que se la diese.

—Eso no...

—¡Es muy fácil olvidar que le debéis la vida! —lo interrumpo.

—Suficiente. —El tono de Hera es cortante, como cada vez que pierde la paciencia—. No se te concederá tu deseo. Márchate.

Yo no me muevo. Decidido, clavo mis pies en el suelo y aprieto los puños. Incluso me permito alzar un poco la barbilla. No le suplicaré. No le daré ese placer. Ya no soy su esclavo. Tampoco voy a marcharme sin conseguir lo que quiero.

—El chico está... desesperado —apunta Zeus.

Intercambia una rápida mirada con su esposa, que parece rabiosa. Creo que empezará a discutirle en cualquier momento, que le gritará y que tratará de humillarlo, igual que siempre prometía en voz alta cuando lo buscaba en el agua. Pero quizá algunas cosas sí puedan cambiar en el Mundo Superior, después de todo, porque al final Hera aparta la mirada sin más, airada. No entiendo qué pasa entre ellos, pero casi parece que la reina quiera dejar correr cualquier asunto que tenga que ver conmigo. El rey se vuelve hacia mí.

—Hermes te acompañará hasta su celda. Después, te irás del Mundo Superior. Y, como has dicho, nunca más volverás a subir. Se acabaron las conspiraciones, Orión.

No protesto. No podría ni aunque encontrase la voz para hacerlo. No me inclino ante ellos porque, puesto que voy a marcharme para siempre, ya ni siquiera son mis reyes. No son parte de la nueva vida que quiero tener.

Me doy la vuelta para salir del salón.

De todas formas, este mundo nunca tuvo nada que ofrecerme.

La celda en la que está Asteria es la misma en la que yo pasé varios días cuando era más joven. Entre estas paredes grité, lloré y sangré. Entre estas paredes, cerré los ojos y traté de alimentar la esperanza de que en algún momento todo cambiaría.

Pero mi esperanza ha muerto o quizá tan solo vuelva a estar ahí dentro. Ha tomado la forma de Asteria, que no es más que una silueta cabizbaja y encadenada a la pared. Está muy quieta y ni siquiera parece darse cuenta de mi presencia al otro lado de las rejas, al menos hasta que Hermes abre la puerta con una llave. Las bisagras doradas rechinan y la amazona da un respingo antes de alzar la cabeza. Está pálida y parece más joven, más perdida de lo que la he visto nunca.

Cuando nuestros ojos se encuentran, yo deseo poder intercambiarme con ella y sufrir el castigo en su lugar.

—Asteria...

Su nombre es poco más que un suspiro que se escapa de mis labios mientras entro y me apresuro a recorrer los pocos pasos que nos separan. Su rostro sucio deja ver un rastro de lágrimas pasadas, pero por lo demás está entera. Recuerdo la noche en que se fue sin decir nada. Recuerdo su cuerpo contra el mío, sobre la cama, la forma en la que me quedé dormido escuchando su corazón. Si hubiera sabido que iba a estar solo al despertarme, nunca me habría permitido cerrar los ojos. Me habría abrazado a ella y habría atesorado cada latido. El vacío que dejó tras ella todavía no ha desaparecido y sé, cuando la veo, que jamás va a hacerlo.

—Orión...

Mi nombre es una aspiración de sorpresa. Sus ojos se abren un poco más. No esperaba verme aquí. Trata de mover los brazos, pero los tiene inmovilizados por encima de la cabeza, envueltos en las cadenas más resistentes de Hefesto. Los eslabones tintinean. Miro hacia atrás. Hermes, con su rostro joven e inexpresivo, se ha quedado junto a la puerta. No dice nada, pero me mira y parece apremiarme a que haga lo que tenga que hacer y diga lo que tenga que decir. No sé discernir si hay lástima en sus ojos, pero me gustaría pensar que sí. El hecho de que lo hayan mandado a él a acompañarme, y no a uno de los guardias a los que yo mismo di vida hace años bajo las órdenes de Hera, me da una pista de cuánto se desconfía ahora de mí. Me pregunto si Hermes, en su papel de mensajero, también les repetirá a Hera y Zeus cada una de las palabras que intercambiemos. Si los informará de cada cosa que digamos.

¿Importa acaso? Creo que sí. De hecho, me importa lo suficiente como para evitar hablar al principio. En su lugar, lo primero que hago es dejarme caer de rodillas ante Asteria y abrazarla. Incluso si ella no puede devolverme el gesto, me da igual: la rodeo con los brazos y le aprieto el torso; le robo el calor de la piel que tanto he echado de menos los últimos días y trato de recuperar el sonido familiar de su corazón. Hundo la cara en su cuello y noto la forma en la que su respiración se corta durante un instante. Después, su pecho se hincha contra el mío y luego deja escapar el aire, muy despacio. Yo ni siquiera me atrevo a respirar.

Aunque ella apenas puede moverse, apoya la mejilla contra mi hombro.

El silencio dura solo un instante más.

—Siento la forma en la que me marché...

Aunque no es lo que quiero escuchar, su disculpa hace que se me encoja el corazón. Cierro los ojos con fuerza, porque no quiero recordar esa pena ahora que la tengo aquí delante. No quiero volver a las horas que me pasé en aquel jardín, sentado, dejando pasar el tiempo, hasta que Ligeia y Elias me obligaron a levantarme y me llevaron dentro, antes de que la villa se llenase de gente buscando a la nueva emperatriz de Eladia.

No se lo digo. No le hablo de los días que siguieron, de la incertidumbre, del peso en el pecho que me estaba volviendo loco. Ahora solo importa Asteria, cuyo rostro repaso con la punta de los dedos cuando me separo, limpiando la suciedad de su piel. Creo que ella, incómoda en el silencio, volverá a hablar en cualquier momento, que volverá a disculparse, pero le impido que lo haga. Me inclino hacia ella y la beso. Noto su sorpresa, pero, tras un suspiro, deja que nuestras bocas vuelvan a reconocerse. Al principio es solo un roce. Un titubeo. Pero luego el gesto se vuelve real. Desesperado.

Me cuesta separarme y por eso apenas lo hago. Solo lo justo para poder mirarla. Lo justo para apoyar mi frente en la suya.

—¿Estás bien...?

Tal vez intenta sonreír un poco. Si es así, no le sale bien.

—Sí... Sí, estoy bien. Todo... Todo ha acabado ya —susurra.

Es una mentira. Una a la que creo que se aferra, a pesar de que ni los dioses han elegido todavía su castigo ni yo la he salvado de lo que sea que vayan a hacer con ella. Nada habrá acabado para mí hasta que estemos juntos de nuevo. Hasta que podamos ser una familia, como ella quería. Alzo las manos con cuidado y le toco las mejillas. No sé si puede sentir lo mucho que me tiemblan los dedos.

—¿Están los espíritus de tus hermanas en paz?

Los ojos de Asteria me observan con demasiadas emociones en ellos. No veo el Caos, sin embargo. Solo veo el Dolor, por encima de todo. El dolor de los recuerdos. El dolor de quien ha vivido. De quien sigue haciéndolo, incluso con todo en contra. Y aun así, también veo el asomo de la calma en ellos. Casi hay felicidad.

—Ahora podrán descansar —me confía, muy bajito—. Y tú también...

No. Yo no.

—No tendré descanso si mañana te condenan de manera injusta.

—Orión...

Casi había olvidado que puede hacer que mi nombre suene a advertencia y súplica al mismo tiempo.

—Iré a buscarte allá donde estés, Asteria —susurro, aun a riesgo de que Hermes me escuche. Da igual. Es una declaración de intenciones, para mí, para ella y para el resto de los dioses—. Te liberaré. Mereces justicia y, si nadie va a molestarse en reclamarla, yo te la daré con mis propias manos, cueste lo que cueste. Te juré proteger tus intereses, te...

—¿Y si yo no quiero?

Nos miramos de frente. Me tiemblan las comisuras de los labios, que alzo con inseguridad.

—¿Qué?

Asteria traga saliva. Hay una sonrisa en su boca, pero no es la que me gusta ver, la que se le escapa y la rejuvenece, sino una triste que le confiere muchos más años a su rostro.

—Que a lo mejor no... quiero seguir luchando. Estoy cansada. Estoy... tan cansada, Orión. —Su voz suena sin fuerza, a punto de rendirse—. Quizá esto sea lo mejor para todos, así que vive tu vida. Intenta... ser feliz. Ya no tienes que seguir pensando en mí.

El nudo que tengo en la garganta se aprieta más de lo que ha hecho durante todos estos días.

—¿Qué estás diciendo? No...

—Te libero de tu juramento, Orión. —Asteria pronuncia cada palabra con solemnidad, como una promesa—. Ya no es necesario que sigas protegiéndome. Ya no estás atado a mí.

No sabía que los juramentos pudieran terminarse y, sin embargo, siento como si un peso muy leve se levantase de mis hombros. La soga invisible que tenía alrededor del cuello se afloja y cae al suelo sin más.

Supongo que ella esperaba que me sintiera liberado, pero lo único que queda en mi interior es un vacío desagradable. Un miedo paralizante, porque cada palabra suena a una despedida más definitiva que el hecho de que se marchara de mi lado en medio de la noche.

—No. —La negativa en mis labios no es más que un graznido, disonante y aterrado—. No hago todo esto por el juramento y lo sabes. Quiero ayudarte. Quiero...

—Orión —me interrumpe ella con suavidad. La sonrisa en su boca crece un poco más, compasiva, pero aun así puedo ver la pena en ella—.Todo está bien. Se acabó.

No. No puede acabar así. No habla en serio. Es solo que está aterrada, que no cree que pueda pasarle nada bueno después de todas las desgracias y todo el dolor que ha tenido que cargar ella sola. Pero eso no significa que no pueda suceder algo bueno. Encontraré la forma de ayudarla. Encontraré la forma de que ambos podamos vivir sin preocuparnos de los dioses ni de sus luchas de poder. Encontraremos la manera de vivir como siempre hemos deseado ambos, en un mundo nuevo.

Ella me mira con tanta intensidad que me parece que tiene que saber lo que estoy pensando. Quizá lo tenga escrito por todo el rostro. Quizá sea demasiado fácil de leer. No lo sé, porque no hace ni un solo comentario más. Solo se echa hacia delante, un movimiento que apenas me espero y que, al mismo tiempo, no llega a sorprenderme del todo.

Sus labios chocan con los míos y yo cierro los ojos sin pensar, recibo su boca sin pensar. Sé que es el último que va a darme porque apenas es una presión suave y delicada, muy distinta a sus besos de siempre, fuertes y feroces como toda ella. Quizá por eso yo también intento que dure. Enredo mi brazo en su cintura y alzo la otra mano hasta su cuello, donde el corazón le late con renovadas fuerzas. Me concentro en olvidarme de cualquier cosa que no sea ella. Me pregunto si puede ser tan fácil, si olvidarnos en el otro puede ser suficiente para que los demás tampoco nos recuerden.

Entonces no habría castigo para ella.

Entonces no habría separación.

—Se acaba el tiempo.

La voz de Hermes nos ata de nuevo a la realidad y yo abro los ojos justo a tiempo de ver a Asteria apartarse de mí y mirar por encima de mi hombro. Como si el rojo de sus iris lo pusiera nervioso, o como si no pudiera marcharse de allí lo bastante rápido, escucho los pasos del dios alejarse un poco. Yo, en cambio, no me muevo. Durante solo unos segundos más, me quedo con la mirada fija en el rostro de la amazona y recorro su cara con los dedos, consciente de que esta puede ser mi última oportunidad en años. En siglos, quizá.

¿Y si no nos volvemos a encontrar…?

El nudo en la garganta es más de lo que puedo soportar, pero sé que tengo que hablar. Sé que todavía tengo que entregarle un mensaje que prometí traerle:

—Ligeia me pidió que te dijera que quiere… contar una historia. Que la escribirá y la dejará en la biblioteca para que se conserve para siempre. Dice que todavía no sabe qué final va a ponerle, pero que espera poder contártela un día, bajo las estrellas. —Me ahogo. Las lágrimas me escuecen—. Que te estará esperando.

Sé lo mucho que le duele. Lo veo en la forma en la que cierra los ojos, como si le hubiera hundido el puñal dorado en el corazón. Puede que yo mismo lo sienta. Al menos, me parece escuchar un ruido de cerámica al romperse el mío.

Aún me inclino una última vez. La beso en la mejilla para capturar una lágrima. El sabor a sal me corta los labios. La boca me sabe a despedida.

—Te... Te quiero, Asteria —susurro. Me separo para poder tomar su rostro con las manos, para limpiarle con los pulgares el llanto que se le sigue escapando. El sollozo que rompe la celda podría ser suyo o mío—. Te dije que me hacías sentir cosas que nunca había sentido y esta nunca te la había dicho: estoy enamorado de ti. Creo que lo estoy desde que te besé por primera vez, en aquel laberinto, cuando mi boca sobre la tuya solo significaba aliviarte un poco el dolor. No me imaginaba que algún día tú aliviarías el mío. O... O a lo mejor no fue en ese momento. A lo mejor te quiero desde que escuché tu corazón en el Inframundo y supe que era mi nuevo sonido preferido. O quizá me enamoré de ti más tarde, en nuestros entrenamientos.

»No... No lo sé. No me importa. Lo único que sé es que te quiero y... y todos los días desde que te marchaste pienso en que ojalá todo hubiera sido diferente. Perdóname. Por todos los errores que he cometido. Por todo lo que ha pasado. Perdóname porque, aunque lo único que me has pedido alguna vez es que te olvide, no voy a poder a hacerlo jamás.

Las últimas palabras son apenas un gemido roto y las puntúa el llanto de Asteria, que llora tanto que no soy capaz de cazar todas sus lágrimas. Veo su rostro borroso porque yo también tengo los ojos empañados, pero aun así nos miramos, con mi frente apoyada en la suya como si así pudiéramos compartir un último sueño.

—Yo... —Asteria toma aire con dificultad, pero ladea el rostro hacia una de mis manos como un animal que mendiga una caricia—. Lo siento. Siento... haberte hecho daño.

—No, Asteria —murmuro—. Yo no lo siento. Tú me enseñaste que la vida y el dolor estaban unidos, ¿verdad? Entonces quizá tan solo me has enseñado a estar vivo. Eres… eres la herida más dulce que me han hecho nunca.

—Orión.

Es la voz de Hermes la que me llama la atención. Tanto Asteria como yo levantamos la mirada hacia la entrada, donde él ha vuelto a aparecer. Hace un ademán con su cabeza hacia fuera.

Tambaleante, con la prisa del que sabe que tiene que emprender un largo viaje, me pongo en pie. Si pudiera, me quedaría. Ni siquiera me importaría que me castigaran si fuera por unos pocos minutos más a su lado.

Asteria me mira desde abajo con el rostro empapado, pero trata de despedirse de mí con una sonrisa que termina de romperme.

—Os quiero —dice ella con la voz arañada—. A ti, a Ligeia. Díselo. Dile que… espero que ella pueda escribir un buen final para las tres.

Se me hace un nudo en la garganta, pero me obligo a asentir.

—Iré a por ti, Asteria —le juro. Ella abre los labios de nuevo para protestar, pero yo se lo impido—. No lo haré porque ningún pacto me obligue a ello, sino porque no voy a dejar que esta sea la última vez que nos veamos. Te buscaré, te encontraré. Y cuando lo haga, ya no habrá dios o mortal capaz de apartarme de tu lado.

Eso es todo. Me obligo a dar un par de pasos atrás, incluso cuando todo me pide que permanezca a su lado. Me obligo a caminar hacia la puerta y darle la espalda, aunque todo lo que deseo es poder seguir mirando su rostro. Me convenzo de que ya no hay nada más que pueda hacer por ahora.

Pero tengo toda una eternidad para dedicarme a salvarla.

CANTO X
EL JUICIO DE LOS DOCE

Disculpaos, dioses, por la justicia que nunca impartisteis,
por los sueños que bajo vuestra mano rompisteis.
Disculpaos por lo que nos hicisteis perder
mientras vuestro egoísmo volvía a ganar.

Dicen que hasta las estrellas querían desafiar al día cuando, con la primera luz de la mañana, llevaron a la Amazona Roja ante los Doce. Dicen que aquellas a las que ella siempre miraba y a las que preguntaba sin palabras por su futuro sintieron pena, y por eso alguna se quedó para apoyarla incluso cuando el sol emprendió su viaje matinal. Hasta ellas pedían justicia para quien no la tendría. Hasta ellas lloraban su sacrificio.

Asteria, en cambio, no lloraba cuando la obligaron a arrodillarse en medio del círculo en el que se congregaban los dioses, sentados en tronos de oro macizo. Ella estaba serena y silenciosa. No parecía alguien a punto de ser sentenciado, ni siquiera parecía sentir las cadenas que le impedían huir o usar la magia contra todos los que la observaban. Quizá no hubiera vuelto de su visita al Inframundo, después de todo. Quizá solo había regresado su cuerpo, mientras su espíritu se quedaba atrás, para vivir el resto de la eternidad junto a sus hermanas.

Incluso ante los Doce, la prisionera mantuvo la barbilla alta y los ojos tranquilos. Si alguno de ellos la hubiera conocido bien, habrían sabido ver la tristeza en lo más profundo de su ser, mezclada con la incertidumbre y el miedo. Pero nadie la conocía allí: de ella solo habían visto dolor y desafío, y eso despertaba en algunos admiración y en otros, odio, cuando no temor. Allí estaba la mujer que había convencido a Zeus de regresar, había pactado con el propio Hades y había conseguido matar al Caos.

Allí estaba a quien debían tratar como una heroína y, en cambio, trataron como a una traidora.

—Dioses, diosas —llamó Zeus, alzándose. Asteria y él llegaron a compartir una mirada, pero fue el rey quien apartó la vista primero—. Estamos aquí hoy para celebrar el Juicio contra Asteria, diosa del Dolor tras arrebatarle el poder al difunto Algos. Como todos sabéis, Eris ha caído también bajo su mano y nuestras leyes son claras al respecto: todo dios que mate a un igual debe ser castigado. Así se hizo en el pasado con la Discordia... Y así ha de hacerse ahora.

En el fondo, el soberano de los Cielos no quería pronunciar aquellas palabras, pero un rey a menudo ha de anteponer el deber a sus deseos, y este había estado huyendo de esa máxima durante demasiadas décadas. Si Zeus se hubiera negado a aquel Juicio y hubiera actuado por voluntad propia, ¿qué habría diferenciado su reinado de la tiranía que había estado imponiendo Hera en su ausencia?

Fue su esposa, precisamente, la que también se levantó y se enfrentó a la muchacha:

—Asteria, ¿cómo te declaras?

A la amazona aquella pregunta le pareció absurda. Como si declararse inocente o culpable fuera a salvarla. Como si los dioses fuesen a tratarla de forma diferente dijese una cosa u otra. Sabía que no era inocente, porque nunca se había considerado una heroína ni había creído que sus actos fueran nobles. Pero ¿tan horrible era querer salvar a las personas que amaba?

No, Asteria era consciente de todo lo que había hecho, bueno y malo, y no intentaría negar nada. Así que se limitó a decir la verdad:

—Culpable de defender a quienes quiero hasta las últimas consecuencias.

Afrodita tomó aquellas palabras como algo preciado, porque creía firmemente que el amor debía ser la fuerza que moviese el mundo, pero otros consideraron aquella confesión un desafío más que añadir a la lista de agravios. Unos pocos solo se sintieron incómodos, porque aquella muchacha era la evidencia de lo que ellos nunca harían: sacrificarse por otros.

—¡No podemos condenarla!

La voz que clamó en su defensa fue la de Artemisa. Su arco estaba colgado en el respaldo de su trono. No se levantó, porque solo los reyes podían hacerlo, pero no le hizo falta. A su lado, Atenea se inclinó hacia ella y le cubrió la mano en un intento de calmarla, pero la diosa de la Caza no quería estar tranquila:

—Hades la ha usado —continuó—. La cabeza de Eris está en el Inframundo, clavada en una lanza, y esa es una prueba de que él también debería ser juzgado.

El rey del Inframundo, a unos tronos de distancia, ni siquiera fingió sentir remordimientos. Sonrió con calma, apoyó el mentón sobre sus huesudas manos entrelazadas y clavó los ojos negros en el objeto de la discordia. La amazona no le apartó la vista.

—Nadie la obligó a aceptar mi trato. Ni a cumplirlo. Yo ofrecí unas cláusulas y ella las consideró adecuadas.

—¿Qué cláusulas? —exigió saber Apolo, al lado de su hermana.

—¿Importa? —Hades se encogió de hombros—. Pudo negarse. Pero no lo hizo. Y estoy seguro de que no se arrepiente de ello.

Asteria no lo discutió. Le dolía la despedida, le dolía dejar atrás un mundo en el que podría haber empezado a vivir de nuevo, pero le habría dolido mucho más una eternidad de castigo para las suyas, una eternidad de la Vida teniendo que esconderse de la Muerte, una existencia sin tranquilidad.

—¿Es cierto eso, Asteria? —preguntó Hera con cierta satisfacción—. ¿No te arrepientes? ¿Volverías a hacerlo?

—Se me prometió la paz de mis hermanas y la expiación de Orión a cambio de la cabeza de Eris —respondió ella—. Sí, a ese precio, volvería a hacerlo.

Los jueces murmuraron entre sí, pero ella apenas podía distinguir entre quienes clamaban que Hades se había aprovechado de ella y quienes estaban indignados porque ella ni siquiera agachaba la cabeza. No temblaba ni suplicaba, como habían hecho otros, y eso pareció herir el orgullo de algunos de los presentes.

—¡Todo lo que hizo fue en nombre del amor! —protestó Afrodita.

Asteria la miró con sorpresa, pues no esperaba apoyo de aquella diosa a la que no conocía.

—El amor no nos exculpa de nuestros crímenes —protestó Hefesto, sentado a su lado con el ceño fruncido.

—Tal vez —le rebatió ella—, pero, si vamos a cometer un crimen, al menos que sea por algo que creemos justo.

—¿No queríais deshaceros de Eris? —protestó Apolo. Su melliza lo miró agradecida por interceder en favor de la última de las amazonas—. La chica nos ha ahorrado trabajo, no entiendo por qué ha de ser juzgada como enemiga.

—Íbamos a castigar a Eris, no a matarla —matizó Hermes.

Ares había callado hasta entonces, esperando el momento en que el conflicto estallase entre quienes apoyaban o no a la presa. Solo entonces habló, aunque primero pareció disculparse con la diosa del Amor con una mirada, consciente de que quizá sus opiniones le traerían problemas con su amante:

—Si dejamos a la muchacha sin castigo, cualquiera de nosotros podría atreverse a matar al de al lado. Y me gusta la guerra, pero no soy un suicida: al cabo del tiempo, eso llevaría a la destrucción de todos los presentes. Y ya tenemos suficientes problemas con la falta de fe en el Mundo Medio.

—Y no olvidemos —continuó Hades— por qué no perdonamos estas afrentas: por el poder. Miradla bien: bajo esa piel se encuentra el Dolor, ya poderoso, junto con la Discordia y el poder de mi difunta esposa. ¿De verdad permitiréis tal abuso? ¿Dejaréis que todo eso pertenezca a una sola persona y le concederéis la libertad? Y siendo tan… influenciable. Precisamente porque ama es débil. Ella misma ha admitido que podría volver a matar si considerase que las personas a las que quiere están en peligro. Cualquiera podría usarla para su propio beneficio…

—Como tú has hecho —siseó Atenea.

—Sí, es cierto. —Hades ni siquiera fingió inocencia—. Pero ¿acaso alguno de los presentes se atreve a decir que no la usaría nunca, bajo ningún concepto? La fuerza de los dioses no reside solo en nuestro poder, sino en nuestra capacidad de cuidar de nuestros propios intereses, en nuestro egoísmo. Pero Asteria... Ah, la dulce Asteria no es así, ¿verdad?

La amazona apretó los dientes ante la insinuación, pero no pudo rebatirla. Era cierto. Y si iba a ser así, si iban a seguir abusando de lo que ella amaba para usarla, prefería ser castigada. Prefería desaparecer de todos los mundos.

—Hades, mal que me pese, tiene razón: cualquiera podría usar sus poderes. Y eso incluye a Orión —razonó Poseidón.

—¡Orión nunca haría una cosa así! —defendió Atenea.

—Pero él liberó a Eris. Él nos metió en esta situación.

—Y Asteria nos ha sacado.

—Y ella podría ser la instigadora de un problema más grande.

—¡¡¡Suficiente!!! —Todos callaron ante la voz profunda de Hera llamando al orden—. Si hay disparidad de opiniones, se votará.

Asteria ni siquiera esperaba tal cosa. No esperaba que alguno de los presentes fuera a interceder por ella, pero cuando se preguntó quiénes consideraban que no debía ser castigada, fueron cinco los que alzaron la mano: Artemisa la miraba con culpa cuando votó, apenada por no haberle prestado ayuda antes; Atenea lo hizo por la justicia que creía que merecía; Afrodita, por el amor por el que Asteria había luchado; Apolo, por las canciones que podría componer alabando su valor y quizá incluso por influjo de su hermana. Zeus habría sido el voto definitivo que la habría salvado, si tan solo un dios más la hubiera apoyado: como rey, él habría desempatado la votación y solventado aquel problema. Pero fueron cinco, y no seis, los dioses que alzaron la mano.

Fueron insuficientes.

E incluso así, Asteria casi sonrió.

Era la primera vez que los dioses trataban de hacer algo por ella.

Cuando Zeus suspiró, pareció vencido. Cuando la miró y habló, ella creyó ver una disculpa en sus ojos de tormenta.

—La Amazona Roja será condenada por su crimen —dictaminó.

Artemisa no dejó ni un segundo de margen para que otros decidiesen el castigo. Se levantó, incluso cuando era un insulto que alguien más que los soberanos se pusiera en pie.

—El castigo por su crimen habrá de ser el mismo que se decidió para quien lo cometió antes que ella.

Todos los presentes se giraron con sorpresa hacia la diosa de la Caza. Un rumor comenzó a correr entre los dioses, pero la voz de Hera se impuso de nuevo:

—Ese no es un castigo sensato. La Discordia ya escapó una vez de ese encierro.

—A Eris se la convirtió en estatua por matar a una reina y crear el caos tanto aquí como en el Mundo Medio —replicó Artemisa, apretando los puños—. Asteria ha matado por defender a su familia y en el camino también nos ha librado a los Doce de una enemiga. Sus acciones han sido más nobles que las de Eris y por tanto su castigo no ha de ser más grave que el de su predecesora.

Hera entrecerró los párpados. No estaba de acuerdo, pero había jurado no volver a ir contra aquella muchacha, así que buscó apoyo en los demás. Al resto de los dioses, sin embargo, les daba igual: un castigo u otro estaría bien. Hubo murmuraciones sobre diferentes opciones, pero nadie alzó la voz para proponer una sentencia en firme. El único que parecía dispuesto a seguir peleando fue Hades, a quien el castigo le pareció demasiado leve. Él, que todavía llevaba clavada en el pecho la pérdida de Perséfone, se negó a aceptar aquello sin más:

—Se la esconderá en otro sitio, no en aquel absurdo laberinto en el que ni siquiera reside ya el Dolor. Si no queremos que la liberen mañana mismo, hay que ocultarla mejor. Porque esperáis que la rescaten, ¿verdad? —Se fijó en Asteria, que no dejaba ver nada en su expresión—. Quizá ella misma espera que lo hagan. Así pues, yo…

—No —protestó Artemisa cortándolo—. Yo decidiré el sitio.

Hades frunció el ceño, descontento. Zeus miró al señor del Inframundo con los ojos entornados.

—No tientes a tu suerte, hermano. Estamos pasando por alto tu conspiración, pero quizá si sigues yendo contra la muchacha a la que tú mismo chantajeaste, acabaremos con ganas de juzgarte a ti también, aunque no hayas matado a nadie.

Hades apretó los dientes y calló. Asteria y él se midieron con la mirada por un instante. Cuando el señor del Inframundo volvió a alzar la vista a la diosa de la Caza, alzó también la barbilla.

—Muy bien. Que Artemisa decida el lugar, pero tendrá que jurar con su sangre no revelar a nadie, mortal o inmortal, el secreto de su ubicación. No habrá pistas, no habrá palabras, no habrá nada que pueda llevar a otro a encontrarla. A eso nadie se opondrá, ¿no?

Hades concluyó la petición con los ojos puestos en sus hermanos. Parecía una demanda justa y por eso nadie se atrevió a protestar. Aun así, Artemisa pareció frustrada. Apretó los puños, pero, después de un momento, tan solo dejó caer la cabeza en una muda rendición.

—Sea.

Se sentó de nuevo en su trono y miró a la última de la tribu que un día estuvo bajo su protección. El pueblo por el que no actuó. Ni siquiera había podido salvar a quien les había dado libertad y paz eterna, a pesar de que los ojos de aquella guerrera solo pedían descanso.

La Amazona Roja dejó caer los párpados mientras los Doce se alzaban con resolución.

La voz de Zeus sonó triste cuando anunció la condena:

—Asteria será convertida en estatua y Artemisa la llevará a un lugar seguro tras haber prestado juramento. Así lo ha decidido este Juicio de los Doce. Y así se hará. —Silencio. Todos los ojos se fijaron en la condenada—. ¿Tienes algo que decir?

Asteria, entonces sí, sonrió. Lo hizo con calma, porque recordó el momento en que Eris había despertado de su encierro. Ella, durante mucho tiempo, no había sabido absolutamente nada de lo que había sucedido a su alrededor. Durante treinta y seis años, para aquella mujer solo había habido silencio y quietud, una tranquilidad absoluta e incorrupta. Protegida por un cuerpo de piedra, el mundo exterior no había podido afectarle. Le pareció casi un alivio. Incluso cuando sus últimos pensamientos fueron para sus hermanas por no poder acompañarlas en la eternidad, incluso cuando lamentó no poder volver a disculparse con Orión y Ligeia por desaparecer de su vida, se permitió ser un poco egoísta por primera vez en su existencia y pensó que ese castigo no estaría tan mal.

Porque al fin podría descansar.

Al fin solo habría silencio. Al fin se acabaría el dolor.

Al fin habría paz.

—Será como dormir…

Y aquellas fueron sus últimas palabras.

CANTO XI
UN MUNDO VERDE Y AZUL

Escuchad, estrellas, el final de esta historia
de sangre derramada, roja y dorada.
Aquí termina la leyenda de una amazona obligada a luchar
y un dios obligado a vivir.
Recordad su historia.
Preservad su paz.

El castigo de los dioses, o que nadie salvo Artemisa supiera del paradero de Asteria, no disuadió al dios de la Vida, quien, como había prometido, buscó a la Amazona Roja allá donde pudo. Durante años, se perdió por bosques y desiertos, y hasta surcó los mares para ir a una isla lejana donde creyó que podría encontrarla. En cada una de esas aventuras, fracasó. En cada una, se fue perdiendo un poco más.

Entre viaje y viaje, el dios volvía a la capital de Eladia, que atravesaba un periodo de esplendor cultural bajo el gobierno de la emperatriz. Incluso si la mano de Eris había hecho estragos y los templos y la fe sufrían sus peores momentos, no era así con el resto de los aspectos de la sociedad: bibliotecas y teatros estaban abiertos a todos, había educación y opulencia. Allá donde su predecesor había buscado la gloria a través de la violencia y la guerra, ella comerciaba y creaba alianzas. Ligeia I de Eladia era una mecenas de las artes, de la escultura y la arquitectura, de la literatura y de la música. Pero había algo que no era: inmortal. Por ella pasaban los años y Orión, cada vez que volvía de sus viajes, veía más signos de la edad en su rostro. No se había casado ni había tenido descendientes. Tampoco buscaba más compañía que la de su fiel sirviente, Elias, que había estado a su lado toda la vida.

Ella fue la única que le dijo que debía dejar de buscar. Cada vez que Orión iba a visitarla (en intervalos irregulares, porque los inmortales tienden a no ser conscientes del paso del tiempo) intentaba convencerlo de que abandonase su obsesión, de que dejase de sufrir. Lo hacía porque sabía que Asteria no habría sido feliz sabiendo que lo único que había dejado en él era dolor. Le pidió en mil ocasiones que atesorase los buenos recuerdos y dejase de torturarse, como había terminado haciendo ella misma para seguir viviendo. Sin embargo, él nunca la escuchó. Quizá no podía hacerlo, porque la maldición de los dioses es recordar y vivirlo todo con demasiada intensidad, tanto el amor como la pasión como el odio.

Quizá no sabía cómo, porque nadie le había enseñado a hacerlo.

Por eso siguió viajando, recorriendo el mundo y, al mismo tiempo, sintiéndose más encarcelado que nunca en su propia cabeza. Los viajes de semanas se convirtieron en viajes de meses y los viajes de meses se convirtieron en años. Recorrió páramos y océanos; se internó en todos los laberintos que alguna vez habían existido y se adentró en las guaridas de monstruos que ni siquiera los héroes más capaces podrían haber derrotado. Recorrió el mundo de este a oeste, de norte a sur. Buscó en cada recoveco posible y en cada espacio de leyenda que llegaba a sus oídos y parecía una posibilidad.

De todo aquel basto mundo, tan lleno de vida como de muerte, Orión solo se sentía casi en paz en un único lugar. Era el único sitio en el que todavía le parecía ser capaz de percibir a Asteria junto a él, un paisaje que ella le había enseñado mucho tiempo atrás y del que siempre le había hablado con palabras impregnadas de cariño. Cada vez que el dios se sentía vencido, cada vez que pensaba que debía rendirse, iba al antiguo poblado de las amazonas, desierto y silencioso, y la recordaba. Nunca se quedaba demasiado tiempo, pues los recuerdos le dolían. Nunca observaba demasiado aquellas casas de las que no quedaban más que ruinas y que con cada visita se perdían un poco más, nunca se paraba a recorrer los claros o a recoger las armas recubiertas de musgo que habían caído, abandonadas, mucho tiempo atrás.

Orión solo visitaba aquel lugar para recordarse a sí mismo que debía hacer que Asteria volviese al hogar al que nunca había podido regresar. A veces, Ligeia iba con él. Cuando el gobierno le pesaba demasiado, cuando ella también necesitaba recordar aquella fuerza que la amazona le había inspirado, le pedía a Orión que la llevase a aquel rincón del Mundo Medio y ambos miraban las estrellas como si siguieran siendo tres y no solo dos.

Una noche en la que estaba solo, Orión comenzó a recorrer el lugar como nunca lo había hecho. Fue porque estaba ya demasiado triste, demasiado cansado, demasiado ansioso. Después de décadas enteras, lo hizo tan solo por robar algo más de la presencia de Asteria que pudiera quedar impregnada en aquel lugar. Necesitaba encontrar el eco de su risa en algún escondite, su nombre tallado en algún árbol, un arma perdida que le hubiera pertenecido en algún momento.

Quería una prueba de que ella había existido de verdad, de que no llevaba décadas buscando un sueño.

Mientras se abría paso entre los arbustos crecidos y preñados de bayas heladas por un frío inhóspito, pensó en un día, mucho tiempo atrás, en una habitación muy lejos de allí. Pensó en besos desperdiciados (no, nunca desperdiciados; sus besos eran los únicos que habían importado en su vida) y en la calidez que siempre le habían dado aquellas otras manos. Aquel otro cuerpo, que tantas veces y tan cerca había sentido.

Cuánto había deseado a ese otro cuerpo, a ese otro espíritu. Cuánto lo había querido. Cuánto la quería, incluso entonces...

Sabía que Ligeia tenía razón cuando le decía que se estaba torturando. Que merecía descansar de una vez por todas. Pero el dios quería creer. Le había prometido volver a encontrarla y sabía que rendirse era injusto. Ella nunca se había rendido con él.

Fue al salir de entre los árboles, después de un buen rato recorriendo el bosque, cuando descubrió el manantial. Unos chapoteos y unas risas le indicaron que no estaba solo, y creyó recordar haber escuchado algo, alguna vez, sobre unas ninfas que vivían allí. Le pareció ver una cabeza oscura sumergiéndose, pero cuando se giró no estaba allí. Quizá aquellas criaturas preferían mantenerse alejadas de los hombres, así que él no iba a imponerles su presencia. No le interesaban. Lo único para lo que tenía ojos era para la cascada que caía desde las alturas. Casi le pareció escuchar la risa de Asteria viviendo en aquel sonido.

Sabía que se lo estaba imaginando. Sabía que no era real.

Pero también sabía que una vez Asteria había estado tras aquella cascada y aquello bastó para que la esperanza gritase.

Quizá... Quizá...

Ni siquiera se molestó en quitarse la ropa: solo dejó atrás sus sandalias y se zambulló para nadar a través del agua templada. No había sentido latir su corazón tan rápido en años. No había sentido tanto miedo, tampoco. Sus pensamientos habían empezado a correr a otra velocidad, a un ritmo vertiginoso. Según algunas versiones de las historias que se habían difundido después de que Asteria recibiese su castigo, Artemisa había sido quien había pedido esconderla. Nunca se había preguntado si aquello era verdad o solo un rumor más, pero de pronto le pareció importante. De hecho, le pareció que tenía mucho sentido: si la diosa de la Caza había llegado a sentir remordimientos de verdad en algún momento, quizá podría haber buscado al menos una pequeña manera de recompensar a la última de las amazonas a las que un día debió proteger.

Al otro lado de la cortina de agua encontró la gruta.

Y allí dentro, al final de la cueva, a ella.

No la vio nada más llegar. Al principio, lo que más le llamó la atención fueron las luces blancas. Vio la primera por el rabillo del ojo, cuando se subió al borde de la piedra y entró en la cueva. Pero después descubrió que había muchas más en el techo. Como diamantes. No, como estrellas. Estrellas titilantes, velando el cuerpo que yacía bajo ellas.

Porque estaba allí. Asteria, custodiada por los astros y de nuevo en su hogar. Alejada de la sangre, del dolor. Alejada de todo y todos, protegida por el recuerdo de su tribu, ya inexistente.

Asteria, en paz, en su mundo verde y azul.

La persona que Orión tanto había añorado era ahora una figura tallada en mármol blanco. Era hermosa, aunque no tanto como cuando era un cuerpo vivo que respiraba, latía y sentía. Estaba tumbada como solía hacerlo en el tejado de una casa abandonada mucho tiempo atrás, cuando observaba el cielo: una mano descansaba sobre su estómago; la otra a su costado, con la palma abierta y hacia arriba, invitadora.

Era casi como si lo estuviese esperando.

Pero no era así. Asteria no lo había esperado porque Asteria estaba dormida, custodiada por un cielo nocturno que jamás se apagaba. Todos los años que habían pasado para él no habían pasado para ella. Ella estaba en calma, con su sonrisa pequeña y serena y los párpados caídos. Sosegada como Orión nunca la había visto, porque mientras había estado en el Mundo Medio, siempre la había atormentado algo. Siempre había tenido motivos para sufrir.

Hasta aquel momento.

La Vida se acercó al Dolor con pasos torpes e inseguros y el pulso desbocado contra el pecho. Ni siquiera era consciente ya de la humedad de sus ropas o del frío del lugar. Solo la veía a ella, tan tranquila. Tan incorrupta. Sin las lágrimas que tenía en los ojos la última vez que se habían visto, sin la expresión derrotada de quien ha perdido mil batallas. En su cuerpo ni siquiera aparecían talladas las cicatrices, como si nunca las hubiera sufrido, como si jamás hubiera luchado. Él añoraba todo lo que allí parecía haber. La anhelaba a ella. Anhelaba el silencio y el olvido. Anhelaba su voz y el latido de su corazón. Anhelaba su compañía y el futuro que nunca habían llegado a tener. Llevaba años persiguiéndola con la idea de hacer realidad sus propios sueños, de impartir algo de justicia y conseguir por fin un final feliz en vez de simplemente dejar que otra persona se lo inventara.

Y entonces fue cuando se dio cuenta de que aquel final no iba a llegar nunca.

Fue una conclusión dolorosa, punzante e inesperada, pero lo supo. Quizá en un mundo en el que no existieran los dioses él podría haberla despertado para vivir como merecían, pero esa existencia estaba lejos de su alcance. El Mundo Superior, espléndido y dorado, jamás le perdonaría que volviese a liberar a la Discordia. Incluso si Asteria no quería usar esos poderes, alguno de entre los Doce, o incluso un dios menor o algún mortal, podría sentir la tentación de usarla a ella. De usarlos a los dos. Ella volvería a sufrir por él, tal y como él había sufrido por ella. Ella volvería a protegerlo, una y mil veces más, de quien hiciera falta y como hiciera falta. Y no solo a él: cada vez que Asteria amase, alguien podría usar su amor como debilidad. Y Asteria nunca renunciaría a amar, por mucho daño que le hiciera. Nunca renunciaría al hogar que da una familia.

El dios alzó una mano temblorosa y acarició la mejilla pétrea, tan suave, tan fría. Estaban muy lejos de llegar a ser felices, pero la sonrisa de Asteria le indicaba lo contrario. Ella parecía no tener preocupaciones, su rostro solo emanaba calma. ¿Y acaso él no le había prometido paz? Si la despertaba, quizá nunca más la tendría.

Su corazón terminó de romperse cuando supo que no podía hacerlo.

Aunque la había estado buscando tanto tiempo que el número de los años ya ni siquiera tenía sentido, no podía despertarla y obligarla a vivir de nuevo en aquel mundo lleno de dolor, lleno de pérdida, lleno de recuerdos tristes. No iba a traerla de vuelta para ponerla en peligro. Sobre todo, no iba a ir contra sus deseos. Porque ella había aceptado su castigo con calma, le había pedido que la dejase ir, y él había vuelto a ser lo suficientemente egoísta como para no escuchar. Se había dicho que era porque ella se merecía una nueva oportunidad, que los dos se la merecían, pero quizá su búsqueda solo había sido una manera de retenerla.

Quizá, después de todo, la oportunidad que ambos merecían era aquella.

Orión no se dio cuenta de que estaba llorando hasta que sintió la primera lágrima desprenderse de su rostro y caerle sobre la mano. Hasta que escuchó el sollozo, que se hizo eco en la gruta vacía, ahogado por el sonido de la cascada, que parecía un arrullo que también lo invitaba a dormir. Artemisa no podría haber elegido un lugar más idóneo para darle descanso a su última amazona. El lugar donde Asteria había nacido. El lugar donde había vivido los días más felices de su vida.

Él nunca podría darle nada mejor.

Al mismo tiempo, no podía abandonarla. No quería. Asteria le había dado sentido a su vida y las últimas décadas habían pasado rápidas solo porque su objetivo era encontrarla, pero de pronto todos aquellos años cayeron sobre él como una losa, como si fuera mortal. Hacía mucho tiempo que le había dado la espalda al Mundo Superior y el Mundo Medio estaba repleto de vida, sí, pero también de la muerte que él tanto detestaba. Incluso Ligeia desaparecería con el tiempo y a él solo le quedaría la desazón de perder a personas que le importaban una y otra vez, por toda la eternidad.

El único lugar en el que alguna vez había sentido que encajaba era junto a Asteria. Quizá era justo como ella había sugerido tiempo atrás. Quizá la Vida y el Dolor no podían existir el uno sin el otro.

Orión lloraba cuando tomó la decisión, pero aun así se sintió tranquilo.

El dios puso su mano sobre la de ella y se inclinó hasta que sus bocas quedaron a un suspiro de distancia, sin rozarse pero ansiando hacerlo. Sus frentes se tocaron, como habían hecho tantas veces en el pasado. Quizá los dioses sí habían escuchado sus plegarias, después de todo. Mientras sus lágrimas caían sobre el pétreo rostro de Asteria, se dio cuenta de que había pedido poder descansar junto a ella y se lo iban a conceder. Incluso si era de aquella manera.

Cerró los ojos y suspiró, dejó salir el aire de su cuerpo al mismo tiempo que la magia lo envolvía y le daba una apariencia que no podría revertir. Comenzó poco a poco: lo primero que se tornó mármol fueron los dedos con los que la tocaba. Desde ahí, la transformación fue una caricia, un escalofrío, un abrazo. Asteria no estaba despierta, su corazón estaba callado y, aun así, a Orión le pareció que bajo aquella magia volvía a sentirla. Fue casi como abrazarla una última vez.

Se lo había prometido: cuando la encontrara, no habría dios o mortal capaz de apartarlo de su lado.

Y, como Asteria había hecho siempre con él, cumplió su promesa.

Allí los encontré, mucho tiempo después, congelados y apartados para siempre del paso de los días. Allí siguen, ocultos de los ojos de todos los mundos, lejos de guerras y disputas por el poder; lejos del egoísmo de dioses y mortales, allá donde nadie puede tocarlos.

Allí los lloré y les juré que algún día contaría esta historia, con este final. Incluso si no es perfecto, ni el que nos merecíamos, ni tampoco el que soñábamos. Porque, aunque así fue como los perdí, así fue también como consiguieron la paz que ambos tanto habían anhelado durante toda su vida. La que merecían. La que soñaban.

A mí la paz me encontrará dentro de poco. Vendrá un día, silenciosa y callada, como siempre llega la muerte para los que no podemos ser eternos. Cuando ocurra, me enterrarán con los ritos dignos de una emperatriz, me pondrán una moneda bajo la lengua y mi alma viajará lejos. Sin embargo, sé dónde quiero que descansen mis restos, lo poco que quede de mi cuerpo. Allí, junto a ellos. Junto a la amazona cansada de luchar y el dios cansado de vivir. Allí, bajo un cielo lleno de estrellas que nunca más se apagarán para ninguno de los tres.

Y así,
sin sueños,
descansaremos por siempre…

VOLVER A UN MUNDO ROJO Y DORADO

Nota de las autoras sobre esta edición

(Esta nota incluye datos de toda la historia,
no la leas si no la has terminado).

Quizá no lo sepas, pero este libro ya ha existido antes... y, al mismo tiempo, no lo ha hecho en absoluto. *Rojo y oro* se publicó por primera vez en febrero de 2017. Fue una de las primeras novelas que publicamos, nuestro primer libro autoconclusivo y una historia que escribimos en tiempo récord, sin saber si encontraríamos a alguien que la publicara, porque estábamos completamente enamoradas de ella. Con el tiempo, se ganó a la fuerza dos títulos: el de ser uno de los libros favoritos de nuestros primeros lectores y el de ser el libro que más los había hecho sufrir. Así somos los lectores, ¿verdad?

En 2023, esta historia completó el ciclo que tienen muchos libros. El contrato de cesión de derechos se acabó y nos pusimos a pensar qué hacer con ella. No queríamos que desapareciese para siempre y, de hecho, nos apetecía volver al texto, ver qué había hecho el paso del tiempo sobre él y sobre nosotras. Así que, cuando nuestra editora de Molino, Marta, se mostró interesada en reeditarla, tuvimos claro que era nuestra oportunidad.

Tanto si llegas por primera vez a esta historia como si es ya la segunda vez que te topas con ella, permite que te contemos cuál ha sido el viaje de este libro hasta llegar al ejemplar que ahora tienes en las manos. La primera versión de *Rojo y oro* se publicó en 2017, pero la escribimos en 2016 (hace ya casi diez años) en un estado de absoluta obsesión. Como hemos dicho, la escribimos rapidísimo (en 21 días de locura) y la terminamos llorando a altas horas de la madrugada cada una en una punta de España (para que veas que tenemos corazón).

Aun así, han pasado muchos años desde aquella primera versión y, cuando pensamos en relanzarla, lo primero que nos pusimos a pensar fue en qué cosas podíamos mejorar. Tras una primera relectura, no nos costó demasiado ubicar las cuestiones que menos nos convencían y nos pusimos manos a la obra. Si leíste en su momento el libro publicado en 2017, quizá te hayas dado cuenta de los cambios. Si no, o si esta es la primera vez que llegas a este texto, queremos contarte algunas de las cosas que han cambiado.

Para empezar, nos pareció que el estilo era un poco inconsistente y que podía llegar a ser demasiado disruptivo por momentos, así que trabajamos en unificarlo, pero lo que más nos importaba era la trama y, en especial, los personajes. *Rojo y oro* siempre ha sido la historia de Asteria y Orión, pero sentíamos que toda la (compleja) relación que surge entre ellos podía desarrollarse mucho mejor: es ahí donde más ha cambiado la historia, en la definición de ambos y en su manera de relacionarse. De igual modo, los secundarios nos resultaron demasiado desdibujados, sobre todo Ligeia, que era un personaje que siempre nos encantó y que nos sorprendió descubrir que en realidad se perdía bastante entre el resto de la trama. Nos pareció que a ella no habíamos conseguido hacerle justicia en el original, que no le habíamos dado todo el espacio que merecía. De igual modo, en la anterior versión nos quedamos con ganas de explorar un poco más su vínculo con Asteria, así que hemos disfrutado mucho de haber podido expandir eso en esta nueva edición. Esta es la historia de Asteria y Orión porque ellos son los protagonistas, pero la familia que crean siempre fue de tres y Ligeia está todo el tiempo ahí, aunque sea solo como una narradora escondida a plena vista. Sí, por si te queda alguna duda, la cariátide que se ve en los cantos de la primera edición es ella.

¿Qué más? Por cambiar, hemos cambiado incluso el nombre del lugar en el que transcurre la novela, que parece un matiz ridículo, pero también nos planteamos mucho. También sufrieron cambios los dioses (quizá Eris la que menos; sus intervenciones se han mantenido bastante) y decidimos tratar con más gravedad algunos de los temas que en el original solo se esbozaban.

Como es obvio, reescribir *Rojo y oro* no ha sido como, por ejemplo, reescribir *Pétalos de papel*, donde decidimos crear una novela de cero solo con pinceladas de la idea original, pero sí podemos asegurar que no hay ni una página en esta edición que se haya quedado como en el manuscrito original. Y eso ha sido una aventura. Al principio pensábamos que tocaríamos el texto solo un poco, luego ese poco fue un poco más, y después terminamos reescribiendo (muchos) capítulos por completo. Cuando eso pasaba, claro, se desarrollaba una suerte de efecto dominó en el que cada pequeño cambio impulsaba muchos más.

Lo único que se ha quedado (casi) igual es el principio y, sobre todo, el final, porque es lo único que siempre hemos sabido que no podía ser distinto. A lo largo de estos años, han sido muchas las personas que nos han dicho que el final les rompió, pero que no podía ser de otra manera, y no podríamos estar más de acuerdo. Como curiosidad, os diremos que intentamos escribir algo extra, un relato, unas páginas añadidas que completasen un poco más la vida de Ligeia o narrar el encuentro de alguien del futuro descubriendo la estatua de Asteria y Orión. Pero lo cierto es que sentimos que no podíamos hacerlo, que no iba a quedar bien, que la sensación del cierre se perdería. Añadir algo más habría sido un error. El final es su descanso y así debía seguir siendo.

Ante todo, *Rojo y oro* es una tragedia, pero quizá lo más trágico de ella sea lo humana que es pese a que trata de dioses y magia. Es una historia de amor (de muchísimos tipos diferentes de amor), pero también de pérdida, de dolor y de injusticia. Aun así, lo más trágico de todo, y quizá también lo más bello, es que es una historia repleta de esperanza, de ese pequeño milagro que siempre queda en el final de la caja, una vez han salido todos los males del mundo. Para nosotras, lanzar esta versión significaba potenciar todo eso que ya estaba en el original. Esperamos haberlo conseguido.

En conclusión, tanto si has descubierto ahora este libro como si ya hace muchos años que conociste a estos personajes por primera vez, esperamos que lo hayas disfrutado, que hayas sentido la rabia de la injusticia y la calidez del amor. Que hayas encontrado, aunque solo sea durante unas horas, otra familia de la que sentirte parte.

Nos vemos en la siguiente leyenda.

AGRADECIMIENTOS

No se pueden hacer unos agradecimientos de una historia que ya se había publicado antes sin darle las gracias a todas las personas que estuvieron en el principio, así que gracias a la gente que ayudó a que este libro llegase a ver el mundo por primera vez. Gracias a quienes trabajaron en aquel primer manuscrito desde la editorial y gracias ahora a quienes han hecho posible esta nueva edición (empezando por Marta Becerril, que quiso editarla) y a Mar del Valle, cuyas ilustraciones son tan inmortales que todo el mundo supo que tenían que mantenerse en el interior como la maravilla que siempre fueron y serán y que además ha vuelto para hacer dos ilustraciones más que son aun más perfectas. Para completar esta nueva edición, sin embargo, también hemos contado con una nueva y magnífica portadista: Raquel West. Raquel, gracias por hacer un diseño de cubierta tan precioso y por tu cariátide para los cantos de la primera edición.

Tampoco podemos hablar de esta novela sin mencionar a Hilde, nuestra agente. Cuando esta historia se publicó por primera vez, transitábamos el mundo editorial solas e inseguras, pero ahora caminar a su lado y junto al resto de los integrantes de Antonia Kerrigan hace que la travesía sea mucho más amable y apasionante.

En la primera edición, les dábamos las gracias a nuestras familias y no podemos dejar de hacerlo ahora, porque ahí siguen, nueve años después, dándonos todo el amor que tienen y siendo pacientes como solo los dioses podrían serlo incluso cuando no nos ven en mucho tiempo porque estamos encerradas trabajando o viajando. Gracias también a todas esas personas que forman parte de nuestra familia incluso aunque no compartamos la misma sangre, que leyeron la historia original en su momento o cuando terminamos de ponerla bonita por segunda vez. Sabéis quiénes sois y que sepáis que sois el panteón al que le rezamos (y le lloramos) cada día. Gracias por estar ahí.

Y gracias a ti, que nos lees. Siempre lo decimos y seguiremos diciéndolo: nada de esto tendría sentido si no hubiera alguien al otro lado que estuviera leyendo estas páginas. Así que nos vais a permitir que conservemos las líneas originales que escribimos en la dedicatoria de la primera edición de *Rojo y oro* allá por 2016: «No sabemos si existen las musas, pero no concebimos mejor inspiración que saber que estáis al otro lado. Si tenemos que rezar por algo, rezaremos por no perderos nunca».

Este libro se terminó de imprimir
en el mes de noviembre de 2025.